U0514264

万卷楼
国学经典
升级版

汲取先贤智慧
铺就成功阶梯
万卷楼

万卷楼国学经典 升级版

[战国]屈原 等◎著

关鹏飞◎注评

楚辞

新注新译插图本

北方联合出版传媒（集团）股份有限公司
万卷出版公司 2022年·沈阳

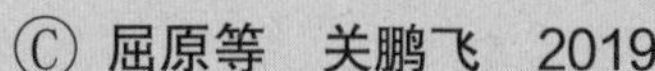

图书在版编目（CIP）数据

楚辞：新注新译插图本 /（战国）屈原等著；关鹏飞注评 .— 沈阳：万卷出版公司，2019.2（2022.9 重印）

（万卷楼国学经典：升级版）

ISBN 978-7-5470-4924-2

Ⅰ. ①楚… Ⅱ. ①屈… ②关… Ⅲ. ①古典诗歌—诗集—中国—战国时代②楚辞—注释 Ⅳ. ① I222.3

中国版本图书馆 CIP 数据核字（2018）第 104937 号

出 品 人：王维良
出版发行：北方联合出版传媒（集团）股份有限公司
万卷出版公司
（地址：沈阳市和平区十一纬路 25 号 邮编：110003）
印 刷 者：辽宁新华印务有限公司
经 销 者：全国新华书店
幅面尺寸：170mm × 240mm
字　　数：360 千字
印　　张：22.5
出版时间：2019 年 2 月第 1 版
印刷时间：2022 年 9 月第 3 次印刷
责任编辑：张洋洋
封面设计：范　娇
版式设计：张　莹
责任校对：高　辉
ISBN 978-7-5470-4924-2
定　　价：35.00 元

联系电话：024-23284090
邮购热线：024-23284050

出版说明

“读万卷书，行万里路”这是中国古人“修身”的两条基本途径，晋代著名史学家陈寿给自己的书斋命名为“万卷楼”。此后，历代以“万卷楼”命名的书斋，由宋至清有数十家，宋代有方略、石待旦等；元代有陈杰、汪惟正等；明代有项笃寿、杨仪、范钦等；清代有孙承泽、黄彭年等。可见，“读万卷书”的理想在中国传统的知识分子当中是何等的根深蒂固。

读“万卷书”不仅是古人的理想，当我们懂得了读书的意义，都会自然而然地产生强烈的“博览群书”的愿望。然而，人类历史悠久，书籍多如汪洋大海，时代发展到今天，科技与经济的发展更使得人类的精神领域空前丰富，获取信息与知识的途径不断增加。“万卷书”早已不再是一个象征性的概念，如何从这“万卷”之中，找到最值得细细品读的作品，已经成为人们必须解决的问题。

爱因斯坦曾说过：“在阅读的书中找出可以把自己引到深处的东西，把其他一切统统抛掉。”这正是在阐述读书时选择的重要性。而他所说的把我们“引到深处的”东西无疑就是我们所需要的深度阅读的作品，也就是我们常说的经典作品。

卡尔维诺对经典作出的定义之一是：经典就是我们正在重读的。的确，在对经典作品反反复复的品味中，人们思想得到了升华，从浅薄走向思考，最后走到通达。我们都曾有这样的感触，面对海量的书籍和信息，一方面，人们在向着功利性浅阅读大张其道，另一方面，我们的精神深处又在不断地呼唤能够滋养自己内心的深度阅读。因此，经典的价值不仅没有因为浅阅读时代的到来而有所损失，反而更显示出其珍贵来。

在惜字如金的中国传统典籍当中，从来不乏这种需要反复品味的经典。从先秦诸子到历代的经史子集，这些经典为一代代的中国人提供了取之不尽的精神滋养，为中华文化的传承和发展建立了基础。我们把这种包蕴中国文化的学问称为国学。国学的范围非常广泛，它包含了文学、历史、哲学、艺术、语言、音韵等在内的一系列内容。

包罗万象的国学经典为我们提供了广泛的教育。阅读国学经典，也就是在与我们的“先圣先贤”对话和交流，一步步地楔进我们的历史和传统。这个过程可以让我们领会先贤的旨趣，把握他们的神髓，形成恢宏的历史意识，可以让我们通晓文义、熟习经史、通彻学问，让我们成为博学之士。另一方面，国学经典所代表的传统学问，更是具有极为厚重的伦理色彩。阅读国学经典的过程，不仅是增进知识的过程，而且是一个熏陶气质、改善性情、提高涵养的过程，这个过程在潜移默化中培养着行谊谨厚、品行端方、敦品厉行的谦谦君子。

当然，随着时代的发展，国学早已不再是人们追求事功的唯一法典，我们也不赞成对国学的功能无限夸大。但毫无疑问，阅读国学经典，必能促进我们对真、善、美的崇敬之心，唤起我们对伟大、深邃、美好事物的敏感和惊奇，同时也让我们了解到先贤们在探寻知识过程中思考的重大课题和运用的基本原则。这些作品体现着我们民族精神的精髓，如《周易》所阐述的“自强不息”的君子人格、《论语》所强调的“和而不同”的包容精神，《诗经》所培养的温柔敦厚的情感，《道德经》所闪耀的思辨智慧，等等，它们共同构筑了中华民族传统的精神范式。品读先贤留下的经典，恰如与他们进行一次次心灵的直接触碰，进而去审视我们自己的内心，见贤思齐，激浊扬清。

正是基于对国学经典的这种认识，我们精选了这套《万卷楼国学经典》系列丛书，以期引导步履匆匆的现代人走近国学经典、了解国学经典。在选编过程中，我们希望能够体现这样一些特点。

首先，我们希望这套丛书能够最具代表性。在选目中，我们注重于最经典、最根源的作品，在有限的时间内，把那些最具影响力，最应该知道的作品提交给读者。四书、五经、先秦诸子、唐诗宋词等这些具有符号意义的作品无疑是最应该为我们所熟知的，因此，我们首先推出的30种作品都是这些经典中的经典。

其次，我们希望能够做出好读的经典。在面对国学作品时，佶屈的文言和生僻的字词常让普通读者望而却步。所以，我们试图用简洁易懂的形式呈现经典，使普通读者可随时随地以自己的时间、自己的速度来进入阅读。因此，我们为原著精心添加了大量的注音、注释和译文，使读者能够真正地“无障碍阅读”。需要说明的是，我们对部分作品做了一些删减，将那些专业研究者更关注的内容略去，让普通读者能够更快地了解经典概况。作为一名普通读者，也许你会常常感慨，以前没有花更多的时间去读更多的经典，如今没有机会或能力来细读，但实际上，读经典什么时间开始都不算晚，“万卷楼”就是一个极好的途径。重读或是初读这些经典，一样可以塑造我们未来的生活。

第三，我们希望呈现一套富有美感的读物。对于经典而言，内容的意义永远排在第一位，但同时，我们也希望有精彩的形式与内容相匹配，因而，我们在编辑过程中选取了大量的古代优秀版画作为本书的插图，对图片的说明也做了精心设计，此外，图书的编排、版式等细节设计都凝聚了我们大量的思索。我们希望这套经典不只是精神的食粮，拥有文本意义上的价值，更能带来无限美感，成为诗意的渊薮。

“经典作品是这样一些书，我们越是道听途说，以为我们懂了，当我们实际读它们，我们就越是觉得它们独特、意想不到和新颖。”卡尔维诺经典的评论让人击节叹赏，我们也希望这套丛书能够彰显经典的价值，使读者在细细品读中真正融化经典，真正做到“开茅塞、除鄙见、得新知、增学问、广识见”。同时，经典，又是可以被享受的。当我们走进经典之时，不能只作为被动的接受者，也可用个人自我的方式进入经典，做精神的逍遥之游，对经典作品贴近个体生命的诠释和阅读，在现实社会之中营造自由的人生意境和精神家园，获取一种诗意盎然的人生。

怎样阅读本书

原文：根据权威版本，精心核校，确保准确性，对生僻字反复注音，使读者无障碍阅读。

插图：精选历代精品古版画，美妙传神，增强美感。

译文：流畅、贴切，以现代白话完整展现原著全貌。

注释：准确、简明，极具启发性。

评析：用独特视角进一步解读《楚辞》的精妙。

内容概要

楚辞是以屈原为代表的战国诗人所创作的一种文体，后刘向将屈原、宋玉等人作品选辑成集并命名为《楚辞》，“楚辞”又成为一部诗歌总集的名称。

本书选编了屈原的《离骚》《九歌》《天问》《九章》等著名篇章，同时也收录了后人所作的《远游》《卜居》《渔父》等名篇，并配有题解、注释、译文和评析，使读者更好地领略《楚辞》的精髓。

目录

离骚

题解

作为《楚辞》中的代表作，《离骚》是中国古典诗歌中著名的长篇政治抒情诗之一，其中饱含着作者屈原的血泪情感与治国主张，成为真名士们“痛饮酒”之后必熟读的经典篇章。《离骚》应作于楚怀王时代，屈原四十岁左右，由作品中说“及余饰之方壮兮”可知。至于“离骚”一词的解释却分歧很大：若从动宾词组角度考虑，则有班固“遭遇忧愁”说、王逸“告别忧愁”说、杨柳桥“抒发忧愁”说等；若从偏正词组角度考虑，则有戴震、刘永济的“遭谗邪离间的忧愁幽思”说；若从名词角度考虑，则有游国恩、姜亮夫的“离骚即牢骚”古曲说。从屈原“进不入以离尤兮”（《离骚》）、“思公子兮徒离忧”（《山鬼》）和司马迁《史记·屈原贾生列传》“离骚者，犹离忧也”等资料来看，班固之说较为可靠，且此说部分地在出土文献中得到证明。故本文释“离骚”为遭遇忧愁之意。值得点出的地方在于，屈原不用“离尤”或“离忧”来命篇，而题之以“离骚”（如果不是秦汉人转写错误的话），一方面固然因为“骚”含有忧怨之意，另一方面更在于其包含更广大的“骚动”含义，暗示出屈原之忧愁，不单单因自身遭遇谗言，更在担心国家因谗言而骚动不安，甚至可以说，其主要出发点和落脚点都在楚国与楚文化，而非自己。

原文

帝高阳之苗裔(yì)兮[1]**，朕皇考曰伯庸**[2]。

摄提贞于孟陬(zōu)兮[3]**，惟庚寅吾以降(hōng)**[4]。

皇览揆余初度兮⑤，肇(zhào)锡余以嘉名⑥：
名余曰正则兮⑦，字余曰灵均⑧。
纷吾既有此内美兮⑨，又重(chóng)之以修能⑩。
扈(hù)江离与辟芷(zhǐ)兮⑪，纫(rèn)秋兰以为佩⑫。
汩(yù)余若将不及兮⑬，恐年岁之不吾与⑭。
朝搴(qiān)阰(pí)之木兰兮⑮，夕揽洲之宿莽⑯。
日月忽其不淹兮⑰，春与秋其代序⑱。
惟草木之零落兮⑲，恐美人之迟暮⑳。
不抚壮而弃秽兮㉑，何不改乎此度㉒？
乘骐骥以驰骋兮㉓，来吾道夫先路㉔！

注释

①**高阳**：即颛顼帝，五帝之一，其子孙有熊绎，封在楚国，为楚国始祖。春秋时期，楚武王之子瑕封在屈邑，因名屈瑕，其子孙以屈为氏，屈原也是屈瑕后人。**苗裔**：后代。②**朕**：我。**皇**：光明。**考**：对亡父的敬称。**伯庸**：屈原父亲。③**摄提**：摄提格的简称。古人把天宫划为十二宫，依照岁星（木星）运转指向来纪年。岁星指向寅宫（斗、牛星之间）即是寅年，别名摄提格。**贞**：正。**孟陬**：即正月，夏历中的正月是寅月。④**庚寅**：指庚寅这天。**降**：降生。屈原生在寅年寅月寅日，约在公元前340年。据《睡虎地秦墓竹简日书甲种》记载："庚寅生子，女为贾（巫），男好衣佩而贵。"可见屈原后文好佩饰，与这种宗教思想有关。⑤**皇**：即皇考简称，指亡父。**览**：观察。**揆**：衡量。**初度**：初生时的器度。⑥**肇**：始。**锡**：同

"赐"，赐给。**嘉名**：好名。⑦**正则**：公正的法则。屈原名平字原，正则暗含"平"义。**正**：平。**则**：法。⑧**灵均**：很好的平地，暗含"原"义。**灵**：善。**均**：平地。⑨**纷**：多。**内美**：内在美。⑩**重**：加上。**修**：美好。**能**：通"态"，容貌。⑪**扈**：披。**离**：一种香草，生在江边，故称江离。**辟**：同"僻"，偏僻之地。**芷**：白芷，一种香草，生在僻地，故称辟芷。⑫**纫**：联缀。⑬**汩**：水流迅疾，比喻时光如流。**若将不及**：好像跟不上。⑭**不吾与**：即"不与吾"，不等我。⑮**搴**：拔。**阰**：平顶小山。**木兰**：即辛夷，今天通称紫玉兰。⑯**揽**：采。**宿莽**：一种香草，经冬不死。⑰**忽**：速。**淹**：留。⑱**代**：更。**序**：次。⑲**惟**：思。⑳**美人**：这里指楚怀王。**迟暮**：年老。㉑**抚**：犹如"趁"。**壮**：壮年。**秽**：污秽的行为。㉒**此度**：指"不抚壮而弃秽"的态度。㉓**骐骥**：骏马。㉔**来**：相招之辞。**道**：引。**夫**：语气词。**先路**：为王前驱。

译文

我是颛顼帝的子孙啊，我父亲名叫伯庸。
寅年刚好碰上寅月啊，又是寅日我降生。
父亲看我初生的气度啊，才赐给我美好的名字。
给我取名公正的法则啊，给我取字上好的平地。
我既多有这样的内在美啊，又添饰美好的仪态。
身披江边和僻地的香草啊，联缀秋兰制成佩带。
我好像追不上滚滚逝水啊，我担心年华不会等待。
趁早折取山顶的辛夷花啊，赶晚把洲中宿莽采摘。
日月匆匆从不停留啊，春季与秋季互相取代。
想起草木深秋零落啊，担忧怀王青春之不再！
不趁年轻抛弃污秽啊，这种态度为何不能改？
乘着骏马大道奔驰啊，来吧我为怀王把路开！

评析

这是《离骚》开卷第一段，屈原从其人生开端写起。屈原声明自己是五帝之一的颛顼帝的后裔，与楚怀王有共同的远祖，不能不说是对楚怀王一个大大的警示：同样做帝王，你跟颛顼帝的差别，自己不知道吗？

但屈原更严于律己，紧接着压下自己对楚怀王的失望，写到自己如何继承亡父伯庸的遗志，委婉地提醒楚怀王也该继承先王的志向。屈原出生在寅年寅月寅日，这本该是个大吉大利的日子，因此伯庸为他挑了一个好名。但屈原后来的遭遇如此坎坷，以至于在寅年寅月寅日出生似乎成为不幸的代名词，比如明代的唐伯虎，这是屈原万万没有想到的。

今人为儿女取名，早在儿女诞生之前就基本取好了。这实在并非一件较为客观的事儿，最多只能说明父母对孩子的期望，而非孩子自身可能获得的成就。伯庸便不如此，他是在仔细地考察、衡量初生的婴儿状况之后，为屈原取下了意含“公正的法则”的名与意含“上好的平地”的字。二者合二为一，也就是只有在国内实行公正的法则，才能获得上好的平地。我们知道楚国在南方，南方最大的特点是地势不平，丘壑纵横，只有北方才有广袤的平原。从中我们不难推测，在伯庸看来，战国纷扰，七雄争霸，而他的这个取名屈原的儿子，无疑就是为平定乱世而生！他将带着伯庸的遗志，以公正的法则为手段富国强兵，带领着丘陵侗寨之间的楚兵逐鹿中原，跃马旷野，平定南北，稳定乱世。

既然屈原把伯庸的遗志称作“内美”，我们也不妨说屈原是以此为理想，甚至把此理想融进血脉之中。正是带着这样的时代诉求与百姓呼声，屈原开始他的行动：首先成为一个美男子！或许有人以为佩戴香草、装扮仪容并非当务之急，但我们这样思考的时候又忘记了他生在贵族世家的事实。明白这一点，会加深我们对屈原成长过程的理解。他出生在楚国贵族之家，原本生活圈子狭窄，他却去采摘江边与僻地的香草，这不是在扩大眼界、加深对国情的了解吗？他原本青春年少、精力旺盛，却去选择经秋之兰佩戴，这不是在成长中历练的眼光吗？他原本可以衣来伸手饭来张口，衣食无忧，却自己主动去披（“扈”）缀（“纫”）香草，这不是打破原有的生活习惯、充分发挥主观能动性吗？

如果不是在江边采摘香草的时候看见滚滚东流的江水一去不复返，他会过早地意识到时间的飞逝，从而倍加珍惜吗？如果不是联缀经秋的兰草，看见常青的兰草之外，尚有无数凋零，他会进一步想到时光不等人，转眼青春衰老吗？也正是意识到“逝者如斯夫，不舍昼夜”，屈原才会更加起早赶晚地去山顶折取开得最盛的辛夷花，去水中小岛上采摘经冬不死的宿莽。也正是在辛夷花自身的繁盛与凋零之间，在辛夷花与宿莽二者的比较之中，屈原认识到岁月匆匆，从不为谁停留，春季与秋季彼此交替，尽管有宿

莽、有秋兰这些貌似抵挡住时光流逝的植物，但更多、更普遍的万物却在季节轮转中凋零飘落。那个亲近秋兰、亲近宿莽的屈原——我尚且会有迟暮之感，那个不亲近秋兰、不亲近宿莽，比屈原还大十多岁的楚怀王——他是不是日渐步入迟暮之年?

我们可以感受到，在屈原的成长史中，有积极的循环，可是这种积极的循环带来的却并非一个积极的结果。这个结果就是时间可以让楚怀王衰老，却不能让他恶劣的态度有丝毫改变！尽管屈原一再呼吁自己愿意为王前驱，“道夫先路”，奈何楚怀王不为所动。这样一来，屈原自身的积极能量与楚怀王带给他的消极影响，二者作为对立面一再出现在《离骚》的旋律中，难怪班固会从中听出屈原有些“露才扬己”。可是换个心态去看待，我们也由此可知屈原何其悲痛，念念不忘，以为必有回响。

原　文

昔三后之纯粹兮[1]**，固众芳之所在**[2]**。**

杂申椒与菌桂兮[3]**，岂维纫夫蕙茝(zhǐ)**[4]**！**

彼尧舜之耿介兮[5]**，既遵道而得路**[6]**。**

何桀纣(jié zhòu)之猖披兮[7]**，夫唯捷径以窘(jiǒng)步**[8]**。**

惟夫党人之偷乐兮[9]**，路幽昧(mèi)以险隘(ài)**[10]**。**

岂余身之惮(dàn)殃兮[11]**，恐皇舆之败绩**[12]**！**

忽奔走以先后兮[13]**，及前王之踵(zhǒng)武**[14]**。**

荃(quán)不察余之中情兮[15]**，反信谗而齌(jì)怒**[16]**。**

余固知謇(jiǎn)謇之为患兮[17]**，忍而不能舍也**[18]**。**

指九天以为正兮[19]**，夫唯灵修之故也**[20]**。**

曰黄昏以为期兮[21]**，羌中道而改路**[22]**！**

初既与余成言兮[23]**，后悔遁而有他**[24]**。**

余既不难夫离别兮[25]**，伤灵修之数(shuò)化**[26]**。**

注　释

①**三后**：指楚国的先君（从汪瑗说）。**纯粹**：指德行纯正不杂。②**固**：本来。**众芳**：群贤。**在**：集聚。③**杂**：兼有。**申椒**：重叠的花椒。**菌桂**：当为“箘桂”，即肉桂，其皮可作香料。④**维**：仅。**蕙**：一种兰草，又名薰草。**茝**：即白芷。⑤**尧舜**：指唐尧和虞舜，远古时期部落联盟首领，传说中的圣明君主。**耿介**：光明正直。⑥**遵道**：遵循正途。**路**：指大道。⑦**桀纣**：夏桀和商纣，著名暴君。**猖披**：衣不束带，散乱不整。⑧**捷径**：比喻贪图便利，不循正轨。**窘步**：困窘失足。⑨**夫**：那些。**党人**：指朝廷结党营私的小人。**偷乐**：贪图享乐。⑩**幽昧**：昏暗。**险隘**：危险狭窄。⑪**惮**：惧怕。**殃**：祸害。⑫**皇舆**：君王所乘之车，喻指国家。**败绩**：本指军队溃败，喻国家灭亡。⑬**奔走以先后**：指在楚王前后奔走，即为楚王效力。⑭**及**：追上。**前王**：即前文所云“三后”、尧舜等贤君明主。**踵**：脚跟。**武**：足迹。⑮**荃**：香草名，比喻君主，即下文之“灵修”。**察**：了解。**中情**：内心。⑯**齌怒**：“齌”的本义为猛火烧饭，这里引申为暴怒。⑰**謇謇**：忠言直谏。**患**：害。⑱**忍**：指压抑情感忍受直言带来的祸患。**不能舍**：不能舍弃心中的理想，指美政。⑲**九天**：九重天。**正**：通“证”，发誓作证。⑳**灵修**：“灵”指神，“修”指美，楚人称神为灵修，这里指楚怀王。㉑**期**：约。“曰黄昏以为期兮，羌中道而改路”为衍文，这里保留以供参考。㉒**羌**：连词，略等同于“却”。㉓**成言**：成约，指达成共识。㉔**悔遁**：毁弃诺言。**他**：其他主意。㉕**难**：惮，害怕。㉖**数化**：屡次变化。

译　文

以前楚国先君德行纯正啊，成为集聚群贤的根本。
兼有花椒与肉桂的浓香啊，哪能只有香草的清芬？
那尧舜正直而光明啊，遵循正道而走上大路。
为何桀纣衣冠不整啊，贪图便利却困窘失足？
那些小人贪图享乐啊，路越来越黑暗狭窄。
我岂怕自身遭祸患啊，而是担忧楚国失败。
匆忙地为怀王先后奔走啊，想赶上楚国先君的正轨。
楚怀王不体察我的内心啊，反而听信谗言暴跳如雷。

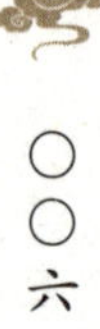

我原知直言容易遭迫害啊，甘愿忍受而不愿放弃美政。

指着九重天来发誓作证啊，我做的一切只为国家强盛。

我们说好约在黄昏啊，却在中途就变卦。

当初已经订下计划啊，后来赶不上变化。

我已不再为君臣离别而难过啊，只有怀王的多变放心不下。

评析

这是《离骚》的第二大段。千载之下，秦、楚争霸，谁胜谁输，都是中国，我们很难回到屈原的痛苦心境之中。但是换个角度，如果我们把这场争霸当作游戏，当敌方同仇敌忾、计划明确、执行有力的时候，我方却是“扶不起的阿斗”，那种痛苦的心情已经很难受，而在这种难受的基础上再加上个平方，所计算的结果大概就是屈原苦闷的烈度——如果这种烈度也可以精确换算的话。

有人可能会说，屈原本不该以“纯粹”的“三后”和“尧舜”这样的圣主来给楚怀王压力，以至于适得其反，也不该用桀纣这样的暴君来警示楚怀王，毕竟楚怀王的所作所为跟桀纣比起来还是小巫见大巫。这就意味着我们必须首先弄明白，楚怀王是什么样的君王。据史书记载，楚怀王早期励精图治，与屈原并肩作战，效果显著。但这种状况并没有持续下去，而是被屈原的政敌从中作梗，导致君臣疏离，改革的政策未能坚持到底，而随后的政策更是变幻莫测，换来换去。老子说：“治大国若烹小鲜。”要推行一番政策之前，各种调研、思考、实验都需要跟上，这就是不轻易改；一旦改革，面对各种困难要条分缕析，加以解决，而不能一有困难就全盘否定，这就是不轻易变。从这两条原则来看，很不幸，楚怀王两脚都没踩空，实实在在地犯了这两大错误。

屈原对此有清醒的认知。他知道一国之成败，在当时的社会状况下，很大部分在于国君。只有国君“纯粹”“耿介”，才能在其四周聚集起各类贤能人才；否则，国君“猖披”，贪图“捷径”，自然只能招揽“偷乐”之小人，治理国家之路也就越来越昏暗，直到整个国家因此走进死胡同。明白这一点，当我们来看待屈原的忠君问题时，其实没必要指责他“愚忠”，他只不过以忠君之名，行爱国之实。

难道一个“猖披”的国君就没有可能招揽贤能吗？这种可能性还真比较小，以屈原为例，就算起初与楚怀王“成言”在先，最后的结果也逃不出分道扬镳。如果仔

细推敲，屈原与楚怀王一开始的君臣之心看似一致，实则迥异。一致之处在于都希望楚国强盛，可是屈原是想要通过美政实现，这中间必然需要长期的安民定邦；而楚怀王则希望快速有效，也正因有此讨巧之心，故在与屈原相遇不深的情况下就赞成屈原改革，一旦有小人夸口提出更为快速有效的方法便疏离屈原，“悔遁而有他”，不惜“数化”，变来变去。楚怀王与屈原先好后分是一个显著的例子，后来在处理秦楚关系中展现出来的一系列愚蠢的行为，其背后动机皆源于楚怀王一颗不“纯粹”之心。

与楚怀王的不“纯粹”形成鲜明对比的，是屈原的始终如一。而屈原之所以能做到这一点，就在于他的所作所为没有丝毫私欲。他一再强调“余固知謇謇之为患兮，忍而不能舍也”，又说“岂余身之惮殃兮，恐皇舆之败绩”，再讲“指九天以为正兮，夫唯灵修之故也”，真可谓“一篇之中，三致意焉”！屈原这样浓烈不舍的情感，容易使“以小人之心度君子之腹”者误以为是他恋恋不舍君臣相欢之事，事实上屈原自己说过，“余既不难夫离别兮，伤灵修之数化”，如果楚怀王坚定地推行美政，使祖国强盛，我屈原自身何足道哉！

既然楚怀王变化无常，那屈原只能换个角度来思考：是否有一天，楚怀王又变好了呢？正是这一信念，支撑着屈原不断进行“楚辞”创作，以期楚怀王幡然悔悟。只不过，屈原万万没有想到，无论他怎么努力为楚怀王“奔走以先后”，楚怀王的不坚定只体现在“猖披”的一面，而在排斥“纯粹”“耿介”方面，则是无比坚定的。

原　文

余既滋兰之九畹(wǎn)兮①，又树蕙之百亩②。

畦(qí)留夷与揭车兮③，杂杜衡与芳芷④。

冀枝叶之峻茂兮⑤，愿竢(sì)时乎吾将刈(yì)⑥。

虽萎绝其亦何伤兮⑦，哀众芳之芜秽⑧。

众皆竞进以贪婪兮⑨，凭不厌乎求索⑩。

羌(qiāng)内恕己以量人兮⑪，各兴心而嫉妒⑫。

忽驰骛(wù)以追逐兮⑬，非余心之所急⑭。

老冉(rǎn)冉其将至兮[15]，恐修名之不立[16]。

朝饮木兰之坠露兮[17]，夕餐秋菊之落英[18]。

苟余情其信姱(kuā)以练要兮[19]，长顑(kǎn)颔(hàn)亦何伤[20]。

擥(lǎn)木根以结茝兮[21]，贯薜(bì)荔(lì)之落蕊(ruǐ)[22]。

矫菌桂以纫蕙兮[23]，索胡绳之纚(xǐ)纚[24]。

謇(jiǎn)吾法夫前修兮[25]，非世俗之所服[26]。

虽不周于今之人兮[27]，愿依彭咸之遗则[28]。

注释

①**滋**：栽种。**九畹**：九是虚指，极言其多。畹有十二亩田、二十亩田、三十亩田的说法。②**树**：种植。**蕙**：又名薰草。③**畦**：一小块一小块地种植。**留夷**：芍药。**揭车**：一种香草名。④**杜衡**：俗名马蹄香。**芳芷**：芬芳的白芷。⑤**冀**：希望。**峻茂**：高大繁茂。⑥**竢**：等。**刈**：收割。⑦**虽**：即使。**萎绝**：枯死。⑧**哀**：悯惜。**众芳**：指所种兰蕙等香草，喻贤才。**芜秽**：杂草丛生的荒芜之地。⑨**众**：指化为杂草的人才。**竞进**：争着向上爬。⑩**凭不厌**：犹贪得无厌。凭、厌皆满足之意。⑪**羌**：发语词。**内恕己以量人**：以自己之心来忖度他人。⑫**兴心**：起心。⑬**驰骛**：疾驰，奔腾。⑭**急**：急迫。⑮**冉冉**：形容时光慢慢流走。⑯**修名**：美好的名声。⑰**饮**：小口吸食。**坠露**：挂在花叶上的晨露。⑱**落英**：指刚开的花。⑲**苟**：只要。**信姱**：确实美好。**练要**：精辟纯洁，精诚专一。⑳**顑颔**：因饥饿而面黄肌瘦。㉑**擥**：同"揽"，持取。㉒**薜荔**：又名木莲。㉓**矫**：举起。㉔**索**：绞合。**胡绳**：香草名。**纚纚**：长而下垂。㉕**謇**：发语词。**法**：效法。**前修**：即前贤。㉖**服**：佩戴，穿戴。㉗**虽**：虽然。**周**：适合。㉘**彭咸**：殷商时候的贤大夫，进谏不听，投水而死。**遗则**：榜样。

译文

我既栽培众多的兰草啊，又种植薰草百亩之广。

分畦种的是芍药揭车啊，套种着白芷与马蹄香。

希望它们枝叶繁茂高大啊，我愿等待时机把它们采下。

即使自然枯死有啥可悲啊，我悯惜它们从芬芳变芜杂。

这些人都贪婪地往上爬啊，他们从不满足索求无度。

他们以小人之心度君子啊，各自萌发邪心充满嫉妒。

匆匆奔腾去追名逐利啊，并非我心之所急。

慢慢地衰老就会到来啊，我怕美名之不立。

早上啜吸木兰上的晨露啊，晚上去吃初开的菊蕊。

只要我的情志精诚专一啊，面黄肌瘦又有何伤悲。

持取木根系上白芷啊，把木莲的花心连贯成环。

举起肉桂缀上薰草啊，再把胡绳草搓成一长串。

我努力效法前贤的装束啊，不是流俗之人的装扮。

虽然不适合今人的趣味啊，却能遵从彭咸的遗愿。

评析

屈原曾经做过三闾大夫，主要工作就是负责宗庙祭祀与子弟教育。作为一位老师，“得天下英才而育之”无疑是非常痛快的一件事，但最痛快的事却不在此。《庄子》说：“指穷于为薪，火传也，不知其尽也。”老师把自己的品德、学识传授给弟子，薪尽火传，虽死犹生，这才是做老师最痛快的事。与之对应，如果老师教育出来的弟子阳奉阴违，首鼠两端，那将会成为老师最大的耻辱。不幸的是，屈原所教育的贵族子弟，不仅没能继承屈原的情志，反而成为攻击他的重要生力军。

在培育人才这方面，屈原没有藏着掖着，他把自己“重之以修能”的方法毫无保留地传授给弟子，种下大片的香草，预备着时机成熟的时候为国效力。可是这些人才却在自己被楚怀王疏远之后，化为一片荒芜的杂草，这就不能不让人怀疑，他们当初信誓旦旦地跟随屈原受教究竟是出于屈原的才德还是权势。这个疑问姑且按下不表，最让屈原难以忍受的是，他们不仅贪婪躁进，永不满足，还以小人之心度君子之腹，把屈原自己也视作躁进之辈，对他进行各类攻击。楚怀王善变，重用年轻的屈原进行改革，使屈原看上去，起码表面而言，颇有躁进的迹象；但这并非屈原本意。更糟糕的是，屈原就此发现，他的教育何其失败，竟没有一位学生真正理解他！他不得不一再表明自己的志向不在于“追逐”名利，而是担忧修名不立，基业不稳，国运不昌。

可是谗言繁盛，难免混淆视听。除了不断声明之外，屈原更要用实际行动证明，为此他终身保持“好修”的品格，不断用各类香草装饰自己。当他自信地喊出“苟余情其信姱以练要兮”之际，他所面对的却是那副在时光中必然衰老的躯体——“老冉冉其将至”“长颇颔亦何伤”！如果说屈原对自己的操行极度自信，那么不能不说他对自己的身体却深感不安。敌人看似层出不穷，“野火烧不尽，春风吹又生”，可是个体的生命却不仅有限，而且脆弱。屈原在颇感绝望的心绪中，做出激烈的行为：他要效法前修，用香草做出迥异流俗的服装。当他决定效法前修的时候，不知道他是否自觉地意识到，他是在通过呼应前修来以身作则，暗中包含着“后之视今，亦犹今之视昔”的希冀，期待后人也能像他接续前修那样接过他手中的火种，并传递下去。

然而就当时的现状来看，“众芳芜秽”，使屈原不敢抱太多希望。屈原的伟大之处在于，他并没有因此消沉，反而勇敢地与世俗展开斗争。他的高风亮节，他的香草美服，虽然不适合今人的胃口，却与殷商贤人彭咸不谋而合。彭咸成为屈原信仰的“定海神针”，支撑着屈原坚持到最后，并以死抗争，投水而亡。对于屈原最后的选择，可以从多方面展开讨论，但毫无疑问的是，屈原以他的自杀告诉世人，没有人能打败他，除非他自己累了。这就让屈原的精神悬诸日月。后人似乎不再是继承屈原的遗志，而是被屈原的精神之光照亮；在屈原肉身消亡之后，他的精神却似乎获得了新的实体。

跟他教育过的子弟相比，这些新的实体更坚定。

原 文

长太息以掩涕兮[①]**，哀民生之多艰**[②]**。**

余虽好(hào)修姱(kuā)以鞿(jī)羁(jī)兮[③]**，謇(jiǎn)朝谇(suì)而夕替**[④]**。**

既替余以蕙纕(xiāng)兮[⑤]**，又申之以揽茝(zhǐ)**[⑥]**。**

亦余心之所善兮[⑦]**，虽九死其犹未悔**[⑧]**。**

怨灵修之浩荡兮[⑨]**，终不察夫民心**[⑩]**。**

众女嫉余之蛾眉兮[⑪]**，谣诼(zhuó)谓余以善淫**[⑫]**。**

固时俗之工巧兮[13]，偭(miǎn)规矩而改错[14]。

背绳墨以追曲兮[15]，竞周容以为度[16]。

忳(tún)郁邑余侘傺(chà chì)兮[17]，吾独穷困乎此时也[18]。

宁溘(kè)死以流亡兮[19]，余不忍为此态也[20]。

鸷(zhì)鸟之不群兮[21]，自前世而固然[22]。

何方圜(yuán)之能周兮[23]，夫孰异道而相安[24]？

屈心而抑志兮[25]，忍尤而攘诟(rǎng gòu)[26]。

伏清白以死直兮[27]，固前圣之所厚[28]。

注释

①**太息**：叹息。**掩涕**：揩泪。②**民生**：指人生。既包括屈原之人生，也包括万民之人生。③**虽**：通“唯”，只。**修姱**：修洁而美好，喻美德。**鞿羁**：指马缰绳、络头，喻束缚。④**謇**：发语词。**谇**：进谏。**替**：废弃。⑤**以**：因为。**蕙纕**：用薰草做的佩饰，或指香囊。⑥**申**：重复。⑦**亦**：语气助词。**善**：爱好。⑧**虽**：即使。**九**：表示极多。⑨**灵修**：指楚怀王。**浩荡**：指荒唐。⑩**察**：体察。**民心**：人心，这里指屈原之心。⑪**众女**：指小人们。**蛾眉**：女子貌美，喻美好的品德。⑫**谣诼**：造谣毁谤。**淫**：邪乱。⑬**工巧**：善于取巧。⑭**偭**：违背。**错**：通“措”，措施。⑮**绳墨**：比喻正道直行。**追曲**：追随邪曲。⑯**周容**：迎合讨好。**度**：常行之法。⑰**忳**：烦闷。**郁邑**：郁结压抑。**侘傺**：失意而神情恍惚。⑱**穷困**：境况窘迫。**乎**：于。⑲**溘死**：忽然死掉。**流亡**：随水流远去。⑳**此态**：指迎合讨好之态。㉑**鸷鸟**：凶猛之鸟。**不群**：不为伍。㉒**前世**：以前的时代。**固然**：历来如此。㉓**方圜**：同“方圆”。**周**：合辙。㉔**孰**：哪。**异道**：志向不同。㉕**屈**：委屈。**抑**：压抑。㉖**忍尤**：容忍罪过。**攘诟**：容忍耻辱。㉗**伏清白**：抱清白的节操。**死直**：死于正直。㉘**厚**：作动词，看重。

译文

我久久地叹息揩泪啊，感伤人生之路艰辛不已。

爱好美德反成束缚啊，早上进谏晚上就被废弃。

因为佩戴薰草废弃我啊，何况我又一再采摘白芷。

它们都是我心头所爱啊，我不后悔哪怕死一万次。

只恨那楚怀王荒唐啊，终究不明白我的心思。

小人嫉妒我的品德啊，编造我善邪乱的浮词。

本来流俗善于取巧啊，违背规矩篡改原有措施。

背弃正道追随邪曲啊，把竞相讨好看作正常事。

日夜忧郁压抑闷闷不乐啊，唯独我被困在这个时世！

宁愿突然死去随波浮尸啊，我不忍心学他们的样子！

鸷鸟高飞卓尔不群啊，从以前的时代过来都如此。

方与圆怎么能合辙啊，道不同哪能相互安然合适？

委屈压抑不变情志啊，包容强加之罪含辱忍耻。

守清白而死得正直啊，这才是先贤心中所珍视。

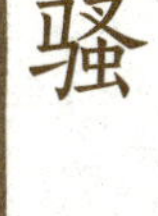

评　析

屈原不仅带着血泪去控诉人生的艰难，更把导致艰难坎坷的原因无情地一一揪出。这些艰难包括但不限于小人谗毁和君王荒唐。归根究底，其根本原因在于不愿同流合污。由此带来一系列问题：当人们都善于取巧的时候，美德之人的存在本身就映衬出他们的猥琐，以至于他们看不惯，不把美德毁到一文不值不会罢休。因此屈原自身极其珍视的品德，反而成为他人的眼中钉，“必除之而后快”，也同时成为他自身的枷锁。我们可以试想一下：一个社会，做坏人要受到惩罚很正常，可是要做一个好人反而需要承受责难，那肯定是社会病了。

问题在于，多少人在面对社会的口诛笔伐之际，还能够像屈原这样坚持底线、坚守清白？这是屈原尤其难能可贵之处。从父亲伯庸在屈原心中播下“正则”“灵均”的火种以来，屈原一直努力让“星星之火可以燎原”，当这个理想失败的时候，他退而求其次，想通过教育把火种传下去，结果却是一场身心俱疲的悲剧。按道理来说，这个时候孤军奋战的屈原应该倍加珍惜生命才是，他却一再谈到死亡，如“虽九死其犹未悔”“宁溘死以流亡兮”“伏清白以死直兮”等。这一方面说明屈原以生命献祭理想的毅然决然，另一方面也可以看出彭咸之死对他的影响：只要有生之年不改变志

向，这个志向终究会改变后世的有识之士，就像彭咸对屈原的影响一样，后世自有屈原的知音。

寄希望于后世，这是不得已而为之。时俗工巧，背正追曲，当时之世，独守穷困。所以当屈原发出“夫孰异道而相安”的疑问时，他不仅是在追问像他这样清白不群之人能否与流俗相安无事，更是在叩问自己：流俗之人果真可以与道不同的我和平相处吗？为此他也曾屈心抑志，含垢忍耻，试图通过改变斗争方式，来幻想形势会有转机——这正是我们所谓的“曲线救国”。在屈原身上，我们似乎总是觉得他过于死板，不会变通。而“屈心而抑志兮，忍尤而攘诟”却透露出屈原不是没有想到这一点，只不过当他真的付诸行动时，却发现这样做面临着两难的选择：究竟是表里不一而生，还是内外一致而死？甚至我们不妨推测，屈原处在君臣背离的困境之中，他唯一的武器就是品格，如今想要“曲线救国”，那便连这唯一的武器也将丧失，他还能救什么？

于是乎不得不寄希望于后世了。

作为后世读者的我们，也当经受住屈原的考问。

原文

悔相（xiàng）道之不察兮[1]，延伫（zhù）乎吾将反[2]。

回朕车以复路兮[3]，及行迷之未远[4]。

步余马于兰皋（gāo）兮[5]，驰椒丘且焉止息[6]。

进不入以离尤兮[7]，退将复修吾初服[8]。

制芰（jì）荷以为衣兮[9]，集芙蓉以为裳（cháng）[10]。

不吾知其亦已兮[11]，苟余情其信芳[12]。

高余冠之岌（jí）岌兮[13]，长余佩之陆离[14]。

芳与泽其杂糅（róu）兮[15]，唯昭质其犹未亏[16]。

忽反顾以游目兮[17]，将往观乎四荒[18]。

佩缤纷其繁饰兮[19]，芳菲菲其弥章[20]。

民生各有所乐兮㉑，余独好修以为常㉒。

虽体解吾犹未变兮㉓，岂余心之可惩（chéng）㉔？

注释

①**相道**：察看道路。**察**：详细察看。②**延伫**：长久站立。③**复路**：走回头路。④**及**：趁着。⑤**步余马**：骑着我的马慢走。**兰皋**：长着兰草的水边高地。⑥**椒丘**：生有椒木的丘陵。**焉**：于此。⑦**进**：仕进。**不入**：不被国君采纳。**离尤**：获罪。⑧**退**：回去。**初服**：未入仕前的衣服。⑨**制**：裁剪。**芰荷**：菱叶与荷叶。⑩**芙蓉**：荷花。**裳**：古代男女皆穿的下身衣裙。⑪**不吾知**：即不知吾，不理解我。⑫**苟**：只要。**信**：确实。⑬**高**：增高。**岌岌**：高高的样子。⑭**长**：加长。**佩**：身上佩带的剑。**陆离**：长长的样子。⑮**芳与泽**：芬芳与腐臭。**杂糅**：混杂。⑯**唯**：独。**昭质**：昭明的品质。**亏**：损。⑰**忽**：不经意。**游目**：放眼纵望。⑱**四荒**：四方荒远之地。⑲**缤纷**：繁盛。**繁饰**：众多的彩饰。⑳**菲菲**：香气盛郁。**弥章**：更加明显。㉑**民生**：人生。㉒**好修**：喜欢修饰。**常**：当作“恒”，避汉文帝刘恒讳而改，但与“惩”不押韵。黄灵庚指出，“《郭店楚墓竹简》凡谓固常字悉作‘恒’”（《楚辞与简帛文献》），可从。㉓**体解**：分解人的肢体。㉔**惩**：戒惧。

译文

悔恨选择道路时没看清啊，我长久地站立后就要回返。

掉转我的车头走回头路啊，趁着误入迷途还不是太远。

骑马漫步在长着兰草的高地啊，奔向长着椒木的丘陵并在那里休息。

仕进时怀王不采纳反而获罪啊，回去后我将再次装饰入仕前的布衣。

裁制菱叶和荷叶作为上衫啊，采集荷花作为下裳。

没有人理解也就算了啊，只要我的情志确实芬芳。

增高我的帽子让它高耸啊，加长我的佩剑让它悠扬。

芬芳与腐臭混杂在一起啊，唯独昭明的品质没损伤。

不经意间回首远望啊，我将去游览荒远的地方。

佩戴众多华美彩饰啊，浓郁的香气使它们更亮。

人生各有各的乐事啊，我单喜欢美洁本性难忘。

即使被酷刑肢解也不变啊，还有什么畏惧能刺痛我心房？

评　析

在前文中，屈原一再强调死亡并不可怕，既然“虽体解吾犹未变兮，岂余心之可惩”，那承认自己出道时不够慎重、并将原路返回，又有什么可担忧的呢？以前没手机导航的时候，方向感不好的人，一旦有迷路的感觉，本能地原路返回，常能重新找到正确的路线。屈原也不例外，他也希望“及行迷之未远”而回去。可是他要回去的是哪里呢？是兰皋，还是椒丘？他要回去做什么呢？“复修吾初服”！用菱叶、荷叶、荷花裁制衣裳，增高他的帽子，加长他的佩剑，佩戴饰物繁复华美，芬芳使它们更加光亮！

屈原把自己盛装打扮，要做什么呢？首先也是最重要的是，他这么做并没有任何目的性，更别谈功利性了，因为“民生各有所乐兮，余独好修以为常”，喜好美洁是屈原的习惯，也是他的“所乐”，因此，穿戴整洁美好，哪怕什么也不做，就足够快乐了。这一点或许女性读者更容易体会一些。司马迁在写《屈原贾生列传》的时候，是把自己当作屈原的异代知音的，但在打扮这一点上，司马迁似乎并没有达到屈原的高度。他认为“女为悦己者容”，这实在是男权心态的反映，好像打扮好的美女如果不能被喜欢的人看见就是浪费，殊不知打扮的过程、美美的样子，对女子而言也是足够快乐的。

从屈原更能体味女子心态及其装扮诸事来看，我们难免会有一个疑惑：屈原怎么会这样？这个问题有必要略作交代，澄清视听。屈原所谓的以香草作衣之类行为，不过是诗中的隐喻而已，用来表达他修身自好，并非他真的心灵手巧，能够把荷花做成下裙。屈原之所以有此类描写，一方面可能跟楚地风俗有关，另一方面则可能受到《诗经》尤其是《国风》部分的影响，故后人常把《国风》《离骚》合称“风骚”。《诗经》习惯于用男女之情象征君臣之意。有研究表明，屈原在楚文化之外，深受以《诗经》为代表的中原文化影响，因此通过富有暗示性的女性描写，曲折地表现出其诗意背后的政治诉求。当然，屈原并非完全按照《诗经》创作，其中更有大量求女的情节，我们后文再详细探讨。另外，诗中除去女性化装扮之外，亦有男子汉气质呈现，如“高余冠之岌岌”“长余佩之陆离”，高帽长剑，这就远非女子的装扮可比拟的了。

回到诗中的盛装打扮上来。尽管屈原并非别有目的地进行装饰，但盛服完成，他也不会弃之不顾，不加理会。总体来看，有两个作用较为明显。第一是通过美洁衣裳来告诉世人，就算“芳与泽其杂糅”，我的高洁品质仍鲜亮如初，这无异于跟世俗宣战。第二是想要游目远观，即“将往观乎四荒”。我们知道，楚国在中原看来，已是蛮荒，屈原此处站在楚国而称四周为“四荒”，在屈原尚未动身远行之前，我们似乎已从中嗅到屈原的心灵气息，是浓重的“楚国中心”的。为此，我们将不得不为屈原的远行捏一把汗，但无论如何，屈原能够迈开远行的第一步，离开这个让他伤心欲绝的故国，我们就该为他高兴，尽管最终他也没能真的离开。

原　文

女媭（xū）之婵（chán）媛（yuán）兮①，申申其詈（lì）予②。

曰鲧（gǔn）婞（xìng）直以亡身兮③，终然殀（yāo）乎羽之野④。

汝何博謇（jiǎn）而好修兮⑤，纷独有此姱（kuā）节⑥？

薋（cí）菉（lù）葹（shī）以盈室兮⑦，判独离而不服⑧。

众不可户说兮⑨，孰云察余之中情⑩？

世并举而好朋兮⑪，夫何茕独而不予听⑫？

注　释

①**女媭**：传统说法解释为屈原之姊，但与全诗内容不符合。这里根据最新研究成果，解释为富有神性的女性。**婵媛**：关心爱切而显得婉转痛恻的样子。②**申申**：反反复复。**詈**：责骂。③**鲧**：古代部落酋长，大禹之父。一说治水不力被杀，一说因直谏不成被杀。本处从后说。**婞直**：刚直。**亡身**：即忘身。意即因刚直而忘记自身。④**殀**：早死。**羽之野**：羽山的郊野。⑤**博謇**：博学而好直言。⑥**纷**：纷然美盛。**姱节**：美好的节操。⑦**薋**：聚集。**菉葹**：两种恶草。⑧**判**：判然。**独离**：独自离弃。**服**：使用。⑨**户说**：一家一户地去说。⑩**孰**：谁。**余**：咱们。⑪**并举**：互相抬举。**好朋**：成群结党。⑫**茕独**：孤独。**不予听**：即“不听予”。

译文

女媭关心爱切婉转痛恻啊，反反复复地将我斥责。

她说鲧刚直而不顾自身啊，结果惨死在羽山之侧。

你为何博学直言爱好美洁啊，独有如此美盛的品格？

集满恶草充塞在房子之中啊，你却毅然独弃而不用。

不可能向每个人说明情况啊，谁会体察我们的苦衷？

世人好互相抬举朋比为奸啊，为何不听我言学变通？

评析

从这一段开始，屈原暂时把眼光从疮痍满目的现实中收回，踏上他的浪漫之旅。如果从浪漫诗风的角度来说，这一段堪称承前启后的重要衔接点。从《离骚》的整体结构而言，这一段也是屈原心灵辩护的起点。因此，如果我们把“女媭”解释为屈原的姐姐，那就实在是不伦不类。在这种情况下，如果我们一定要把传统解释与诗歌内容绾合起来的话，那也应该像阅读海子诗中的“姐姐”一样，把“女媭”看作文学虚构的富有神性的姐姐，而非现实中的某个女性。那么随之带来一个新问题：为什么屈原在这么重要的地方选择女媭？

联系全诗，女性在屈原心中有重要的分量，前文已讲过，这里需要补充一点的是，当屈原在诗中不断创造靠拢女性修洁一面的自我抒情形象的时候，暗含着一个前提：女性是跟屈原站在一起的。这其实是个未经证实的前提。在《红楼梦》中，我们可以看到有林黛玉这样的至情至性之少女，但也有赵姨娘那样的肮脏泼辣之妇人。女媭自然属于前一类，因此屈原引入她的斥责，实际上代表着屈原心灵深处的一种自我反省和自我质疑。

这种质疑与小人的质疑不同，小人的质疑是与屈原根本对立的，因此屈原也坚决地予以反击。女媭的质疑却并非对屈原根本人格的否定，而是在如何坚守根本人格的方式上，比屈原更为柔和一点。可不可以内方外圆呢？可不可以在保持耿直的同时，在处理方式上更加灵活一点呢？女媭指出鲧因为直谏而被杀之事，这里面的可怕之处不在于死亡，而在于鲧死后，一直以治水不力的形象传之后世，他耿直的真面目却湮没于历史的尘埃之中。屈原一意孤行，自然无损于他伟大的人格，可是在恶草满盈的世间，屈原只身佩戴香草，那些朋比为奸的小人岂不要对屈原实行围剿，尤其是舆

论围剿？孤军奋战，是没有机会把事情真相告诉每一个人的，心中的苦衷由此不被体察，随之而来的就是误解，这种误解一旦被舆论围剿利用，相互激荡，屈原留给后世的印象也逃不出下一个鲧吧！

女媭的质疑是温柔而善意的，它实际上代表着一种关切。尽管如此，对于私心较重的人来说，听到这个问题也会吓傻，不知如何回答。但是屈原早有答案。

原　文

依前圣以节中兮①，喟(kuì)凭心而历兹②。

济沅(yuán)湘以南征兮③，就重(chóng)华而陈词④：

启《九辩》与《九歌》兮⑤，夏康娱以自纵⑥。

不顾难以图后兮⑦，五子用失乎家巷(hòng)⑧。

羿(yì)淫游以佚(yì)畋(tián)兮⑨，又好(hào)射夫封狐⑩。

固乱流其鲜(xiǎn)终兮⑪，浞(zhuó)又贪夫厥家(gū)⑫。

浇(ào)身被(pī)服强圉(yǔ)兮⑬，纵欲而不忍⑭。

日康娱而自忘兮⑮，厥首用夫颠陨(yǔn)⑯。

夏桀(jié)之常违兮⑰，乃遂焉而逢殃⑱。

后辛之菹(zū)醢(hǎi)兮⑲，殷宗用而不长⑳。

汤禹俨(yǎn)而祗(zhī)敬兮㉑，周论道而莫差㉒。

举贤而授能兮㉓，循绳墨而不颇㉔。

皇天无私阿(ē)兮㉕，览民德焉错辅㉖。

夫维圣哲以茂行兮㉗，苟得用此下土㉘。

瞻前而顾后兮㉙，相(xiàng)观民之计极㉚。

夫孰非义而可用兮㉛？孰非善而可服㉜？

diàn
阽余身而危死兮[33]，览余初其犹未悔[34]。

záo ruì zū hǎi
不量凿而正枘兮[35]，固前修以菹醢[36]。

xū xī
曾歔欷余郁邑兮[37]，哀朕时之不当[38]。

揽茹蕙以掩涕兮[39]，沾余襟之浪浪[40]。

注释

①**节中**：折中，保持正道。②**喟**：叹息。**凭心**：满心。**历兹**：至此。③**沅**：水名，源于贵州省云雾山，经湖南汇入洞庭湖。**湘**：湘江，源出广西，为湖南省最大河流。**南征**：往南而去。据《史记·五帝本纪》云："舜南巡崩于苍梧之野，葬于江南九嶷。"故屈原南征。④**重华**：虞舜的美称。舜重瞳（一个眼睛里有两个瞳孔），故称重华。⑤**启**：夏启，大禹之子。**《九辩》与《九歌》**：传说是天帝的乐曲，被夏启带到人间。⑥**夏**：指夏朝的夏启及其子太康。**康娱**：安乐。⑦**不顾难**：不回想得取天下之不易。**以图后**：为后代谋划。⑧**五子**：指夏启五子。**用**：以。**失**：丧失。**家巷**：内讧。⑨**羿**：传说是夏代有穷氏的首领，善于射箭，不修民事，为家臣寒浞所杀。**佚**：放纵。**畋**：通"田"，打猎。⑩**封狐**：大狐。⑪**乱流**：逆乱之流。**鲜终**：少有善终。⑫**浞**：后羿家臣，后羿不理政事，寒浞杀之自立。**厥**：其，指后羿。**家**：通"姑"，指后羿的妻子。⑬**浇**：即过浇，寒浞之子。**被服强圉**：依仗自己强大的力量。⑭**不忍**：不肯自制。⑮**自忘**：忘乎所以。⑯**厥首**：他的头颅。**用夫**：因而。**颠陨**：坠落。⑰**夏桀**：夏代最后一个君王，暴君。**常违**：经常违背天道人理。⑱**遂**：终究。**逢殃**：遭祸。⑲**后辛**：即殷纣王。**菹醢**：古代把人剁成肉酱的酷刑。⑳**殷宗**：殷商的国祚。**用而**：因而。㉑**汤禹**：商汤和夏禹。**俨**：庄重。**祗敬**：恭敬。㉒**周**：周密。**论道**：讨论治国之道。**莫差**：没有差别。㉓**举贤**：推举贤士。**授能**：任用能臣。㉔**循**：遵从。**绳墨**：指规矩。**颇**：偏颇。㉕**皇天**：天神。**私阿**：偏爱。㉖**民德**：在天神面前，国君也是民，故"民德"指国君之德。**错辅**：安排辅助。错，通"措"。㉗**维**：唯独。**圣哲**：富有道德的人。**茂行**：德行充盈。㉘**苟**：于是。**用**：治理。**下土**：天下。㉙**瞻前**：回顾历史。**顾后**：看到未来。㉚**相观**：观察。**计极**：兴亡之因。㉛**孰**：谁。**非**：不是。㉜**服**：任用。㉝**阽**：临近危险。**危死**：濒临死亡。㉞**初**：初衷，最初

的志向。㉟**凿**：榫眼。**正**：确定。**枘**：器物的榫头。㊱**前修**：指古代因直谏而遭菹醢酷刑的贤人，如关龙逢等。㊲**曾**：通“增”，屡屡。**歔欷**：悲泣。**郁邑**：苦闷。㊳**朕**：我。**时**：时代。**当**：恰当。㊴**茹蕙**：柔软的蕙草。㊵**沾**：浸湿。**浪浪**：泪流不止。

译文

依据先贤把正道保持啊，我满腔叹息遭遇至此。

渡过沅江、湘江南走啊，到虞舜神前大声陈词。

夏启从天上带来《九辩》《九歌》啊，父子相继放纵淫乐。

不念建国艰难又不为后代打算啊，五子因内讧而乱失家国。

后羿过度沉迷于打猎啊，还特喜欢射杀大狐狸。

本来逆流就没好下场啊，寒浞夺权又占有其妻。

过浇依仗强大的力量啊，放纵欲念而没有约束。

每天娱乐地忘乎所以啊，因而丢掉了他的头颅。

夏桀经常违背常理啊，后来终究遭受到灾殃。

殷纣发明肉酱酷刑啊，殷商的国运因此不长。

商汤与夏禹庄重恭敬啊，周密地讨论治国之道没有差错。

推举贤士并任用能臣啊，遵守正确的规矩不会出现偏颇。

上天不会偏袒啊，视国君之德安排辅佐。

只有贤达道德啊，才能治理好整个家国。

前前后后思考历史与未来啊，观察人世兴废的规则。

谁不是因为忠义而被任用啊，谁不是善良才成楷模？

我身陷危险死里逃生啊，静观初心完整从没后悔过。

不量榫眼来选择榫头啊，本就导致前贤被剁成肉酱。

我屡屡悲泣苦闷啊，哀叹自己生不逢时。

拿柔软蕙草揩泪啊，泪水直把衣襟打湿。

评析

女嬃提出的问题——舆论围剿——对屈原是有伤害的，这种伤害体现在女嬃对屈原的非完全理解上，而并非这个问题本身。屈原“喟凭心而历兹”的“兹”中，就含

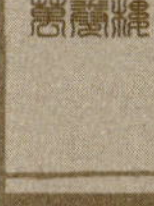

有女媭。至于这个问题，在屈原看来根本不值一提。他通过回答的方式和内容，成功地突出舆论围剿。首先看回答的方式。他是“济沅湘以南征兮，就重华而陈词”的。我们知道，虞舜南巡，死葬苍梧之野。屈原渡过沅江湘江，去往虞舜死亡之地，怎么跟虞舜陈词呢？这里就暗含着非常重要的基础：虞舜虽死，却已成神。屈原有此想法，可见他并不认为死亡就是终结，真正伟大的人，死后会成神。既然如此，当屈原踌躇满志地向圣贤学习，“依前圣以节中”，哪怕“阽余身而危死”，死后也不会烟消云散。舆论围剿只能围剿生前，对于死后仍以神的形式存在的屈原来说，自然不必有此担忧。明白这一点，我们再回头去看屈原沉江而死之事，就不会觉得屈原此举过于突兀了。

从内容上来看，屈原更从现实角度展现出他对舆论围剿的满不在乎。他在陈词中主要列举两类治国之君，一类是夏启、后羿这些淫游自纵的昏君，他们“不顾难以图后”，“纵欲而不忍”，最终的结果是“身死庙隳，为天下笑”，不仅使自己大难临头，更把整个家国宗庙白白断送，即“乃遂焉而逢殃”和“殷宗用而不长”。另一类则相反，是商汤夏禹这些明君，他们恭敬周详，论道无差，举贤授能，用义服善，循规蹈矩，瞻前顾后，于是得“无私阿”之皇天“错辅”，不仅自身获得茂行，更治理好家国。这一正一反的治国历史，无疑坚定屈原“依前圣以节中”的信心。但我们在阅读的时候会发现，无论哪一类，屈原都没有涉及自身。这并非偶然，恰恰足以说明屈原心中所思所念，皆是家国。一个心心念念系于国家的人，一个像皇天一样无“私阿”的人，面对舆论围剿，他连自身存亡都不在乎，又怎么会在乎死后声名呢？这在我们看来似乎难以理解，但只要明白屈原并非惺惺作态、沽名钓誉之辈，便就足以体会屈原面对舆论围剿“困境”时的洒脱心态。

最关键的问题根本就不在女媭的舆论围剿，而在于如何战胜形成这类舆论围剿的社会环境。对屈原而言，“阽余身而危死兮，览余初其犹未悔”，只要初心不变，完整呵护，万死不辞，想要我“量凿而正枘”，通过适应楚国昏庸的政治现状来改变自己的初心，那还不如让我像前修那样被“菹醢”更痛快一些。所以问题又回到女媭斥责屈原之前的矛盾：究竟是通过坚守自己来渴求改变现状，还是通过改变自己来适应现实。屈原本是想逃脱这一矛盾而选择暂时脱离现实，可是没想到在与虞舜对话的过程中又回到故态，这不能不让他“曾歔欷余郁邑兮”，难过得无以自拔。另一方面也说明，只要屈原此心不改，去哪里都于事无补，为后文的远游失败等情节埋下伏笔。

当屈原回顾治国历史的时候，当他把国君分为昏聩与贤明两类的时候，他会有一个错觉，似乎真的存在那样一个“黄金时代”，举贤任能，国泰民安。从这一点上来说，屈原是个如假包换的儒者，他的思想越是向往商汤夏禹，就越能说明这一点。由此出发，他“哀朕时之不当”，如果自己恰巧出生在那样的贤明之世，这些矛盾不都迎刃而解，甚至根本都不会产生吗？这透露出一个消息：屈原推行美政的精神资源，与儒家关系密切。然而我们知道，最终能够在乱世统一的思想并非儒家思想，而是法家思想。儒家思想的代表人物，从孔子到孟轲，贯穿春秋战国，他们都没有好日子过。既然屈原消弭乱世的美政理念有深厚的儒家色彩，考虑到当时儒者在乱世的遭遇，屈原屡屡碰壁，最终不愿离开楚国远赴异国——可能会有人质疑，屈原去其他国家能否推行美政的问题也就不言而喻了。

或许正是隐约体悟到这样的最终结局，屈原再也忍不住，泪如雨下。

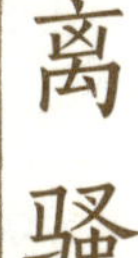

原　文

跪敷衽(rèn)以陈辞兮[1]**，耿吾既得此中正**[2]**。**
驷(sì)玉虬(qiú)以乘(chéng)鹥(yī)兮[3]**，溘(kè)埃风余上征**[4]**。**
朝发轫(rèn)于苍梧兮[5]**，夕余至乎县圃**[6]**。**
欲少留此灵琐兮[7]**，日忽忽其将暮。**
吾令羲(xī)和弭(mǐ)节兮[8]**，望崦(yān)嵫(zī)而勿迫**[9]**。**
路曼曼其修远兮[10]**，吾将上下而求索**[11]**。**
饮余马于咸池兮[12]**，总余辔(pèi)乎扶桑**[13]**。**
折若木以拂日兮[14]**，聊逍遥以相羊**[15]**。**
前望舒使先驱兮[16]**，后飞廉使奔属(zhǔ)**[17]**。**
鸾皇为余先戒兮[18]**，雷师告余以未具**[19]**。**
吾令凤鸟飞腾兮[20]**，继之以日夜。**
飘风屯其相离兮[21]**，帅云霓而来御(yà)**[22]**。**

纷总总其离合兮[23]，斑陆离其上下[24]。

吾令帝阍(hūn)开关兮[25]，倚阊阖(chāng hé)而望予[26]。

时暧(ài)暧其将罢兮[27]，结幽兰而延伫(zhù)[28]。

世溷(hùn)浊而不分兮[29]，好蔽美而嫉妒。

注　释

①**敷**：铺开。**衽**：衣之前襟。②**耿**：光明正大。**此中正**：此中正之道。③**驷玉虬**：以四虬龙驾车，故可以飞升。**虬**：无角龙。**椉**：即“乘”。**鹥**：类凤凰，有五彩花纹。④**溘**：忽然。**埃**：微小的尘土。**上征**：飞上天空。⑤**发轫**：拿掉卡住车轮的木头，出发。**苍梧**：一名九疑，虞舜所葬之地。⑥**县圃**：即“悬圃”，在昆仑山顶，神仙所居。⑦**灵琐**：即悬圃的大门。⑧**羲和**：传说中给太阳驾车的神。**弭节**：缓慢行驶。⑨**崦嵫**：山名，日落的地方。**迫**：靠近。⑩**曼曼**：同“漫漫”，遥远。**修远**：长远。⑪**上下**：上天入地。**求索**：寻求、探索。⑫**咸池**：传说中太阳洗澡的地方。⑬**总**：系。**辔**：马缰绳。**扶桑**：传说中太阳出发的地方。⑭**若木**：传说中日入之地，在昆仑之西。**拂**：通“蔽”，遮蔽。⑮**相羊**：即“徜徉”，自由自在地来往。⑯**望舒**：传说中为月亮驾车的神。**先驱**：向导。⑰**飞廉**：即风神。**奔属**：奔跑着紧跟其后。⑱**鸾皇**：即“鸾凰”，两种瑞鸟。**先戒**：在前面警戒。⑲**雷师**：雷神。**未具**：没有准备好。⑳**凤鸟**：即凤凰。㉑**飘风**：暴风。**屯**：聚集。**相离**：相附丽。㉒**帅**：通“率”，率领。**御**：读作“迓”，迎接。㉓**纷**：多。**总总**：聚集之貌。㉔**斑**：斑斓。**陆离**：灿烂。㉕**帝阍**：天地的看门人。**开关**：打开天门。“关”本指“门闩”，这里指天门。㉖**阊阖**：即天门。㉗**暧暧**：昏暗。**罢**：完。㉘**延伫**：徘徊不定。㉙**溷浊**：混乱污浊。

译文

我铺开衣襟跪着诉说啊，得到这中正之道照心窝。

驾驭无角龙所拉凤车啊，我忽然间乘风直上天国。

早上发车离开虞舜墓地啊，傍晚抵达神仙的居所。

打算在神门前休息片刻啊，时光匆匆转眼便日落。

我让羲和慢慢前行啊，看到崦嵫山不要疾驰而过。

前途漫长差得好远啊，我还要上天入地寻求探索。

在咸池让马喝水啊，我把缰绳系在扶桑树上。

折树枝遮留太阳啊，且让我从容自在地来往。

让望舒在前面开路啊，让风神紧跟其后追呼。

早有瑞鸟为我警卫啊，雷神跟我说准备不足。

我让凤凰腾翔九天啊，日以继夜切不可疏忽。

暴风聚集簇拥而来啊，率领着云霓前来迎接。

风云盛大离合不定啊，在天地之间闪耀摇曳。

我让看门人打开天门啊，他却倚着天门望着我不动。

天色昏暗一天要过去啊，我只能徘徊着把幽兰拨弄。

世道混乱不分好坏啊，喜欢遮蔽美好且妒忌之心无穷。

评析

尽管屈原的一番陈词，《离骚》中找不到虞舜的答语，但俗话说得好，不说话就是默认，虞舜以沉默的方式鼓励着屈原，使屈原重获勇气。当然，问题的根本不在于虞舜是否存在，以何种形式存在，虞舜有没有评价屈原的陈词，又以何种方式评价，而在于陈词过程中，屈原自己对某些问题的思考。无疑，这种思考所得出的结论，实际上远比虞舜的评价更重要，因为它背后所代表的正是屈原自己的抉择。屈原认为“吾既得此中正”，便拜谢虞舜墓地，前往神仙所居之处。

日常生活中，人们常会感到时间不够用，有记日记习惯的人，夜晚拿起笔，常会发现一天下来，似乎没有什么可记录，但一天确乎过去了。于是感叹一声，洗洗睡了，第二天一如既往，周而复始。屈原却不如此。当屈原察觉到“日忽忽其将暮”的时候，他选择付诸行动。一方面，他主动去跟羲和沟通，希望羲和理解他“路曼曼

其修远兮，吾将上下而求索”的良苦用心，为他放慢时间的脚步，但我们知道，即便是在神话中，时间也不会为谁停留，于是屈原便在太阳洗澡的咸池喂马喝水，在日出之后把马拴在扶桑树上休息，想通过接近太阳而获得时间的神力；又折下若木的树枝，遮蔽日渐西沉的落日，眼不见心不烦，使自己不被落日扰乱心绪，“聊逍遥以相羊”，短暂休歇储存能量。

另一方面，屈原早已密切安排，紧锣密鼓地布置好拜见天神的准备。他让望舒做开路先锋，风神紧随其后，瑞鸟为自己清道，但雷神告诉他还没完全准备好。这小小的困难对屈原而言不值一提，他让瑞鸟继续飞翔于九天，日以继夜，自己则把没准备好的部分日渐完善。这要准备的究竟是什么（或许就是后文的求女？），并无一定答案，但从中我们可以感受到，屈原不仅严谨，而且首先从自身找原因，善于反躬自省。经过这样的充分准备，如果还见不到天神，那么像女媭那样关切的质疑声便不会再次出现，因为他已经做到极致。这也是女媭的质疑对屈原造成伤害之外，对屈原所具有的积极意义所在。或者不如说，我们从中可以看到屈原是如何善于化悲痛为力量，从伤害中吸取经验教训。

准备一件事，到达什么程度才叫作准备充分了呢？每个人的标准不同，所准备的内容不同，判断的结果也不一样。但就屈原而言，所谓的准备充分，一定是自己的精诚感动天神，出现祥瑞之兆，才算准备完成。所以当暴风率领云霓“纷总总其离合”“斑陆离其上下”之际，屈原觉得时候已到，便让天帝守门人打开天门，要谨慎地去拜见天神了。可让屈原万万没有想到的是，守门人只是看着他，并没有为他开门。是屈原身后的风云吓到了守门人，还是守门人觉得自己在屈原面前相形见绌，故意刁难他？从“好蔽美而嫉妒”来看，屈原认为是后者。可能也有人会说，屈原何必搞得这么气势盛大，这不是故意给自己招揽妒忌吗？作为常人的我们，难免会有妒忌之心，所以会这样发问，可是在光明磊落、执道中正的屈原心中，看见美好便要学习，看见丑恶便要批评，哪有时间妒忌？

天神，有学者指出是暗示楚怀王。尽管屈原一直议论楚怀王之是非，但在其心灵深处，是渴望由此使楚怀王觉悟，重振楚国，不想适得其反，更让楚怀王疏远他。当屈原这样盛大地去拜见楚怀王，结果却是“吃了个闭门羹”。如果说女媭的质疑是屈原对自身怀疑的反思，那么这一次的碰壁，却让屈原深刻认识到“世溷浊而不分”的现状。前者还是屈原通过“余独好修以为常”的方法可以改变的，后者则远非屈原所

能掌控。面对这样的现实困境，其实办法无非两种：要么同流合污，要么遗世独立。很不幸，这两者都不是屈原可以忍受的选项，屈原还将继续抗争，直到死亡。

原文

朝吾将济于白水兮[1]，登阆(làng)风而绁(xiè)马[2]。

忽反顾以流涕兮，哀高丘之无女[3]。

溘(kè)吾游此春宫兮[4]，折琼枝以继佩[5]。

及荣华之未落兮[6]，相(xiàng)下女之可诒(yí)[7]。

吾令丰隆椉(chéng)云兮[8]，求宓(fú)妃之所在[9]。

解佩纕(xiāng)以结言兮[10]，吾令謇(jiǎn)修以为理[11]。

纷总总其离合兮[12]，忽纬繣(huà)其难迁[13]。

夕归次于穷石兮[14]，朝濯(zhuó)发乎洧(wěi)盘[15]。

保厥美以骄傲兮[16]，日康娱以淫游。

虽信美而无礼兮，来违弃而改求[17]。

览相观于四极兮[18]，周流乎天余乃下。

望瑶台之偃(yǎn)蹇(jiǎn)兮[19]，见有娀(sōng)之佚女[20]。

吾令鸩(zhèn)为媒兮[21]，鸩告余以不好。

雄鸠之鸣逝兮[22]，余犹恶(wù)其佻(tiāo)巧[23]。

心犹豫而狐疑兮[24]，欲自适而不可。

凤皇既受诒兮[25]，恐高辛之先我[26]。

欲远集而无所止兮[27]，聊浮游以逍遥[28]。

及少康之未家兮[29]，留有虞之二姚[30]。

理弱而媒拙兮[31]，恐导言之不固[32]。

世溷(hùn)浊而嫉贤兮[33]，好蔽美而称恶。

闺中既以邃(suì)远兮[34]，哲王又不寤(wù)[35]。

怀朕情而不发兮[36]，余焉能忍与此终古[37]。

注 释

①**白水**：传说中源于昆仑山的河流，饮之可以不死。②**阆风**：传说中昆仑山顶神仙所居之地。**緤马**：系马。③**高丘**：即阆风，因为昆仑山极高，故称高丘。④**溘**：匆匆。**春宫**：东方青帝居住的地方。⑤**琼枝**：玉树枝。⑥**荣华**：草本植物所开的花叫荣，木本植物所开的花叫华。⑦**相**：查看。**下女**：相对于昆仑之上的女子而言。**诒**：通“贻”，赠送。⑧**丰隆**：云神。⑨**宓妃**：宓通“伏”，指伏羲。宓妃说法不一，这里取伏羲女之意。⑩**纕**：佩带。**结言**：即成言。⑪**蹇修**：伏羲之臣。**理**：媒人。⑫**纷总总**：指宓妃一开始心绪很乱，拿不定主意。⑬**纬繣**：乖戾。⑭**次**：留宿。**穷石**：后羿所居之地。⑮**濯**：洗涤。**洧盘**：水名，发源于崦嵫山。⑯**保**：依靠。**厥**：指宓妃。⑰**来**：回来。**违弃**：抛开。⑱**览相观**：三字皆为“看”，指看得仔细。**四极**：四方边极。⑲**瑶台**：美玉砌成的楼台。**偃蹇**：高耸。⑳**有娀**：古国名，简狄便来自此国。**佚女**：美女。㉑**鸩**：一种毒鸟，羽毛有毒。㉒**鸠**：像山雀。**鸣逝**：且飞且叫。㉓**恶**：讨厌。**佻巧**：轻佻巧佞。㉔**犹豫**：迟疑不决。**狐疑**：怀疑。㉕**凤皇**：即凤凰。**诒**：聘礼。㉖**高辛**：指帝喾，五帝之一，尧之父。㉗**集**：就。㉘**浮游**：无目的地漫游。㉙**少康**：又名杜康，姒相之子，夏朝中兴君主。**未家**：没有成家。㉚**有虞之二姚**：有虞国君的两个女儿。㉛**理弱**：使者无能。**媒拙**：媒人口笨。㉜**导言**：传达疏导之言。㉝**溷浊**：混乱污浊。㉞**闺中**：宫室之中。**邃远**：深远。㉟**哲王**：明智的君王。**寤**：醒悟。㊱**情**：衷情。**发**：表白。㊲**终古**：永远。

译文

早上我将渡过白水啊，登上阆风把马拴好。

忽然回首泪流满面啊，哀伤此地无女可找。

我快去昆仑以东的春宫啊，攀折玉树枝条补充佩带。

趁着美丽的花朵没凋零啊，我赠送给昆仑外的女孩。

我让云神驾云而去啊，寻找伏羲女的居所。

解下佩带定下誓约啊，我让蹇修来当媒婆。

她起初没主意若即若离啊，很快乖戾善变难以捉摸。

晚上又在后羿那里淫乱啊，早上到洧盘把秀发洗濯。

仰仗美貌心骄气傲啊，她每日过度享乐到处乱逛。

确实美丽但是无礼啊，回来吧蹇修改求其他对象。

仔细查考天下四方啊，到处看过之后我才下降。

望见玉台高拔耸立啊，我看到美丽的有娀姑娘。

我让鸩去为我做媒啊，鸩告诉我她徒有其表。

鸠一边飞一边高叫啊，它的轻佻真让人烦恼。

我犹豫不定狐疑满腹啊，想亲自造访又不合礼数。

凤凰虽带去我的信物啊，又怕帝喾比我早到一步。

想去远方却没处落脚啊，我且漫游天地无所适从。

趁着少康还没有成家啊，有虞国的二女待字闺中。

可是使者无能媒人拙劣啊，恐怕传达的语言不够郑重。

何况时世混乱嫉恨贤良啊，喜欢遮蔽美德把邪恶称颂。

宫闱如此深远啊，明君又不醒悟。

有这样的衷情却不抒发啊，我怎能强忍此事抱恨千古。

评析

本段主要讲述屈原三次“求女”最后归于失败。关于屈原求女的丰富蕴意，学者解释各有不同，有追求明君说、追求贤臣说、追求贤妃说等。《清华大学藏战国竹简（壹）》收录的《楚居》记载了楚人先祖季连和鬻熊求得贤妃之事，与屈原求女之

事可以合看。在求女之前，屈原也曾想在昆仑山上拜谒天神，可是无奈守门人从中作梗，因此屈原打算离开此地，去昆仑山下求女。在离开之前，他并非毅然决然，而是几经犹豫，一会儿渡过白水，一会儿把马拴在昆仑山顶，实在不忍离去，以至于还没踏上征途就“忽反顾以流涕”了。可是“高丘之无女”，他不得不离开。如果把天神看作楚怀王，而把“求女”看作追求明君，那么文中不该讲昆仑无女，最起码也该说“无美女”，因为楚怀王就在此处。因此，结合出土文献资料与屈原全诗之意，以及历史背景，把屈原“求女”看成为楚怀王追求贤妃，较为妥当。

出土文献《楚居》讲到楚人先祖壮大过程中贤妃的重要性。屈原作为楚国贵族，对此历史心知肚明。因此，当他在《离骚》中以模仿先祖求女之事创作的时候，尽管事实上他并非真的去各个地方为楚怀王寻觅贤妃，但起码透露出两个信息：一是楚怀王比不上先祖，二是楚怀王身边没有贤妃。前者自然不必说，楚国亡国史足以说明楚怀王远不及其先祖，后者却值得一提。因为我们知道，楚怀王身边恰恰真的不仅没有贤妃，反而有一位非常阴险恶毒的妃子叫郑袖。郑袖在谗毁屈原、轻信张仪等一系列楚国重大事件中扮演着重要角色，很多时候甚至起到决定作用。这不是要以“红颜祸水”的帽子来为楚怀王开脱，而是基于基本历史资料得出的结论。回到屈原创作现场去看，哪怕楚怀王如此对待屈原，屈原仍然不离楚国，仍然视楚怀王为“哲王又不寤”——对楚怀王抱着会醒悟的幻想，那么屈原通过浪漫的文学方式为楚怀王挑选能够使他觉悟的贤妃，不正是情理之中的事情吗?

正是有郑袖这样的险恶之妃，屈原在求女的过程中尤其注意其忠贞。第一次求女之所以失败，原因便在于宓妃之淫游，从“求宓妃之所在”到“来违弃而改求”皆在说放弃宓妃的原因，便在于她“信美而无礼”。这简直是换个角度来批评郑袖了。经过此次失败，屈原更为谨慎，“览相观于四极兮，周流乎天余乃下”，把天上人间都搜寻个遍，才看中有娀之女。可是我们知道，宓妃因为淫乱不顾礼节，所以经常抛头露面，屈原容易遇见。有娀之女既然遵守礼节，深居简出，便难以遇见，这就突出媒人的重要。正是在这一环节上，屈原耽误了时间。他首先遇到的媒人鸩鸟只会跟他抱怨有娀之女不好，雄鸠又过于轻佻，难堪大任。由此可见，无论男女，只要是贤能之士，就总会有人妒忌，从而诋毁。屈原如此，有娀之女亦如此。遗憾的是，屈原这样饱受谗言危害的人，在谗言面前也“心犹豫而狐疑”，有所动摇，想要“欲自适而不可”。值得庆幸的是，屈原最终战胜谗言，坚定意志，派凤凰送去信物。可是战胜谗言的过程浪费宝贵时间，有娀之女极可能已被其他贤能之人求走。

谗言再一次击中屈原，扒开他的伤口撒盐，以至于想要放弃求女：“欲远集而无所止兮，聊浮游以逍遥。”尽管有虞二女很好，屈原还是犹豫不定。表面来看是担忧使者无能、媒人拙劣，使“导言之不固”，更深层次地来看，屈原是在怀疑自己的初衷。求女伊始，意在得到贤妃，辅佐楚怀王走上正道，但是就现在来看，只要是贤能之人，都会受到谗言伤害，比如鸩鸟谗毁有娀之女。“世溷浊而嫉贤兮，好蔽美而称恶”，在这样恶劣的楚国大环境下，就算真的把贤妃聘来，结果真的好吗？会不会楚怀王还没有醒悟过来，贤妃就已经被谗言伤害，体无完肤，像我一样？原来是觉得“闺中既以邃远兮”，因此需要贤妃经常影响着楚怀王，使他早日醒悟。但是现在换个角度一想，宫室深远，贤妃无助，怀王昏聩，难以醒悟，这哪里是拯救不悟之君，这分明是把一个贤妃往火坑里推。

屈原又一次动摇。这一次的动摇，使屈原跳开自身局限，认识到谗言之可怕：连我这样意志坚定、好修以为常的人，不也能被谗言动摇，从而错过迎娶有娀之女的时机吗？其他人就可想而知了。谗言的危害如此之大，我怎能强忍此事抱恨千古而不抒发出来！可是，抒发出来，又能改变什么呢？

原　文

索藑(qióng)茅以筳篿(tíng zhuān)兮[①]，命灵氛为余占之[②]。

曰两美其必合兮[③]，孰信修而慕之[④]？

思九州之博大兮[⑤]，岂唯是其有女[⑥]？

曰勉远逝而无狐疑兮，孰求美而释女[⑦]？

何所独无芳草兮，尔何怀乎故宇[⑧]？

世幽昧以昡曜(xuàn yào)兮[⑨]，孰云察余之善恶。

民好恶其不同兮，惟此党人其独异[⑩]。

户服艾以盈要兮[⑪]，谓幽兰其不可佩。

览察草木其犹未得兮，岂珵(chéng)美之能当[⑫]？

苏粪壤以充帏(wéi)兮[13]，谓申椒其不芳。

欲从灵氛之吉占兮，心犹豫而狐疑。

巫咸将夕降兮[14]，怀椒糈(xǔ)而要之[15]。

百神翳(yì)其备降兮[16]，九疑缤其并迎[17]。

皇剡(yǎn)剡其扬灵兮[18]，告余以吉故。

曰勉升降以上下兮[19]，求矩矱(yuē)之所同[20]。

汤禹严而求合兮[21]，挚(zhì)咎(gāo)繇(yáo)而能调[22]。

苟中情其好修兮，又何必用夫行媒[23]。

说(yuè)操筑于傅岩兮[24]，武丁用而不疑[25]。

吕望之鼓刀兮[26]，遭周文而得举[27]。

宁戚之讴歌兮[28]，齐桓闻以该辅[29]。

及年岁之未晏兮[30]，时亦犹其未央。

恐鹈(tí)鴂(jué)之先鸣兮[31]，使夫百草为之不芳。

注释

①**蔓茅**：多年生茅草，可用于占卜。**筳**：小竹棍。**篿**：楚人用茅草和小竹棍算命，称篿。②**灵氛**：叫氛的巫师。**占**：占卜吉凶。③**两美其必合**：只要双方都美就必然配合。④**孰**：谁。**信修**：真正美好。**慕**：爱慕。⑤**九州**：原指冀州、兖州、青州、徐州、扬州、荆州、豫州、梁州和雍州，这里泛指。⑥**是**：这里，或云楚国，或云前文求女之地，从后说。⑦**女**：通“汝”，你。⑧**尔**：你。**故宇**：指旧居。⑨**幽昧**：黑暗。**昡曜**：迷乱。⑩**党人**：结党营私的小人。**独异**：独异于众。⑪**服**：佩带。**艾**：白蒿，一种恶草。**盈要**：满腰。⑫**珵**：美玉。**当**：得当。⑬**苏**：即“索”。**粪壤**：粪土。**充帏**：填充香囊。⑭**巫咸**：殷商神巫，名咸。**夕降**：晚上降神。⑮**椒糈**：以椒香拌和的精米，类似粽子。**要**：即“邀”，邀请。⑯**翳**：华盖，名作动，表示遮蔽。

备降：降临。⑰**九疑**：即九嶷山，这里指九嶷诸神。⑱**皇**：大。**剡剡**：光华四溢。**扬灵**：显扬神灵。⑲**曰**：巫咸说。**勉**：勉强。**升降以上下**：上天入地，周游四方。或说与世俯仰。⑳**矩矱**：即规矩。㉑**严**：通“俨”，恭敬。**合**：匹合的同道。㉒**挚**：名臣伊尹。**咎繇**：即“皋陶”。**调**：任用。㉓**媒**：使者。㉔**说**：即傅说，殷商贤臣。**操筑**：版筑。**傅岩**：地名，傅说服贱役之地。㉕**武丁**：殷高宗，中兴之君，任用傅说。㉖**吕望**：即姜子牙，晚年出仕，帮助周武王灭商。**鼓刀**：动刀。㉗**周文**：周文王姬昌，广求贤才，到周武王终于灭商。㉘**宁戚**：卫人，与管仲等为齐桓公功臣。**讴歌**：唱《饭牛歌》。㉙**齐桓**：齐桓公，春秋五霸之一。**该辅**：征用以备辅佐之选。㉚**晏**：晚。㉛**鹈鴂**：即子规。

译文

取茅草和小竹棍来占卜啊，让灵氛为我算算求女之事。
他说两种美好定能会合啊，但楚国谁是真美值得相思？
想想广大的九州之地啊，难道只有这里的美女才合适？
他还说勉力远走不要迟疑啊，谁真心求贤会抛弃你？
哪里没有芬芳的香草啊，你何必心怀故地难以忘记？
世道昏暗使人迷乱啊，谁能把我的善恶明辨。
人的好恶本就不同啊，小人的喜怒尤其荒诞。
家家户户腰佩艾草啊，说幽谷兰草不能做佩饰。
察其选用草木都不得当啊，哪能公正衡量玉石？
他们拾取粪土填充香囊啊，却说花椒没有香气。
我打算听从灵氛的吉辞啊，心里还是彷徨迟疑。
巫咸傍晚将要降神啊，我怀揣香椒饭前去邀请。
众神蔽天纷纷降临啊，九嶷众仙也都过来相迎。
显灵诸神光芒四溢啊，他们告诉我吉辞的缘由。
巫咸让我周游四方啊，为那共同的规则而追求。
汤禹虔敬追求志同道合者啊，伊尹、皋陶因此被任用。
只要君主内心崇尚修洁啊，又何必派遣使者才能沟通。

傅说在傅岩版筑做苦力啊，殷高宗任用他毫无猜嫌。

姜子牙在菜市挥刀砍肉啊，遇到周文王而获得举荐。

宁戚击打牛角唱饭牛歌啊，齐桓公听到后委以重担。

趁年纪还不算老啊，时机还没有全部葬送。

只怕子规早啼叫啊，使百花凋零难觅芳踪。

评析

前一段分析屈原求女之意蕴，取屈原为楚怀王求贤妃之说。就此段来看，似乎与追求贤君更契合，因为其中讲到极多君臣契合的典故。这一方面说明屈原求女意蕴之丰富，不必定于一尊，另一方面也展现出历来学者对此事的不同态度。有鉴于此，故结合前文之说，对此段展开详细的讨论。其中最为关键的问题在于，如何解释“苟中情其好修兮，又何必用夫行媒”一句。此句前有商汤、大禹与伊尹、皋陶的君臣相得，后有殷高宗、周文王与傅说、吕尚的君臣相会，意在说明只要其人真正喜好修洁，自然会有贤君发现，不必动用使者、媒人。因此“行媒”之说，似乎更指向屈原与楚怀王的君臣关系。

其实换个角度、更深一层，便可圆满解释。前文说过，屈原曾经拜访天门，却被守门人拒之门外。这可看作屈原不用“行媒”直接对话楚怀王的失败，后面就紧跟着加以“求女”的情节，可见屈原是在无法与楚怀王取得直接沟通机会的情况下，才不得不四处寻求美女。这里的美女可以看成志同道合可以引荐屈原的贤臣，问题在于，如果是贤臣，那必定在象征楚国的昆仑之处寻找，可是屈原离开昆仑，因为他“哀高丘之无女”。楚国固然没有贤臣可为屈原牵线，可是，其他国家的贤臣又能为屈原做什么呢？如果是其他国家的贤臣，定会为自己的祖国效力，那肯定巴不得楚怀王不用屈原，使楚国日渐衰弱，又怎么会冒着风险出来为屈原仗义执言呢？在战国的特殊纷争环境中，这种可能性是微乎其微的。

如果把“求女”解释为寻求贤妃，虽然看似矛盾，本质上却一致。首先，针对“追求贤臣”提出的疑问，在“寻求贤妃”这里却水到渠成，因为不同国家、部落之间的联姻，实际上更是一种政治联盟，这在《楚居》中有生动的揭示。更重要的是，这也与屈原本人的外交经历符合，屈原是有能力和经验这样写的。其次，如果真的为楚怀王求得贤妃，那么这贤妃自然会是屈原的“行媒”，在楚怀王与屈原之间搭起沟通的桥梁。

因此，追求贤君、贤臣之说，大体而言，与追求贤妃八九不离十，但考虑各种文本、历史细节，追求贤妃说的契合度是最高的。因此本段的赏析仍以此说为主。

在为楚怀王追求贤妃、为自己争取“行媒”的过程中，屈原遭受到重大挫折。求不到称心如意的贤妃固然令人气馁，但更让屈原沮丧的是，自己这样对谗言深恶痛绝的人，也会被谗言误导，他人可想而知。屈原颇为动摇，便有这段之事。简单而言，始于灵氛之吉占，终于巫咸之赞同，皆为屈原打气，使他重获信心。

灵氛给屈原占卜的卜辞，意在“两美其必合”，即明君、贤臣终会相逢。这当然是迎合屈原的话，我们不必认真，即便屈原自己也有清醒认识，从“欲从灵氛之吉占兮，心犹豫而狐疑”可知。为达成这一目标，灵氛给出两个建议，分别以“曰”字带出。第一次是“思九州之博大兮，岂惟是其有女”，即让屈原去其他地方追求。这当然是延续屈原追求贤妃的思路，较为中规中矩。第二个建议是“何所独无芳草兮，尔何怀乎故宇”，表面上看是让屈原不必执着于故国，实际上却拉开屈原“求女”的帷幕。我们前面说过，屈原“求女”意在为楚怀王追求贤妃，从而为自己找到与楚怀王沟通的“行媒”，那无疑心之所向，仍是楚国。而灵氛的第二个建议，却让屈原打破家国观念，从更广大的视野来看待自己的价值，不妨去他处寻求志同道合的明君贤臣，至于是否为祖国服务，则不必考虑了——哪个国家的百姓不是百姓呢？为楚国百姓服务和被其他国家的明君贤臣重用从而服务其百姓，二者的根本差异，就在于屈原的故国情怀。

从屈原的切身感受来看，灵氛的建议是让屈原有所动摇的。他想到楚国“幽昧”，不能辨别他的忠贞，那自己又何必忠心耿耿呢？更要命的是，楚国抱团的小人们，爱好与大众截然不同，他们满腰佩带恶草，污蔑幽兰不能佩带；连选用草木都不得当，哪能公正地衡量玉石的美质？选取臭粪土填充香囊，污蔑花椒没有芬芳；那我为什么不遵从灵氛的建议，还留在这里干什么呢？在那样的时代，屈原没有发现百姓的力量，是其局限性所在，但从当时报国为民的视野来看，国君昏聩，小人满朝，屈原确乎是没有更多的选择了。在这种情况下有些怀疑，甚至想要离开，也是当时人所能给出的较为理智的答案。可是屈原却还在“心犹豫而狐疑”，可见屈原对故国的迷恋，已远非实现政治抱负所能概括，而有着更为深刻的情怀。这个情怀是什么，我们将在《离骚》结尾进行详细探讨。

灵氛只能动摇屈原，却无法让屈原做出最后的决定。为此巫咸降神，亲自游说

屈原。从阵势来看，巫咸果然不同凡响：“百神翳其备降兮，九疑缤其并迎。”众神都随巫咸降临，连当地的神仙都去迎接，巫咸更是“皇剡剡其扬灵”，来验证灵氛的吉占。巫咸让屈原不要放弃，继续坚持追求志同道合者。这当然也是在迎合屈原，不必多说，值得一提的是巫咸后面提出的明君，不是天下之王，就是一代霸主。前者如商汤、夏禹、殷高宗，以及重用吕尚辅助其子周武王灭商建立西周王业的周文王，后者如“九合诸侯”的齐桓公。这些都不是安居一隅的诸侯王，一方面说明屈原辅助楚怀王是抱着统一天下的壮志的（这也是伯庸对屈原寄予的厚望），另一方面则说明，屈原要实现统一天下的壮志，完全可以投奔其他更有实力、更为贤明的国君，何必执着于楚怀王。这从齐桓公与宁戚的事情中最能看出，宁戚是卫国人，在国内郁郁不得志，后来得到齐桓公的赏识而成为齐桓公称霸的功臣之一。

有学者认为巫咸跟灵氛的意见不一致，这恐怕是“遗其大者”。巫咸是在灵氛的基础上，试图坚定屈原离开的决心。如果有此想法，一定要趁早，尤其是在精力充沛的时候，故巫咸最后说：“及年岁之未晏兮，时亦犹其未央。”趁着年纪不老，还能奔走各国；一旦上了年岁，那就只能无可奈何了。当然，我们知道屈原最后的选择是投水而死，并没有离开楚国，但从这个决定中也可以看出，巫咸对时光的担忧，其实也是屈原内心纠结所在，这从开篇处的“汩余若将不及兮，恐年岁之不吾与”等语中皆可看出。

巫咸的最后一句话值得玩味。他说：“恐鹈鴂之先鸣兮，使夫百草为之不芳。”表面之意，是说担心暮春之际子规啼叫，让各种花草都不开花。我们知道，开不开花与子规无关，这里却搭建联系，意在指出“不芳”之草——即恶草——总有莫名其妙的理由妒忌贤人。子规又叫杜鹃，有“子规啼血”的典故，是说蜀王失国身死，化为杜鹃，悲啼不已。这个结局与楚怀王何其相似！楚怀王的结局是后事，从中颇能看出巫咸的先见之明。而巫咸如此暗示楚怀王的结局，自然是因为楚怀王在屈原心中，始终与小人不同。套用今天的一句俗语，楚怀王虐屈原千万遍，屈原仍然待之如初恋。巫咸深刻意识到唯有坐实楚怀王的悲剧下场，才能彻底说服屈原，可是结果如何呢？我们拭目以待。

原文

何琼佩之偃（yǎn）蹇（jiǎn）兮[1]，众薆（ài）然而蔽之[2]。

惟此党人之不谅兮③，恐嫉妒而折之。

时缤纷其变易兮④，又何可以淹留⑤？

兰芷变而不芳兮，荃(quán)蕙(huì)化而为茅。

何昔日之芳草兮，今直为此萧艾也⑥。

岂其有他故兮，莫好修之害也。

余以兰为可恃兮⑦，羌无实而容长⑧。

委厥美以从俗兮，苟得列乎众芳。

椒专佞以慢慆(tāo)兮⑨，榝(shā)又欲充夫佩帏⑩。

既干进而务入兮⑪，又何芳之能祗(zhī)⑫？

固时俗之流从兮⑬，又孰能无变化。

览椒兰其若兹兮，又况揭车与江离。

惟兹佩之可贵兮，委厥美而历兹⑭。

芳菲菲而难亏兮⑮，芬至今犹未沬(mèi)⑯。

和调度以自娱兮⑰，聊浮游而求女。

及余饰之方壮兮⑱，周流观乎上下。

注释

①**琼佩**：玉佩。**偃蹇**：美盛的样子。②**薆然**：遮蔽的样子。③**不谅**：说话不可靠。④**缤纷**：形容时世纷乱浑浊。⑤**淹留**：久留。⑥**直**：竟然。**萧艾**：贱草。⑦**兰**：或云暗指楚怀王的少子令尹子兰。亦可泛指变节之人。⑧**无实**：不结果实，徒有其表。**容长**：外貌美好。⑨**椒**：或云暗指楚国大夫子椒。亦可泛指变节之人。**慢慆**：怠惰淫乐。⑩**榝**：似茱萸，略小，赤色。**夫**：于。**佩帏**：佩囊。⑪**干进**：求进。**务入**：务必进入。⑫**祗**：尊敬。⑬**流从**：如水流顺势而下。⑭**委**：丢弃。**历兹**：到这步田地。⑮**亏**：消歇。⑯**沬**：香气消歇。⑰**调度**：格调和法度。⑱**饰**：服饰。**壮**：盛壮。

译文

为何玉佩如此高贵啊，众人却遮蔽它的光彩。

只有这小人不诚信啊，怕会因妒忌把它伤害。

时世纷乱变幻莫测啊，又怎么可以长久逗留？

兰草白芷变得不香啊，荃、蕙与茅臭味相投。

为什么曾经的香草啊，现在竟与贱草归为一路。

难道还有别的缘故啊，是不喜修洁带来的害处。

我原以为兰草可以依靠啊，却不知它华而不实徒有其表。

抛弃它的美好顺从流俗啊，暂且列入芳草行列岂不害臊。

椒专断谗佞飞扬跋扈啊，榝又想混进佩带的香囊里。

既然一心钻营要名位啊，又怎能对芬芳心生敬意？

本来时俗就随大流啊，谁能坚守原则不转移。

看到椒与兰也这样啊，又何必说揭车与江离。

想到这佩饰如此珍贵啊，它的美质被唾弃到这步田地。

我的香囊浓郁难消歇啊，到现在还没有消散它的香气。

适应品格来自乐啊，姑且飘浮游览寻找她。

趁我正年富力强啊，快去遍游地上和天下。

评析

巫咸的开导确乎让屈原颇有同感，因为现实的环境正在日益恶化，这可以从两个方面展开探讨。一方面是谗言不再止于动口，而转向动手，“惟此党人之不谅兮，恐嫉妒而折之”，转妒忌的间接伤害为“折之”的直接暴击，如果在这样的险恶环境中继续停留，极有可能招来杀身之祸。有人会说，屈原连自杀都不怕，怎么还可能害怕被杀？这就需要区分自杀和他杀。自杀是抗争现实、坚持理想的武器之一，虽死犹生，而他杀则是以肉体消灭的野蛮方式企图一劳永逸地解决不同政见者。二者尽管结果都是死亡，性质却截然不同。

无论如何，动口转向动手对屈原来说还是可以承受的，尽管性质不同，不过身体上可能遭受更多的伤害而已。最让屈原难以忍受的，是另一方面的变化，即“时缤纷

其变易”的变节。其实“变节”在前面屈原就已经写过，这里再次出现这一主题，可见屈原对此深恶痛绝，以至于不能不一再提及。在描写过程中，屈原既保持与前文所写变节主题的连贯性，以看出此类变节的持续性，也在原有基础上加入新的因素，以看出此类变节的复杂性。持续性可以从“兰芷变而不芳兮，荃蕙化而为茅。何昔日之芳草兮，今直为此萧艾也。岂其有他故兮，莫好修之害也”看出，简单可以概括为同盟变为敌人。这些“苟得列乎众芳”的香草，如兰等，可能背后暗示着某些屈原变节的盟友，但这里不取此说，因为怕读者诸君以为屈原也拉帮结派。这里的所谓同盟，意在表示本属“众芳”行列。而复杂性则表现在“椴又欲充夫佩帏”，椴又想混进佩带的香囊里，可概括为敌人装扮成朋友。如果说同盟变为敌人更让人可悲的话，敌人装扮朋友更让人可憎。这个装扮为朋友，并非说成为屈原之友，而是指以芳草的高洁人格自我标榜，这就极大程度地混淆视听了。

变节的持续性和复杂性，使整个形势大为改变。持续性变节，使品格高洁之人越来越孤立，而不断壮大“委厥美以从俗”的党人队伍。变节的复杂性则让各色人等不断混入“众芳”行列，沽名钓誉，败坏名声，它一方面从“众芳”内部瓦解高洁品格的威严，另一方面又在站稳脚跟之后，成为持续性变节的后备力量。简单来说，复杂性变节在源源不断地网罗新生力量，他们打着“众芳”旗号，最后却转向反面，是持续性变节的源头活水。这样一来，变节就像大江，众芳就像池塘，池塘还在原处，池水早换成江水，徒有其名而已。屈原感叹“固时俗之流从兮，又孰能无变化”，可谓痛心疾首。在这样的大环境下，“览椒兰其若兹兮，又况揭车与江离”，屈原的孤立进一步加深。

但屈原也指出，扭转世风日下的方法并不难，既然变节的原因是“莫好修之害也”，“既干进而务入兮，又何芳之能祗”，那只要保持对高洁品格的敬畏之心，让它“芳菲菲而难亏”，自然也就“芬至今犹未沫”了。屈原自身便是如此坚守着。可是坚守的结果如何呢？却是“惟兹佩之可贵兮，委厥美而历兹”，陷入困境的原因，居然是太过高洁！这可真是是非不分。既然如此，此地“又何可以淹留”，不如听从灵氛、巫咸的话，离开吧，“及余饰之方壮兮，周流观乎上下”，说不定能够找到改变楚王的贤妃呢？“聊浮游而求女”去吧。

这一次的“求女”与前几次有所不同，其中最大的区别在于主要目的的转变。前几次求女都非常努力地想要为楚怀王寻觅到一位能够辅助他的贤内助，但屈原在一

次又一次的失败中热情渐减，感叹自己“怀朕情而不发兮，余焉能忍而与此终古”，心情极为低落。这次的求女，心情却大不相同，是“和调度以自娱”。心情不同的原因，在于屈原已经不对求女抱太强的目的性和太大的希望。因为时俗已败坏不可收拾，党人又不断壮大，就算能够求得贤妃辅助楚怀王，还能扶得起来吗？更何况前几次的经历告诉他，贤妃也未必能找到呢？

至此，屈原留也不是，走也不是，两难之境已成，不得不做最后抉择了。

原　文

灵氛既告余以吉占兮，历吉日乎吾将行。

折琼枝以为羞兮[1]，精琼靡(mí)以为粻(zhāng)[2]。

为余驾飞龙兮，杂瑶象以为车[3]。

何离心之可同兮？吾将远逝以自疏[4]。

邅(zhān)吾道夫昆仑兮[5]，路修远以周流。

扬云霓之晻(ǎn)蔼(ǎi)兮[6]，鸣玉鸾(luán)之啾(jiū)啾[7]。

朝发轫于天津兮[8]，夕余至乎西极[9]。

凤皇翼其承旂(qí)兮[10]，高翱翔之翼翼。

忽吾行此流沙兮，遵(zūn)赤水而容与[11]。

麾(huī)蛟龙使梁津兮[12]，诏西皇使涉予[13]。

路修远以多艰兮，腾众车使径侍[14]。

路不周以左转兮[15]，指西海以为期[16]。

屯余车其千乘(shèng)兮，齐玉轪(dài)而并驰[17]。

驾八龙之婉婉兮，载云旗之委(wēi)蛇(yí)[18]。

抑志而弭(mǐ)节兮[19]，神高驰之邈(miǎo)邈[20]。

奏《九歌》而舞《韶》兮[21]，聊假日以媮乐[22]。

陟(zhì)升皇之赫戏兮[23]，忽临睨(nì)夫旧乡[24]。

仆夫悲余马怀兮[25]，蜷(quán)局顾而不行[26]。

乱曰[27]：

已矣哉！

国无人莫我知兮，又何怀乎故都！

既莫足与为美政兮[28]，吾将从彭咸之所居[29]！

注释

①**羞**：同“馐”，美味。②**精**：精细制作，去杂取纯。**琼靡**：玉屑。**粻**：干粮。③**瑶象**：美玉和象牙。④**自疏**：自我疏离，指离开楚国。⑤**邅**：调转。**昆仑**：山名。⑥**晻蔼**：遮天蔽日。⑦**鸾**：通“銮”，马铃。**啾啾**：铃声如鸟鸣。⑧**天津**：天河渡口。⑨**西极**：日落之地。⑩**翼**：形容凤旗庄重严整。**承旂**：指凤旗与龙旗交互掩映。⑪**遵**：沿着。**赤水**：水名。**容与**：徘徊。⑫**麾**：举手号令。**蛟龙使梁津**：把蛟龙当作桥梁。⑬**诏**：告诉。**西皇**：西方之神，旧说指少皞，据裘锡圭认为是指女娲，可从。⑭**腾**：传言。**径侍**：径直侍候。⑮**不周**：山名。⑯**西海**：西部大湖名。⑰**轪**：指车轮，楚国方言。⑱**委蛇**：形容车旗迎风飘舞。⑲**抑志**：压抑心志。**弭节**：停车。⑳**邈邈**：高远的样子。㉑**《九歌》**：上古乐曲名。**《韶》**：相传为夏启乐舞。㉒**假日**：假借时日。**媮乐**：苟且偷乐。㉓**陟**：上升。**皇**：天。**赫戏**：辉煌隆盛的样子。㉔**睨**：斜视。**旧乡**：即楚国。㉕**仆夫**：车夫。**怀**：眷念。㉖**蜷局**：拘挛回环。㉗**乱**：《楚辞》篇末结束全篇的标志。㉘**美政**：作者心目中的理想政治。㉙**彭咸**：殷贤大夫，谏其君不听，自投水而死。

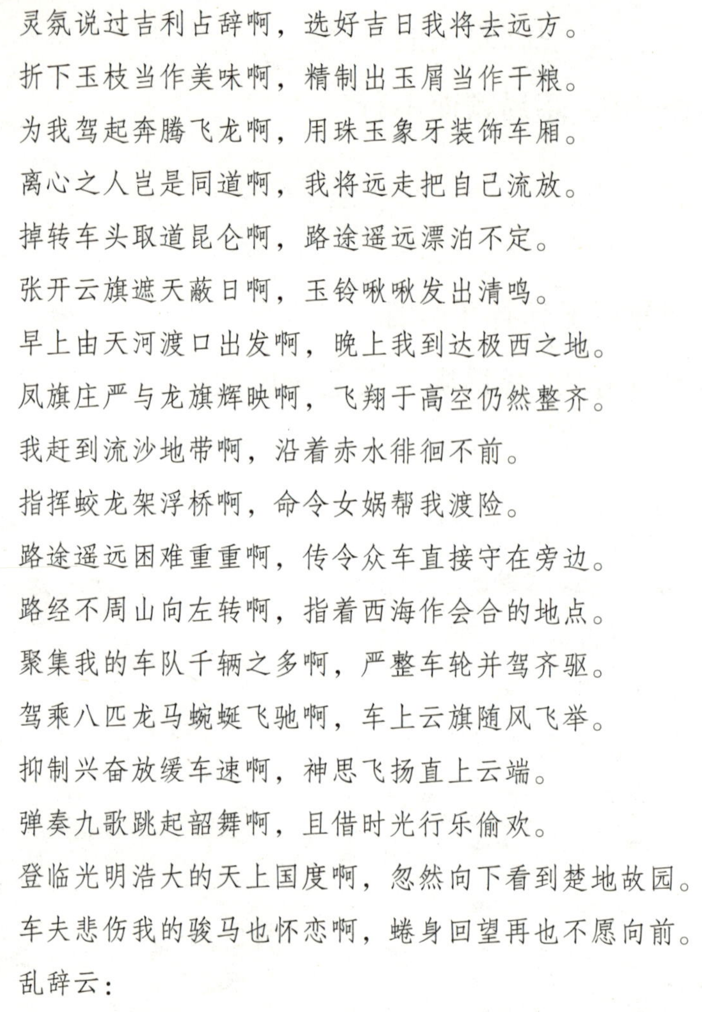

译文

灵氛说过吉利占辞啊，选好吉日我将去远方。
折下玉枝当作美味啊，精制出玉屑当作干粮。
为我驾起奔腾飞龙啊，用珠玉象牙装饰车厢。
离心之人岂是同道啊，我将远走把自己流放。
掉转车头取道昆仑啊，路途遥远漂泊不定。
张开云旗遮天蔽日啊，玉铃啾啾发出清鸣。
早上由天河渡口出发啊，晚上我到达极西之地。
凤旗庄严与龙旗辉映啊，飞翔于高空仍然整齐。
我赶到流沙地带啊，沿着赤水徘徊不前。
指挥蛟龙架浮桥啊，命令女娲帮我渡险。
路途遥远困难重重啊，传令众车直接守在旁边。
路经不周山向左转啊，指着西海作会合的地点。
聚集我的车队千辆之多啊，严整车轮并驾齐驱。
驾乘八匹龙马蜿蜒飞驰啊，车上云旗随风飞举。
抑制兴奋放缓车速啊，神思飞扬直上云端。
弹奏九歌跳起韶舞啊，且借时光行乐偷欢。
登临光明浩大的天上国度啊，忽然向下看到楚地故园。
车夫悲伤我的骏马也怀恋啊，蜷身回望再也不愿向前。
乱辞云：
算了吧！
国都没有贤人不能理解我啊，又何必把故地怀念？
既然没人能跟我致力美政啊，我将迁居追随彭咸。

评析

当我们第一次翻开《楚辞》，读到《离骚》，便知道屈原最终的选择是什么了。这样一位呕心沥血坚持母语（对屈原而言便是楚方言）创作的诗人，怎么离得开故国？怎么离得开滋润他的楚文化？谓予不信，我有证据。且看尾段第一句“灵氛既告余以吉占兮，历吉日乎吾将行”。从句意来看，屈原的确要远行了；从句式来看，却是典型的楚语表达；从此句所在结构来看，更与楚文化密不可分。前二者显而易见，这里就楚文化略陈一二。灵氛给屈原占卜，早在前文已经出现，中经巫咸验证，这里又出现灵氛“告余以吉占”，岂不多余？从诗歌层面而言确实可以省略，但是就楚文化中的占卜程序来看，却不能不提。据汤炳正研究，包山楚简便记载着楚怀王十三年的卜筮程序，即占卜、祷神、再占，分别对应《离骚》中的“命灵氛为余占之”“巫咸将夕降兮”和“灵氛既告余以吉占兮”。因此，表面看两次灵氛的出现重复，实际上第二次的占卜是为了确证第一次的无误。当然，屈原也完全可以在诗歌创作中加以变化，但他还是完整地保留整个卜筮过程，足以证明楚文化对他影响之深。

吊诡的是，对他影响如此之深的楚文化，却建议他离开楚地。

这是更难选择的两难之境：如果听从代表楚文化的灵氛、巫咸的建议，表面来看是遵从楚文化，但建议却是离开楚地，那就等于跟楚文化的滋生地告别，也就宣告对楚文化的背离；如果不听建议，仍旧留在楚地，表面来看是在坚守楚文化，实际上却已经公然抛弃楚文化的建议，这样的坚守又有什么意义？

屈原的选择也不是一次性完成的，这中间最能展现他的文化底色。

刚开始，屈原是听从楚文化的建议，离开楚地，这可以从三个角度来看。第一，最明显的是听从巫咸、灵氛的建议，“历吉日乎吾将行”。第二，在做远行准备时，屈原选择“折琼枝以为羞兮，精琼靡以为粻”，“为余驾飞龙兮，杂瑶象以为车”，无论是从食物还是车辆，都不再跟植物发生联系。而在楚文化中，植物有着特殊的象征意义，是此前屈原不断使用的重要意象，这就告诉我们，屈原确实想过彻底与楚文化割裂。第三，远行途中的欢乐（如“抑志而弭节兮，神高驰之邈邈”）和远行途中的热闹（如“屯余车其千乘兮，齐玉轪而并驰”），都使他觉得离开似乎是对的。因为这些都可以反衬出他没离开的时候是多么抑郁，多么孤独，以至于远行途中特别留意这些。

在离开楚地的过程中，屈原并非没有动摇。这也可以从三个角度来看。第一，屈原认为自己离开楚地，是一种不得已的行为，“何离心之可同兮？吾将远逝以自疏”，这种行为几乎可以看作屈原对自我的有意流放。换句话说，如果楚怀王转变态度，同心合德，屈原还是愿意回来的。第二，屈原完全可以直接离开，但是他却掉转车头，取道昆仑，“邅吾道夫昆仑”，而昆仑在《离骚》中曾出现过，就是象征楚怀

王的宫殿，可见他离开的时候依然是恋恋不舍，希冀能被楚王留下。第三，写到远行路上的诸多艰难，比如“路修远以周流”的漫长，“遵赤水而容与”的无渡等。其实，当屈原前几次求女远游的时候，这些困难根本难不倒他，路远不正好“路曼曼其修远兮，吾将上下而求索”吗？“朝吾将济于白水兮，登阆风而緤马”，渡过白水那么简单，赤水就没办法渡过吗？当然，其实这里也难不倒他，路远那就加快步伐（如“朝发轫于天津兮，夕余至乎西极”），改变策略（如“路修远以多艰兮，腾众车使径待”），约定地点（如“路不周以左转兮，指西海以为期”），全力以赴（如“屯余车其千乘兮，齐玉轪而并驰”）。渡河艰难，那就“麾蛟龙使梁津兮，诏西皇使涉予”。然而屈原依然把这些不是困难的困难写出来，其实正是在心中不断地暗示自己：又遇到困难了，打个退堂鼓吧，回去吧。

以屈原坚韧的性格，在这些小伎俩面前肯定不会就范。真正使他停滞不前的原因，说起来近乎荒唐，细究其由，却顺理成章。原文是这么说的：“陟升皇之赫戏兮，忽临睨夫旧乡。仆夫悲余马怀兮，蜷局顾而不行。”“陟升皇之赫戏兮”我们先按下不表，且说后三句。不经意间的回眸，再一次望见家乡。他的车夫和骏马都悲叹流涕，不愿往前。这是说没有车夫驾马，所以屈原没法远行了吗？那他不会换人换马？还是说连车夫骏马都有故乡之情，作为感受敏锐、情志丰富的诗人，屈原哪能没有呢？那他不会在故乡隐居啊？凡此种种，都成为屈原故意在诗中展现出的由头，而他只有内心深处依恋不已，才会看见这些由头，把它们写下来作为自己不愿离开的表面原因。也就是说，不是因为仆夫骏马恋乡打动了屈原，而是因为屈原恋恋不舍才会看到仆夫骏马此类表现。

那我们就不能不继续追问，究竟是什么让屈原如此迷恋不已？楚怀王当然算是一个原因，但君王不过是通向更大目标的媒介，这个更大的目标就是屈原在诗中反复提及的以高阳为代表的楚国先祖创造出来的灿烂文化。楚文化有其自身的独特性，但在与中原文化的碰撞中，也吸收了其先进部分。从屈原的视角来看，这样优异的楚文化体现在个人身上是“好修”品格，体现在国家层面是“美政”措施。现在的问题是，曾经诞生如此优异楚文化的楚国面目全非，使楚文化变成口号、标签，可以随便喊、随便贴。正是在人人都在利用楚文化、陶醉在楚文化的灿烂过去、在楚文化的招牌下面胡作非为的时候，屈原以他背离楚文化的姿态跳出来，用自己的血泪清洗出楚文化的真面目来。因此屈原最终没有离开楚国，表面看是对楚文化的背离，深层次而言却

正是回归真正的楚文化。

读到这里，屈原最深刻的矛盾展现在我们面前：心中装满真正的楚文化，身体却活在冒牌楚文化盛行的国度，这种身心的分离才是最让人痛苦不堪的，比一切的谗言、小人、昏君都可怕。屈原有两个选择，一是把冒牌楚文化包围中的身体拔出，那便有两种方法实现，即远离和自杀；二是纯粹地活在真正的楚文化中，那便只有一个办法即消灭身体。理论上来说，屈原也可以选择认贼作父，把冒牌楚文化当作正宗，但《离骚》全篇都在否认这一可能，因此这里不作探究。从前两者来看，其实选择可以合并为两类：一是远行，二是自杀。如果把楚文化比作屈原之心，把被冒牌楚文化占领的楚国比作屈原之身，那么远行虽然保全了屈原之身，却无疑毁灭了楚文化之“身”，这是屈原不愿远行的根本原因。“已矣哉！国无人莫我知兮，又何怀乎故都”，那就算了吧，国都没有贤人不能理解我啊，又何必因为怀念故国故君而不忍死去——他要通过牺牲自己的肉身，来保全楚文化之心和楚文化之身！

牺牲肉身，有很多不同的方式，比如“陟升皇之赫戏”，登上天国，也是死亡的一种途径，这在现在看来很可疑，但在马王堆出土的帛画中，就画着人死后升天的图景。屈原为什么不选择这种，却要选择“从彭咸之所居”？那就不能不对彭咸做进一步的理解。据王逸说，彭咸是“殷贤大夫，谏其君不听，自投水而死”。遗憾的是，彭咸的其他资料很少，据黄灵庚考证，彭咸也是颛顼帝之后，跟楚王、屈原都有血缘关系，俟考。这里能够确定的，是屈原自己曾经说过“愿依彭咸之遗则”，可是彭咸的遗则除了死亡，还有什么深层含义吗？要探究起来就有些难度了。

我们知道，历史上投水而死的人很多，比如唐代诗人卢照邻、《孔雀东南飞》中“举身赴清池”的刘兰芝等，颇与今人的俗语“跳进黄河也洗不清”同，即投水而死含有清白之意。屈原学彭咸，应有这一含义（如“伏清白以死直兮”）。另外，死于水中，其结果无非“宁赴湘流，葬于江鱼之腹中”（《渔父》），而鱼在古代与信关系密切，如稍后于屈原的汉代，就有“客从远方来，遗我双鲤鱼。呼儿烹鲤鱼，中有尺素书”（《饮马长城窟行》），则死于鱼腹盖亦有传其忠信之意。

更重要的是，在楚文化中，水又别有所指。据郭店楚简《太一生水》说：“太一生水，水反辅太一，是以成天……是故太一藏于水，行于时。”太一作为万物的源头，不仅产生水，而且藏在水中，这就使水具有孕育万物的功能。当屈原自沉汨罗江的时候，他心中是否抱着“以我之死换取楚国新生”的念头，不得而知（《九歌》有

《东皇太一》，屈原对此定是熟悉的则无可置疑）；但从他在《国殇》中所写“身既死兮神以灵，魂魄毅兮为鬼雄”来看，他是希望自己死后能化作神灵，代替他的肉身继续守护楚国，守护楚国百姓，守护楚文化乃至“美政”火种的。

挥散历史的云烟，最让后人感动的，或许不再是屈原守护的东西，而是他守护的态度；不再是他激烈的情绪，而是他动人的诗篇；不再是他批评的党人，而是他礼赞的精神。屈原无法让楚国获得新生，这是他的一世无奈；作为后代读者，每次被屈原感动，就等于屈原重生一次，这是我们的三生有幸。

九　歌

题　解

《九歌》主旨众说纷纭，有忠君爱国说，如王逸、朱熹等；民间祭歌说，如胡适、陆侃如等；楚国王室祀典说，如游国恩、汤漳平等；楚郊祀歌说，如闻一多、孙作云等；人神恋爱说，如胡小石、苏雪林等；汉人写作说，如徐中舒、朱东润等。各说都有一定的道理，又存在各自的问题。《九歌》之所以如此复杂，原因在于它不是单纯的楚巫文化的结晶，也不单纯是屈原个人情志的呈现。就目前掌握的比较确切的材料而言，屈原对原始《九歌》是有所了解的，他自己也写道：“启《九辩》与《九歌》兮，夏康娱以自纵。”“奏《九歌》而舞《韶》兮，聊假日以媮乐。”从“夏康娱以自纵”“聊假日以媮乐”来看，屈原对原始《九歌》的态度是主张批评的（它使人“自纵”不必说，“媮乐”放在屈原自身，看似赞同，实际上联系“惟夫党人之偷乐兮，路幽昧以险隘”可知，偷乐未必是好事，屈原不过是无路可走才出此下策）。由此可以推断，屈原自己重写《九歌》的时候，肯定要把它的缺点压到最低。但何为缺点（同样的，何为优点），标准在于屈原自身，因此，本篇对《九歌》提出新说，即屈原自娱说。首先，据出土楚简考知，

像屈原这样地位的人，可以自主选择祭祀歌舞，如望山一号楚墓、天星观一号楚墓和包山楚简中皆有证据，另外“奏《九歌》而舞《韶》兮，聊假日以婾乐”亦是内证。其次，屈原虽以《九歌》祭祀，然所谓神，不可能是真实客观的，而是人脑想象的产物，因此，表面看《九歌》是在娱神，本质上是在自娱，即通过娱乐屈原想象中的神灵来达到屈原自我“偷乐”的艺术效果。最后，屈原的喜好跟其他楚墓中出土的同僚有极大不同，比如《九歌》中的河伯，是黄河之神，楚墓中的祭祀都没有，因为当年楚昭王病危之际，卜以为河伯作祟，楚昭王以“祭不过望”为由，拒绝祭祀河伯。楚国贵族没理由祭祀远在境外的黄河之神（可参看周勋初《九歌新考》）。屈原对祭祀对象的选择，更能突出他自娱的倾向。至于诗中具体内容，更是屈原所关心的，每首的具体内容放到各篇细讲，这里只提出最重要的部分，即屈原把《九歌》改写成以悲为美的生命赞歌。从宋玉《神女赋》来看，以楚王为代表的楚人，他们所欣赏的是人神结合的相聚之美，而屈原《九歌》则多以求不得为主题。人生难以圆满，即便如此，仍顽强地生存。

东皇太一

题　解

裘锡圭指出，《离骚》中的“西皇”指女娲，而《远游》篇中的“西皇”是后人所写，与屈原理解不同。“东皇”则接续闻一多《东皇太一考》之说法，指伏羲，并从楚帛书角度再做证明。伏羲和女娲合称二皇，是楚文化中创造天地的二神。此说虽新，但较旧有说法更为具体，故本文从之。无论新旧说法，东皇太一都是楚文化中最高主宰，则是相同的。另外，太一还值得特别提及。据学者研究，道家思想或许源自楚文化，道家思想中主张“道生一，一生二，二生三，三生万物”（《道德经》四十二章），据姜亮夫云：

“太者更加神圣之谓。”（《楚辞通故》）比“一”更神圣的是“太一”，则“太一”与“道”庶几可以等同。我们知道，“太一生水，水反辅太一，是以成天……是故太一藏于水，行于时”（郭店楚简《太一生水》），在楚文化中，太一与水关系密切，而道家亦重视水：“上善若水。”可为佐证。伏羲即为东皇，太一与水关系又如此近，伏羲据传又是人首蛇身，蛇喜水，水又是生命之源，则所谓“东皇太一”者，实乃生命之神。故后文所写神祇，多呈现求不得之状，正欲东皇太一成全它们。至《国殇》，则由生入死，光辉的生命再度回到东皇太一，即“身既死兮神以灵”，完成生死回环，进入尾声（即《礼魂》）。本文的篇目吸收学界的研究成果，把《东君》放到《云中君》前，以恢复《九歌》原貌。

原　文

吉日兮辰良，穆将愉兮上皇①。

抚长剑兮玉珥（ěr），璆（qiú）锵鸣兮琳琅②。

瑶席兮玉瑱（zhèn），盍（hé）将把兮琼芳③。

蕙肴蒸兮兰藉，奠桂酒兮椒浆④。

扬枹（fú）兮拊（fǔ）鼓。疏缓节兮安歌，陈竽（yú）瑟兮浩倡⑤。

灵偃蹇（yǎn jiǎn）兮姣服，芳菲菲兮满堂⑥。

五音纷兮繁会，君欣欣兮乐康⑦。

注　释

①**辰良**：即“良辰”。**穆**：恭敬地。**上皇**：指东皇太一。②**玉珥**：用玉镶嵌过的剑鞘出口旁像两耳的突出部分。**璆**：同“球”，美玉，引申为美玉互相撞击的声音。**锵**：金属发出的声音。**琳琅**：美玉名。③**瑶席**：美玉装饰的席具。古人席地而坐。**瑱**：通“镇”，用玉石做的压席角的东西，防止席角卷起来。**盍**：通“合”，聚合。

将：举着。**琼芳**：美好的芳香植物。④**蕙肴**：用蕙草包裹的佳肴。**蒸**：进献。**兰藉**：垫在美食下面的兰草。**桂酒**：桂花泡制的香酒。**奠**：祭奠。**椒浆**：用椒泡制的酒浆。⑤**扬枹**：举起击鼓槌。**拊**：轻轻敲打。此后疑脱去一句。**安歌**：安闲地歌唱。**竽**：管乐器，有三十六簧。**瑟**：弹拨乐器，琴类。**浩倡**：声势浩大。⑥**灵**：即东皇太一显灵所寄托的巫者。**偃蹇**：美好众多。**姣服**：美好的衣服。⑦**五音**：指宫商角徵羽五音。**繁会**：繁杂交会。**君**：指东皇太一。

译文

吉祥的日子啊美好的时辰，恭敬地取悦啊众神之神。

手抚摸长剑啊镶玉的剑珥，身佩的美玉啊铿锵有声。

美玉装饰席啊角上压玉镇，还成把摆满啊鲜花清芬。

献蕙草包肉啊下面垫香兰，桂椒所泡酒啊用来祭奠。

举起鼓槌啊轻轻敲鼓。节奏舒缓啊安闲歌唱，吹竽弹瑟啊声势雄壮。

巫师起舞啊衣服亮丽，芬芳馥郁啊充满殿堂。

乐声纷繁啊众音交响，东皇欣喜啊欢乐安康。

评析

此篇内容较为全面，诚如刘永济所云："此篇但写迎神、享神、乐神的设备，皆诚敬香洁与神乐而来享之事，皆从客观方面描绘，不杂以主观的情感。"（《屈赋音注详解》）值得注意的是，诗中并非完全没有主观情感，只不过诗人的主观情感融入对神的礼敬之中，毫无痕迹，表面看起来却像是没有主观情感了。这是一种独特的宗教情感的体现，如修道院里的修道士、寺庙中的高僧和道观里的道士，看似无情，只不过把情感信仰化地给予神灵了，实是大爱。当然，这是就得道高人而言，非酒肉和尚可比。

选择吉日良辰，来祭祀东皇太一。祭祀者不仅"抚长剑兮玉珥，璆锵鸣兮琳琅"，即身着后文所云的"姣服"，而且摆上"瑶席兮玉瑱，盍将把兮琼芳"，用鲜花装饰玉席。席上陈列着"蕙肴蒸兮兰藉，奠桂酒兮椒浆"，肉食美酒，一应俱全。这样华丽的祭祀，与周礼用"玄酒"（即清水）来祭祀祖先，显示出不一样的楚文化的奢靡气息，也反映出楚民心中的"祭神如神在"，是真的用楚民喜闻乐见的方式来

娱乐神灵。光有酒肉还不行，还需要音乐舞蹈，于是“扬枹兮拊鼓……疏缓节兮安歌，陈竽瑟兮浩倡”，众乐齐作，歌声悠扬。这时，东皇太一终于被楚民的热情感动，降临到祭祀者的身上，并带来一阵异香。

我们知道，神灵降临，都会有不同的标志。但是异香似乎最有代表性，比如一些学佛的人，经常会闻到一些异香，这便是“有诚则灵”的体现。在《东皇太一》中，这类异香跟前文所说的“琼芳”有所不同，因为是“芳菲菲兮满堂”，更加浩大，可见并非一人所闻，而是参与者都获得心灵的触动。正是在满堂的异香之中，东皇太一随着音乐和舞蹈降临尘世，他“欣欣兮乐康”，用自己满意的表情来肯定世人的努力。

这是《九歌》中唯一的欢乐，如此短暂，而悲哀却绵长。

东君

题解

东君指日神，因日出东方，故称东君。洪兴祖引《博雅》云：“朱明、耀灵、东君，日也。”朱熹注曰：“此日神也。”此篇即为祭祀日神之作。需要注意的是，日神与太阳并非同一物体，在古代传说中指羲和，其职责是掌管太阳出入。此篇原在《少司命》和《河伯》之间，据闻一多研究，当在《云中君》前：“惟东君与云中君，皆天神之属，宜同隶一组，其歌词宜亦相次。顾今本二章部居县（悬）绝，无义可寻。其为错简，殆无可疑。余谓古本《东君》次在《云中君》前。”（《楚辞校补》）此说得到孙作云、姜亮夫、赵奎夫等楚辞学者的认同。查距楚不远的秦汉祭祀，亦以东君在云中君前，如《史记·封禅书》言：“晋巫，祠五帝、东君、云中君、司命、巫社、巫祠、族人、先炊之属。”《汉书·郊祀志》也有记载：“晋巫祠五帝、东君、云中君、巫社、巫祠、族人炊之属。”故从闻氏之说，把《东君》调整到《云中君》前，以便更好地理解原文。

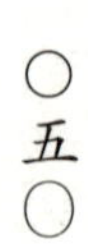

原文

暾（tūn）将出兮东方，照吾槛（jiàn）兮扶桑①。

抚余马兮安驱，夜皎（jiǎo）皎兮既明②。

驾龙辀（zhōu）兮乘雷，载云旗兮委（wēi）蛇（yí）③。

长太息兮将上，心低徊（huái）兮顾怀④。

羌声色兮娱人，观者憺（dàn）兮忘归⑤。

緪（gēng）瑟兮交鼓，箫钟兮瑶簴（jù）⑥。

鸣篪兮吹竽，思灵保兮贤姱（kuā）⑦。

翾（xuān）飞兮翠曾（zēng），展诗兮会舞⑧。

应律兮合节，灵之来兮蔽日⑨。

青云衣兮白霓裳，举长矢（shǐ）兮射天狼⑩。

操余弧（hú）兮反沦降，援北斗兮酌（zhuó）桂浆⑪。

撰（zhuàn）余辔（pèi）兮高驼翔，杳（yǎo）冥（míng）冥兮以东行⑫。

注释

①**暾**：旭日初升。这里指太阳。**槛**：栏杆。**扶桑**：传说中日出之处。②**安驱**：慢慢缓行。**皎皎**：即皎皎，明亮。③**龙辀**：即龙驾的车。**乘雷**：车声如雷。**云旗**：以云为旗。**委蛇**：飘动舒卷。④**太息**：长久地叹息。**低徊**：迟疑徘徊。**顾怀**：顾念，眷顾。⑤**羌**：发语词。**声色**：指祭祀歌舞场面盛大。**憺**：安乐。⑥**緪**：绷紧琴弦。**交鼓**：两个人对击叫交鼓。**箫**：敲打。**瑶**：即“摇”。**簴**：古代挂钟磬的木架。⑦**篪**：古代管乐器的一种。**灵保**：神巫。**贤姱**：贤美。⑧**翾飞**：小飞的样子。**翠**：翠鸟。**曾**：举翅高飞。**展诗**：吟唱诗歌。**会舞**：群舞。⑨**律**：音乐中的十二律。**灵**：其他神灵。**蔽日**：形容多。⑩**青云衣**：以青云为上衣。**白霓裳**：以白霓为下裳。**矢**：箭，亦指天上的矢星。**天狼**：星名，主侵略。⑪**操**：拿。**弧**：弓。**沦降**：指日渐西沉。**北**

斗：北斗七星如酒杓。**桂浆**：以桂花泡制的美酒。⑫**撰**：握。**辔**：缰绳。**高驼翔**：高驰飞翔。**杳**：幽深。**冥冥**：昏暗。

译文

太阳初升啊在那东方，照我的栏杆啊从那扶桑。
轻拍骏马啊我自缓行，夜色散开来啊天已渐亮。
以龙驾车啊车声如雷，所载彩云旗啊舒卷悠长。
长久叹息啊我将上升，内心却迟疑啊眷念故乡。
祭祀歌舞啊令人欣喜，观众们高兴啊忘记回家。
绷紧瑟弦啊对敲乐鼓，击打青铜钟啊震动木架。
吹横篪啊又演奏竽笙，怀思的神巫啊贤惠美好。
小飞后啊高飞如翠鸟，吟唱着诗歌啊一起舞蹈。
应着旋律啊和着节拍，众神们纷纷啊遮天而来。
我穿青云衣啊白虹为裳，举起长箭啊射杀天狼。
握紧我的弓啊返回西方，端起北斗啊斟满酒浆。
手持缰绳啊往上高驰，直穿过黑夜啊往东飞翔。

评析

这是一首太阳的赞歌。但这轮太阳在楚民和屈原眼中，跟在我们眼中有所不同。它不是一个自然现象，更不是一颗恒星，而是一个有着复杂情感的神灵。你看，这位太阳神正在酣睡（可能是昨晚的酒浆喝得有点多），可是却被自己的太阳晒屁股了，诗中说“暾将出兮东方，照吾槛兮扶桑”，旭日要从东方升起来了，从遥远的扶桑照到我窗外的栏杆上。太阳神还不想起床，但是没有办法，这种感觉，不想上课和不想上班的人都比较清楚，但最清楚的应该是周末养猫狗的人，好不容易想休息一下，结果猫狗们天一亮就开始折腾啦。

可爱的太阳神还是勉强起来，驾好拉太阳的龙车出发了。龙车奔跑起来，发出雷鸣般的响声，车上的彩云旗随风飘扬。这彩云旗，就是日出时天空或海面上的壮观霞彩，诗人丰富的联想能力，使之成为云旗。但即便这样壮观的美景，看一万年也会厌恶，太阳神便是如此，他长久地叹息着把车驾到天上，这可真有点“疲劳驾驶”，不

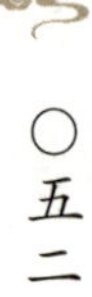

过天上只有一辆拉太阳的车，因为太阳只有一个嘛，而且那时候还没有飞机，不会出事。太阳神有点走神，内心迟疑着不想离开家乡，尤其是家里温暖的被窝。但他不久就改变了这个念头，原因是什么呢？

原来，他在天上看见大地上欢迎他的人们，载歌载舞，让那些普通的观众都看得忘记回家，更何况是专门演给他看的呢？太阳神很快就被吸引了，定睛看去，刚一开始隔得有点远，看不清，不过能听见琴瑟钟鼓的声音震天动地，连他的如雷鸣般的车声都被盖过去了。接着太阳越升越高，越来越亮，越来越大，也越来越温暖，就像两小儿辩日那样，也就自然是离人们越来越近。太阳神能够看见歌舞之中，有一位向他祈祷的神巫，看起来既贤惠又美好，舞蹈的动作由小到大，从天上看来，就像飞翔一样。其他人也吟唱诗歌一起跳舞，应和着旋律和节拍。众多的神灵都被吸引了，纷纷出来观看，连车上拉的太阳都被遮蔽了。

但这根本掩盖不住太阳神的光辉，因为他注定就是一出场就让星月黯淡的主角。诗人经过合理的想象，把太阳普照万物的景象拟人化，我们且看：太阳出来，晴空万里，诗人想象着太阳神穿着青云上衣和白虹下裳，把照得耀眼的阳光比作利箭，把被阳光淹没的天狼星当作利箭射掉，这样丰富的想象力背后，暗寓着一个民族的英雄形象。我们不妨拿来跟古希腊神话中的阿波罗对比一下：阿波罗也是拥有金箭的战神。可见太阳的光辉，同样照耀中外，给古老的文明以最初的烙印。可惜，我们现在对阿波罗很熟悉，对我们自己的太阳神却比较陌生，这实在是值得我们深思的。

这样一位有着赖床小缺点的太阳神，面对敌人的时候可丝毫不留情，反映出楚民性格中的敢爱敢恨的特点，这无疑也是屈原忠君怨君的性格成因之一。战斗胜利之后，太阳神成功地把光明再一次带给人间，于是功成身退，握着他的弓从西边落下。夜星又开始在夜空中闪烁，可是人们仍然怀念着为他们送来光明的太阳神，于是想象着他正拿着天上的北斗星做的勺子，斟满芬芳的酒浆，在畅饮呢。

由于古人不知道太阳的运行规律，那么，就他们眼力所及，太阳从东方升起，又从西方落下，那么第二天应该从西方出来啊，为什么不是呢？在古人的想象中，太阳神最伟大的地方不在于为人们带来光明，更在于当人们休息于黑夜中的时候，他仍然在战斗。他拉起缰绳，飞到人们望不见的高空（怕打扰他们睡觉），在刺骨的寒风中继续赶往东方，为了明天能够给人们带来一个崭新的光明世界，他不得不一个人战斗。

怪不得太阳神会赖床，因为他每天夜里还要赶回东方嘛。

云中君

题 解

《云中君》指云神，洪兴祖云："云神丰隆也，一曰屏翳。"《离骚》中"吾令丰隆乘云兮，求宓妃之所在"和《思美人》中"愿寄言于浮云兮，遇丰隆而不将"可为证据。然学界亦有他说，如徐文靖认为云中君是云梦泽中之神，姜亮夫认为云中君为月神，与东君相配，何剑熏认为云中君为电神等，但皆不可信。

原 文

浴兰汤兮沐芳，华采衣兮若英①。

灵连蜷(quán)兮既留，烂昭昭兮未央②。

謇(jiǎn)将憺(dàn)兮寿宫，与日月兮齐光③。

龙驾兮帝服，聊翱游兮周章④。

灵皇皇兮既降，猋(biāo)远举兮云中⑤。

览冀州兮有余，横四海兮焉穷⑥。

思夫(fú)君兮太息，极劳心兮忡忡⑦。

注 释

①**浴**：洗身体。**兰汤**：煮兰为澡汤。**沐**：洗头发。**芳**：白芷。**华**：使……发出光华。**采衣**：即彩衣。**英**：花。②**灵**：即云中君。**连蜷**：矫健美好。**既留**：已经降临。**烂昭昭**：光明貌。**未央**：不尽。③**謇**：发语词。**憺**：安乐。**寿宫**：供神之殿。**齐光**：齐放光芒。④**龙驾**：用龙拉车。**帝服**：穿着天帝一样的衣服。**周章**：周流往来迅疾。⑤**灵**：指云中君。**皇皇**：即"煌煌"，灿烂光明。**既降**：已经降临过。**猋**：迅速

离开。**远举**：远飞。⑥**冀州**：古九州之首。**有余**：还有其他地方。**横**：遍及。**四海**：《尔雅》云："九夷、八狄、七戎、六蛮，谓之四海。"**焉穷**：哪有穷尽。⑦**夫君**：此君，即云中君。**忡忡**：忧愁貌。

译文

用兰汤洗澡啊用白芷洗发，把五彩衣服啊理得灿烂如花。

丰隆矫健美好啊已经留下，照得四周光亮亮啊没有际涯。

他将安居啊在那众神之堂，跟日神月神啊一起放射光芒。

用龙驾车啊穿着天帝衣裳，姑且飞翔啊周流于天下四方。

丰隆耀眼啊已降临过，迅速远飞啊回到云中。

俯瞰冀州啊以及他处，遍布四海啊无处不通。

我们思念丰隆啊不停叹息，心中特别地烦劳啊忧心忡忡。

评析

对于靠天吃饭的先民，有两个特别值得尊敬的神祇，即日神和云神。日神为生命的孕育送来阳光，云神为生命的孕育送来雨水。但这就引发一个疑问，即祭祀云神的篇章中，为什么也一直在歌颂其光明的部分，而不涉及雨露？这或许是因为这是一篇祭祀云神的作品，而不是后世求雨之作。这样一来，当务之急是愉悦云神，只有云神得到快乐，才会更好地造福百姓。而观察天象，什么时候云神比较快乐呢？恐怕是白云掩映日月的时候，而非乌云密布的时候。如果这个推断没问题的话，那么"与日月兮齐光"也就可以理解了。

从这个角度出发，整首作品就水到渠成了。在祭祀云神之前，要沐浴更衣，换上五彩的衣服。云神身姿矫健地来到世间，他带来的光亮没有穷尽。但毕竟云神的职责在于雨水，光亮并非其正业，因此接在"謇将憺兮寿宫，与日月兮齐光"之后，赶紧写到云神的出游。如果云神留在祭祀的神殿里，当然可以与日神月神光芒耀眼，但他不会在安乐处境中忘记自己的使命，而是驾着龙车穿着天帝一样的服装，到处去遨游。为什么穿着天帝一样的服装呢？除了表明他的雨露是天帝的恩泽之外，也表明他自己对天帝的忠诚。

云神的这些心思，并不是所有人都能理解的。因此，他的行为或许在某些人眼

里是“游戏”，是对天帝的僭越，或者不带贬义，但也不带褒义，客观地陈述他来去匆匆：“灵皇皇兮既降，猋远举兮云中。”才光闪闪地降临世间，一点儿时间也不停留，又迅速地回到云中了。然而，云神不守着云，就像太阳神不守着太阳，书生不守着书本，农夫不守着田地，那还算什么云神呢？云神是大家的云神，不能天天在你家做客，而不管他家死活。屈原心中是明白的，因此以冀州为中心，四海为周边，说：“览冀州兮有余，横四海兮焉穷。”云神并不是不留恋楚国的热情好客，而是他以天下为己任，时刻关注着中原、周边，哪里干旱就下雨，哪里洪涝就收云。

这当然并非云神的想法，而是塑造云神的屈原的想法。从这一点来说，屈原思想是在儒家基础上的发展。我们非常熟悉子夏的话，他在《论语·颜渊》中说：“司马牛忧曰：‘人皆有兄弟，我独亡。’子夏曰：‘商闻之矣：死生有命，富贵在天。君子敬而无失，与人恭而有礼，四海之内，皆兄弟也。君子何患乎无兄弟也？’”司马牛没有亲兄弟，子夏就安慰他，说只要做君子，四海之内，都是兄弟，怎么能说自己没有兄弟呢？子夏偷换概念，这里不必说他，但讲“四海之内”，有人解释四海之内是指天下，这恐怕与儒家思想不符。因为我们知道，儒家强调等级，尤其注重夷夏之辨，因此子夏所谓的四海之内，是不包括蛮夷在内的。而屈原是楚人，楚人在中原看来是楚蛮，屈原把蛮夷包括在内并不稀奇。难能可贵的是，他还把中原的代表冀州放在云神的关注视野之中，可见其胸怀何其广阔。

云神没有耽乐，果断去履行自己的使命，这让思念他的人不停叹息，为他忧心忡忡，从云神的行为举止来看，他是担当得起世人对他的爱恋的。

湘　君

题　解

湘君、湘夫人为何神，据陆侃如《中国诗歌史》，主要有以下异说：一、湘君是舜之二妃（娥皇与女英），但不提湘夫人（《史记·始皇本纪》、刘向《列女传》）。二、湘君是水神，湘夫人是帝舜二妃（王逸《楚辞章句》）。三、湘夫人是帝舜二妃，但不提湘君（《礼记·檀弓》郑注、张华《博物志》卷八“史补”）。

四、湘夫人是帝之二女，但不提湘君（张华《博物志》卷六“地理考”）。五、湘君是娥皇，湘夫人是女英（韩愈《黄陵庙碑》）。六、湘君是湘水神，湘夫人是其配偶（王夫之《楚辞通释》、陈本礼《屈辞精义》）。七、认为湘君、湘夫人是湘水神的两位夫人（顾炎武《日知录》卷二十五）。八、认为湘君、湘夫人是楚地民俗所祭祀的湘山神夫妇（赵翼（陔余丛考》卷十九）。九、认为湘君、湘夫人是天帝之女（刘梦鹏《屈子章句》）。历来说法甚多，以上所举可窥一斑。不同的说法，反映出的是不同时代学者关注点的变化，不一定符合屈原本意。就诗篇本身来看，当为相思无疑，至于湘君是否为舜，湘夫人是否为舜之二妃，从屈原对舜的推崇来看，可能性较大。也就是说，湘君、湘夫人可能是当地原始的传说故事，屈原在改编的过程中，融入舜与二妃，也未可知。然本文之阐释，仍以诗意为主。

原文

君不行兮夷犹，蹇谁留兮中洲①？
美要眇(miǎo)兮宜修，沛(pèi)吾乘兮桂舟②。
令沅(yuán)湘兮无波，使江水兮安流③。
望夫君兮未来，吹参差兮谁思④？
驾飞龙兮北征，邅(zhān)吾道兮洞庭⑤。
薜荔柏兮蕙绸，荪桡(sūn ráo)兮兰旌⑥。
望涔(cén)阳兮极浦，横大江兮扬灵⑦。
扬灵兮未极，女婵媛(chányuán)兮为余太息⑧！
横流涕兮潺湲(chányuán)，隐思君兮陫侧(fěi cè)⑨。
桂棹兮兰枻(yì)，斲(zhuó)冰兮积雪⑩。

采薜荔兮水中，搴(qiān)芙蓉兮木末⑪。

心不同兮媒劳，恩不甚兮轻绝⑫！

石濑(lài)兮浅浅(jiān)，飞龙兮翩翩⑬。

交不忠兮怨长，期不信兮告余以不闲⑭。

鼂骋骛(chěng wù)兮江皋，夕弭(mǐ)节兮北渚(zhǔ)⑮。

鸟次兮屋上，水周兮堂下⑯。

捐余玦(jué)兮江中，遗余佩兮澧(lǐ)浦⑰。

采芳洲兮杜若，将以遗(wèi)兮下女⑱。

时不可兮再得，聊逍遥兮容与⑲。

注释

①**夷犹**：迟疑不前。**中洲**：即洲中，水中小岛上。②**要眇**：姿态美好。**宜修**：修饰适宜。**沛**：迅疾。**桂舟**：桂木所做的船。③**沅湘**：即沅水和湘水，都流入洞庭湖。④**未来**：没有过来。**参差**：指洞箫。**谁思**：谁会明白。⑤**北征**：向北出发。**邅**：绕道。**洞庭**：即洞庭湖。⑥**薜荔柏**：用木莲编织的帘子。**薜荔**，木莲。**柏**：通“箔”，船帘。**蕙绸**：用蕙草铺的床。**荪桡**：以荪草缠绕的船桨。**兰旌**：用兰草做的旌旗。⑦**涔阳**：即涔阳浦，今湖南省涔水北岸。**极浦**：遥远的水滨。**横**：横渡。**扬灵**：划船前进。**灵**：一种有舱有窗的船。⑧**未极**：没有相遇。**婵媛**：幽怨的样子。⑨**潺湲**：流淌。**隐**：忧痛。**陫侧**：即悱恻。⑩**桂棹**：桂木做的船桨。**兰枻**：兰木做的船舷。**斲冰**：形容船行水面、白浪四溅，一般指船头。**积雪**：白浪在船后堆积如雪。⑪**采薜荔兮水中，搴芙蓉兮木末**：木莲生于陆地，荷花长在水中。形容不得其道。**搴**：采取。**芙蓉**：荷花。**木末**：树梢。⑫**媒**：媒人。**劳**：徒劳。**甚**：深。**轻绝**：轻易弃绝。⑬**石濑**：沙石间的浅水滩。**浅浅**：水流迅疾。⑭**交**：交往。**忠**：忠诚。**怨长**：即长怨。**期**：约会。**信**：诚信。**不闲**：没有闲暇。⑮**骋骛**：奔腾。**江皋**：江岸。**弭节**：停船。**北渚**：洞庭湖北岸。⑯**次**：住宿。**周**：环绕。**堂**：方形土台，指祭坛。⑰**捐**：舍弃。

玦：有缺口的环形玉。**遗：**遗留。**佩：**系在衣带上的佩饰。**澧浦：**澧水之滨。澧水亦流入洞庭湖。⑱**杜若：**香草名。**遗：**赠送。⑲**时：**时光。**聊：**姑且。**逍遥、容与：**都是缓步行走的样子。

译　文

君终不来啊迟疑不前，为谁而留啊待在岛间。
好好装扮啊都很适宜，我快快赶啊乘着桂船。
我命沅湘啊不起波澜，滔滔江水啊流淌舒缓。
盼望君来啊仍旧没来，吹起排箫啊谁知我哀。
驾起飞龙啊一路向北，绕道洞庭啊仍在徘徊。
薜荔作帘啊蕙草铺床，荪草缠桨啊兰旗飘扬。
远望涔水啊直到北岸，横渡大江啊扬帆起航。
扬帆寻找啊仍未相遇，侍女忧愁啊为我叹息。
涕泗横流啊泪出不止，为君思念啊甘心首疾。
桂木做桨啊兰木做舷，劈开风浪啊冰雪飞溅。
像在树梢啊摘取荷花，像去水中啊采摘木莲。
心意不同啊媒人徒劳，恩情不深啊轻易断绝。
石上浅水啊快速流淌，我的飞龙啊翩翩飞跃。
交往不诚啊怨恨就浓，相约无信啊还说没空。
早上奔驰啊找寻高处，晚上停船啊北岸洲中。
归鸟栖宿啊屋顶之上，水流环绕啊经过祭堂。
我把玉玦啊投到江里，丢掉玉佩啊澧水岸边。
去方洲上啊采摘杜若，送给侍女啊省得想念。
美好时光啊不会再有，姑且漫步啊把愁排遣。

评　析

如果用一句话来形容湘君，就是由爱生怨。

这种情感我们并不陌生，因为我们经常说一句话：如果分手后还能做朋友，那

恐怕不是真爱。原因何在？就是因为由爱生怨，以至于分手后，曾经的情侣连普通朋友也没得做。怨是真实的，所以爱也是真实的；反之，如果怨不是真的，那么爱也打折扣。

回到湘君。他曾满怀希望地等湘夫人赴约，把自己打扮得干净整齐，迫不及待赶去。可是时间到了，湘夫人没有赶到，他不禁开始怀疑，究竟是什么事情耽误了她。会不会是江上风浪太大？湘君命令风浪平息，可是仍旧没有等来心上人，只好寂寞地吹起排箫，渴盼着心上人能够听到。可是一曲结束，仍不见伊人。湘君驾起飞龙，绕道洞庭，寻找湘夫人。他甚至把船都装饰妥当，只等迎接湘夫人。可是他找遍涔水，横渡大江，都没有结果。

湘君有些失落了。这时他身边的侍女都开始为他的痴情难过，叹息不已。本来湘君还没发觉，听到侍女的叹息，越发觉得自己可怜，就跟侍女一起痛哭流涕，流不完的眼泪就仿佛流不完的江水，思念伊人的隐痛真是难以忍受。装饰精美的船只还在江上航行，两边拨开的浪花皎洁如冰雪，多像湘君内心深处对伊人纯洁的爱恋。可是这份爱恋却如同在水中寻找薜荔、在树梢采摘荷花一样，完全是缘木求鱼，怎么会有结果！湘君开始怀疑起跟伊人的爱情了，如果心意相通，没有媒人也能相会；如果心意不通，媒人再劳累也无济于事。我们这样轻易断绝关系，实在是因为我们爱得不够深啊！那沙石上的浅水本来就不多，现在又飞快地流走，多像我们本来就不多的相会时光，如今已付之东流。这飞速流走的逝水，载着我的龙船无法停留。都怪我们交往的时候不够忠诚啊，所以不要怪我现在对你的怨恨也多。你不守承诺，约好了相会的时间，却告诉我没有空！难道我就有空吗？我还不是早上就到江边高地奔驰寻找，直到晚上才在北岸停船休息？陪伴我的不过是屋顶上的栖鸟和堂下周流不息的江水，而我等待的伊人，终究没有到来。

我们很难判断湘君所得到的消息究竟从哪里获得，但他的消息可能错了，在《湘夫人》中再详说。不管怎样，湘君是真的很受伤，他把玉玦和玉佩都丢进江水，仿佛已经断了念想。可是转念一想，美好的时光难再有，如果一味地沉浸在失恋中，那就太得不偿失。于是想到珍惜眼前人，把采来的香草献给侍女，而不再奢望湘夫人能来了。

湘君的爱是浓烈的，短暂的，苛求回报型的。

湘夫人

题　解

湘君、湘夫人的说法已如前，这里借助题解探讨一个有趣的问题，即《湘君》《湘夫人》中所写的相思之人究竟是谁。学界有两种典型代表。一种认为《湘君》所写是湘夫人对湘君的思念，《湘夫人》所写是湘君对湘夫人的思念；另一种则认为《湘君》所写是湘君对湘夫人的思念，《湘夫人》所写是湘夫人对湘君的思念。这涉及对诗中具体代词如“君”“吾”等的理解。就两组诗的共同点而言，都是相思之苦，有无区别似乎并不重要。但是就湘君、湘夫人的性别而言，这种区分就值得注意了。当然，这是无法有定论的，本书在解读的时候选择与篇题对应，即《湘君》就写湘君思念湘夫人，《湘夫人》就写湘夫人思念湘君。因为把题目与内容割裂开来，恐非原意。

原　文

帝子降兮北渚，目眇(miǎo)眇兮愁予[1]。

嫋(niǎo)嫋兮秋风，洞庭波兮木叶下[2]。

白薠(fán)兮骋望，与(yù)佳期兮夕张[3]。

鸟萃(cuì)兮蘋(pín)中？罾(zēng)何为兮木上[4]？

沅有茝(zhǐ)兮醴有兰，思公子兮未敢言[5]。

荒忽兮远望，观流水兮潺湲[6]。

麋(mí)何食兮庭中？蛟何为兮水裔(yì)[7]？

朝驰余马兮江皋，夕济兮西澨(shì)[8]。

闻佳人兮召予，将腾驾兮偕(xié)逝⑨。

筑室兮水中，葺(qì)之兮荷盖⑩。

荪(sūn)壁兮紫坛，𠥫(jū)芳椒兮成堂⑪。

桂栋兮兰橑(liáo)，辛夷楣(méi)兮药房⑫。

罔(bì)薜荔兮为帷，擗(pǐ)蕙櫋(mián)兮既张⑬。

白玉兮为镇，疏石兰兮为芳⑭。

芷葺(qì)兮荷屋，缭之兮杜衡⑮。

合百草兮实庭，建芳馨(xīn)兮庑(wǔ)门⑯。

九嶷(yí)缤兮并迎，灵之来兮如云⑰。

捐余袂(mèi)兮江中，遗余褋(dié)兮醴浦⑱。

搴(qiān)汀(tīng)洲兮杜若，将以遗兮远者⑲。

时不可兮骤得，聊逍遥兮容与⑳。

注释

①**帝子**：上古“子”亦可指女儿。湘夫人是帝尧之儿女，故可称为帝子。**眇眇**：望眼欲穿貌。**愁予**：忧愁。②**嫋嫋**：微风徐徐吹拂。**木叶**：树叶。**下**：落下。③**白薠**：水草名。**骋望**：放眼远望。**与**：为。**佳期**：约会的好日子。**夕张**：傍晚布置。④**萃**：汇集。**蘋**：植物名，多生在浅水中。**罾**：方形渔网。⑤**茝**：即白芷。**未敢言**：不敢说出来。⑥**荒忽**：即“恍惚”。**潺湲**：流淌。⑦**麋**：哺乳动物，俗称四不像。**蛟**：龙。**水裔**：水边。⑧**驰**：奔跑。**济**：渡过。**西澨**：西边的水滨。⑨**佳人**：爱人。**腾驾**：传车马疾驰。**偕逝**：一同前往。⑩**室**：古代称堂后为室。**葺**：覆盖。⑪**荪壁**：以荪草装饰墙壁。**紫坛**：用紫贝铺成庭中的地面。**𠥫**：即“掬”，捧。**芳椒**：植物名。**堂**：方形土台。⑫**桂栋**：桂木作梁栋。**兰橑**：兰木作椽子。**辛夷楣**：用辛夷作房屋的次梁。**药房**：用白芷装饰房。古人称堂两边的为房。⑬**罔**：同“网”，编结之

意。**帷：**即帷幔。**擗：**分开。**蕙櫋：**蕙草做的隔扇。⑭**镇：**压东西的工具。**疏：**分开放置。**石兰：**香草名。⑮**芷葺：**以白芷覆盖屋顶。**缭：**缭绕。**杜衡：**即杜若。⑯**合：**汇集。**实庭：**充实庭院。**芳馨：**芳香。**庑门：**堂下周围的走廊。⑰**九嶷：**山名，这里指九嶷山神。**并迎：**共同迎接。**灵：**神灵。⑱**袂：**衣袖。**褋：**指贴身穿的汗衫之类。⑲**汀洲：**水边平地。**远者：**远方之人。⑳**骤得：**屡次获得。**聊：**姑且。

译文

帝女降临啊洞庭北岸，远望湘君啊望眼欲穿。
萧瑟秋风啊微微吹拂，洞庭起浪啊叶落水面。
白薠丛中啊放眼远望，为了约会啊早早开忙。
鸟儿聚集啊水蘋之中，渔网为何啊挂在树上？
沅水有白芷啊澧水长兰草，我思念公子啊不敢说出来。
我恍恍惚惚啊向远处眺望，只看见流水啊流淌不懈怠。
麋鹿为什么啊在厅堂吃草，蛟龙为何啊困在水边？
早晨我纵马啊奔驰在高处，晚上去渡啊水的西岸。
如果听到爱人啊把我呼唤，我就飞驰啊与他同甘。
我们将在水中啊筑起后屋，屋顶覆盖啊荷叶田田。
荪草装饰墙壁啊紫贝铺地，芳椒和泥啊涂抹祭坛。
桂木做大梁啊兰木做椽，辛夷做次梁啊侧房白芷装扮。
用薜荔编结啊做成帷幔，蕙草做隔扇啊已经安置妥善。
白玉做镇石啊压好睡席，分开放石兰啊到处芬芳。
荷叶的屋顶啊加盖白芷，杜衡在四周啊环绕屋墙。
汇集香草啊充实庭院，门前走廊啊处处飘香。
九嶷诸神啊纷纷来贺，众神降临啊济济一堂。
我把衣袖啊丢在江中，我把内衣啊扔到水滨。
水中平地啊去采杜若，将要赠送啊远方之人。
美好时光啊难以多有，姑且散步啊排遣愁闷。

评析

湘夫人的爱是轻柔的，持久的，付出型的。跟湘君有很大的不同。

湘君对湘夫人的猜测，很多都是错误的，但他说对了一点，就是“心不同兮媒劳”，这个不同，不是他们互相不爱，或爱得不深，而是他们性格不同，爱的方式不同，从而导致彼此的误解，最后酿成一出悲剧。

从《湘君》中出现“芙蓉”等来看，季节应该是夏季，这与湘君浓烈的性格恰成衬托。同样的，湘夫人来到北岸，正是秋风袅袅之际，洞庭湖边的树木已经开始落叶纷纷。但不管怎么说，湘夫人来晚了。便是她脚下的北渚，湘君也曾来过，可惜季节不同，无由相会。湘夫人愁眉不展，似乎亦隐隐约约感觉到这场错过的约会，难以善终了。可是，她为了这场约会，付出万般努力，如今换来的却是鸟落水蘋、网挂树梢，准备好的一切，都派不上用场了，因为湘君已由爱生怨，另觅良人。为什么会这样呢？湘夫人责怪自己没有早点说出自己的心意，“沅有芷兮澧有兰，思公子兮未敢言”，如果早点说出来，会不会有所不同呢？

恍恍惚惚中远望，时间一样的流水东去不返。湘夫人依然想不通，为什么庭院中有麋鹿食草，而蛟龙困在水边？这当然是暗示着湘君抛弃这里，远走他乡，以至于此处倍增荒凉。湘夫人像湘君当年寻找自己一样，也登上高处寻找湘君，到晚上渡过西边，仍不罢休。可是终究杳无音信。湘夫人无法，只好痴心地守在原处，心想只要心上人哪一天来召唤我，我就与他一起奔走，绝不再错过了。

为此，湘夫人把荒芜的房屋修葺一新。在《湘君》中只有屋、堂等建筑，湘夫人又增修后室，用各种香草装扮，详细情况参见译文，这里不多说了。总之，不仅房屋质量得到大幅度提升，而且建筑规模也得到拓展，可谓是焕然一新了。新到什么程度呢？修葺之前，这里只有野草引来麋鹿、浅水困住蛟龙，修葺之后，连九嶷诸神都纷纷前来参观，众多神灵到来，像云一样。这恐怕是湘夫人万万没有想到的。

然而，热闹不过是诸神的，湘夫人在神群中没有望见湘君，依旧孤独。

她听说湘君把定情信物投到江水之中，那何不让江水做他们的媒人？于是也把自己的信物，她的衣袖、内衣也投进江水——即便他们不能在一起，他们的信物好歹能相伴。这里可能有人会问，连内衣也要投吗？这当然不是提问者所想的那样，把身上穿的内衣脱下来，那还穿什么呢？而是把内衣当作定情之物，这其实并非个例，如《左传》宣公九年记载：“陈灵公与孔宁、仪行父通于夏姬，皆衷其衵（rì）服（即

禅衣、内衣）以戏于朝廷。”最近的是晴雯临死前与贾宝玉互换内衣，脂砚斋评曰：“晴雯此举胜袭人多矣，真一字一哭也，又何必鱼水相得而后为情哉？”

不仅如此，湘夫人还去采摘杜若，等待着有一天送给远方之人——那个由爱生怨远走他乡的湘君。美好的时光真的不会多次出现，但是湘夫人想着，只要能出现第二次也好啊。她怀着这样的心愿，一边漫步排遣愁闷，一边渴盼着湘君的归来。

湘君确实是苛求回报的，只是不知道，他是否能发现湘夫人迟来的报答。

大司命

题　解

司命之神，顾名思义，是掌管人的生死。古人将之视为星宿，如《周礼·春官·大宗伯》就说：“以燎祀司中、司命。”孔颖达疏云：“司命，文昌宫星者。”对司命之神的祭祀，在各国之间都有，并非楚国特有，如《史记·封禅书》就记载“荆巫”和“晋巫”都祭祀司命。这也好理解，毕竟人之生死，不会因所在之国不同而有本质差别。当然，平均寿命之高低不同还是存在的。需要注意的是，《楚辞》中把司命分为大司命和少司命，原因何在？王夫之《楚辞通释》认为：“大司命统司人之生死，而少司命则司人子嗣之有无。以其所司者婴稚，故曰少。大则统摄之辞也。”从《大司命》“何寿夭兮在予”和《少司命》“夫人自有兮美子”等诗句来看，王夫之的说法较有道理。故本文从之。

原　文

广开兮天门，纷吾乘兮玄云①。

令飘风兮先驱，使涑(dōng)雨兮洒尘②。

君迴(huí)翔兮以下，逾空桑兮从女(rǔ)③。

纷总总兮九州，何寿夭兮在予④！

高飞兮安翔，乘清气兮御阴阳⑤。

吾与君兮斋(qí)速，导帝之兮九坑(kēng)⑥。

灵衣兮被被(pī)，玉佩兮陆离⑦。

壹阴兮壹阳，众莫知兮余所为⑧。

折疏麻兮瑶华，将以遗(wèi)兮离居⑨。

老冉冉兮既极，不寖(jìn)近兮愈疏⑩。

乘龙兮辚辚(lín)，高驰兮冲天⑪。

结桂枝兮延伫(zhù)，羌愈思兮愁人⑫。

愁人兮奈何！愿若今兮无亏⑬。

固人命兮有当，孰离合兮可为⑭？

注释

①**天门**：天庭之门。**玄云**：黑中透红的云彩。②**飘风**：旋风。**涷雨**：暴雨。**洒尘**：洒水洗尘。③**迴翔**：盘旋飞翔。**逾**：越过。**空桑**：神山名，即“考玄冥于空桑”之空桑山。**女**：汝。④**纷总总**：众多的样子。**九州**：指全天下。**寿夭**：长寿与夭折，即生死。⑤**安翔**：从容地飞翔。**清气**：清明之正气。**御**：掌控。**阴阳**：阴阳是古代哲学思想中两个相对的概念，表示一切对立的事物。这里具体而言，阴指杀气，阳指生气。⑥**吾**：或说指主祭者，或指少司命，或指大司命。从后文“老冉冉兮既极，不寖近兮愈疏”句意来看，当指主祭者，毕竟神灵是不会衰老的。**斋速**：即“齐速”，相同的速度。**导帝之兮九坑**：此句理解亦有出入。或云迎接大司命到天帝创造的九州之地，那就把“之”解释为助词“的”，后面再加“兮”，《楚辞》中似无此用法。此“之”若解释为动词，于语法有证，但句意颇难理解。因为毕竟该诗以大司命为主，何以写到天帝？**九坑**：或云指九州之山，即九州之意。或云指九岗山，为祭祀之山。**按**：或以九州为是，盖为押韵故，且避开前句之“九州”也。如此，则此句可理解为：既然九州生死都由大司命主宰，则祭祀大司命之前，由主祭者模仿与大司命共

同带领天帝巡查九州，亦未不可。⑦**灵衣**：神灵的衣裳。**被被**：即“披披”，长大的样子。**陆离**：光彩绚丽的样子。⑧**壹阴兮壹阳**：即前文“御阴阳”之意。**众**：众人。⑨**折疏麻**：传说中的神麻，折来赠别。**瑶华**：神麻的花朵。**遗**：赠送。**离居**：离别远居之人。⑩**冉冉**：渐渐。**既极**：已经到来。**寖**：逐渐。**愈疏**：更加疏远，指离生命更远。⑪**乘龙**：乘坐用龙驾的车。**辚辚**：车行走的声音。**高驰**：向高处飞驰。⑫**结**：编结。**延伫**：长久地站立。**愁人**：使人发愁。⑬**奈何**：怎么办。**无亏**：没有损缺，指对神不失恭敬。⑭**固**：本来。**人命**：人的生命。**有当**：有定数。**孰**：谁。**可为**：可以更改。

译 文

完全敞开啊天庭大门，我乘很多车啊驾着黑云。

我让旋风啊在前开路，让暴雨啊洗去路上灰尘。

大司命盘旋啊降临到我身上，越过空桑山啊被那众人簇拥。

数也数不过来啊九州的民众，为什么生死啊掌握在我手中？

大司命高飞啊从容翱翔，驾乘清明正气啊主宰阴阳。

我跟大司命啊速率相同，迎天帝来复查啊九州存亡。

大司命的衣裳啊宽大飘飘，身上的玉佩啊绚烂错综。

有的生命死去啊有的续存，人们不知道啊是我掌控。

我折取神麻啊白色的花朵，将要送给啊离开我身的大司命。

我渐渐变老啊已步入暮年，再不亲近他啊就越来越不年轻。

大司命乘龙车啊车声辚辚，它飞驰而上啊一飞冲天。

我编着桂枝啊在原地久站，越来越想他啊使人愁烦。

让人忧愁啊又能怎么办，愿像今天啊没有缺憾。

人的生死啊本就有定数，谁说他来啊就能增减？

评 析

大司命因为掌管人的生死，而生死在医学不发达的先秦是充满神秘的，因此本诗也写得神神道道。但这只是表象，要解开这个表象，就要首先区分清楚大司命（即诗中的“君”“灵”）与作为大司命附体的巫师（即诗中的“吾”“余”）之间的关系，可分两类：一是巫师与大司命分离，二是巫师与大司命合二为一。这两种关系即

诗中所说的“离合”。

先来看二者离的状态。一开始，天门打开，巫师驾乘众多的车辆，驾着黑云，让旋风开路，让暴雨清洁道路——这些都是在为迎神做准备。可能有人会说，这时候如果大司命没有出现，那怎么能打开天门，驾着黑云，呼风唤雨呢？这只是一种文学表达手法，或者仅仅是一种祭祀场景的搭建，比如现代舞台剧中的树，可能是一个演员扮演。那么黑云、风雨又怎么不能由人扮演呢？因此这些责难都是站不住脚的。但不管怎么说，从准备的隆重可以看出，人们对大司命的降临充满期待。考虑到大司命的职责是掌管生死，人们期待的内容也就可想而知，是通过祭神来延长生命。

降神之后，还有一次离的状态，这一次是送大司命离去。巫师把神麻的白花献给离去的大司命，这种献花，当然并非真的献给大司命，他已经离开了，而重在献花者的自我满足。果然，他的献花是有目的的。他说自己已经步入衰老，如果无法靠近大司命从而获得生命之源，那就会越来越脆弱。现实却是只能目送大司命驾龙而去，直入云霄，就算长久地站立在原地，也不过是徒增烦恼罢了。巫师开始自我开解，“固人命兮有当，孰离合兮可为”，人的生命本来就有定数，怎么可能因为大司命的来去而增减呢？这看似开解，实际上也在威胁大司命，既然我们祭祀或不祭祀您都一样，以后还祭祀个啥！诗中说“愿若今兮无亏”，希望以后能像今天一样，祭祀大司命的时候没有缺憾。这实在是明显的暗示啊，如果巫师不担忧人们会不信奉大司命，又何来这样的心愿呢？

为什么祭祀的结果是反祭祀的呢？

这里面的原因，就不能不说到大司命降临之后，与巫师合的状态。从“君迴翔兮以下”开始，大司命降临之后干了什么呢？基本上都是守口如瓶，什么秘密都不愿透露，更不用说生死的大奥秘了！说得最多的是，一切的生死都由我掌管，我怎么掌管呢？没有说。或者干脆表示大家都不知道生死掌握在我手中，至于我怎么掌控，怎么做可以活得久一点儿，怎么做会死得早一些，怎么养生，怎么积德，一点儿消息也不透露。这就难免让人们对他不满了。不过换个角度来思考，你们的生死都掌握在我手上，我懒得搭理你们，也很正常。那为什么还要降临呢？这个原因当然不能明说，否则楚民恐怕再也不想祭祀大司命了！诗中说“导帝之兮九坑”，原来是陪着天帝来检查工作，即看看大司命的生死簿有没有问题。

通过以上离合的分析，可以看出，所谓的神秘，其实一点儿也不，完全是一种不

对等造成的权威。从没有办法延长生命的角度而言，大司命是忠于职守的，不泄露天机的。而从死亡的角度而言，却没有说不会出问题，因为大司命什么消息也没透露，所以也没有标准可以衡量哪些人应该长寿，也就自然无法指责哪些人是早死，或死于非命——这是大司命不透露秘密的根本原因——换句话说，他只对天帝负责，而不对众生负责。至于对众生不负责的可能，是使众生虽然明知祭祀无法获得更多生命却依然乐此不疲的根本所在。

从祭祀起码可以不减少生命的角度而言，“愿若今兮无亏”也是民众卑微的心愿。

少司命

题　解

从传世文献与出土文献两方面来看，少司命的提法均不见记载。王夫之认为这是楚国特有的现象：“大司命、少司命，皆楚俗为之名而祀之。”（《楚辞通释》）这里或许亦是屈原主观选择所致，因为若单纯是楚俗，则其他楚简中当包含蛛丝马迹。蒋骥《山带阁注楚辞》指出：“大司命主寿，故以寿夭壮老为言；少司命主缘，故以男女离合为说，殆月老之类也。”此男女离合之事，从屈原《离骚》中可以看出，是屈原比较感兴趣的地方，同时也是屈原重情的反映。如果以上推断没有大问题的话，那么《少司命》其实展现出屈原对少年儿童命运的关注，这与他在《离骚》中关注学生成才走向（如“兰芷变而不芳兮，荃蕙化而为茅”等）是一致的，只不过在《离骚》中关注的重点是学生本身，而在《少司命》中重点则在少司命身上。屈原对儿童的厚望，在中国儿童史上应该引起关注。

原　文

秋兰兮麋芜（mí wú），罗生兮堂下[1]。

绿叶兮素枝，芳菲菲兮袭予[2]。

夫(fú)人自有兮美子，荪(sūn)何以兮愁苦③？

秋兰兮青青，绿叶兮紫茎④。

满堂兮美人，忽独与余兮目成⑤。

入不言兮出不辞，乘回风兮载云旗⑥。

悲莫悲兮生别离，乐莫乐兮新相知⑦。

荷衣兮蕙(huì)带，儵(shū)而来兮忽而逝⑧。

夕宿兮帝郊，君谁须兮云之际⑨？

与女游兮九河，冲风至兮水扬波⑩。

与女沐兮咸池，晞(xī)女发兮阳之阿⑪。

望美人兮未来，临风怳(huǎng)兮浩歌⑫。

孔盖兮翠旍(jīng)，登九天兮抚彗星⑬。

竦(sǒng)长剑兮拥幼艾，荪(sūn)独宜兮为民正⑭。

注　释

①**秋兰**：香草名，秋天开淡紫色小花。**麋芜**：香草名，芎䓖的幼苗。**麋**：通“蘼”。**罗生**：罗列并生。②**素枝**：一本作“素华”，白色的小花。**菲菲**：香气浓厚。**袭**：香味扑鼻。③**夫人**：那个人。**美子**：美好的子女。**荪**：香草名，代指少司命。④**青青**：即“菁菁”，草木茂盛的样子。**紫茎**：紫色花茎。⑤**美人**：与“美子”相对，指美好的成人，这里指求子的美妇。**目成**：通过眉目传情。⑥**入**：进来。**辞**：与“言”相对，说话。**回风**：旋风。⑦**莫**：莫过于。**生别离**：活着时分离。**新相知**：新的知己。⑧**荷衣**：用荷叶作衣。**蕙带**：用蕙草作衣带。**儵**：同“倏”，迅疾。**逝**：离开。⑨**帝郊**：天帝的郊野。**须**：等待。⑩**与女游兮九河，冲风至兮水扬波**：此句见《河伯》，字数微不同，盖因下句句式相近而增衍，应删去。⑪**女**：汝。**沐**：洗头发。**咸池**：神话中太阳洗澡之地。**晞**：晒干。**阳之阿**：日出之地。⑫**美人**：与前

面所提到的“美人”，或不同，或云指少司命。本文认为都指少司命。**怳：**心神不定的样子。**浩歌：**大声放歌。⑬**孔盖：**孔雀羽毛装饰的车盖。**翠旍：**翡翠鸟羽毛制成的旌旗。**九天：**九重天，天的最高处。**彗星：**扫帚星。⑭**竦：**握持。**幼艾：**少年男女。**宜：**适宜。**民正：**人民的主宰。

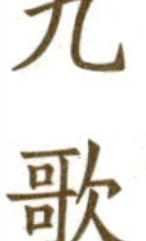

译　文

秋天的兰草啊还有蘼芜，并列生长啊在祭堂之下。

碧绿的叶子啊白色的花，芳香浓郁啊直朝我散发。

世人都会有啊美好的子孙，少司命为何啊如此担忧牵挂！

秋天的兰草啊像这样茂盛，长满绿叶啊紫色的花茎。

光照满堂啊美丽的少司命，突然只看我啊传达交情。

少司命无言降临我身啊又无言离开，她乘着旋风啊张开云旗远行。

世上最伤心的事啊莫过于活着分别，最快乐啊是与新友敞开心灵。

她以荷为衣啊蕙草做衣带，迅速降临啊又忽然离开。

晚上却扎营啊天帝的郊外，她在云际啊又把谁等待？

多想陪您洗发啊在那天池，陪您晾干啊在那日出之地。

盼望少司命来啊不见踪影，风中凌乱啊我的歌声四起。

孔雀做车盖啊翡翠为旗，您登上九天啊抚摸彗星。

您手拿长剑啊保护儿童，只有您适宜啊主宰生命。

评　析

少司命究竟是男性神还是女性神，或者说，神灵究竟有没有性别之分，这类问题是没有多大意义的，毕竟神灵是否存在都是值得怀疑的，何况性别呢？但这样提问却是有意义的，因为它告诉我们，当我们在阅读这篇《少司命》的时候，我们在动脑子构建意义，否则何必有疑问呢？从这个角度而言，任何提问都是一种建构的可能，也就是在追寻某一种意义，都是值得肯定的。

换种说法，既然楚民认为神灵是存在的，那么毫无疑问，他们心中就会有性别投射。从全诗来看，少司命的性别倾向于女性，因此我在翻译她的时候，有时候直接用“她”代指。但也有质疑的声音，因为诗中明说到“竦长剑兮拥幼艾”，舞刀弄剑，

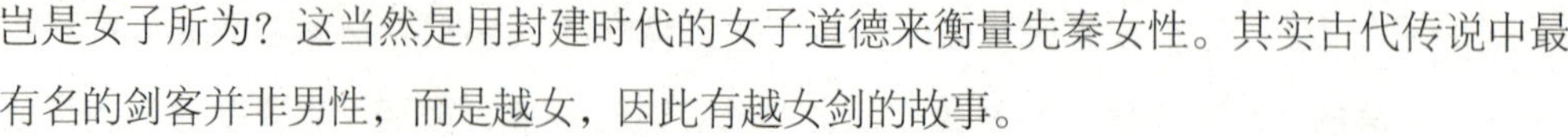

岂是女子所为？这当然是用封建时代的女子道德来衡量先秦女性。其实古代传说中最有名的剑客并非男性，而是越女，因此有越女剑的故事。

少司命既然是女性的可能性很大，那么与她“目成”的巫师，多半男性为宜。这当然是从古人对爱情的理解出发做出的揣测。那么整首诗就比较好懂了。提纲挈领地来说，就是写了巫师与少司命的短暂的邂逅和长久的思存。

在邂逅之前，巫师正在祭祀少司命。祭堂下面长满秋兰和蘼芜，绿叶白花，香气袭人。可是少司命似乎并不开心。巫师就开解她：“世人自有子孙，您何必如此担忧？”巫师这样说，自然是为少司命担心。正是这份担心，使少司命刹那之间动了凡心。她那光照满堂的模样，忽然抬眼望着巫师，使巫师恍如触电一般。这种眩晕，只是惊鸿一瞥，少司命很快恢复理智，知道自己的职责所在，不能跟凡人一样享乐。于是无言地离开，乘着旋风，载着云旗，就要返回天上了。

巫师却被她那一瞥勾去魂魄，欲罢不能。他一方面感到很悲伤，一方面又觉得很喜悦。所悲的是活着与少司命分离，喜的是曾在刹那与少司命一见钟情，心意互通。“悲莫悲兮生别离，乐莫乐兮新相知”，也成为历代爱情诗中最光闪夺目的诗句。巫师对于荷衣蕙带的少司命倏忽来去自然悲伤不已，但更令他悲伤的是，少司命似乎并非绝情，否则她怎么会夜宿帝郊（少司命完全可以直接回到天庭嘛，没必要耽搁时间，如果不是为了等待谁的话），仿佛在等待着什么人呢？这是巫师含蓄的说法，其实巫师看来，就是在等待自己，只不过不想拆穿她的心事，而让身边参加祭祀的其他人知晓——因为这是独属于他们的故事。

巫师被少司命那“临去也回头望”越发打动，尽情地表白自己的心声：我多想在太阳洗澡的地方给您洗头发，在太阳出来的地方陪您晾干。这当然是表达爱意的一种夸张说法，但不失拳拳之情。尤其值得注意的是洗头发的细节。其实咸池是太阳洗澡的地方，也完全可以用来帮少司命洗澡，但巫师极有分寸地选择“沐”，仅仅是洗头，就比较含蓄了。当然，“洗头”这个词，在今天已经不含蓄了，这另当别论。总之，少司命的回眸获得了巫师的回报，这种回报不是肉欲的，而是精神的。

结局当然是少司命不得不离开，留巫师在风中凌乱。巫师无法跟随少司命飞升，但他的歌声可以陪伴她，于是高声歌唱起来。我们不妨做个小小的延展，或许巫师所唱的歌，恰恰就是这首《少司命》呢？

少司命斩断情丝，在九天之上庇佑儿童——这些爱情结晶，能否替代她无果的爱？

河 伯

题 解

河伯是黄河之神，历来并无异说。很多学者怀疑的是，何以南方的楚国，要去祭祀北方的黄河，因为根据“祭不过望”的原则，楚国没有必要这么做。当然，历史上楚国也跟黄河打过交道，主要是跟北边国家如晋国战斗时要经过黄河，但这都并非常例。王夫之解释说楚国“信鬼而好祀”，因此楚国祭祀黄河就是楚国淫祀的表现（《楚辞通释》）。看似有理，却经不起推敲。因为淫祀是指过度祭祀众多之神，而河伯在内的整个《九歌》，祭祀的神灵也没有多到哪里去，为什么其他神灵不是淫祀，就偏偏到河伯这里就成淫祀了？实际上，这类问题涉及屈原为何选择这些神灵的问题，但这个问题，以现在的资料来看，根本无法解决，阙疑可也，没必要强作解人，把相关不相关的材料都拿来比附，反而错过欣赏诗篇本身的机会。认真阅读此诗，就会发现极有趣的现象：屈原喜欢在南方的河流写“北渚”，《湘君》《湘夫人》中都有，而在北方的河流写“南浦”，如本诗。这类现象，大概就是一种补偿心理在文学意象选择上的反映。既然《九歌》中记载那么多楚国神祇，偶尔记载一个对楚人来说极有异域风情的北方神祇，缓解一下审美疲劳，又有什么不可以呢？难道楚人就一辈子蜷缩于南方，不去北方，从而只顾讨好自己的神祇，而不必照顾北方的大神？这中间存在各种可能，没有一定答案，我们在阅读的时候需要展开自己的思考，一定不能囿于成见。

原 文

与女游兮九河，冲风起兮横波①。

乘水车兮荷盖，驾两龙兮骖螭（cān chī）②。

登昆仑兮四望，心飞扬兮浩荡[3]。

日将暮兮怅忘归，惟极浦兮寤(wù)怀[4]。

鱼鳞屋兮龙堂，紫贝阙(què)兮朱宫，灵何为兮水中[5]？

乘白鼋(yuán)兮逐文鱼，与女游兮河之渚(zhǔ)，流澌(sī)纷兮将来下[6]。

子交手兮东行，送美人兮南浦[7]。

波滔滔兮来迎，鱼隣(lín)隣兮媵(yìng)予[8]。

注　释

①**女**：汝，你。**九河**：黄河下游河道共有九条，是为九河。据说是大禹治理黄河的时候，为了让黄河水更好地泄洪，分成九条河入海，故有此名。**冲风**：暴风。**横波**：水波横流。②**水车**：水做的车子。**荷盖**：荷叶做的车盖。**两龙**：用两条龙来拉水车。这跟《山海经·海内北经》所描绘的河神形象吻合："冰夷人面，乘两龙。"冰夷即冯夷，河神之名。**骖**：古人用四匹马拉车，辕内两匹为"服"，辕外为"骖"。既然只有两条龙，就无所谓辕了，因此这两条龙两边应该没有直木作辕，是比较自由的。**螭**：无角龙。③**昆仑**：传说中的神山，据说是黄河发源之地。**四望**：四处眺望。**飞扬**：思绪飘飞。**浩荡**：无拘无束的样子。④**怅**：惆怅。**忘归**：忘记回去。**惟**：思念。**极浦**：遥远的水边。**寤怀**：睡不着而思念。⑤**鱼鳞屋**：画有鱼鳞装饰的屋。**龙堂**：画有龙的堂。一说是用鱼鳞和龙鳞装饰屋堂，河伯为河神，自不会以统辖之鱼龙生命为装饰，故不取。**紫贝阙**：用紫贝壳作宫门。**朱宫**：即珠宫，用珍珠装扮的宫殿。**灵**：指扮演河伯的巫师。直接看作河伯也无妨。⑥**乘白鼋**：乘着白色的大鳖。**逐**：跟随。**文鱼**：有花纹的鱼。**渚**：水中的小块陆地。**流澌**：解冻时流下来的冰水。**纷**：水势盛大。⑦**子**：您。**交手**：拱手作别。**美人**：指河伯。**南浦**：南边的河岸。⑧**滔滔**：水势浩大。**隣隣**：即"粼粼"，比次相连，众多的样子。**媵**：陪送。

译　文

和你一起游览啊观赏九河，暴风掀起波涛啊冲波逆折。

我们以水为车啊荷叶当盖，驾着无角神龙啊都在两侧。

登上昆仑啊极目四望，雄心飞扬啊随波激荡。

太阳将落啊惆怅忘返，思念水边啊难以入眠。

画鱼鳞龙纹啊精致的屋堂，紫贝壳修饰官门啊珍珠装饰宫殿，河伯为何啊却留在水边？

乘着白色大鳖啊彩鱼跟从，巫师与河伯游玩啊在那水中小岛，冰化纷纷啊将奔流向前。

你拱拱手啊随流往东，我送别你啊在水之南。

波浪汹涌啊来迎接你，众鱼陪送啊渐行渐远。

评　析

该诗讲述河伯恋旧之事，读来使人顿起家乡之思。

巫师与河伯曾有过一段壮游，他们乘着水车、驾着飞龙，一起观赏黄河的壮观景象。这样阳刚之景的描写，与《湘君》《湘夫人》截然不同，可见屈原所欣赏于河伯者，或正在此。这种壮观景色其实与心胸开阔密切相关，诗中说“心飞扬兮浩荡”，非常直白。屈原是否有意引入河伯所代表的北方阳刚之气，来中和楚民水神的柔靡呢？不是没有这种可能。因为我们发现一个非常有意思的现象，即在《九歌》之中，只有《国殇》与《河伯》都是十八句的篇幅，而《国殇》中的尚武精神，跟河伯所代表的阳刚之气契合，这应该不是巧合，或许是屈原有意的一个安排吧。

经历过大风大浪之后，两人（也不妨说是巫师扮演河伯，那就是合二为一了）登上黄河的源头，昆仑神山。在高山上四顾，“壮观天地间”的景色巨细靡遗，都展现在眼前。河伯壮志飞扬，直到暮色四起，才因忘记回去而惆怅不已，以至于思念黄河而夜不能寐。他的临时住所（很有可能是祭祀之处）装扮着各类河流元素，比如屋堂画着鱼鳞和龙，宫殿之中装饰着紫贝壳和珍珠，这样做，从神界来说，是让河伯有宾至如归之感，而从凡人来讲，则通过这样的装扮来讨好河伯。令人错愕的是，河伯居然不住在这样的屋堂之中，却待在水边，诗人故意发问：“灵何为兮水中？”从而引发众人思考：对河伯来说，黄河如此重要，那么对我们楚民来说，最重要的莫过于楚国了。对故乡的这种热爱，在屈原《离骚》中表现得更为炙热明显，此处就一带而过。

终究拗不过河伯的思乡之情，等太阳升起来的时候，河水上的冰块融化，巫师陪

伴河伯一起回到黄河。他们乘着白色大鳖，彩鱼跟随，在河中小岛上游玩，渐渐地，他们因为留宿还是归去而产生的分歧，也像河上的冰块一样消融，又和好如初。所以，当河伯拱手作别，要去更远的黄河东段时，巫师已学会在理解的基础上好好说再见。他在黄河南岸送别河伯，看到滚滚涌起的波涛像在迎接河伯，无数的鱼儿跟他道别，要跟随河伯一起东行，巫师或许会明白，何以河伯要东行。毕竟河伯不属于黄河的哪一段，而是属于整个黄河。巫师之所以站在水之南，也就可以理解了。

他是楚人，也要南归。

山　鬼

题　解

山鬼的形象，有三种主要说法，即山中精怪、山神和巫山神女。目前学界倾向于巫山神女之说，主要原因有二：一是诗中“采三秀兮于山间”，“于”同“巫”，于山即巫山（见郭沫若《屈原赋今译》）。二是《山鬼》全诗所写，与宋玉《高唐赋》中所写的巫山神女非常相似，如“东风飘兮神灵雨”与“旦为朝云，暮为行雨”等。我们认为，以上三说皆无确实根据，只不过依赖现存材料加以比附。题目说得很清楚，这首诗歌所写，不是山中精怪、山神或巫山神女，而是山鬼。如果一定要用我们熟悉的词语来解释山鬼的含义，那也是山中之鬼，而非以上三说。从审美欣赏的角度而言，《山鬼》原是独一无二的艺术精品，有其独特性，如今却被诸多学者附会为神女之类，则其独特性荡然无存，亦不可取。要确知山鬼之形象，当于诗中求之，何必舍近求远？从诗意来说，诗中所写之山鬼，确乎与前面各类神祇都不同，前面所涉及的神祇，无论悲欢离合，皆有一定威严，哪怕是《湘夫人》《少司命》等女性依附色彩较浓的诗篇中，也绝难见到山鬼这样伤心痴绝的口吻，汤漳平形容为“《山鬼》是《九歌》中一首最为凄婉动人的诗篇”，可谓得之。这样凄婉至极的文字，非“女鬼”二字不能担当，故不必

画蛇添足，横加比附。

原　文

若有人兮山之阿(ē)，被薜(bì)荔兮带女罗(luó)[①]。

既含睇(dì)兮又宜笑，子慕予兮善窈窕(yǎo tiǎo)[②]。

乘赤豹兮从文狸(lí)，辛夷车兮结桂旗[③]。

被石兰兮带杜衡，折芳馨(xīn)兮遗(wèi)所思[④]。

余处幽篁(huáng)兮终不见天，路险难兮独后来[⑤]。

表独立兮山之上，云容容兮而在下[⑥]。

杳(yǎo)冥冥兮羌昼晦(huì)，东风飘兮神灵雨[⑦]。

留灵修兮憺(dàn)忘归，岁既晏(yàn)兮孰华予[⑧]？

采三秀兮于山间，石磊(lěi)磊兮葛蔓(màn)蔓[⑨]。

怨公子兮怅(chàng)忘归，君思我兮不得闲[⑩]。

山中人兮芳杜若，饮石泉兮荫松柏[⑪]。

君思我兮然疑作[⑫]……

雷填填兮雨冥冥，猨啾啾(yuán jiū)兮又夜鸣[⑬]。

风飒(sà)飒兮木萧萧，思公子兮徒离忧[⑭]。

注　释

①**若有人**：仿佛有人，但不是真人，则指山鬼也。**阿**：山的凹处。**被**：同“披”。**薜荔**：香草。**带**：作动词，用女萝作衣带。**女罗**：菟丝。②**含睇**：含情地微微斜视。**宜笑**：适宜地欢笑。**子**：爱慕山鬼者。**慕**：爱慕。**予**：山鬼自指。**善**：善于。**窈窕**：娴静美好。③**赤豹**：红毛有黑色斑点的豹子。**从**：随从。**文狸**：毛色有花纹的狸猫。**辛夷车**：用辛夷做成的车。**结**：编织。④**石兰**：香草名。**杜衡**：即杜若。

折：采摘。**芳馨**：芬芳的花草。**遗**：送给。⑤**幽篁**：幽深的竹林。**独后来**：最后一个到来。此亦可见山鬼地位之卑微，仅高于《国殇》中的牺牲的兵士。⑥**表**：迥异于众。**容容**：即“溶溶”，飞动的样子。⑦**杳冥冥**：阴暗。**羌**：发语词。**昼晦**：白天光线昏暗。**神灵**：雨神。**雨**：落雨。⑧**留**：留念。**灵修**：指恋人。**憺**：安乐。**岁**：年。**晏**：晚。**孰**：谁。**华予**：华即“花”，使我像花一样盛开。⑨**三秀**：灵芝一年开花三次，故又称三秀。**于山间**：在山间。有学者认为于山即巫山，亦通。但是如果这样解释，那就正说明山鬼并非巫山神女，因为《文选·别赋》“惜瑶草之徒芳”，李善注指出，灵芝正是瑶草，而瑶草由巫山神女精魂化成。则山鬼何劳采摘？**磊磊**：石头众多堆积。**葛**：葛藤。**蔓蔓**：到处蔓延。⑩**公子**：山鬼所思之人。**怅**：失意。**不得闲**：没有空。⑪**山中人**：山鬼自称，因为前文说“若有人”，此处亦忘记自己山鬼身份。**芳杜若**：比杜若还芬芳。**荫松柏**：以松柏为荫，即前文“余处幽篁兮”之意。⑫**然**：肯定。**疑**：不相信。**作**：产生。⑬**填填**：形容雷声巨大。**冥冥**：落雨使天空阴暗。**猨**：同“猿”，跟猕猴相似。**啾啾**：鸟兽虫的鸣叫声。**又**：当作“狖”，长尾猴。⑭**飒飒**：风急促声。**萧萧**：风吹树木的声音。**徒**：徒劳。**离忧**：遭受忧愁。

译文

好像有人啊在那山坳，身披薜荔啊衣带飘飘。

双目含情啊适宜微笑，您爱慕我啊娴静美好。

我乘着赤豹啊狸猫跟随，辛夷做的车啊桂枝编的香旗。

又身披石兰啊佩带杜若，采香花香草啊送给我的欢喜。

我住在幽深竹林中啊整日没有光，路又难走啊唯独我最后出场。

没见到爱恋的人啊独立在高山上，云雾变幻莫测啊在脚下飘荡。

天色阴暗啊白天恍如天黑，东风猛吹啊雨神为我落雨如落泪。

留念您啊高兴等着忘记返回，年华渐渐老去啊谁能让我再华美。

等待之余采瑶草啊在这山间，只有山石堆积啊葛藤到处蔓延。

怨您不来啊惆怅更让我忘返，或许您也想我啊只是没有空闲。

我在山中啊比杜若还香，喝石上清泉啊在松柏下休息。

您或许思念我啊却又将信将疑……

雷声大作啊阴雨绵绵，哀猿鸣叫啊昼夜相伴。

风声飒飒啊落木萧萧，白白地愁啊把您思念。

评 析

山鬼的爱恋让人心酸，从其身份来讲，有其必然。众神降临人间，是从上往下，何其容易；山鬼由于住在幽暗之地，她要来到人间，便不得不爬上高高的山巅，这是从下往上，本就艰难。导致的结果，是她最后到来，而所爱之人已经离开。这种必然的结局，实际上在人间也不少见，而山鬼之所以让人荡气回肠，则在于她并没有因此放弃。

她的等待是有变化过程的。刚来到的时候，她是“憺忘归”，因为心中对等待恋人充满欣喜的希望而忘记回去。但即便是欣喜希望着的时候，也包裹着淡淡的忧伤，即“岁既晏兮孰华予”，等待是有希望的，但毕竟等待的时候，年华也会老去。这种复杂的心理，很多大龄剩男剩女可能会有更深的体会。这是喜中忧。在等待之余，山鬼也注意保养自己，想要在山间采摘一年三次开花的瑶草来做面膜之类的护肤品。遗憾的是，山间只有乱石堆积，石上长满藤蔓。这多像她的等待啊，荒烟蔓草，弥漫天际。

这样就引来了等待的第二个阶段，即“怅忘归”，因预感到恋人不会再来而引发的惆怅，使她更不愿回去，为什么呢？因为真的回去，便使无言的结局铁板钉钉了，这是山鬼不愿看到的。所以尽管对恋人有埋怨，却依然选择等待。在这样悲凉的心境之中，她也会安慰自己，或许恋人也在像我思念他一样思念着我，只不过人世繁忙，没有空闲来看我？这可称为忧中喜。值得补充的是，喜中忧的忧是真实的，忧中喜的喜却很可能是虚假的。这倒不是笔者悲观，而是山鬼此时已经隐约明白，她以为是自己迟到而错过恋人的假设，很可能是在自我宽慰，而真相却是恋人根本没有来过。诗中说“君思我兮然疑作”，便是如此。

笔者不想从“等待戈多”的哲思或“尘埃里开出的花”的柔情来类比山鬼的凄婉，但客观地来说，山鬼等待过程中的复杂情绪的确笼罩全篇，让人读来，为山鬼之喜而喜，之悲而悲。哲思或柔情，也许都能有所体现，但在这些之前，同时也是更重要的，在于字里行间体现出来的书写温度。举个简单的例子。当山鬼充满希冀等待的时候，风雨好像也是在同情她，为她落泪，如“东风飘兮神灵雨”。同样是雨，等到

山鬼希望近于落空之际，却又仿佛在故意给她难堪，欺负她，如“雷填填兮雨冥冥”等。以前我们也经常会说，环境描写很好地突出了主人公的心境，比如我们熟悉的刘备、曹操煮酒论英雄，但跟山鬼的环境描写比起来，还是过于肤浅。因为前者是用环境的变化而展现心境的变化，后者却反其道而行之，用心境来塑造环境。用环境展现心境，好比粗线勾勒；用心境塑造环境，则是工笔细描。

山鬼最后的结局如何，诗中没有明言，但从“徒离忧”来看，恐怕不会好到哪里去。

我们想要探讨的是，为什么会这样？第一段已经提出这个问题，但由于要赏析全篇内容，所以行文中断。要探讨这个问题，我们就不得不继续追问以下两个问题：一是他们为什么相爱？二是他们为什么分开？这两个问题本来可以分别回答，但由于答案刚好是一体两面，所以还是放在一起分析较好。为什么这么说呢？因为都跟鬼的身份有关。

先看他们爱慕的起点。诗篇开头八句都是甜蜜的回忆，讲述他们的相逢。开始的开始，是“若有人兮山之阿”，好像有个人在那山坳。好像有个人，指出不是人是鬼的特征；在那山坳，指出相逢的地点正是山中。正是在这样的条件下，他们相遇。男子被她含情双目和微笑征服，喜欢她的窈窕美好。而山鬼呢，则“为悦己者容”，从“被薜荔兮带女罗”到“被石兰兮带杜衡”，变着法子打扮给他看，并把象征信物的香草赠送给他。按道理来说，这样便可以待在一起了，何必又分开，导致下一次的约会失败呢？如果脑洞大开，也不妨可以联想到人鬼之大防，如当今电视剧中的套路那样，但在笔者看来，这种美好是表面上的，因为第一句明确地告诉我们，恋人之所以爱慕山鬼，是因为错误地把她当成人了。

这就不得不说到分开的结局。而原因则暗含在山鬼的另一段回忆之中：“山中人兮芳杜若，饮石泉兮荫松柏，君思我兮然疑作……”第一句表明恋人依旧没有看出她不是人，而是把她看作比杜若还要芳香的山中人。可是相处久了，便发现这个“山中人”有些奇怪，她很多地方跟人不一样，最突出的是不吃东西，只喝一点山泉水；也不睡觉，只在树荫下面简单休息。这些特征，其实在暗示读者，恋人已经逐渐把她从“山中人”怀疑为“山中鬼”了。可是这样痛苦的经历，由山鬼来说，自然不能详述，否则徒然增加她的痛苦回忆，于是用一句“君思我兮然疑作”戛然而止：他许是想念我的，只不过怀疑我不是……

因此，我们认为，他们的恋情，是成也山鬼，败也山鬼。

但我们也不要说得太早了，结果究竟如何，屈原没有明说，便仍有很多可能。就我们的人生经历而言，光辉夺目的时候迎来的爱情，未必是真正的爱情；失魂落魄的时候失去的爱情，也未必不是真正的爱情。在山鬼“乘赤豹兮从文狸，辛夷车兮结桂旗”的风光之际，拥有的爱情也许只是表面的。这样的爱情，如果一辈子顺顺当当，不遭遇坎坷，也担当得起“爱情”两个字，但试问，谁的一生只有平安喜乐，毫无任何波折？这是不可能的。只不过从诗中写到的部分而言，山鬼是比较失望的。但这样的爱情，如果拥有，还不如失去。

同时我们也应该注意到，山鬼对恋人是没有保留的。她完全可以好好隐藏她的身份，以她的聪明，这不在话下。因为她非常清楚恋人爱她的什么，诗中说“子慕予兮善窈窕”，只要保持好“窈窕”的一面，不就好了吗？问题在于，这样维持的爱情，又能算真正的爱情吗？因此她一再向恋人暗示自己的真实身份：“余处幽篁兮终不见天，路险难兮独后来。”因此，等到恋人明白暗示的时候，山鬼反而平静了，从“怨公子”变为“思公子”，求仁得仁，又何怨乎？而从“思”字来看，山鬼对恋人的爱情付出，无疑是真心的。

最终山鬼有没有等到她的恋人，这是一个开放题，每个人都会自行脑补，会有一个自己的答案。但不管结局如何，我想说的是，山鬼都拥有过真爱。何谓真爱？当一个人，或者鬼也无妨，只要付出自己的真心去爱对方，便是真爱，这真爱不会因为对方接受与否而打折扣。也正因此，女鬼表面上在等恋人归来，实际上是在帮恋人确认他有没有获得真爱。

由于《山鬼》触及的是永恒的爱情主题，所以它的艺术魅力并不会随着时间而消散。可能有的读者会说，我们又不是鬼，怎么会遇到山鬼的难题呢？这不是明白话。实际上，山鬼的困境是每个恋人的困境，无论男女，不分尊卑，都会遇到。原因就在于，恋爱本身的规律如此，即每个人都要在恋爱中思考一个问题：你所爱上的，是那个人本身，还是那个人在你心中留下的好形象？每段爱情都始于那个人在你心中留下的好形象，终于那个人本身。能够把这二者平衡起来的爱情，才能持久。

我们对《山鬼》的爱也该如此。我们先记住她“既含睇兮又宜笑”在我们心中激起的甜蜜回响，然后拥抱她整个的真实，无论是喜中忧，还是忧中喜。

国殇

题解

国殇，指为国事而死的将士。有学者认为屈原是在祭祀主将，这种区分恐无必要。诗中明言“矢交坠兮士争先”，写到面对箭雨勇敢前驱的战士，也写到“援玉枹兮击鸣鼓”的将领。如果说写将领的篇幅更多一些，那也不过是告诉读者，将领尚且如此，战士可想而知，是艺术上的详略处理，并非表明祀主。有学者认为“国殇”说明《九歌》是楚王廷的祭祀，否则为何称“国殇”？恐亦不确，至多只能表明屈原的尚武精神，在没有更多资料之前，推论得有点远。总之，尽管屈原极力要把“国殇”抬到“鬼雄”的高度，但从《九歌》顺序来看，《山鬼》依然在《国殇》之前，是整个祭祀中“路险难兮独后来”的最后一个，则“鬼雄”只能是屈原之心愿而已，不一定得到楚民的普遍接受。但屈原能够把社会现实纳入《九歌》之中，不能不说是大胆的创造。

原文

操吴戈兮披犀(xī)甲，车错毂(gǔ)兮短兵接[1]。

旌蔽日兮敌若云，矢交坠(zhuì)兮士争先[2]。

凌余阵兮躐(liè)余行(háng)，左骖(cān)殪(yì)兮右刃伤[3]。

霾(mái)两轮兮絷(zhí)四马，援玉枹(fú)兮击鸣鼓[4]。

天时坠兮威灵怒，严杀尽兮弃原野[5]。

出不入兮往不反，平原忽兮路超远[6]。

带长剑兮挟(xié)秦弓，首身离兮心不惩(chéng)[7]。

诚既勇兮又以武，终刚强兮不可凌⑧。

身既死兮神以灵，子魂魄(pò)兮为鬼雄⑨。

注　释

①**操**：拿。**吴戈**：吴地所产戈，其突出部分名援，援上下皆刃，用来横击或钩杀。**犀甲**：犀牛皮制作的盔甲。**错毂**：轮毂交错。**短兵接**：即短兵相接，形容战况激烈。②**旌蔽日**：旌旗蔽日。**敌若云**：形容敌军之多。**矢交坠**：两军射箭，箭雨一阵一阵，交替坠落。**士争先**：勇士争先在前，冲向敌军。③**凌**：侵犯。**躐**：践踏。**行**：行伍。**左骖**：左边外侧的马。**殪**：死。**右刃伤**：右边外侧的马被兵刃刺伤。④**霾**：埋在土里，指车轮无法动弹。**絷**：拴住马脚。**四马**：实际上两马死伤，只剩中间两马，但马为主人而战，故生死不做区别，一视同仁。**援**：举起。**玉枹**：玉石镶嵌的鼓槌。⑤**天时**：天命。**坠**：沦丧。**威灵**：威严的神灵，或指战神。**严杀**：残酷地杀戮。⑥**出不入**：出征便不打算回来，与"往不反"同意，展现将士们同仇敌忾、视死如归的精神。**反**：同"返"。**忽**：通"伆"，远。⑦**带**：佩带。**挟**：夹持。**秦弓**：秦地所产良弓，射程较远。**不惩**：不畏惧。⑧**诚**：确实。**勇**：战斗的勇气。**武**：战斗的技能。**终**：至死。**凌**：侵犯。⑨**神以灵**：精神成为神灵，指精神不死。**魂魄**：附气之神为魂，附形之灵为魄。**鬼雄**：鬼中之英雄。

译　文

手持利戈啊身披坚甲，车轴错攻啊短兵相接。
旌旗蔽日啊敌军如云，箭雨猛坠啊将士迅捷。
进攻我军啊冲乱队伍，车左马死啊车右马伤。
车轮不动啊四马不前，仍拿鼓槌啊战鼓轰响。
天道沦丧啊神灵发怒，杀尽勇士啊抛尸疆场。
为国出征啊视死如归，战场辽远啊征途漫长。
身佩长剑啊夹带良弓，身首异处啊心不惊慌。
确实勇敢啊武艺出众，刚强不辱啊自始至终。
为国捐躯啊精神永生，魂魄也是啊鬼中英雄。

评　析

作为除《礼魂》之外，《九歌》中的最后一篇，《国殇》自可看作压轴之作。从这个意义上来看待，便不会觉得《国殇》因《九歌》篇次而贬值。实际上，屈原的心态体现在“天时坠兮威灵怒”中，他不认为战败被杀是将士们未尽人事，而是天命如此。这种心态并不陌生，我们在阅读《项羽本纪》的时候，项王直到最后时刻，仍旧认为是“天欲亡我，非战之罪”，表现出楚民较为一致的价值观。从这个角度而言，那些胜利的战役似乎不必多说，而失败的战役更需要祭祀，以便向上天认错，重新争取上天的庇佑。这样一来，屈原在写作的过程中会遇到一个难题，即如何处理好上天发怒与将士尽力的矛盾。如果仅写上天发怒，则对死者不敬；如果仅写将士牺牲，则是否能达到向天祈福的目的呢？通读全诗，我们从屈原整饬的诗句中明白，他是通过展现将士勇猛而不可取胜，来展现上天发怒的威力所在。

先来看将士的勇猛。纸上谈兵的过程被省略，诗人直接从出战写起，在激烈的战斗中塑造英雄形象。他们披甲操戈，短兵相接，虽然面对旌旗蔽日的如云敌军，仍然穿梭在箭雨之中，勇往直前。这是整个战斗场面的全景式俯瞰。接下来视角对准一位主帅，他乘坐的驷马战车被冲破我军队伍的敌军破坏，两匹骖马不是倒毙就是被刺伤，战车的车轮像长在地上一样无法动弹，马也裹足不前。按道理来说，敌军“擒贼先擒王，射人先射马”的战略是非常成功的，主帅战车被毁，相当于整个司令部被端平，楚军自会阵脚大乱，失去指挥。当然，这也是楚军此战失败的直接原因。但我们知道，战争胜负往往瞬息万变，在《左传》“鞌之战”中，情况比《国殇》更紧急，因为《国殇》中只是战马受伤，而鞌之战中，晋军统帅郤克受伤，“流血及屦，未绝鼓音”，最后仍然获得胜利，大败齐军。可见，楚军在战斗中确实处于下风，但这并非战败的根本原因。因为相比于郤克的“余病矣”，楚军的将帅在诗中写得更刚毅，在战车被破坏的时候，仍旧沉着应战，擂响战鼓，气势不衰。

归根结底，失败的最终原因被轻描淡写地一笔带过，“天时坠兮威灵怒，严杀尽兮弃原野”，是楚军冒犯神灵，所以才招致大败。屈原行笔至此的时候，是不是别有含义，我们姑且不去探究，但后文大篇幅地讴歌将士，似乎别有所指，不能不提及。招致神灵降怒的缘由，无外乎这么两大可能。一是楚军自己招惹，二是楚国招惹。从后文来看，楚军没有过错，他们没有贪生怕死，都是抱着视死如归的心态出征，哪怕最后横尸战场，也是“首身离兮心不惩”，面对死亡，无所畏惧。因此，就这场战役

来说，楚军大败，但就楚军将士的战斗意志来说，到最后都没有屈服，是“终刚强兮不可凌”，所以哪怕死后也能成为鬼中英雄。楚军将士虽败犹荣，甚至死后还能“神以灵”，可见惹怒神灵的必然不可能是他们。那么答案就是楚国招惹了神灵。具体是楚王还是楚臣呢？诗中没有明说，我们也不必猜测。

寻找错误并非当务之急，最紧要的是与发怒的神灵尽快修复关系，因此屈原在《国殇》的创作中紧扣此义。我们现在换个视角，从神灵的角度来看，此诗则有些为将士平冤之意。全诗没有写到一处将士犯错，经过前面的分析，可知在屈原心中，也是默认招惹神灵的是楚国王臣等军人以外的因素，但严厉的惩罚却降临到楚军将士身上，这不是神灵的不公、不正吗？而这种神灵的不公不正，不也自然地暗示着楚国王臣的偏颇吗？屈原在祭神的时候，也是在控诉，这种不被拘泥的观念，与他《离骚》诗中洋溢着的批判精神一脉相承，是皇帝的御用文人班固之类所不能明白的，于是只好批评屈原是“露才扬己”了。

从批判精神而言，屈原比大多数现代人还更有资格做一个现代人。

礼　魂

题　解

《礼魂》一作《祀魂》。“礼魂”之义，王逸云：“言祠祀九神，皆先斋戒，成其礼敬；乃传歌作乐，急疾击鼓，以称神意也。”《礼魂》在十一首诗中篇幅最短，一般看法认为是前十篇通用的送神曲。汤漳平指出：“多数人皆认为《礼魂》是《九歌》组诗结尾的乱辞。但其内容，与其说是歌词，倒不如说是叙事诗，它实际上是描写祭祀活动结束时的一场歌舞。把它作为歌词未免过于简短。《礼魂》如前面的《东皇太一》一样，是以直赋其事来描写一场祭礼的始终的。”值得注意的是，《礼魂》与《东皇太一》有很多呼应之处，显示出《九歌》结构的完整性。

原文

成礼兮会鼓，传芭（bā）兮代舞，姱（kuā）女倡兮容与[①]。

春兰兮秋菊，长无绝兮终古[②]。

注释

①**成礼**：这里取“祭祀仪式结束”之意。**会鼓**：众鼓齐鸣。**传芭**：传递香草。**代舞**：更迭起舞。**姱女**：美女。**倡**：领唱。**容与**：从容自如。②**春兰、秋菊**：春秋二季祭祀用的香花。**长无绝兮终古**：王逸注：“无绝于终古之道也。”

译文

完成全部祭礼啊鼓乐合奏，传递花草啊轮流起舞，美女领唱啊从容娴熟。

春献兰草啊秋献晚菊，永远没有断绝啊万古相续。

评析

这是《九歌》的尾声，有学者指出，其作用类似《离骚》中的“乱曰”。也有点类似晚会结束的时候，众多演员上台谢幕。那些前面出现的扮演东皇太一诸神的巫师，是否也会依次随着鼓声相继舞蹈，则不可确知了。至于美女最后唱的歌，会不会就是《礼魂》前一句，众人和的会不会就是“春兰兮秋菊，长无绝兮终古”，也都不可确知了。

然而，当我们带着“长无绝兮终古”的祝愿，回头去看《九歌》的全部内容，会惊奇地发现，《九歌》真的是一组生命的礼赞。具体而言，东皇太一是至高无上的造物主，东君、云中君是生命必不可少的阳光雨露，湘君、湘夫人是逐水草而居的楚民的集体记忆，而大司命、少司命则主宰着楚民的生命与子嗣。如果说河伯是对北方生命的关怀，展现出作为南方人的屈原有着开放的心态（这在《国殇》中的“吴戈”“秦弓”等语句中也有呈现），那么《山鬼》和《国殇》则展现出作为活人的屈原有着悲悯的情怀。屈原在写生命赞歌的时候，没有囿于楚地，没有限于生命，而是跳出地域，打通生死，这与楚文化中的“阴阳”矛盾观念密切相关。

《九歌》是屈原的九歌，它有着鲜明的屈原烙印；《九歌》又是楚民的九歌，它有着鲜活的楚文化的特点；《九歌》又是我们的九歌，它有着新鲜的时代气息元素，如恋爱、生死、批判思维等，不能说都是屈原回答得更深更好，但确实能够启发我们。

天 问

题 解

《天问》是“空前绝后的第一等奇文字”（郭沫若），同时，“一部《楚辞》，最难解者，莫如《天问》一篇”（林云铭）。因此，关于《天问》的创作目的有众多说法，周建忠等分为六类：舒愤、讽谏君王、怀疑、穷究事理、借天问人和混合说。我们认为，怀疑说是较为接近《天问》本意的，题中有“问”字，自可概见。此说以鲁迅发端：“怀疑自遂古之初，直至百物之琐末，放言无惮，为前人所不敢言。”（《摩罗诗力说》）值得注意的是，从《九歌》中透露出来的屈原对祭祀的批判来看，屈原是否真的认为天是真实存在的，需要打上大大的问号。他之所以要把心中的怀疑来向天询问，不过是天的象征意义可以包罗万象，无所不知而已。另一方面，所有的问题，在提问的那一刻起，实际上就已包含提问者的倾向，因此《天问》虽是提问题，也曲折反映出屈原自身的观点，这些地方尤其值得我们重视。从诗篇本身来看，内容主要包括三部分：宇宙自然、神话传说和历代兴亡。全诗1550多字，370多句，提出170多个问题。这原本不适合用诗歌的形式来表达，但考虑到每个人的秉性不同，对诗人屈原而言，诗歌无疑是他最擅长的方式，因此拿来表达他的诸多疑问，反而得心应手，我们不能以一般人的规律来限制屈原。或者我们不妨说，屈原把问题诗歌化，本来就是怀疑创新精神的一种体现，与他的提问内容中包含的批判精神互相辉映，相得益彰。也正如此，后世虽不乏模拟《天问》者，如傅玄《拟天问》等，但得其形似，难传心源。由于屈原是在当时的知识基础上提出质疑，因此很多学者抛开屈原的质疑，就可以得到较为确切的当时人的知识背景，这里面包含着宝贵的神话和历史

资料，对于研究中国神话和早期历史都有巨大的作用。这自然是屈原预想不到的，同时也启发我们，屈原是超越当时的知识背景的。如果我们拿现存的资料，轻易地对屈原加以比附，不但得不到对屈原的进一步认识，反而成为进一步认识屈原的绊脚石（如学界研究《天问》很火的“错简”问题，毛庆指出，学界的错简调整实际上只是错句调整，而非错简，因为古代简牍都有固定字数，不可能错句与错简刚好吻合）。或许对于我们大多数读者而言，屈原的很多问题，我们也不太感兴趣，因为现代的学科专业化，虽然让我们在某一领域的认识大大深化，却也大大限制了我们的视野，而屈原的《天问》涉及哲学、宗教、科学、文学、历史等方方面面的知识，这就导致我们跟屈原难以形成对话。首先，在我们的专业领域内，我们会认为他的问题非常肤浅，比如天文学家可能就会觉得“日月安属，列星安陈”这类问题不值得回答。其次，在我们的专业领域之外，我们又不感兴趣，比如天文学家可能会对历史传说之类的“伯禹愎鲧，夫何以变化”等问题提不起兴趣。如何解决这个问题呢？其实很简单，类推一下就可以了。比如，日月星辰的问题，屈原是在当时的天文学知识背景上提出的质疑，那么，对于天文学的专业读者而言，需要领会屈原的精神，在我们今天的天文学理论背景上提出新的质疑，如果能够做到一二，那么就能理解屈原的可贵了。而对于不感兴趣的问题，我们也没必要强作解人，要每个人都成为屈原式的百科全书人物，毕竟我们这个时代的知识量已经大大超过屈原所处时代，只要对屈原所提的众多问题，选择一两个自己感兴趣的钻研一下，就能明白屈原的用意，实际上是在告诉我们，要对现实的一切带有批判的眼光，甚至对屈原的问题，也可以进行批判，只要言之成理即可。这或许是《天问》给我们带来的最大的启迪。而从诗歌的角度来说，《天问》刷新我们对于诗歌的肤浅认识。尤其在古典诗歌领域，诗歌不外乎“诗言志”“诗缘情”的套路，实际上诗歌是最反对套路的，它是一种生存方式，不能以简单的标签粗暴地对待。但凡粗暴地对待诗歌的人，往往也会粗暴地对

待自己的生活。屈原以他的包罗万象的《天问》告诉我们，世间万物，没有不可以入诗的。如果有，那一定不是诗歌的问题，而是对诗歌的理解有问题。那么《天问》究竟是什么类型的诗歌呢？有人认为是哲理诗，有人认为是史诗，有人认为是抒情诗。以上说法都有一定道理，我们认为，从本质上来说，这首诗是较早的“题画诗”。王逸指出：“屈原放逐，忧心愁悴。彷徨山泽，经历陵陆，嗟号昊旻，仰天叹息。见楚有先王之庙及公卿祠堂，图画天地山川神灵，琦玮僪诡，及古贤圣怪物行事。周流罢倦，休息其下。仰见图画，因书其壁，呵而问之，以泄愤懑，舒泻愁思。楚人哀惜屈原，因共论述，故其文义不次序云尔。”王逸的说法，得到日益出土的画像石、帛画等实物的佐证，较为可信。而陈子展、赵奎夫等认为，当时屈原应在汉北，宗庙祠堂则在楚国旧都鄢郢，里面或许就有壁画。由于壁画实物已不可考，屈原究竟如何题壁也成不解之谜，但由于题画诗是对画面的再创作，因此也能提供很多新思路。首先，壁画涉及画家问题，这就使问句能够得到呼应，即问句是针对画家而问，所问则无所不包，故总名为“天问”，而非饶宗颐等指出的与《吠陀》《旧约·约伯传》类似的“发问型态”。其次，画面涉及如何表现或再现对象的问题，这就给屈原发问提供参照系。这类新思路，会在每段具体赏析中展开，题解只举其一二荦荦大者。

原　文

曰[①]：

遂古之初，谁传道之[②]？上下未形，何由考之[③]？

冥昭瞢(méng)暗，谁能极之[④]？冯(píng)翼惟像，何以识之[⑤]？

明明暗暗，惟时何为[⑥]？阴阳三合，何本何化[⑦]？

圜(yuán)则九重，孰营度之[⑧]？惟兹何功，孰初作之[⑨]？

斡(guǎn)维焉系，天极焉加⑩？八柱何当，东南何亏⑪？

九天之际，安放安属(zhǔ)⑫？隅隈(yú wēi)多有，谁知其数⑬？

天何所沓(tà)？十二焉分⑭？日月安属(zhǔ)？列星安陈⑮？

出自汤(yáng)谷，次于蒙汜(sì)⑯。自明及晦(huì)，所行几里⑰？

夜光何德，死则又育⑱？厥(jué)利维何，而顾菟(tù)在腹⑲？

女岐无合，夫焉取九子⑳？伯强何处？惠气安在㉑？

何阖(hé)而晦？何开而明㉒？角宿(xiù)未旦，曜(yào)灵安藏㉓？

注释

①**曰**：姚小鸥指出，此与《尚书·尧典》"曰若稽古帝尧"类似，"'曰'是中国古史开篇的惯用语，它表明《天问》所记述的历史的来源可追溯到遥远的口传历史时期，同时表明其文体形式亦有所本"。所言甚是。一些学者直接翻译为"问道"，是不够准确的。②**遂古**：即远古。"遂"，通"邃"。**传道**：言语流传。③**上下**：代指天地。**未形**：没有成形。**何由**：通过什么途径。④**冥**：昏暗。**昭**：明亮。**瞢**：模糊。**极**：抵达，引申为明白。⑤**冯翼**：元气充盈的样子。**像**：想象的样子。⑥**明明暗暗**：指一天昼夜有别而有明有暗。**时**：同"是"，这。⑦**三合**：即"参合"，交融汇合，化生万物。**本**：本源。**化**：派生。⑧**圜**：同"圆"，指天体。**则**：法度。**九重**：传说天有九层，形容其高。**营度**：经营度量。⑨**兹**：此，指前文所说天有九层。**何功**：何等的功绩。⑩**斡**：运转的枢纽，古人认为天体运行围绕一个轴心进行。**维**：指系于轴上的绳索。**天极**：天体运行轴心的顶部。**加**：安放。⑪**八柱**：指支撑天穹的八根柱子。**当**：支撑。**亏**：坍塌。传说共工怒触不周山，使天地往东南倾斜。⑫**九天**：天的四面八方。**际**：边际。**放**：至。**属**：连接。⑬**隅**：角落。**隈**：弯曲的地方。⑭**沓**：会合。**十二**：古人认为日月在黄道上每年相遇十二次，故将黄道分为十二部分，以记日月运行轨迹。后引申为与地之十二分野相对应。⑮**安**：在哪里。**陈**：排列。⑯**汤谷**：即旸谷，日出的地方。**次**：止息。**蒙汜**：日落的地方。⑰**明**：日出。**晦**：日落。⑱**夜光**：指月。**德**：即"得"。**死**：指月缺而渐没。**育**：月缺而复圆。

⑲**厥**：其。**利**：好处。**顾、菟**：萧兵根据西汉古墓出土的蟾蜍与兔子都在月中，把“顾”理解为蟾蜍之叫声，即指蟾蜍。菟为兔子。其说可从。**腹**：指月中。⑳**女岐**：传说中天上的神女，无丈夫而生九子，称为九子母。**无合**：没有婚配。**取**：得到。㉑**伯强**：指北方风神禺强，所生厉风伤人。**惠气**：和畅的风。㉒**阖**：合上。**开**：打开。㉓**角宿**：属东方星，为东方七宿之首，角宿有两颗星，传说两星之间就是天门。**旦**：日出。**曜灵**：太阳。

译文

曰：

远古初始的状况，是谁流传下来的？天地成形前的事，又要怎么考知呢？

天地蒙昧无昼夜，谁能把它搞清楚？宇宙混沌凭想象，如何才能识别出？

天地已分有昼夜，这又是因为什么？阴阳交融成万物，究竟哪个是本末？

苍穹分为九重天，是谁上去测量过？何等浩大的工程，起初又是谁干的？

天体运转的轴心，绳索固定在哪呢？天体轴心最高处，又在哪里安放着？

天地间八根巨柱，分别安放啥地区？中原高而东南低，具体缺损啥地域？

四面八方的天边，各到哪里怎么连？天边的弯曲很多，谁能把它们数全？

天地在哪里会合，十二黄道怎么分？日月安放在哪里，又怎么排列星辰？

太阳从旸谷出发，晚上在蒙汜停宿。从日出直到日落，它共走多少里路？

月亮何处得神力，月缺之后能再圆？能获得什么好处，蟾蜍与兔装里面？

女岐从没有婚配，如何生得出九儿？北方风神住在哪，和畅之风从何吹？

什么门打开就亮，什么门关上就黑？天门未开没亮时，太阳躲藏在哪儿？

评析

在《天问》的第一大段中，屈原的问题集中于宇宙论。但从第一句开始，屈原所关心的问题就不是宇宙本身如何，而是宇宙论所带来的认识论问题。也就是说，屈原关心的是，人在怎样的宇宙生存。从他的发问来看，似乎壁画上画着天地诞生之前的混沌画面。那么问题来了，当屈原看到这些的时候，他的思辨能力促使他不得不去发问：“既然天地还在一片混沌，那就不可能有人了，那么，人又是怎么知道这些的呢？”

这其实就是一个鸡生蛋、蛋生鸡的问题，要说屈原对此有怎样的看法，恐怕还谈

不上，如果一定要说有的话，那也很有可能陷入唯心认识。我们从他关于开天辟地的创世疑问句中多使用“谁”“孰”就能隐约感觉到，他虽然对创世过程中人的作用有所怀疑，但这怀疑的前提却是肯定人的主观能动性。“谁传道之”“谁能极之”“孰营度之”“孰初作之”，这些人格化的创世神，在屈原的诗句中似乎呼之欲出。

不过屈原把握得极有分寸。他抛出问题，并不急于回答。因为确实很多问题并非他提出来的，古人和同时代人早就有很多类似的看法，比如《庄子》《墨子》《山海经》等书中都有对天文的疑惑，那么，答案自然也不可能由屈原一人给出。或者不如说，答案本身是什么并不重要，重要的是大家一起来回答，来思考，这就使民众的思考能力得到锻炼，理性水平得到提升，那么，在分辨国家大事上自然也就能够明辨是非一些。因此，有学者指出，屈原的《天问》有可能是一部历史教材，可备一说。

当然，有些问题，屈原是尝试着回答过的，比如太阳夜晚去了哪里的问题。他在《九歌·东君》中写道：“操余弧兮反沦降，援北斗兮酌桂浆。撰余辔兮高驼翔，杳冥冥兮以东行。”意思是：太阳神握紧我的弓啊返回西方，端起北斗啊斟满酒浆。手持缰绳啊往上高驰，直穿过黑夜啊往东飞翔。可见，在《东君》中，屈原认为太阳落山之后，其实是在黑夜中赶回东方。那么，问题来了：太阳在黑夜中，黑夜不会被照亮吗？“何阖而晦？何开而明？”莫非有一扇门，关上就是黑夜，打开就有光明？这当然是古人的一种猜测而已，这扇门古人称作天门。可是屈原认为并非如此，他认为，太阳之所以在黑夜中而人看不见，是因为“高驼翔”，飞到人们目力所不及的地方悄悄返回东方，以免打扰人们休息。由此可见，《天问》中的很多问题，确实不是屈原本有的想法。

可能的解释之一，是因为《天问》乃题画诗，要受画面限制，不可能任由屈原发挥。

这倒不是说画面表意一定跟屈原的意见相反。确实是有相反的，比如“女岐无合，夫焉取九子”，用一“焉”字，可见屈原认为这是荒诞不经的说法，但画面上可能真有女岐九子。也有其实比较一致的，如“厥利维何，而顾菟在腹”，画面上的月亮里面，可能有蟾蜍与兔，屈原既然问月亮这样装着它们有什么好处，则屈原自身大概也相信，只是不能理解月亮为什么这样做，因为我们知道，这样会影响月亮的光亮，正如杜甫后来补足屈原之意说：“斫却月中桂，清光应更多。”愿望如此，恰正说明现实是这样。

这些画面之意与屈原诗意的离合，非常有趣，读者朋友可以自己再找找，例子很多。

原　文

不任汩(gǔ)鸿，师何以尚之[1]？佥(qiān)曰何忧，何不课而行之[2]？

鸱(chī)龟曳(yè)衔(xián)，鲧(gǔn)何听焉[3]？顺欲成功，帝何刑焉[4]？

永遏(è)在羽山，夫何三年不施[5]？伯禹愎鲧，夫何以变化[6]？

纂(zuǎn)就前绪，遂成考功[7]。何续初继业，而厥(jué)谋不同[8]？

洪泉极深，何以寘(tián)之[9]？地方九则，何以坟(fén)之[10]？

河海应龙，何尽何历[11]？鲧何所营？禹何所成[12]？

康回冯怒，墬(dì)何故以东南倾[13]？九州安错？川谷何洿(wū)[14]？

东流不溢(yì)，孰知其故[15]？东西南北，其修孰多[16]？

南北顺椭(tuǒ)，其衍几何[17]？昆仑县(xuán)圃，其尻(kāo)安在[18]？

增城九重(chóng)，其高几里[19]？四方之门，其谁从焉[20]？

西北辟启，何气通焉[21]？日安不到？烛龙何照[22]？

羲(xī)和之未扬，若华何光[23]？何所冬暖？何所夏寒[24]？

焉有石林？何兽能言[25]？焉有虬(qiú)龙，负熊以游[26]？

雄虺(huǐ)九首，儵(shū)忽焉在[27]？何所不死？长人何守[28]？

靡蓱九衢，枲华安居[29]？一蛇吞象，厥大何如[30]？

黑水玄趾，三危安在[31]？延年不死，寿何所止[32]？

鲮鱼何所？鬿堆焉处[33]？羿焉彃日？乌焉解羽[34]？

注 释

①**任**：胜任。**汩**：治理。**鸿**：同“洪”，洪水。**师**：众人。**尚**：推举。②**佥**：全，指众人。**课**：试验。**行**：使用。③**鸱龟**：叫声如猫头鹰的神龟。**曳衔**：拉扯。**听**：听从。④**顺欲**：顺应众人的想法。**帝**：指帝尧。**刑**：惩罚。⑤**永**：长。**遏**：拘禁。**羽山**：鲧被放逐的地方，传说在江苏赣榆，一说在山东蓬莱。**三年**：多年。**施**：解脱。⑥**伯禹**：即大禹。伯为大禹之封爵，他曾受封为夏伯，故称伯禹。**愎**：通“腹”，从腹中出来。⑦**纂**：继承。**绪**：事业。**考**：指死去的父亲。⑧**续初**：即初续，才开始继续鲧的事业。**厥谋**：指禹的治水方法。⑨**洪泉**：指洪水。**窴**：同“填”，填塞。⑩**地**：指大地。**方**：区分。**九则**：九品，禹分天下土为九等，故曰九则。**坟**：划分。⑪**应龙**：神话传说中有翅膀能飞的龙。大禹治水的时候，应龙以尾画地，而成江河，疏导河流汇入大海。**尽**：繁体“尽”字跟“画”字的繁体接近，因此有学者认为是形近而误。画，作“划”解。**历**：经历。全句有学者认为是错简，游国恩《天问纂义》认为当作“应龙何画，河海何历”，可备一说。⑫**营**：营造，孙诒让解释为“惑乱”，从前说。**成**：成功。⑬**康回**：即共工氏。据《淮南子·天文训》记载，共工氏与颛顼争夺帝位，没有成功，就怒触不周之山，于是天维绝，地柱折，西北高，东南倾。至于为何在写大禹治水中插入共工氏，董楚平认为，共工氏使地倾东南，有利于河水东流，客观上为大禹治水提供了便利。可从。**冯怒**：大怒。**墬**：同“地”。⑭**九州**：传说大禹分天下为冀州、兖州、青州、徐州、扬州、荆州、豫州、梁州和雍州，合称九州。**错**：通“措”，安置。**洿**：水深。⑮**东流**：指百川东流。**溢**：满。**故**：原因。⑯**修**：长度。⑰**顺椭**：狭长。**衍**：多余。**几何**：多少。⑱**昆仑**：神话中的仙山，它以祁连山为原型，直通天庭。**县圃**：即“悬圃”，指天庭中悬在半空中的园子。**尻**：本指臀部，这里指落脚处，也就是指悬圃的根基。**安在**：在哪里。⑲**增城**：即层城，传说也在昆仑山上，是太帝所居之处。**九重**：极言其高。⑳**四方之门**：昆仑山

上四面八方都有门。**从**：由此出入。㉑**西北**：指西北大门。**辟启**：打开。**气**：风。㉒**安**：怎么。**烛龙**：传说中的神龙，据说眼睛睁开就是白天，闭上就是黑夜。㉓**羲和**：为太阳驾车的人。**未扬**：没有扬鞭驾车，指没有日出。**若华**：古代神树若木的花。㉔**所**：地方。**冬暖**：冬天温暖。**夏寒**：夏天寒冷。㉕**石林**：石柱成林，一般见于喀斯特地貌。**言**：说话。㉖**虬龙**：没有角的龙。**负**：背着。㉗**虺**：古代神话中南方的毒蛇。**九首**：九个脑袋。**儵忽**：即"倏忽"，往来极快的样子。㉘**不死**：指不死国。**长人**：或指长寿之人，或指身材高大的人，如防风氏。本文从前者。㉙**靡蓱**：即靡萍，指蔓生的萍草。**九衢**：指萍草分枝众多。**枲华**：枲麻的花。㉚**一蛇**：即神蛇，指南海内的巴蛇。据说它吞下大象，三年后才吐出象骨。**厥**：其，指一蛇。㉛**黑水**：神话中的水名，在昆仑山。一说即怒江。**玄趾**：有学者认为是交趾，泛指五岭以南之地。**三危**：地名，有多种说法：一在甘肃敦煌三危山；二在甘肃岷山西南。三在西藏。㉜**延年**：指黑水和三危山中有延年益寿的神物。《穆天子传》："黑水之阿，爰有木禾，食者得上寿。"《淮南子》："三危之国，石城金室，饮气之民，不死之野。"**止**：停止。㉝**鲮鱼**：神话中的一种鱼。**鬿堆**：即魁堆，大雀。㉞**羿**：神话中善射的后羿。帝尧之时，十日并出，民不聊生，帝尧命令后羿射下九个太阳，只留下一个太阳照耀大地。**彃**：射。**乌**：神话传说中的神乌，住在太阳中。**解羽**：指太阳中的九个神乌被射死后，羽毛脱落。

译　文

鲧没治水的能力，众人为何推举他？他们劝尧别担心，为什么不试试他？
神龟相牵着跟随，鲧听后有啥启发？想顺应众人治水，尧为何给他惩罚？
永久流放在羽山，多年不放又为啥？禹生自鲧的肚子，怎么有这种变化？
禹继承鲧的事业，实现亡父的计划。禹为何才承父业，就换成不同方法？
深水地方不见底，禹拿什么填平它？大地分成九等地，禹靠什么划分它？
应龙怎样画江河，又怎样使之入海？鲧留下哪些营造，禹如何治好洪灾？
共工氏怒气冲天，怎让大地东南沉？九州各安置在哪，河谷为何这样深？
河水东流不溢出，谁知其中的情况？东西南北四条边，其中哪条边最长？
据说南北更狭长，会比东西长多少？昆仑山上有悬圃，它在哪里好立脚？

层城有九重之多，它到底能有多高？昆仑山四处是门，谁在那进进出出？

西北的门户大开，那里什么风吹拂？哪里太阳照不亮，烛龙又照亮何处？

太阳没升起来前，神木的花哪来光？哪里冬天却温暖，何地夏季却寒凉？

哪里有石柱成林，什么野兽会言谈？哪里有无角的龙，背着熊到处游玩？

南方九头的毒蛇，快来快去在哪里？哪里的人不会死，他们靠什么如此？

分枝众多的萍草，与麻花长在何地？一条神蛇能吞象，它有多大才可以？

黑水交趾三危山，到底在什么地方？去哪里能求长生，寿命多久会耗光？

鲮鱼在哪里遨游，大雀在哪里飞翔？后羿在哪射太阳，神乌在哪把命丧？

评　析

这一段主要围绕治水神话展开。我们知道，世界各地都流传着洪水神话，其中尤以《圣经·创世纪》中的诺亚方舟闻名。与西方人不一样，中国先民遇到洪灾的时候，首先考虑的不是乘船逃跑，而是努力治理。这是前提。在这个前提之下，出现两种不同的方法：一是堵塞，二是疏导。代表人物分别是鲧禹父子。在屈原所见的壁画中，或许正画着治水的各个画面。由于是画面，所以各部分之间不可能一一交代，只能是挑选最有代表性的情景来绘制。有一幅是鲧受众人推举，开始治水。另一幅却是鲧被囚禁在羽山。这两幅画之间，没有任何原因说明。对比鲜明，自然能引起屈原的思考。帝尧为什么一会儿让鲧治水，一会儿把鲧囚禁起来？如果说是鲧治水不力，那当初为什么推举他？如果是因为众人推举他，帝尧就给他一个机会，那么，当他顺应众人之望开始治水的时候，帝尧为什么又不听众人的意见，惩罚鲧呢？就算是治水不力，惩罚一下就好了，为什么又久久没有释放，最后把他杀害了呢？屈原这样诘问，其实背后在质疑帝尧和众人的决定。

这种质疑还体现在大禹出生的荒诞不经。为什么会说禹是从鲧的肚子里钻出来的呢？这倒有点古希腊神话的况味，姑且不去比较，单说接下来屈原对大禹治水的评价。周建忠等学者指出，屈原在讲大禹治水的时候，特别强调大禹对父亲的继承，如“纂就前绪，遂成考功”等，这自然是对的，但大禹之所以这样做，并不是为了治水，而是子承父业，“三年无改于父之道”而已。所以不久之后，大禹已完成对父亲的尊崇，就开始改变父亲的治水方法。《国语·周语》指出：“伯禹念前之非度，厘改制量，疏川导滞。”大禹治水最后取得了成功，但很难说这个成功完全归功于大

禹。或者不如说，鲧的教训启发了禹。那么问题来了，鲧就不能从自己的失败中吸取教训吗？当然，鲧没有机会证明自己能否，因为他已被帝尧囚禁，直至杀害了。屈原指出："鲧何所营？禹何所成？"鲧在哪里营造，禹在哪里成就？言下之意，大禹的治水成功里，不能缺少鲧的前期营造。或许，我们不妨引申一下，如果不把鲧囚禁起来，也许就不必等到大禹长大之后再去治水，那也就意味着洪水可以早日退去，百姓可以早日安居，然而这一切，都因为帝尧的多疑而永不可能了。

张炜指出，"尧帝比楚怀王也好不了多少"，可备一说。但我们也许应该换个角度来看，就不会局限于屈原的哀怨，而能感受到屈原的自信。怎么说呢？鲧是被帝尧囚禁，最后死于非命，如果从鲧的角度来看，他的事业毫无疑问是彻彻底底地失败了，永无翻身之日。可是这毕竟是狭隘的角度，换个更广大的视野，鲧虽遭杀，可是他的治水智慧却在大禹身上传递下去，他战胜大自然的勇敢信念在大禹身上得到继承，从最终战胜洪水而言，鲧毫无疑问又是成功的，尽管这成功来得迟了些，但终究会来。屈原在流放、疏离的过程中，是否会从中思考出这些，我们不敢肯定，但从本段以及《离骚》中的自信口吻来看，屈原虽然因为没有实现美政而痛苦，但他终究相信美政会实现，所以不惜最后像鲧一样死于非命。

洪水得到治理之后，天地之间的自然现象重新出现在人们眼前。可惜由于很多神话故事我们已不能得知详情，所以无法一一窥探。但我们不妨考察一下屈原对神话提问的几类方式。第一是把抽象的认识具体化，比如"增城九重，其高几里"之类，传说层城很高，可是究竟高到几里呢？这类提问方式告诉我们，在屈原的时代，某些神话传说已不够清晰了，所以屈原也无从知晓具体的细节。第二类是通过常理来推断其中的矛盾，渴求得到一个更合理的认识。实际上，矛盾是推动认识的根本动力，有矛盾并不可怕，关键就怕没矛盾，那就不真诚了。比如"东流不溢，孰知其故"，大禹治水，把河水都导入大海，可是大海一直在接受水源，为什么不会溢出来呢？从屈原当时的理性而言，无论是湖泊还是河流，不可能永远只接受水而不流出水，否则必然会满溢出来。可是大海怎么不会溢出来呢？表面来看，是大海突破了当时的理性，但实际上我们知道，地球上的水资源不仅有液态循环，也有气态循环，通过蒸发，重新回到陆地。因此，屈原当时的理性看来是矛盾的，在我们现在的认识下完全不矛盾了。第三类是把遥远的时间上的传说转化为可感触的空间，具体方法就是追问那些事件发生的地点，比如"羿焉彃日？乌焉解羽"。后羿射日、神乌坠落的事情，即便在屈

原的时代而言，也已经很久远。这样的传说，通过什么跟今天建立联系呢？可能的方法之一，就是重新回到事情发生的地点，去追寻蛛丝马迹。于是，屈原就特别喜欢追问神话故事发生的地点，因为那些地点还在，可以去考察嘛。然而，屈原也认识到，有些地方本来就是传说，比如“黑水玄趾，三危安在”，那就没办法考察了，只能付之一问了。

总之，由于我们缺乏神话背景知识，对洪水以下的画面的悬测也只能付之阙如了。可以推断的是，从现有洪水传说来看，屈原的神话追问是有核心的，只不过传说已经烟消云散，留下来的断章残句，看起来像没有统一性一样，因此也就没有核心了，也就难以推测可能存在的画面。但从这些碎片中，也可以拟出几个大概的主题：长生传说、太阳传说、昆仑传说等。也正是丢失了核心，所以历代学者总希望能够使之复原，用“错简”等方法想要自圆其说，我们认为真的没有必要，因为维纳斯漂亮，但绝对没有人想要给她再接回双臂，使其完整。不过，这些努力也并非毫无意义。如果把《天问》看作作品的话，这些学者的研究（包括本书在内），构成《天问》的附饰（parergon），德里达认为，作品的存在依赖于附饰，如果没有这些学者的努力，《天问》会否存在呢？人们读不懂，它存在着其实也就是缺席了；而当学者的解读出现的时候，《天问》却是缺席了但也存在着。那又何乐而不为呢？

原　文

禹之力献功，降省(xǐng)下土四方[1]。焉得彼嵞(tú)山女，而通之於台桑[2]？

闵妃匹合，厥身是继[3]。胡维嗜(shì)不同味，而快鼌(zhāo)饱[4]？

启代益作后，卒(cù)然离蠥(niè)[5]。何启惟忧，而能拘是达[6]？

皆归射(jú)鞫，而无害厥躬(gōng)[7]。何后益作革，而禹播降[8]？

启棘(jí)宾商，《九辩》《九歌》[9]。何勤子屠(tú)母，而死分竟地[10]？

帝降夷羿(yì)，革孽(niè)夏民[11]。胡射夫河伯，而妻彼雒(luò)嫔(pín)[12]？

冯(píng)珧(yáo)利决，封豨(xī)是射[13]。何献蒸肉之膏(gāo)，而后帝不若[14]？

浞(zhuó)娶纯狐，眩(xuàn)妻爰(yuán)谋[15]。何羿之䠶革，而交吞揆(kuí)之[16]？

阻穷西征，岩何越焉[17]？化为黄熊，巫何活焉[18]？

咸播秬黍(jù shǔ)，莆雚(huán)是营[19]。何由并投，而鲧疾修盈[20]？

白蜺婴茀(ní yīng fú)，胡为此堂[21]？安得夫良药，不能固臧(cáng)[22]？

天式从(zòng)横，阳离爰(yuán)死[23]。大鸟何鸣，夫焉丧厥体[24]？

蓱(píng)号起雨，何以兴之[25]？撰(xùn)体协(xié)胁，鹿何膺(yīng)之[26]？

鼇(áo)戴山抃(biàn)，何以安之[27]？释舟陵行，何之迁之[28]？

惟浇(ào)在户，何求于嫂[29]？何少康逐犬，而颠陨(yǔn)厥首[30]？

女歧(qí)缝裳，而馆同爰止[31]。何颠易厥首，而亲以逢殆(dài)[32]？

汤谋易旅，何以厚之[33]？覆舟斟(zhēn)寻，何道取之[34]？

桀伐蒙山，何所得焉[35]？妹嬉(mò xǐ)何肆，汤何殛(jí)焉[36]？

舜闵在家，父何以鳏(guān)[37]？尧不姚告，二女何亲[38]？

厥萌在初，何所亿焉[39]？璜台十成，谁所极焉[40]？

登立为帝，孰道尚之[41]？女娲(wā)有体，孰制匠之[42]？

舜服厥弟，终然为害[43]。何肆犬(quǎn)体，而厥身不危败[44]？

吴获迄(qì)古，南岳是止[45]。孰期去斯，得两男子[46]？

缘鹄(hú)饰玉，后帝是飨(xiǎng)[47]。何承谋

夏桀，终以灭丧[48]？

帝乃降观，下逢伊挚(zhì)[49]。何条放致罚，而黎服大说[50]？

注释

①**力**：勤勉。**功**：指治理洪水，平定九州。**降省**：到下面视察。**下土四方**：指九州土地。②**嵞山**：即涂山，古地名，一说指浙江会稽山，一说指当涂。**通**：私通。**台桑**：古地名，或说指桑间田野，为古人约会之地。③**闵**：同“悯”，爱怜。**妃**：指涂山女。**匹合**：婚配。**厥身**：指禹。**继**：后继有人之意，这里指生启。④**胡维**：为何。**嗜不同味**：爱好不相同。**快鼂饱**：急切地满足欲望。鼂饱，即朝饱，《诗·周南·汝坟》：“未见君子，惄如调饥。”郑玄笺：“未见君子之时，如朝饥之思食。”则朝饱指如早上之吃饱，指获得性满足。⑤**启**：禹之子，夏朝国王，变禅让制为世袭制。**益**：禹之贤臣，是他选定的继承人。据说禹禅让给益，启不服从，攻打益并获胜，夺取了王位。**后**：君王。**卒**：通“猝”，突然。**离**：遭受。**蠥**：灾难。⑥**惟**：遭遇。**拘**：拘禁。**达**：从监狱中逃脱。⑦**射鞫**：指双方交战。各种说法不一，此处取其宽泛之意。**厥躬**：其身，指启。⑧**后益**：指益王。**作**：通“祚”，王位，亦指国家命运。**革**：变革，指启夺走益王的王位。**播降**：指禹的子嗣繁荣昌盛。⑨**棘**：急切。**宾**：祭祀，古代礼制的一种。**商**：“帝”之误，指天帝。**《九辩》《九歌》**：均为天帝之乐，传说中启喜欢音乐，他乘龙上天，多次去天帝那里做客，学会了《九辩》《九歌》。⑩**勤子**：贤子，指启。**屠母**：传说涂山女化为石，石头裂开生下启，故曰屠母。**死**：即“屍”，尸体。**竟地**：满地，到处都是。⑪**帝**：天帝。**降**：降下。**夷羿**：上古羿有多人，这里指有穷国的国君羿，有穷国为东夷族，因此称作“夷羿”。**革**：革除。**孽**：祸患。**夏民**：夏朝之民。⑫**河伯**：黄河的水神。**妻**：娶。**雒嫔**：即洛嫔，洛水的水神，为河伯之妻，又称“宓妃”。⑬**冯**：通“凭”，满，指将弓拉满。**珧**：小蚌壳，多用来装饰刀、弓，这里指良弓。**利**：精良。**决**：扳指，多用玉石制作而成，射箭时戴在右手大拇指上用来钩弦。**封豨是䠶**：即射封豨，射杀大野猪。⑭**蒸肉**：祭肉。**膏**：肥肉。**后帝**：天帝。**若**：通“诺”，保佑。⑮**浞**：寒浞，为羿的相，后与纯狐私通去谋杀羿。**眩妻**：善于魅惑人的妻子，即纯狐。**爰**：于是。**谋**：谋划。⑯**䠶革**：射穿皮革，据说羿能射穿七层皮革。**交吞揆**：指寒浞与纯狐交相为用，吞灭

羿。**吞揆**：吞灭。⑰**阻穷**：禁绝。**西征**：向西挺进，这里指鲧事。鲧被帝尧放逐于羽山，因羽山在东边，所以被永远囚禁于此，不容西行。**岩**：险阻。**越**：翻越。⑱**化为黄熊**：指鲧死后变成黄熊，《左传》鲁昭公七年："昔尧殛鲧于羽山，其神化为黄熊，以入于羽渊，实为夏郊，三代祀之。"**巫**：巫师。**活**：指鲧死而复生。⑲**咸**：都。**秬黍**：黑米。**莆雚**：蒲草和芦苇类植物，皆水草名。**营**：耕种。⑳**并投**：指鲧与共工氏等一起被流放。**疾**：罪恶。**修盈**：长满，指罪恶深重。㉑**白蜺**：白色的虹。**婴**：萦绕，环绕。**茀**：云雾。**此堂**：有多种说法。一指屈原"呵壁问天"诗的祠堂，二指崔文子学仙的堂室，三指后羿藏药之室，四指形容词"盛"，五指月宫。本文从第一说。㉒**良药**：指不死之药。**固臧**：即固藏，妥善保藏。㉓**天式**：自然法则。**从横**：即纵横，意即经纬纵横，阴阳消长，生死不息。**阳离**：阳气离开。**爰死**：于是就死亡。㉔**大鸟**：指王子侨所化之鸟。王逸云："言崔文子取王子侨之尸，置之室中，覆之以弊筐，须臾则化为大鸟而鸣，开而视之，翻飞而去。文子焉能亡子侨之身乎？言仙人不可杀也。"**丧厥体**：失去他原来的身体。㉕**蓱**：即屏翳，雨神。**号**：号令。**兴**：起。㉖**撰**：通"巽"，柔顺。**胁**：和顺。**鹿**：指风神，据说风神飞廉是鹿身雀头。**膺**：响应。㉗**鼇**：传说中的大龟。**戴**：驮负。**山**：蓬莱山。**抃**：拍手，这里指神龟在海中游泳，四肢像在拍手。**安**：安放。㉘**释**：放置。**陵行**：陆地行走。**迁**：迁徙。㉙**浇**：寒浞之子，曾经杀死夏相，后又被夏相之子少康斩杀。**户**：门。**嫂**：浇的嫂子，即下文的"女歧"。㉚**少康**：夏朝国王，夏后相之子。**逐**：驱赶。**颠**：跌落。**陨**：坠落。**首**：头颅。㉛**女歧缝裳**：据《左传》哀公元年记载，少康把女歧派到浇身边作间谍，用女色使之惑乱，其中为他缝制衣裳就是事情之一。**馆同**：即"同馆"，同房。**爰止**：一起居住。㉜**易**：砍错。**厥首**：指女歧之头。据王逸说，少康夜袭浇，得到女歧的头，以为是浇。**亲**：指女歧。**逢殆**：遇到危险，指被害。㉝**汤**：当为"康"，指少康。**易旅**：整顿军队。**厚**：厚待。㉞**覆舟**：打翻的船。**斟寻**：古国名，在今河南巩县西南。**道**：方法。㉟**桀**：夏代最后一个君王，残暴荒淫。**伐**：讨伐。**蒙山**：古国名，闻一多认为是得到妹嬉。**得**：获得。㊱**妹嬉**：夏桀的妃子。**何肆**：没什么恣纵。**汤**：指商汤。**殛**：诛杀。㊲**闵**：妻室。**父**："夫"之误字。**鳏**：同"鳏"，男子年长无妻。㊳**姚告**：即"告姚"，告诉舜的父母。**二女**：指尧的两个女儿。**亲**：结亲。㊴**厥萌在初**：指舜刚开始的时候还是百姓。**亿**：预料。㊵**璜台**：用玉装饰的高

台。**十成**：十层，极言其高。**极**：抵达。㊶**帝**：帝王。**道**：引导。**尚**：上。㊷**女娲**：女神名。**有体**：指女娲的形体，人面蛇身，一天当中七十变化。**制匠**：制造。㊸**服**：顺从。**厥弟**：舜的弟弟象。**终然为害**：指象多次想要害死舜。㊹**何肆**：放肆。**犬体**：像猪狗一样。**厥身**：指舜。**不危败**：没有受到伤害。㊺**获**：得到。**迄古**：从远古开始，指国运长久。**南岳**：泛指南方地区。**止**：留下居住。㊻**期**：预料。**去斯**：即"夫斯"，指吴国建立的这种情况。**两男子**：指吴太伯和虞仲，两人为吴国两代开国贤君。㊼**缘**：凭借。**鹄**：天鹅。意谓伊尹借助烹调食物供汤享用之际接近汤，向他陈述治国之道。**后帝**：指汤。**飨**：赏识。㊽**承谋夏桀**：指伊尹接受汤的旨意，假意侍奉夏桀，来探听消息。**灭丧**：灭亡。㊾**帝**：指商汤。**降观**：四处巡查。**伊挚**：即伊尹。商初名臣，为商朝理政安民五十余载，治国有方。㊿**条放**：指夏桀被流放于鸣条之事。**致罚**：受到上天惩罚。**黎服**：天下百姓。**大说**：非常喜悦。

译文

禹勤劳治理洪水，到下面视察四方。怎会遇到涂山女，与她私会在台桑？

禹与涂山女婚配，禹因此有了后代。他们兴趣本不同，怎贪恋一时之快？

启取代益成君王，突然之间遇麻烦。为什么他虽遭难，仍然逃得出难关？

两军交战箭如雨，启却没有受过伤。为何益丢掉王位，禹的后代却繁昌？

启赶紧祭祀上帝，获得九辩和九歌。为何却害死母亲，使尸骨到处散落？

上帝从天降下羿，让他为夏民除害。他为何射杀河伯，跟其妻洛妃相爱？

他拿着强弓利器，把那大野猪射杀。献给上帝好祭肉，上帝何不保佑他？

寒浞娶走他的妻，两人合谋耍奸计。为何羿如此善射，却被他们灭了迹？

阻断鲧西行之路，羽山岩如何翻腾？鲧的精神化黄熊，巫师咋让他重生？

鲧遍地播种黑米，把杂草除个干净。为何一并被流放，说他罪恶数不清？

打扮华美的嫦娥，为何画在此堂上？羿怎得到不死药，却不能妥善保藏？

天地间阴阳消长，阳气离开就死亡。王子侨化作大鸟，肉身在什么地方？

屏翳出令就下雨，雨是怎么样兴起？风神的性情温顺，如何来呼应雨滴？

大龟背着山游泳，会把山放在哪里？将船放在陆地上，怎样能将它推移？

大力士浇在家里，为何向嫂子求助？为什么少康打猎，能砍下浇的头颅？

女歧为浇缝衣裳，并和他一起住宿。为何亲信反遭殃，少康把女歧杀戮？少康想振兴军队，靠什么增强实力？灭斟寻就像翻船，用啥计这么容易？夏桀去讨伐蒙山，从中得到啥好处？妹嬉并没太放纵，商汤为何要清除？舜在家里有妻室，为何称他为鳏夫？尧不告诉舜父母，怎能嫁给他两女？舜是普通百姓时，能料到登基之举？玉做的高台十层，又有谁能够攀登？舜登台立为君主，是谁引导他上去？女娲身体七十变，又是谁造她出来？舜善待他的弟弟，却终于酿成祸害。为何象如此放肆，最后却没有失败？吴国建立很长久，南岳之地是边界。谁能料到会这样，只因有泰伯仲雍？伊尹用精器烹制，得到商汤的重用。采纳伊尹的计谋，如何为夏桀送终？商汤巡视四方时，有幸与伊尹相逢。在鸣条战胜夏桀，何以百姓都顺从？

评　析

这一段开始，壁画的内容涉及较为可信的夏商历史。但由于口传历史的特殊性，因此还有一些神话因素。这是不可避免的，因为即便在今天，文明程度远大于古代，仍然有不少人相信神话，相信长生不死，等等。关于这段涉及的历史，时间顺序上并没有精准的一致性，有学者认为是文学表述的需要，可从。需要注意的是，屈原在提问的时候，倾向是不同的。有些是故意反问，其实答案包括在问题之中，比如对吴国的建立，为什么能够立国长久？他给出可能的答案，是因为有泰伯和仲雍两位贤人，以突出人才对国家的重要性。有些则是开放题，引导读者去思考，没有一定的标准答案，比如少康是如何增强军队实力的，这只有联系当时的历史，才能得出较为可靠的认知。屈原用问题的方式，使人们从中寻找感兴趣的部分，加以解答。

值得注意的是，屈原在历史疑问中，特别关注女性的命运。这一点，周建忠等已经指出："从诗句中可以看到，诗人对女子在历史中的影响、她们所扮演的角色、她们的行为，比如宠幸、失意、受惩、婚嫁、易主，总是分外敏感，多给予记载和追问。"但并没有展开分析。我们能够发现，这与屈原对女性的理解有关。他在《离骚》中认为女性其实在历史进程中发挥着重要作用，以至于他在政治失意时，也不能不多次求女。我们通过比较发现，他眼中的某些女性，在我们今天的价值塑造当中，多是红颜祸水或并不光彩的形象，而在屈原笔下，不是有冤屈，就是有疑惑（唯一的例外是纯狐，详后）。这一点特别值得注意，展现出当时女性的地位，以及屈原心中

的女性观念。

他写了这么几位女性：涂山女、洛妃、纯狐、嫦娥、女歧、妹嬉、舜之二女等。这些女性的作用各不相同。涂山女的作用似乎就是为禹传宗接代，并且在传宗接代任务完成之后，自己也化作遍地的石块而粉身碎骨了。洛妃是丈夫被杀之后，作为战利品被胜者俘获，命运不可谓不悲惨。纯狐是与寒浞合作，杀害自己丈夫的眩妻，属于屈原笔下极少数可恶的女性，从中也可以看出，屈原是以事实作为衡量的标准，既没有完全贬低女性，也没有刻意抬高，而是实事求是地具体分析。嫦娥为什么会出现在壁画上，屈原有些不解，毕竟跟其他女性相比，嫦娥过于特殊。她既没有参与政治，也没有居家生育，而是偷了不死之药。可是屈原似乎并没有过于苛责她，而是责问羿，你都能获得不死之药，又怎么会保管不好，以至于让嫦娥偷盗？在嫦娥后面，屈原表达了对于求仙的真实看法。我们常常认为，屈原有着丰富的想象力，在创作中也有很多求仙之举，但是屈原内心深处究竟如何看待求仙，在《天问》中却有回答。他认为“天式从横，阳离爰死”，并不认为真的可以成仙，都说王子侨变成大鸟，那么他是怎么失去他的肉身呢？又把他的肉身丢在哪里了呢？如果相信成仙，则肉身化而为鸟，屈原却问肉身怎么失去的，可见并不相信。这在鲧死之后，屈原质疑巫师怎能让他复活中也可以看出来。

女歧和妹嬉是同一类型的悲剧人物，在屈原笔下最值得同情。女歧为少康而潜伏在浇的身边，为他缝制衣裳，从而用美色迷惑浇，可是少康最后却杀害女歧。妹嬉与伊尹内外呼应，导致夏桀最终灭亡，可是商汤却把她杀掉。这里面究竟什么原因，由于史料缺乏，我们难以查找，毕竟后世红颜祸水之说泛滥，事情真相反而被汩没不闻。但是只要我们略微思考一下，屈原的意思或许也能够得到：不过是因为女歧、妹嬉是恶人的妻子，所以连带着也要承受恶人的下场，哪怕她们在剿灭恶人的过程中立下功劳也于事无补，毕竟历史是胜利者所书写的，而胜利者恰恰就是杀害她们的少康和商汤。屈原特别钟意这一事例，一而再地出现在诗中，可见是有意对此加以强调，希望能够在一定程度上为她们申冤。

其实，在《天问》中一再出现的还有鲧。鲧这个形象，一直是负面的，但是在屈原的独立思考和判断中，他不过是被胜利者改写的，根本不算恶人，充其量，也只能算是一个失败的英雄。前文已经涉及鲧与禹的比较，这里，屈原又指出鲧在播种方面的成就，深为鲧受到的不公平惩罚呐喊：“咸播秬黍，莆雚是营。何由并投，而鲧疾修盈？”鲧播种黑米，把杂草除掉，为什么跟恶人一起流放，而说他罪大恶极？这里面有两层意思值得我们细味。一是跟恶人一起被流放，这样哪怕自己是清白的，也会被玷污，何况还被称为恶人之首呢？屈原对统治者的手段是极其清楚的，我们知道屈原此时也可能被流放在汉北，因此里面会不会有身世之感，值得深思。二是鲧在庄稼和杂草之间的是非分明之态度，与屈原在香草和恶草之间的明显取向，可能也有一定的关系。屈原是否把鲧当作前代之知音我们不敢随便说，但屈原自认为自己是鲧的后代知己恐无问题。

舜之二女主要指婚配。屈原指出，帝尧都没有告知舜的父母，就把婚事决定了，似乎不符合嫁女的正常程序。通过前文我们知道，屈原对帝尧是存在很大意见的，这里也可以体现出来。其实不仅如此，屈原对禹也有类似质疑，比如与涂山女的野合，就在本段开头出现。后面以启对天帝的祭祀和对母亲涂山女的不孝做对比，倾向也很明显。由此便可以看出，在屈原心中，所谓的君王是不是一定就是圣人，是需要考究一番的，甚至很大程度来说不是，因为我们知道的商汤，在屈原笔下也得到质疑。究竟是屈原有这样的思想，所以影响他对楚王的判断，还是他对楚王的判断，影响到他对历代帝王的看法，这很难说清，但总体来说，屈原的理性精神，直接继承战国士人之精神，与后代御用文人截然不同。

不迷信任何权威，屈原给我们上了远古而又新鲜的一课。

总之，屈原对女性的关注，实际上也是对男性的关注，毕竟“食色性也”，男女之事，岂可截然分开？对君王而言，如果处理不好男女之事，最后影响的是整个国家；而一旦较好地处理了，又会反过来有利于国家。屈原这么强调男女之间的合法婚配以及对女性的尊重，表面来看是男权社会对女性投来的同情一瞥，实际上又何尝不是对男性社会的一种反思？屈原的女性观值得我们深入探究。

原文

简狄（dí）在台，喾（kù）何宜[1]？玄鸟致贻（yí），女何喜[2]？

该秉季德，厥父是臧（zāng）[3]。胡终弊（bì）于有扈（hù），牧夫牛羊[4]？

干协时舞，何以怀之[5]？平胁（xié）曼肤，何以肥之[6]？

有扈牧竖，云何而逢[7]？击床先出，其命何从[8]？

恒秉季德，焉得夫朴牛[9]？何往营班禄，不但还（huán）来[10]？

昏微遵迹，有狄不宁[11]。何繁鸟萃棘（cuì jí），负子肆（sì）情[12]？

眩弟并淫，危害厥兄[13]。何变化以作诈（zhà），后嗣（sì）而逢长[14]？

成汤东巡，有莘爰（shēnyuán）极[15]。何乞彼小臣，而吉妃是得[16]？

水滨之木，得彼小子[17]。夫何恶之，媵（yìng）有莘之妇[18]？

汤出重泉，夫何罪尤（yóu）[19]？不胜心伐帝，夫谁使挑之[20]？

注释

①**简狄**：帝喾的次妃，有娀氏的女儿，生下商始祖契。**台**：九台，指有娀氏为简狄造的高台。**喾**：传说中的古帝王。**宜**：或说通“仪”，匹配。或作“祭祀求福”。盖即“宜其室家”之宜，故本文从其本义。②**玄鸟**：黑色的鸟，指燕子。**致贻**：送礼。这里指燕子送来鸟蛋，简狄吞之二有身孕。**喜**：一作“嘉”，受孕生子。本文取其本义。③**该**：即王亥，商朝先祖。**秉**：继承。**季**：王亥之父。**臧**：善。④**胡**：为什么。**弊**：死。**有扈**：王国维认为即“有易”，《山海经·大荒东经》记载，王亥在有易放牧牛羊，后来被杀。⑤**干**：盾。**协**：和合。**时舞**：即“是舞”，指万舞，古代的大型乐舞。**怀**：引诱，与《诗经》中“有女怀春，吉士诱之”类。⑥**平胁**：指肋骨处肌肉丰满。**曼肤**：皮肤润泽。**肥**：即硕，指身材健壮。此段可参看《邶风·简兮》“硕人俣俣，公庭万舞”等。⑦**有扈**：这里指有易美女。**牧竖**：指王亥只是牧牛的仆人。**逢**：指两人淫乱。⑧**击床**：指有易君王杀王亥之事。**先出**：先下手。⑨**恒**：即王恒，王亥之弟。**朴牛**：可驾车的大牛。⑩**营**：经营。**班禄**：颁布爵禄。**不但**：不仅。**还**：返回。⑪**昏微**：指上甲微，王亥之子。**遵迹**：遵循祖辈事业。**有狄**：即有易。**不宁**：不得安宁。⑫**繁鸟萃棘**：比喻荒淫之事，指上甲微晚年荒淫。**负子**：即妇子，或指劫夺儿媳为妻之类丑行。**肆情**：放纵情欲。⑬**眩弟**：句法与前“眩妻”同，指被弟所迷惑、误导。⑭**变化**：指改变帝位继承顺序。**作诈**：行为奸诈。**后嗣**：子孙。**逢长**：繁荣昌盛。⑮**有莘爰极**：即“爰极有莘”，到达有莘这个地方。据《孟子》记载，伊尹在有莘耕种。⑯**乞**：讨要。**彼小臣**：那个小臣，指伊尹。**吉妃**：有莘之女。

商汤求伊尹不得，于是向有莘求女，有莘把伊尹作为媵臣送女陪嫁。⑰**水滨之木**：指水边的空桑木，据说伊尹被有莘之女从空桑中捡回来，故称伊尹。**小子**：指伊尹。⑱**恶**：厌恶。**媵**：陪嫁。**有莘之妇**：指有莘国君之女。⑲**重泉**：地名，汤被夏桀囚禁于此，后又被放。**尤**：过失。⑳**不胜心**：没有战胜心中的怒气。**伐帝**：讨伐夏桀。**使挑**：驱使挑拨，暗指伊尹。

译　文

简狄住在高台上，帝喾如何娶到她？燕子送给她鸟蛋，她怎会怀孕生娃？
亥继承父亲美德，像他父亲般善良。怎么会死在有易，那个放羊的地方？
他持盾跳起万舞，怎诱惑有易姑娘？他腹肌八块光滑，怎么会如此健硕？
有易美女和王亥，地位悬殊怎联络？有易君王先出手，王亥命运怎逃脱？
其弟王恒承父业，如何获得驾车牛？来有易颁布爵禄，怎能安全往回走？
上甲微遵循父德，有易从此不安宁。为何他晚年荒淫，与妇人放纵激情？
与惑乱之弟一起，最后还引火烧身。为何奸人乱秩序，其子孙却能昌盛？
商汤向东方巡视，一直前进到有莘。他为何想要小臣，却向有莘女求婚？
在水边的树木中，伊尹被捡而获生。有莘为何厌恶他，让他做陪嫁的人？
商汤从重泉释放，究竟犯什么罪过？他愤怒讨伐夏桀，又是谁从中挑拨？

评　析

此段继续讲殷商。从简狄开始，据说她是商祖之母。这与母系氏族的记忆较为一致，追寻到母亲为止，而父亲则不可知了。但后人从父系社会的视角出发，往往喜欢为其配上丈夫，此文的帝喾如此，屈原自身在《离骚》中的“帝高阳之苗裔兮”亦可作如是观。由此我们似乎可以推论，在楚文化中，母系社会的残存，可能比中原略多，因此屈原的女性书写也较为浓墨重彩。但毕竟处在中原文化的强大影响之下，已经处于下风了。回到本段，正因母系社会，子孙只知母不知父，故虽有帝喾婚配，简狄受孕却来自燕卵。

商族确立以后，屈原着重探讨了王亥和商汤名臣伊尹。在探究王亥之事的时候，屈原对商族的理解，有些在我们看来可能也有问题，比如商朝有兄终弟及的王位继承制度，屈原在战国之际已不太能理解了，所以追问“眩弟并淫，危害厥兄。何变化以

作诈，而后嗣逢长”，其实在当时的社会生产力情况下，兄终弟及有其社会土壤和文化背景。但尽管如此，从屈原对王亥殒命之事的关注来看，他比较痛恨淫乱误事。不仅王亥因与有易女私通被杀受到屈原的批评，连上甲微晚年淫乱，一并成为屈原诘问的对象。这大概也是有感于楚怀王之被女色迷惑，因此尤其看重，与上段对女性的推崇看似不同，实际上的标准并没有改变，都是看她对国家的贡献是正面的还是负面的。

伊尹在后代成为贤臣的代名词。但在屈原笔下，似乎颇有微词。他首先所不齿的是，伊尹与商汤君臣相会的猥琐，不仅没有显示出对贤臣的礼遇，实际上伊尹接受这样贬低身份的招聘，一定程度上也暗示出伊尹的出处不择。故屈原一而再地称伊尹为“小臣”“小子”。伊尹这样的小臣小子，一旦为商汤所用，都能成就王朝，屈原脑中所谓的大臣、大人，一旦被重用，又该做出何等丰功伟绩！屈原没有明说，诗中已有暗示。同时，也不排除另一种解读，即大臣、大人之所以无用武之地，或许也因为这类小臣、小子当道，因此缺乏施展的机会。屈原对伊尹的这类批判，毫无疑问有他自己的政治理想在。

屈原对伊尹的第二类批评，源自伊尹的心术不够端正。有莘是伊尹的重生之国，如果没有有莘桑女把他捡回来，恐怕已为尘埃。按照道理来说，伊尹应该努力回报有莘，事实却是屈原感受到的，有莘厌恶伊尹，那背后的原因，不难想见苍蝇不叮没缝的蛋。果然，屈原紧接着问商汤因为被囚禁心中不满夏桀，而发动讨伐。屈原这里来批评商汤讨伐夏桀，不是从君臣的关系角度出发，说商汤不能以下犯上，而是以讨伐的原因和动机来看，商汤如果要讨伐夏桀，应该出于救民于水火之中，而不是因为个人恩怨。屈原认为，商汤之所以出于个人动机而发动战争，背后唆使者就是伊尹。

值得一提的是，屈原在批评伊尹不该“媵有莘之妇”的时候，似乎与他在《离骚》中为楚怀王求贤妃之事不完全一致，有矛盾之处。因为贤妃也有可能举荐人才，而屈原却批评伊尹通过婚事得到商汤任用。换个角度来看，并没有龃龉，原因就在于贤妃的引荐人才，也是在尊重人才的前提下进行，而伊尹却是自我贬低身份，成为陪嫁之臣，也就是通过不诚实、不真实的手段获取。哪怕结果比较光明伟岸，也为屈原所不取。

原文

会鼂(zhāo)争盟，何践吾期[1]？苍鸟群飞，孰使萃(cuì)之[2]？

到击纣躬(gōng)，叔旦不嘉[3]。何亲揆(kuí)发足，周之命以咨(zī)嗟(jiē)[4]？

授殷天下，其位安施[5]？反成乃亡，其罪伊何[6]？

争遣(qiǎn)伐器，何以行之[7]？并驱(qū)击翼，何以将之[8]？

昭后成游，南土爰(yuán)底[9]。厥利惟何，逢彼白雉(zhì)[10]？

穆王巧梅，夫何为周流[11]？环理天下，夫何索求[12]？

妖夫曳衒(xuàn)，何号于市[13]？周幽谁诛？焉得夫褒姒(sì)[14]？

天命反侧，何罚何佑[15]？齐桓九会，卒然身杀[16]。

彼王纣之躬，孰使乱惑[17]？何恶(wù)辅弼(bì)，谗谄(chánchǎn)是服[18]？

比干何逆，而抑沉之[19]？雷开何顺，而赐封之[20]？

何圣人之一德，卒其异方[21]？梅伯受醢(hǎi)，箕(jī)子详(yáng)狂[22]？

稷(jì)维元子，帝何竺之[23]？投之於冰上，鸟何燠(yù)之[24]？

何冯(píng)弓挟矢，殊能将之[25]？既惊帝切激，何逢长之[26]？

伯昌号衰，秉(bǐng)鞭作牧[27]。何令彻(chè)彼岐(qí)社，命有殷国[28]？

迁藏就岐，何能依[29]？殷有惑妇，何所讥[30]？

受赐兹醢，西伯上告[31]。何亲就上帝罚，殷之命以不救[32]？

师望在肆(sì)，昌何识[33]？鼓刀扬声，后何喜[34]？

武发杀殷，何所悒(yì)[35]？载尸集战，何所急[36]？

伯林雉(zhì)经，维其何故[37]？何感天抑墬(dì)，夫谁畏惧[38]？

皇天集命，惟何戒之[39]？受礼天下，又使至代之[40]？

初汤臣挚(zhì)，后兹承辅[41]。何卒官汤，尊食宗绪[42]？

勋(xūn)阖(hé)梦生，少离散亡[43]。何壮武厉，能流厥严[44]？

彭铿(kēngzhēn)斟雉，帝何飨(xiǎng)[45]？受寿永多，夫何久长[46]？

中央共牧，后何怒[47]？蜂蛾微命，力何固[48]？

惊女采薇，鹿何祐[49]？北至回水，萃(cuì)何喜[50]？

兄有噬(shì)犬，弟何欲[51]？易之以百两，卒无禄[52]？

注　释

①**会鼂**：即朝会。指周武王与诸侯约定日期，一起攻打商纣王。**争盟**：指各诸侯国争相与周武王结盟。**践**：履行。**吾期**：指周武王约定的日期。②**苍鸟**：楚地方言，指鸿雁，比喻跟随周武王的将士勇猛。**萃**：聚集。③**到击**：分别击打，据《史记》记载，商纣王自缢，周武王在其尸体上射三箭，用黄钺砍下他的头颅，悬挂在太白旗上。**纣躬**：商纣王的尸体。**叔旦**：即周公旦。**不嘉**：不赞许。④**揆**：推测揣度。**发**：指周武王姬发。**周之命**：从姜亮夫《屈原赋校注》之说，指平定周的天下。**咨嗟**：叹息。⑤**授殷**：指上天把天下授给殷商。**施**：安置。⑥**反**：一作“及”，等到。**伊**：句中语气词。⑦**伐器**：作战的器具，指军队。**行**：指行军。⑧**并驱**：齐头并进。**击翼**：进攻侧翼军队。**将**：率领。⑨**昭后**：指周昭王。**成游**：即盛游，盛大的游览，指周昭王南征。**南土**：指荆楚地区。**底**：抵达。⑩**利**：利益。**逢**：迎取。**白雉**：白色野鸡。⑪**穆王**：周昭王之子，喜欢征伐、遨游。**巧**：娴于辞令。**梅**：贪好。**周流**：周游天下。⑫**环理**：周游。**索求**：贪求。⑬**妖夫**：妖妇与妖夫。**曳**：相互牵引。**衒**：沿街叫卖。**号**：叫卖。⑭**周幽**：指周幽王。**谁诛**：即“诛谁”，诛杀谁。**褒姒**：周幽王宠妃，为博其一笑，周幽王烽火戏诸侯。⑮**天命反侧**：天道神明反复无常。**罚**：惩罚。**佑**：护佑。⑯**齐桓九会**：指齐桓公九会诸侯，以拱护周室。**卒然**：最终。**身杀**：身死。齐桓公任用管仲，成春秋霸主，管仲死后，任用小人，使得齐国内乱，齐桓

公死后六十七日不得入殓。⑰**躬**：身体。**乱惑**：迷乱，指商纣王宠幸妲己。这里屈原故意在写周幽王时提及商纣王，是指出周幽王明明有前车之鉴，为何还是不吸取教训？屈原类似的打乱时间顺序，大多有其用意，不能因为与历史的顺序不同而以为错简。⑱**恶**：厌恶。**辅弼**：忠臣。**谗谄**：谄媚小人。**服**：任用。⑲**比干**：商纣王的叔父，据《韩诗外传》记载，商纣王制定炮烙之刑，比干进谏，纣王听说圣人有七窍玲珑心，便杀害比干，剖心观看。**逆**：触犯。**抑沉**：即沉抑，指埋没压制。⑳**雷开**：佞臣，因奉承纣王之意而得奖赏。**顺**：依从。**赐封**：赏赐封爵。㉑**一德**：同样的美德。**卒**：最终。**异方**：不同的方式。㉒**梅伯**：鄂侯，据《史记》记载，九侯的女儿进宫，但不喜淫乱，纣王杀之，并将九侯剁成肉酱，鄂侯为九侯进言，纣王又把鄂侯杀害，晒成肉干。屈原这里把九侯之死安在鄂侯身上，一句之中，而悲两人，文义互见。**受醢**：处以醢刑，剁成肉酱。**箕子**：殷商贵族，多次劝谏纣王无果，于是散发装疯，被纣王囚禁。后武王灭纣，箕子不愿做周民而隐居。**详狂**：即“佯狂”，装疯。㉓**稷**：即后稷，帝喾之子。**元子**：嫡长子。姜嫄为帝喾的元妃，因踩到巨人脚印而怀孕。帝喾或以为不祥，故憎恶后稷，将之抛弃。**帝**：指帝喾。**竺**：俞樾认为通“毒”，憎恶。㉔**投**：抛弃。**燠**：温暖。指后稷被抛弃于冰上，飞鸟用翅膀温暖他。㉕**冯弓**：即凭弓，拿着弓。**挟矢**：夹着箭。**殊能**：特殊的才能。**将**：统领。㉖**惊帝**：惊动上帝。**切激**：强烈。**逢长**：繁荣昌盛。㉗**伯昌**：周文王姬昌，为西伯。**号衰**：在殷商衰乱之世发号施令。**秉鞭**：执鞭，这里指执掌政权。**作牧**：做牧师，掌管牧区，后引申为地方长官。㉘**彻**：放弃。**岐社**：周人在岐山建国，后迁都于丰。岐社指岐山所建立的祭祀土地之所，为国家政权的象征。**殷国**：指殷商的天下。㉙**迁藏**：搬运财物。**就岐**：到岐山来。**依**：依从。㉚**惑妇**：指妲己。**讥**：讥刺。㉛**受**：指纣王。**醢**：指纣王把周文王的儿子做成肉羹，赐给周文王。**西伯**：即周文王。**上告**：向天帝禀告。㉜**亲就**：指纣王亲身被天帝惩罚。**救**：挽救。㉝**师望**：指太公吕望。**肆**：店铺。传说吕望没有入周前，曾在店铺里杀猪卖肉。**昌**：周文王姬昌。㉞**鼓刀**：震动屠刀。**后**：指周文王。㉟**武发**：周武王姬发。**杀殷**：杀死殷纣王。**悒**：愤恨。㊱**载尸**：载着周文王的灵位。**集战**：会战。**急**：急切。㊲**伯林**：从刘梦鹏说，指纣王。**雉经**：上吊自杀。**何故**：什么原因。㊳**感天抑墬**：即惊动天地。**墬**：地。**畏惧**：害怕。㊴**集命**：集天命于一身。**戒**：谨慎。㊵**受**：指纣王。**礼**：治

理。**至**：后来者。**代**：代替。㊶**初**：起初。**臣挚**：以挚为臣，即以伊尹为臣。**承辅**：承当辅助之臣。㊷**卒**：最终。**官汤**：为商汤做官，即辅佐商汤。**尊食**：指伊尹死后配祀商汤。**宗绪**：宗庙。㊸**勋**：有功绩。**阖**：吴王阖闾。**梦生**：吴王阖闾的祖父寿梦之子孙。**少**：指吴王阖闾年幼时。**离**：遭遇。**散亡**：流亡在外。吴王寿梦死后，立太子诸樊，诸樊死后传位给弟弟余祭，余祭死后传位给弟弟夷末，夷末死后却传位给其子王僚，按次序应由诸樊长子阖闾继位，于是阖闾少时流亡在外。㊹**壮**：大。**武厉**：勇武猛厉。**流厥严**：使他的威严到处流传。阖闾后来派人刺杀王僚，代为吴王，任用伍子胥、孙武等名臣，与楚战斗，打败楚国，攻入郢都。㊺**彭铿**：彭祖，据说活到八百岁。**斟雉**：调制野鸡汤。**飨**：享用。㊻**受寿永多**：寿命很长。**久长**：即长久。㊼**中央**：指周王朝。**共牧**：共同管理，据《史记》记载，周厉王暴虐，周人将其流放，由周公、召公共执国政。**后**：指周厉王。㊽**蜂蛾**：百姓民众。**微命**：微小卑贱。**固**：坚固。㊾**惊女**：惊动女子。**采薇**：采摘野豌豆苗。指伯夷、叔齐二人不食周粟，一女子见到他们，嘲笑他们说："你们因为道义而不食周粟，可是野豌豆苗不是周朝的野豌豆苗吗？"二人饥饿将死，有白鹿出来哺乳他们。**鹿**：指白鹿。㊿**北至**：指伯夷、叔齐从南来到首阳山北。**回水**：首阳山处河曲之中，故以曲水指代。**萃**：歇宿。(51)**兄**：指秦景公伯车。**噬犬**：咬人的猛犬。**弟**：指秦景公的弟弟子鍼。(52)**易**：交换。**两**：即车辆。**无禄**：丧失爵禄。

译文

诸侯与武王结盟，如何按约定出征？鸿雁般勇猛将士，怎样召集齐奔腾？
武王砍纣王尸体，周公并没有同意。他亲自参加谋计，事成后为何叹息？
上帝把天下给殷，天命为何又转移？殷有天下又被灭，他们犯了什么罪？
诸侯们派出军队，通过什么来指挥？战士们攻击两翼，率领将帅各是谁？
昭王举行大游历，直到楚地才停息。他到底贪图什么，真的为白色野鸡？
穆王心巧有贪念，为什么周游天下？环游周朝的四方，他想获得的是啥？
妖人们沿街兜售，他们把什么叫卖？周幽王要诛杀谁，褒姒又从哪得来？
天命总反复不定，惩罚谁把谁保佑？齐桓公九会诸侯，最终身死尸体臭。
商纣王这个人啊，谁使他如此昏聩？竟厌恶忠贞大臣，而任用谗佞奸贼！

比干忤逆了什么，被纣王压制杀害？雷开服从了什么，被纣王封赏喜爱？为何圣人差不多，最后的结局不同？鄂侯被剁成肉酱，箕子只能装发疯。后稷原是嫡长子，帝喾为何讨厌他？丢他在寒冰之上，鸟为什么温暖他？为何能张弓射箭，有异能统军作战？他强烈惊动上帝，为何子孙还繁昌？文王在衰世号令，管理和统率西方。为何放弃旧国都，还能奉天替代商？周太王携宝迁岐，如何让民众追从？纣王身边有妲己，还如何让人讥讽？赐文王儿子肉羹，文王向上天告求。为何纣自身受罚，殷王室受累难救？吕望在街上卖肉，周文王如何认识？他鼓刀切肉作声，文王为何喜滋滋？武王姬发砍纣尸，他为何如此愤怒？载文王灵位会战，他为何这样急促？殷纣王上吊自杀，到底是什么缘故？他为何惊动天地，难道他还有畏惧？上天授命给帝王，为何帝王不戒虑？商纣王管理天下，又被后人所代替。起先汤任用伊尹，后来命他为辅弼。为何终能配祀汤，接受后代的献祭？阖闾是寿梦子孙，从小就到处流亡。为何长大后威猛，他的声威处处扬？彭祖调制野鸡汤，天帝为何爱享受？他的寿命如此长，为什么这样长久？周公召公共理政，周厉王为何生气？百姓卑贱身份低，为何力量如此齐？伯夷叔齐惊女子，白鹿为何来护庇？他们北行到水边，隐居为何心欢喜？秦景公有条猛狗，他弟为何想拥有？想用百辆车交换，却被夺禄又外流。

评　析

在这一段中，屈原主要问了商周之事。除掉前文所分析的部分之外，本段又出现新的内容，即历史的可借鉴与当事人的重蹈覆辙。由于夏朝的历史在商周两代君主之前，因此治国的大道理，其实并不难知晓，关键问题是君王能否做到。但是历史总是惊人地相似，或者不如说，屈原的关注点是如此反复地在历史上重演。这里简单举几个例子。一是宠溺后妃，楚怀王信用郑袖，最终导致放走张仪，错失良机，这在历史上何其多。商纣王就喜欢妲己，结果身死国灭，周幽王不借鉴商纣王的前车之鉴，宠信褒姒，最后西周灭亡。如今楚怀王又如此，难怪在屈原看来，这是灭国的预兆。

另外一个有意思的例子是商纣王之死。屈原不吝笔墨，不顾血腥，几次三番回到商纣王死后的现场中去，目的何在？我们来看看。本段第一次出现就是商纣王死

后被砍头的惨状："到击纣躬。"不放过死去的商纣王。第二次写纣王是"彼王纣之躬，孰使乱惑"，此时商纣王的肉身虽然完好，但是通过其乱惑之举已经可知，难以保全。第三次写商纣王自杀："伯林雉经，维其何故？"还用疑问的方式来表达。略微知道一点楚国历史我们就知道，屈原这样做是在鉴往知来。所谓鉴往，就是此类事情，在楚国历史上并不少见。比如商纣王死后被砍头、射箭的片段，在屈原多次提到的吴王阖闾中，其实也暗含着伍子胥鞭尸楚平王的过去。当然，并非楚平王一人不知鉴往，在诗中写到的齐桓公，也是如此。他生前九合诸侯，死后却两月不葬，尸体发臭。只不过由于楚平王是屈原宗室，不便直接披露而已，但"一篇之中三致意焉"，我们不能不明白屈原的苦心。所谓知来，就是想让楚怀王能够避免这类荒唐之事，否则未来的下场恐怕也不会很好。果然，楚怀王最后轻信秦国，不听屈原劝谏，死于秦国。我们不是为了马后炮，这样提及，只是想说明屈原的考虑是非常现实的。

另外值得一提的是，屈原的《天问》在这一段中有点"卒章显志"的意思。前文多表达天命之不能违背，要奉天命而行，此段却表示出天命的不可捉摸，这也好理解，毕竟屈原所处的时代，弱肉强食，天道混乱，而不像之前的夏商西周，稍微明晰一些，好把握一些。屈原在这段中追问："天命反侧，何罚何佑？"我们自可理解为屈原的反问，实际上是在提醒掌国者要小心谨慎，从"天命反侧"中我们不难看出，屈原对天命的把握也不敢完全肯定了。而之所以给全诗取名《天问》，其义或正在此。天道究竟是如何的呢？当所有人都以为足以把握的时候，却发现原来那一套已经无法适应了。屈原在追溯时代变化中的历史事件背后所蕴含的天道的时候，有些核心是没有变化的，但这些核心的具体展现形式却随时而变，因此显得越来越难以把握。屈原这方面的深刻体认，恰恰是他政治才能的突出体现，他的美政思想，也是在原有基础上变通而来，也可视作《天问》的思考之一。

那么，天道的核心是什么呢？这恐怕要涉及屈原的政治理想，本文不宜多谈，只涉及本段中较为突出者。除掉我们熟悉的德政之外，屈原认为符合天道的重要基础之一是民心。屈原初步认识到人民力量之强大："蜂蛾微命，力何固？"百姓个体是力量弱小，一旦结合起来，将坚不可摧，连自己的国君也能放逐。正是由于这样的认识，屈原强调周室迁徙过程中百姓的作用："迁藏就岐，何能依？"周太王迁到岐山的时候，据说百姓追随，这才是王道之基。出于这样的认识，屈原特别关注民生，关注百姓的生活质量，因为百姓与国家是一体两面，荣辱与共的，我们熟悉的就有"哀

民生之多艰”等。

在本段后面，屈原特别写了义不食周粟的伯夷、叔齐。伯夷、叔齐认为周武王以暴制暴，并不能解决真正的问题，因此不与周王合作。屈原似乎对此特别欣赏。伯夷、叔齐只能采摘野豌豆苗为食，但即便如此，也被女子讥笑，认为他们并没真正做到义不食周粟，因为野豌豆苗也是周粟之一类。伯夷、叔齐于是连野豌豆苗也不吃，屈原幽默地问：“鹿何祐？”据说，有白鹿见他们饥饿，所以来哺乳他们。但是，屈原难道不会问：白鹿不是周朝的白鹿吗？自然也是不能喝其奶水的。这当然是屈原的幽默，也是屈原对伯夷、叔齐的认可，只不过屈原比起伯夷、叔齐更进一步，他选择直接结束生命。

原文

薄暮雷电，归何忧①？厥严不奉，帝何求②？

伏匿（nì）穴处，爰何云③？荆勋（jīng）作师，夫何长④？

悟过改更，我又何言⑤？吴光争国，久余是胜⑥。

何环穿自闾（lǘ）社丘陵，爰出子文⑦？

吾告堵敖以不长⑧。

何试上自予，忠名弥彰（zhāng）⑨？

注释

①**薄暮**：傍晚黄昏之时。**归**：有多种说法，这里选取屈原自归的说法。②**厥严**：指楚国的威严。**不奉**：不能保持。楚国先被吴国打败，后来又被秦国打败。**帝何求**：即何求于帝，求天帝有什么用。屈原流放汉北，来宗庙祠堂，想要祭祀天帝，祈求赐福楚国，可是浏览宗庙壁画之后，心中已有答案，故这里不再祈求天帝。③**伏匿**：潜藏。**穴处**：住在山洞里。**爰何云**：还有什么好说的，指自己何必继续写《天问》，反正我已被贬谪流放，再怎么着急也没用。④**荆勋**：楚国勋旧贵族。**作师**：起兵。**长**：长久。⑤**改更**：即更改。**我又何言**：我又需要说什么？言下之意，既然楚怀王不能知错就改，我说再多又有什么用？⑥**吴光**：即吴王阖闾。**争国**：吴楚相争。**久余是胜**：

即久胜余，多次打败我们楚国。⑦**何环穿自闾社丘陵，爰出子文**：此句疑有错漏，但原文似乎可通，故不调整。**环**：绕过。**闾社**：乡村。**丘陵**：幽会的野外。**子文**：楚成王时的贤相。据说他的父亲与母亲私通生下他。⑧**堵敖**：即“杜敖”，楚文王之子，在位五年被其弟所杀。**不长**：不长久。⑨**试上**：弑君。**自予**：自立为君。**弥彰**：更显著。

译文

傍晚时分起雷电，回去何必有忧愁？国家的尊严不保，何必再向天祈求？

我幽居在洞穴中，对此又能说什么？楚国不断地举兵，国家如何能久活？

如果楚王能改错，我又何必再多说？吴国跟楚国相争，一直是他们获胜。

在村外丘陵野合，怎能生贤明子文？

我说杜敖不会长存。

为什么杀兄自立，更彰显成王名声？

评析

这是《天问》的尾声。在注释的过程中，我是期待早点结束的，但真的到了结尾，却有点恋恋不舍。我想，如果不是傍晚的时候打雷闪电，屈原可能还会在宗庙继续看壁画，但从全诗来看，基本上也已完整，到这里结尾正好。或许打雷闪电是老天对屈原的某种暗示，告诉他应该搁笔了。屈原通过题宗庙壁画，来向上天祈祷。可是转而一想：“厥严不奉，帝何求？”现在不是能否为楚国祈祷到天命（即楚国统一天下，由此可见屈原真正志向），而是如何希冀楚国能不灭亡了。

从结尾我们可以了解到，屈原写《天问》，完全是在为当时乱象环生的楚国寻找药方，找来找去，他忽然明白了两点。第一，楚国再这样连年征战下去，灭亡是不可避免的了。第二，哪怕我找到的药方再好，楚王不听，我也没辙。而从他现在隐居洞穴中的处境来看，他的话究竟能否对楚王产生作用，他其实是有点绝望的。诗中一再强调自己“爰何云”“又何言”等，都是在嫌弃自己话多。

屈原简单地几笔勾勒出楚成王的历史，但更多的没必要写，因为楚人都清楚。

更重要的是，楚国何去何从，屈原不忍心再写了。

九　章

题　解

《九章》的含义，一般认为“九”是实指，“章”则是篇章的意思，王逸认为“章者，著也明也”，也可备一说。因此，所谓“九章”就是指九篇作品，即《惜诵》《涉江》《哀郢》《抽思》《怀沙》《思美人》《惜往日》《橘颂》《悲回风》。这九篇作品是否都为屈原所作，曾有不同意见，当今学界基本承认都是屈原所作。至于其撰写时间，有学者认为都作于楚顷襄王时期，有人认为也有怀王时期所作，从作品实际来看，朱熹“非必出于一时之言也”可从，我们将在具体的作品中去探究。需要指出的是，不是一时之言并不意味着九篇作品内部没有联系，恰恰相反，由于作者皆为屈原，所以其内部是有联系的，很多学者探究其联系，不无道理。

总体上来说，《九章》被称作“小《离骚》”，其内容与《离骚》是有密切关系的，这当然不是最重要原因，只要是屈原的作品，什么作品之间没有联系呢？更重要的是，屈原在创作《离骚》和《九章》的过程中，贯穿着较为类似的主题。另一方面也说明《九章》虽称“小《离骚》”，但毕竟与《离骚》不同，其艺术特色也有较大差别。主要差别在于，《九章》在抒情之外，“赋”的色彩更浓。朱熹认为它是“用赋体，无它寄托”，便指出这一特点。当然，我们也不能走得太远，认为既然是赋体，那就是完全真实地描绘屈原的身世，这也是不可取的，屈原毕竟是把某些经历文学化了，我们在阅读的过程中应该有所注意。从《离骚》和《九章》二者的联系与区别来看，我们不妨称《九章》为《离骚》散落的“碎金”。

《九章》的成篇与排序，学界也有不同意见，我们所取的是通行看法。这里面涉及一个比较重要的问题，就是究竟哪一篇是屈原的绝笔作。学界的意见，主要集中在三篇作品上：一是《怀沙》，这是汉代人就已有的看法，实在是一次奇特的误会，因为《怀沙》的题名虽然是屈原自沉，但内容却与《怀沙》没有任何关系，可见是汉人因为屈原自杀的传说而取此名，可惜放错篇次了。二是认为《惜往日》是绝笔作，主要原因在于作品中有“不毕辞而赴渊兮，惜壅君之不识”。其实，这时屈原对自沉尚处在理论探索阶段，死的目的很明确，但具体方法尚未涉及，同样在《惜往日》中还有“临沅湘之玄渊兮，遂自忍而沉流？卒没身而绝名兮，惜壅君之不昭”，可见还是颇为犹豫的。三是认为《悲回风》是绝笔作，原因是此篇中出现明确的自杀方法，诗中说“望大河之洲渚兮，悲申徒之抗迹。骤谏君而不听兮，重任石之何益”，同样的，无论是否以死抗争，《惜往日》《悲回风》都不会有结果，但到《悲回风》中，已明确打算抱石沉江，因为诗中所引申徒狄之“抗迹”就是“负石自投于河”，故“任石”即抱石之意。屈原这里虽然批评申徒狄此举在壅君面前无益，但屈原自身的进谏不也无益吗？所以屈原实在是以申徒狄自拟。屈原死亡的想法早就出现，在《离骚》中便有此意，但直到《悲回风》才涉及具体的死亡方法，我们从人的思维发展和事件进程等规律来看，都是从粗放到细密，因此，《悲回风》为屈原绝笔作的可能性更大一些。

惜 诵

题 解

《惜诵》取自作品首句的开头二字，关于“惜诵”二字的含义，学者多赞同《楚辞灯》之说法，认为是以痛惜的心情来陈述自己因直言进谏而遭谗被疏远之事。诵原是指矇诵，语出《国语·周

语》。“矇”字意为“有眸子而无见”，“诵”字意为“箴谏之语”。由于屈原曾做过怀王左徒，所以自比矇瞍，从而进谏。从内容上来看，《惜诵》与《离骚》前半段关系密切，很多学者指出，《惜诵》的创作时间或许早于《离骚》，约在楚怀王十六七年，那时屈原还没有遭到流放，但是已被疏远。因此有学者认为，《离骚》可以看作是在《惜诵》基础上的发展。

原文

惜诵以致愍(mǐn)兮，发愤以抒情[1]。

所作忠而言之兮，指苍天以为正[2]。

令五帝以枅中兮，戒六神与向服[3]。

俾(bǐ)山川以备御兮，命咎繇(gāo yáo)使听直[4]。

竭忠诚以事君兮，反离群而赘肬(zhuì yóu)[5]。

忘儇(xuān)媚以背众兮，待明君其知之[6]。

言与行其可迹兮，情与貌其不变[7]。

故相(xiàng)臣莫若君兮，所以证之不远[8]。

吾谊先君而后身兮，羌(qiāng)众人之所仇[9]。

专惟君而无他兮，又众兆(zhào)之所雠(chóu)[10]。

壹心而不豫兮，羌不可保也[11]。

疾亲君而无他兮，有(yòu)招祸之道也[12]。

思君其莫我忠兮，忽忘身之贱贫[13]。

事君而不贰兮，迷不知宠之门[14]。

忠何罪以遇罚兮，亦非余心之所志[15]。

行不群以巅越兮，又众兆之所咍(hāi)[16]。

纷逢尤(yóu)以离谤(bàng)兮，謇(jiǎn)不可释[17]。

情沉抑而不达兮，又蔽而莫之白[18]。

心郁邑(yì)余侘傺(chà chì)兮，又莫察余之中情[19]。

固烦言不可结诒(yí)兮，愿陈志而无路[20]。

退静默而莫余知兮，进号呼又莫吾闻[21]。

申侘傺之烦惑兮，中闷瞀(mào)之忳(tún)忳[22]。

昔余梦登天兮，魂中道而无杭[23]。

吾使厉神占之兮，曰有志极而无旁[24]。

终危独以离异兮，曰君可思而不可恃(shì)[25]。

故众口其铄(shuò)金兮，初若是而逢殆[26]。

惩于羹(gēng)者而吹齑(jī)兮，何不变此志也[27]？

欲释阶而登天兮，犹有曩(nǎng)之态也[28]。

众骇(hài)遽(jù)以离心兮，又何以为此伴也[29]？

同极而异路兮，又何以为此援也[30]？

晋申生之孝子兮，父信谗而不好(hào)[31]。

行婞(xìng)直而不豫兮，鲧(gǔn)功用而不就[32]。

吾闻作忠以造怨兮，忽谓之过言[33]。

九折臂而成医兮，吾至今而知其信然[34]。

矰(zēng)弋(yì)机而在上兮，罻(wèi)罗张而在下[35]。

设张辟以娱君兮，愿侧身而无所[36]。

欲儃佪(chánhuái)以干傺(gān chì)兮，恐重患而离尤[37]。

欲高飞而远集兮，君罔(wǎng)谓汝何之[38]？

欲横奔而失路兮，坚志而不忍[39]。

背膺牉(yīng pàn)以交痛兮，心郁结而纡轸(yū zhěn)[40]。

梼(dǎo)木兰以矫蕙(jiǎo huì)兮，糳(zuò)申椒(jiāo)以为粮[41]。

播江离与滋(zī)菊兮，愿春日以为糗(qiǔ)芳[42]。

恐情质之不信兮，故重著以自明[43]。

矫兹媚以私处(chǔ)兮，愿曾(céng)思而远身[44]。

注　释

①**惜诵**：以痛惜的心情陈述往事。**致愍**：表达心中的忧伤。**发愤**：发泄愤懑。**抒情**：抒发衷情。②**所作忠**：一作“所非忠”，如果不是出于忠心。**苍天**：深青色的天。**正**：通“证”，证明。③**五帝**：指五方之帝，即东方太皞、南方炎帝、西方少昊、北方颛顼和中央黄帝。**枂中**：公正地分辨是非。**戒**：告诫。**六神**：即六宗之神，有多种说法：一指四时、寒暑、日、月、星、水旱之神。二指星、辰、风伯、雨师、司中、司命。三指日、月、星辰、太山、河、海之神。**向**：对质。**服**：事理。④**俾**：使。**山川**：指山川之神。**备御**：陪审。**咎繇**：即皋陶，虞舜时执掌刑狱法律的大臣。**听直**：听审判断对错。⑤**事**：侍奉。**离群**：离开群体，指不为众人所容。**赘肬**：原指多余的肉瘤，这里比喻多余的、没用的人。⑥**忘**：不懂。**儇**：狡猾有技巧。**媚**：献媚。**背众**：背离众人。**待**：等待。⑦**可迹**：可以循迹考证。**变**：改变。⑧**相**：审察。**证**：验证。**不远**：不需要远求，指君王可以通过与臣子接触而明白。⑨**谊**：即“义”，凡品质、行为符合道德标准、

社会利益，便是合适的，称作“义”。这里作“应当”解。**羌**：发语词。**仇**：怨恨。⑩**专**：一心。**惟君**：思念君王。**众兆**：众人。**雠**：同“仇”，仇恨。⑪**豫**：犹豫。**保**：保全。⑫**疾**：极力。**亲君**：亲近君主。**有**：通“又”。⑬**忽**：忽略，即“忘”。**贱贫**：这里指屈原遭怀王疏远而失去官位后的情况。⑭**不贰**：没有二心。**迷**：迷惑。**宠之门**：得宠的方法。⑮**遇罚**：受到惩罚。**志**：通“知”，知道。⑯**不群**：不合群。**巅越**：陨落，指无端获罪。**咍**：嘲笑。⑰**逢尤**：遭到罪责。**离谤**：遭到诽谤。**謇**：句首发语词。**释**：解释。⑱**沉抑**：沉积压抑。**达**：传达。**蔽**：指君王被蒙蔽。**白**：辩白。⑲**郁邑**：忧郁愁闷。**侘傺**：失意而惆怅，彷徨徘徊。**察**：了解。⑳**烦言**：话众多而烦冗杂乱。**结诒**：言语表达。**无路**：没有途径。㉑**退**：指引退。**静默**：静默不言。**进**：指进朝。**号呼**：呼喊。㉒**申**：重复。**烦惑**：烦恼迷惑。**中**：心中。**闷瞀**：烦闷迷乱。**忳忳**：忧愁的样子。㉓**昔**：过去。**中道**：半路。**无杭**：即“无航”，没有航船。㉔**厉神**：主杀罚的大神，这里指附在占梦巫师身上的神灵。**志极**：心志很高。**旁**：辅佐。㉕**危独**：处境危险孤立无援。**离异**：与别人不同而分离。**君**：君王。**恃**：依靠。㉖**铄**：熔化。**逢殆**：遇到危险。㉗**惩**：戒。**羹**：古代用肉和菜做成的带汁的食物，这里指热羹。**齑**：被切细的咸菜或酱菜，指凉菜。**变**：改变。㉘**释阶**：没有梯子。**曩**：以前。㉙**骇遽**：惊慌畏惧。**离心**：心不合。**伴**：同伴，指支援。㉚**同极**：同一个目标。**援**：援助。㉛**晋申生**：春秋时晋献公太子，献公宠爱骊姬，骊姬想立自己的孩子为太子，就进谗言，说申生有杀父之心，于是献公追捕申生，申生被逼自杀。**好**：喜欢。㉜**行**：行为。**婞直**：刚直。**不豫**：不宽和。**鲧**：传说中禹的父亲，治水不成被杀。㉝**闻**：听说。**作忠**：指忠君报国之类。**忽**：忽略。**过言**：言过其实。㉞**九折臂而成医**：指多次遭受手臂折断的伤病，于是积累经验，听取医生意见，久而久之，自己也成为好医生了。**至今**：到今天。㉟**矰弋**：用来射鸟的短箭。**机**：设置发射机关。**罻罗**：捕鸟或鱼的小网。**张**：张开。㊱**张辟**：指设置或打开上文所说的弓弩和罗网。**娱君**：取悦君主。**愿**：想要。**侧身**：伏身在一侧。**无所**：没有地方。㊲**儃佪**：徘徊不前。**干傺**：求得仕进。**重患**：重得祸患。**离尤**：遇到罪责。㊳**远集**：去远处歇息，指离开朝廷。**罔**：该不会。**汝**：你。**之**：去哪里。㊴**横奔而失路**：肆意狂奔而迷失正道。**坚志**：志向坚定。㊵**背膺**：背和胸。**牉**：分开。**郁结**：忧愁成结难以解开。**纡**：弯曲。**轸**：痛。㊶**擣**：通“捣”，舂。**木兰**：白木兰。**矫**：糅合。**蕙**：香草。**糳**：比

捣而言，使之更精细。**申椒**：香草。㊷**播**：播种。**江离**：香草。**滋**：种植。**糗芳**：即芳糗，芳香的干粮。㊸**情质**：心情本性。**重著**：反复申述。㊹**矫**：举。**媚**：美好。**私处**：独自居处。**曾思**：再三思考。**远身**：远离以躲避祸害。

译文

痛惜进谏表达忧伤啊，发泄愤懑抒写衷情。
所说的没有不忠诚啊，手指苍天为我证明。
让五方天神来剖析啊，六宗之神对我判定。
让山川神祇来陪审啊，命法官皋陶来开庭。
竭尽忠诚侍奉君王啊，却众人不容成多余。
不懂谄媚违背众人啊，望明君能知我委屈。
言行都可循迹考察啊，内心与外表没变化。
所以懂臣莫过于君啊，他用身边事就好查。
我应先顾君后自己啊，却被众人仇视不已。
一心忠君不做他想啊，又被众人视作仇敌。
心思专一从不动摇啊，竟让自身难以保全。
急亲君王没有杂念啊，又成为招祸的根源。
没人忠过我的思君啊，忘记自身已经低贱。
侍奉君王没有二心啊，茫然不知邀宠手段。
忠诚何罪而遭惩罚啊，也不是我心所知晓。
行为超群栽了跟头啊，又被众人尽情嘲笑。
多次受罪责遭毁谤啊，却没办法解释心怀。
情绪压抑表达不畅啊，又遭壅蔽无处表白。
心里愁闷失意彷徨啊，没人了解我的衷情。
本就烦言无法诉说啊，想谈心也没有途径。
退隐不言就没人知啊，进朝呼喊又没人听。
多次申述烦乱迷惑啊，内心苦闷愁无止境。
以前我梦里上天庭啊，半路魂魄无船可凭。

我让厉神帮我占梦啊，他说我有志没同道。
会危险到众叛亲离吗？他说君可思不可靠。
所以众口熔化金子啊，你先依君王而遭殃。
被烫过连凉菜也吹啊，你为何不改变志向？
想不通过梯子登天啊，你还是一副老模样。
众人害怕离心离德啊，又怎能与他们结伴？
目标一致方法不同啊，他们怎会给你支援？
晋太子申生那么孝啊，父亲信谗都不喜欢。
行为耿直而不宽和啊，鲧的事业难以开展。
我听说忠臣引怨言啊，忽略不听不以为然。
多次折臂成为良医啊，到今天才知不骗人。
短箭装好对着天上啊，罗网就在地面设稳。
布置机关取悦君王啊，不参加的人无处躲。
徘徊不定想要仕进啊，害怕又会遭遇罪责。
远走高飞想要休息啊，君王该不会问去哪。
肆意狂奔想走歪道啊，意志坚定不忍变卦。
后背前胸裂开般痛啊，心里纠结愁苦不堪。
捣碎木兰加入蕙草啊，磨细申椒来当米饭。
播种江离种植菊花啊，愿春天做芳香干粮。
害怕性情无人相信啊，所以反复陈说主张。
高举美德我将隐居啊，愿多思考远离官场。

评　析

《惜诵》可视作《离骚》前传，讲述他如何忠而被谤、走告无路的情形。艺术特点用诗中的语言最能概括，即“固烦言不可结诒兮”，虽是“烦言”，全诗用语也的确郑重烦絮，但从大结构来看，仍然有脉络可寻。可大致分为三段，即遭遇诽谤心有不甘、求问厉神和做出最后隐居决定。这实际上是简化版的《离骚》。

先看第一部分。屈原被冤枉之后，第一反应是自己无辜，并想通过苍天、五帝、

六神等来证明，这是最本能的反应，可看出在屈原心中神祇的重要性，他是有敬畏之心的。问题在于，有敬畏之心的人，不可能坏到哪里去；因此那些进屈原谗言的坏人，也不太可能有真正的敬畏之心。对没有敬畏心的人而言，又有什么是可信的呢？在他们看来，诸神不过是借以利用的工具而已，一旦这个工具被别人使用，他们怎么会配合呢？因此屈原开头部分呼天喊神的结果，无非是让他坚信自己，根本不可能起到向别人证明自己清白的作用。

屈原随之把希冀寄托在君王身上。他认为君臣朝夕相处，知道臣子为人的莫过于君王。因为君王可以很便利地通过与臣子接触，考察他的言行、表里是否一致，从而获得第一手资料。屈原这样说得有一个前提，就是君王是明君才行，果然诗中说“待明君其知之”。可是我们知道，楚怀王并非一个明君，或者不如说，他离明君的距离要远远大于他离“壅君”的距离，这样一来，楚怀王自然没有明辨是非的能力，屈原的满腔热血只能说是打了水漂。只不过此时屈原还没认识到楚怀王的本质，故有此举。

向君主自证，不仅没有获得明君的帮助，反而越发受到宵小之辈的攻击。甚至在这一过程中，屈原可能陆续遭受到更多的谗言，使他的处境越来越危险。诗中说：“吾谊先君而后身兮，羌众人之所仇也。专惟君而无他兮，又众兆之所雠也。”意为：我想要以君王为先，然后才考虑自身，结果被众人所仇视。我专为君主没有其他私心，更成为众人的仇敌。这里面隐隐约约告诉我们，屈原之所以被人仇视，原因就在于他为自己想得太少；这与屈原的认识刚好相反，他以为自己被敌视是因为还有私心，结果没想到去掉私心反而更成为朝野公敌。那言外之意不消说，如果屈原更多地为自己考虑，也就不会有这些谗言了。

于是屈原找到谗言的真正原因，就是自己“行不群”。楚怀王早期也有雄心大志，也想要使楚国强盛，因此对于“行不群”的屈原是比较看重的，希望他能在楚国做出不一样的成绩来。可是他们都没有想到，屈原为此要承受众多的压力，在这些压力面前，楚怀王又没有给他足够的支持，甚至在屈原第一个想到楚怀王的时候，还被楚怀王反戈一击，成了众怒的替罪羊。屈原明知自己“情沉抑而不达兮，又蔽而莫之白也”，却还在犹豫是该“退静默而莫余知兮”，还是该“进号呼又莫吾闻”呢？反正都不被待见，那我是沉默还是爆发呢？日有所思，形诸梦寐，开启第二部分的内容。需要说明的是，从全诗的创作来看，屈原无疑是选择了爆发这一途，尽管爆发之后确实“莫吾闻”，但好歹表明了志向。

第二部分写屈原请厉神为他占梦。屈原通过与巫师的对话，展现出心中的想法。屈原做的是什么梦呢？他梦见自己登天，魂魄半路没有船可以航渡，最后当然失败了。这其实是《离骚》中升天的经典片段的原型，虽然朴实无华一些，但也更清晰一些。厉神借巫师之口告诉屈原，你这个梦啊，象征着你志存高远却没有同伴帮助。屈原追问巫师："如果我执意要走一条无人走过的路，会陷入危险，甚至众叛亲离吗？"巫师回答说："君王是用来思念的，而不是用来依靠的。你现在因为君王看重你，就决心为君王两肋插刀，一意孤行，岂不知道众口铄金的道理吗？你最开始遭殃就是这个原因。被热汤烫过的人，吃凉菜也要下意识地吹吹，这是因为他吸收了前面的教训，可是你呢？想要不通过梯子登天，还做成梦，跟以前有什么不同？我劝你还是改变志向吧。再说说你为什么没有同伴。有的因为害怕，所以与你离心离德，这自然不是真的伙伴。有的虽然跟你一样想要得到君王的任用，但他们使用卑劣手段，这又与你不算同道。久而久之，怎么还会有朋友呢？当年晋国太子申生那么孝敬晋献公，结果呢，晋献公还不是听信谗言，导致申生自杀。你跟楚怀王的关系，有申生跟晋献公密切吗？所以得改。可是你又不愿意改，当年鲧耿直不宽和，他的功业就无法完成，既然不愿意改变，那你就只能跟鲧一样，无法完成你的美政。"

巫师的分析，可谓中肯分明。在第三部分中，屈原确实在一定程度上表达出对巫师看法的认同，他说："我以前听说过一句古话，叫作做忠臣容易被怨恨，我当初以为言过其实，所以不当回事儿。现在我自己也亲身经历了，才知道古话不虚。"放眼看去，整个朝堂之上，谁不在费尽心机讨好君王？屈原连想要躲过去都没地方可躲。何况之前自己成为楚怀王的红人，能不被陷害吗？那些机关，原来是为了取悦君王，可是一旦谁成为讨好君王路上的障碍，谁就会成为众矢之的，我屈原不就是这样吗？

为此，屈原想到三条可行的道路。一是继续像以前一样，徘徊犹豫，争取仕进，这样明显会成为牺牲品，获得更大的罪责。二是远走高飞，可是又害怕楚怀王会问我去哪，因为我除了楚国，实在是哪里也不想去，一旦跟楚怀王说我将去哪，那就只能离开。三是像其他人一样不走正道，可这又不是他的志向所能忍受的。因此，这三条道路，都被屈原否定了。总之，巫师的话屈原最后没有完全采纳。那么屈原最后走的是什么道路呢？"矫兹媚以私处兮，愿曾思而远身"，即在保德与保身之间选择了折中方案。一方面隐居保留美好的品德，一方面远离政治以获得生存。

跟《离骚》比起来，《惜诵》的解决办法看似两全其美，实际上并不能真正完

成。因为一方面楚国形势一天天恶化下去，由不得屈原隐居无为。另一方面，所保之德与身是“鱼与熊掌”，不可得兼，如果委曲求全，或可保身，则德已亏损；如果耿直求仁，或可保德，则身已危矣。事实上，屈原此时已意识到这一点，但他既有“背膺牉以交痛兮，心郁结而纡轸”的痛苦，用这些文字上的答案安慰自己，也不失为眼前的策略。为什么说屈原看穿不说穿呢？因为诗中写到播种香草之举。这都是屈原预先为解决这类矛盾埋下的伏笔。当他自身无可作为之时，他想到的或许是培育后代，使他们能够共创美好未来。这当然是幻想，因为老师自己遇到现实问题便退缩，以后学生走上社会，难道不会退缩吗？

从《惜诵》的整体结构及其价值取向来看，都不足以承载屈原的初衷，因此必须等待着一个新的回答，这个新回答将在《离骚》中出现。

涉　江

题　解

《涉江》作于楚顷襄王时，屈原远放江南，渡过大江，溯沅水而上到达溆浦一带。汪瑗《楚辞集解》说：“此篇言己行义之高洁，哀浊世而莫我知也。欲将渡湘沅，入林之密，入山之深，宁甘愁苦以终穷，而终不能变心以从俗，故以《涉江》名之。”所言甚是。该篇在描写沅水一带山川景物的时候，既简洁生动地写出了景物的特点，又较好地结合了自己寂寞悲怆的心情，对后世山水景物描写、山水诗和纪行作品都有较大的影响。

原　文

余幼好此奇服兮，年既老而不衰[1]。

带长铗(jiá)之陆离兮，冠(guàn)切云之崔(cuī)嵬(wéi)[2]。

被(pī)明月兮珮(pèi)宝璐(lù)[3]。

世溷(hùn)浊而莫余知兮，吾方高驰而不顾[4]。

驾青虬(qiú)兮骖(cān)白螭(chī)，吾与重(chóng)华游兮瑶之圃(pǔ)[5]。

登昆仑兮食玉英，与天地兮同寿，与日月兮同光[6]。

哀南夷之莫吾知兮，旦余济乎江湘[7]。

乘鄂(è)渚(zhǔ)而反顾兮，欸(āi)秋冬之绪风[8]。

步余马兮山皋(gāo)，邸(dǐ)余车兮方林[9]。

乘舲(líng)船余上沅(yuán)兮，齐吴榜以击汰(tài)[10]。

船容与而不进兮，淹回水而疑(níng)滞[11]。

朝发枉陼(zhǔ)兮，夕宿辰阳[12]。

苟余心其端直兮，虽僻远之何伤[13]！

入溆(xù)浦余儃(chán)佪(huái)兮，迷不知吾所如[14]。

深林杳(yǎo)以冥冥兮，猨狖(yòu)之所居[15]。

山峻高以蔽日兮，下幽晦以多雨[16]。

霰(xiàn)雪纷其无垠(yín)兮，云霏(fēi)霏而承宇[17]。

哀吾生之无乐兮，幽独处乎山中[18]。

吾不能变心而从俗兮，固将愁苦而终穷[19]。

接舆(yú)髡(kūn)首兮，桑扈(hù)臝(luǒ)行[20]。

忠不必用兮，贤不必以[21]。

伍子逢殃(yāng)兮，比干菹(zū)醢(hǎi)[22]。

与前世而皆然兮，吾又何怨乎今之人[23]！

余将董道而不豫兮，固将重昏而终身[24]。

乱曰[25]：

luán
鸾鸟凤皇，日以远兮[26]。

燕雀乌鹊，巢堂坛兮[27]。

bó
露申辛夷，死林薄兮[28]。

xīng sāo
腥臊并御，芳不得薄兮[29]。

阴阳易位，时不当兮[30]。

chà chì
怀信侘傺，忽乎吾将行兮[31]。

注释

①**奇服**：奇特的装扮，包括服饰、玉佩和追求等。**衰**：衰退。②**长铗**：长剑。**陆离**：形容所佩带宝剑之长。**冠**：作动词，戴。**切云**：一种很高的帽子。**崔嵬**：形容极高的样子。③**被**：披。**明月**：夜间能发光的宝珠。**珮**：即“佩”。**宝璐**：宝玉。④**溷浊**：混乱污浊。**不顾**：不眷恋。⑤**虬**：两只角的龙。**骖**：指驾车时两边的马。**螭**：没有角的龙。**重华**：即舜。**瑶之圃**：即“悬圃”，众神居住的地方。⑥**昆仑**：传说中的神山。**英**：花。**与天地兮同寿，与日月兮同光**：指吃了玉花，可以长寿。⑦**南夷**：当时楚国江南一带的土著。**江湘**：指长江、湘江。⑧**鄂渚**：在今湖北鄂州。**欸**：感叹。**绪风**：大风。⑨**步**：使行走。**山皋**：即山泽。**邸**：停留。**方林**：森林。⑩**舲船**：有窗子的船。**上沅**：沿沅水逆流而上。**齐**：齐心。**吴榜**：船桨。**汰**：水波。⑪**容与**：徘徊不前。**淹**：淹留，停留。**回水**：旋涡。**疑滞**：即凝滞，停滞不前。⑫**枉陼**：沅水下游的河湾，今属湖南常德。**辰阳**：在今湖南辰溪。⑬**苟**：只要。**端直**：正直。**僻远**：幽僻辽远。⑭**溆浦**：地名，在今湖南溆浦一带。**儃佪**：徘徊不进。**如**：到。⑮**杳以冥冥**：幽深晦暗。**狖**：一种猿猴。⑯**蔽日**：遮天蔽日。**幽晦**：幽深昏暗。⑰**霰**：小雪珠。**无垠**：无涯。**霏霏**：云气繁盛。**承宇**：云气旺盛而与屋檐相承。⑱**独处**：独自居住。⑲**从俗**：随波逐流。**固**：本来。**终穷**：指美政最终得不到实现。⑳**接舆**：春秋时楚国人，佯狂避世，后世称为楚狂人。**髡首**：剃去头发。**桑扈**：古代鲁国隐士，又叫桑伯子。**臝行**：即裸行。㉑**以**：用。㉒**伍子**：伍子胥，春秋末吴国大夫，其父兄遭楚王杀害，伍子胥投奔吴国，使吴国强大，攻破楚都，后吴王打败越国，伍子胥力谏灭

越，吴王不听，遭谗被逼自杀。**逢殃**：指伍子胥自杀。**比干**：殷纣王之时的贤人。**菹醢**：剁成肉酱。㉓**与**：有“举”之意。**然**：这样。㉔**董道**：守正道。**豫**：犹豫。**重昏**：重重昏暗。㉕**乱**：乐曲的最后一章。这里指诗的结尾。㉖**鸾鸟、凤皇**：皆古人认为的神鸟、瑞鸟，指贤人。**远**：远离。㉗**燕雀乌鹊**：都是普通鸟类，喻众人。**巢**：做窝。**堂坛**：朝堂庙堂和祭坛。㉘**露申、辛夷**：皆香草。**林薄**：林草之间。㉙**腥臊**：恶臭污浊，比喻奸人。**并御**：并用。**芳**：指贤人。**薄**：靠近。㉚**阴阳易位**：阴阳交换位置，指是非颠倒。**当**：恰当。㉛**怀信**：怀抱忠贞之心。**侘傺**：惆怅失意。**忽**：匆忙地。

译文

我从小喜好穿这奇服啊，年纪已经很大也没衰退。
腰间佩带长长的宝剑啊，头上戴的帽子高大崔嵬。
身披明月珠啊腰间是美好的玉佩。
人世污浊没人理解我啊，我正高飞远去而不回顾。
驾着青龙啊两边是白龙，我跟舜帝游玩啊在悬圃。
登上昆仑啊品尝玉之花，跟天地啊一样久长，跟日月啊一样光亮。
哀怜江南土著不知我啊，清早我就渡过长江湘江。
登上鄂渚我回头一望啊，叹息秋冬时节寒风飞扬。
让马漫步啊在山泽之间，将我的车子啊停在林旁。
我乘舲船沿沅水而上啊，众人齐心划桨拨开波浪。
船儿徘徊难以往前走啊，在激流旋涡中航行不畅。
早上从枉陼出发啊，晚上只好留宿在辰阳。
只要我的心正直啊，虽身处偏远有何可伤？
进入溆浦我却在徘徊啊，心中迷惑不知何去何往。
幽深的树林昏暗阴沉啊，原是猿猴们生活的地方。
山势高峻到遮蔽太阳啊，山下幽深晦暗阴雨绵绵。
雪珠雪花纷落没尽头啊，云深雾重像与屋檐相连。
哀伤我这一生没欢乐啊，独自幽居在这茂林深山。
我不能变节顺从流俗啊，本该忧愁苦闷终身贫贱。

接舆剃头发装疯啊，桑伯子曾经裸行。

忠臣不一定任用啊，贤人不一定任命。

伍子胥遭遇祸患啊，比干受菹醢之刑。

举前人的例子都如此啊，我又何必怨恨当今君王。

我将正道而行不犹豫啊，在浓黑中生存直到死亡。

乱辞云：

鸾鸟和凤凰，一天天远去啊。

燕雀乌鹊们，在庙堂安居啊。

露申与辛夷，草木中死尽啊。

腥臭都任用，芳草难靠近啊。

阴阳已颠倒，我生不逢时啊。

抱忠而彷徨，还不如远逝啊。

评　析

此诗的意思，在结尾的乱辞中其实说得非常清楚，就是凤鸟所象征的贤人都在四散，燕雀所象征的小人都得任用；香草们被杂草欺死，臭草们则高官显达。在这幅阴阳颠倒的社会风俗图景中，屈原深感生不逢时，与其怀抱忠信迟疑不决，不如离开尘世幽居森林。那么接下来的问题就是，选择哪一片森林呢？就屈原的选择而言，他有这么几个主观标准：一是从地理上远离楚国首都，二是从文化上远离腐化变质的地方。考虑到客观因素，他有可能被流放（流放也有主观原因，也许他自己也有过争取），也不太可能占用君王或达官显贵的私人庄园，这样一来，他的主观标准便不能不在客观允许的范围内挑选。

屈原也做出两个选择。第一，从精神角度而言，他选择高洁，不与世俗合流。正因如此，他没有朋友可以交流，所以多写神话人物，以满足他想象中的精神之旅的需要。他在开篇就声明自己从小至老，皆修身自好，不与污浊之世同流合污。为此，他只能先从精神高度远离浊世，在想象世界中驾着龙车，与舜帝为友，游览仙界，吃着玉花，长生不老。这个想象的精神世界充满浪漫色彩，也成为屈原创造出来的经典的文学图景，千百年来生生不息地影响一代又一代的有志之士。所以可以看出，并不是屈原有意与众人拉开距离，而是众人自己降低自己的追求。只要你愿意修身养性，你

就能打开《楚辞》，走进屈原的精神王国。

第二个选择是在第一个选择的基础上，寻找人间的对应乐土。这时候就不能兼顾了。除了以上分析过的主客观原因之外，主要在于这样的人间乐土必然会成为流俗的追逐目标。屈原在与他们争夺君王的战役中失败，又怎么有能力与他们争夺这类乐土呢？屈原唯一的办法就是远行，离开他们，去到他们不愿去的偏远之处，重新建设乐土。屈原打算渡过湘江，去南夷寻找可能的机会。但他最终有没有抵达南夷呢？诗中没有明说，只告诉我们他从湖北出发，到湖南溆浦就迷路了。湖北到湖南一路上的艰险，其实也象征着屈原仕途的坎坷。面对秋冬之际的寒风凛冽、波浪滔天和森林幽暗，屈原用正气给自己打气：“苟余心其端直兮，虽僻远之何伤。”可是等到溆浦的时候，他终于迷路，在与猿猴共处的深山老林之中，竟也动摇了：“入溆浦余儃佪兮，迷不知吾所如。”但是转而一想，连我都不知道在哪里，想必那些小人更不会知道，也就不会来打扰了吧。

于是屈原就在此处山居。在战国末期，湖南或许仍有大片原始森林，不见天日。这一段的环境描写，很容易让我们联想到《山鬼》，如果加以比对，我们不妨说《山鬼》在祭祀山神的同时，其实也是在祭奠屈原自己。首先，深山中相伴的只有猿猴，没有任何人类。高山蔽日，森林又遮挡阳光，则屈原近乎生活于黑夜之中（这里亦有隐喻，表示楚王之恩泽如阳光，此刻已无一丝一毫泽及屈原）。雨雪不停，云浓雾重。屈原在这样的环境中生存，自然不是乐土，可是想到他一生之毫无欢乐可言，竟然觉得独居山中也是可喜的了：“哀吾生之无乐兮，幽独处乎山中。”这样险恶的环境尚且是屈原的乐土，可见他平素遭遇何其恶劣！幽独也好，愁苦也好，终究能够生存，起码还不必像楚狂人和桑伯子那样需要装疯卖傻，却又能躲过伍子胥、比干被杀的噩运——如此看来，这里可不就是乐土吗？

屈原没想到，他在最黑暗之中，守住最明亮之光。

哀 郢

题 解

郢是楚国都城，在今湖北江陵纪南城。屈原不知何故，被从郢

都流放，从诗中说“信非吾罪而弃逐兮”可知。哀郢是对郢都的思念，而感慨自己不知何时能再回郢都，诗中说“哀故都之日远”。所谓故都，很容易使人联想到攻破之都，实际上其造语与“故人”相同，有死去之人和旧人两种含义。屈原此处用“故都”来称呼郢都，只是表明自身与郢都关系之密切，而非郢都已成历史。关于本篇的创作背景，很容易使人与白起攻破郢都之事联系起来，但经过学者们的多方努力，可以证明此说不可靠，因为屈原如果见到郢都被攻灭，感情绝非如此凄婉而已，且诗中无一字涉及。究此说盛行之原因，盖国人诗史观念太盛，若无依傍，缺乏安全。如果一定要为此诗中的人民流离之事寻找理由，倒是朱熹之说更为通脱：“屈原被放时，适会凶荒，人民离散，而原亦在行中，闵其流离，因以自伤。”屈原自己“忠而被谤”，被流放并不奇怪，而之所以会有“民离散而相失兮，方仲春而东迁”，则是郢都有凶荒。而春天是播种的季节，因灾荒而不得不流离失所，更显悲哀。当然，是否有可能是屈原爱民，民亦爱屈原，故因屈原之放逐而流散呢？读者诸君可自思之。

原　文

皇天之不纯命兮，何百姓之震愆（qiān）[1]？
民离散而相失兮，方仲春而东迁[2]。
去故乡而就远兮，遵（zūn）江夏以流亡[3]。
出国门而轸（zhěn）怀兮，甲之鼂（zhāo）吾以行[4]。
发郢都而去闾（lǘ）兮，荒忽其焉极[5]？
楫（jí）齐扬以容与兮，哀见君而不再得[6]。
望长楸（qiū）而太息兮，涕淫淫其若霰（xiàn）[7]。
过夏首而西浮兮，顾龙门而不见[8]。

心婵媛(chányuán)而伤怀兮，眇(miǎo)不知其所蹠(zhí)[9]。

顺风波以从流兮，焉洋洋而为客[10]。

凌阳侯之氾(fàn)滥兮，忽翱(áo)翔之焉薄(bó)[11]？

心絓(guà)结而不解兮，思蹇(jiǎn)产而不释[12]。

将运舟而下浮兮，上洞庭而下江[13]。

去终古之所居兮，今逍遥而来东[14]。

羌灵魂之欲归兮，何须臾(yú)而忘反[15]！

背夏浦(pǔ)而西思兮，哀故都之日远[16]。

登大坟以远望兮，聊以舒吾忧心[17]。

哀州土之平乐兮，悲江介之遗风[18]。

当陵阳之焉至兮，淼(miǎo)南渡之焉如[19]？

曾不知夏(shà)之为丘兮，孰两东门之可芜[20]？

心不怡之长久兮，忧与愁其相接[21]。

惟郢路之辽远兮，江与夏之不可涉[22]。

忽若不信兮，至今九年而不复[23]。

惨郁郁而不通兮，蹇(jiǎn)侘(chà)傺(chì)而含戚[24]。

外承欢之汋(chuò)约兮，谌(chén)荏(rěn)弱而难持[25]。

忠湛(zhàn)湛而愿进兮，妒被离而鄣(zhāng)之[26]。

尧舜之抗行兮，瞭(liǎo)杳(yǎo)杳而薄(bó)天[27]。

众谗人之嫉妒兮，被(pī)以不慈之伪名[28]。

憎愠(yùn)惀(lǔn)之修美兮，好夫人之忼(kāng)慨(kǎi)[29]。

众踥蹀而日进兮，美超远而逾迈㉚。

乱曰：

曼余目以流观兮，冀壹反之何时㉛？

鸟飞反故乡兮，狐死必首丘㉜。

信非吾罪而弃逐兮，何日夜而忘之㉝？

注　释

①**皇天**：老天爷。**不纯命**：即天命不专一，指天命无常。**百姓**：指楚国贵族。与今义不同。**震愆**：震恐。②**民**：普通民众。**相失**：指没有依靠。**仲春**：农历二月。**迁**：迁移。③**就**：去。**遵**：沿着。**江夏**：长江和夏水。夏水由长江分出，注入汉水，今已湮没。④**国门**：都门。**轸怀**：痛怀，痛心。**甲**：甲日。**鼂**：通“朝”，早晨。⑤**闾**：里门，亦指居民区，这里或指屈原所居之处，即“三闾”之地。**荒忽**：神思恍惚。⑥**楫**：船桨。**容与**：徘徊不进。**得**：能。⑦**长楸**：高大的梓树。**太息**：大声叹息。**涕**：眼泪。**淫淫**：泪流不止。**霰**：小雪珠。⑧**夏首**：夏水从长江分流而出的地方。**西浮**：从西面顺水漂流。**龙门**：郢都的东城门。⑨**婵媛**：眷恋。**眇**：远。**蹠**：落脚。⑩**风波**：风与波浪。**焉**：于是。**洋洋**：漂泊不定。⑪**凌**：凌驾。**阳侯**：波浪神，这里指波浪。**氾滥**：大水漫流。**忽**：快速地。**薄**：停息。⑫**绁结**：内心情感郁结而烦闷。**蹇产**：情思屈曲而无法舒展。⑬**运舟**：驾船。**下浮**：向下游浮去。**洞庭**：洞庭湖。**江**：长江。⑭**终古之所居**：即郢都。**逍遥**：飘落。⑮**羌**：发语词。**须臾**：片刻。**忘反**：忘返。⑯**夏浦**：即夏口，今汉口。**西思**：思念西边的郢都。**故都**：指旧都，“故”字表示亲切之意。⑰**大坟**：江中岛屿高处。**聊**：姑且。**舒**：舒展。⑱**州土**：荆楚大地。**平乐**：土地平坦富饶，人民安居乐业。**江介**：江间。**遗风**：既指江上仍带去年冬天寒意的春风，又指楚国先代遗传下来的美好风习。⑲**当**：到。**陵阳**：古地名，地点说法不一，存疑。**淼**：水面阔大无边。**南渡**：指往南渡过大江而登岸抵达陵阳。**如**：去。⑳**夏**：通“厦”，高大的房屋。**两东门**：即郢都东门。㉑**怡**：快乐。**相接**：相续。㉒**郢路**：去往郢都的道路。**江与夏**：长江与夏水。㉓**忽**：飞快地。**不信**：难

以置信。**复**：回去。㉔**惨**：忧愁。**郁郁**：忧愁不绝。**蹇**：发语词。**侘傺**：惆怅失意。**戚**：忧伤。㉕**外**：外表。**承欢**：讨好。**汋约**：即“绰约”，小人谄媚的样子。**谌**：实在。**荏弱**：软弱。㉖**湛湛**：厚重。**被离**：离散。**鄣**：通“障”，阻塞。㉗**抗行**：高尚的行为。**瞭**：明。**杳杳**：高远的样子。**薄**：迫近。㉘**被**：加。**不慈**：不爱自己的儿子，指尧舜禅让天下给贤人，而不是自己的儿子，所以众多的进谗言之人就说尧舜对儿子不慈。**伪名**：与事实不符的名声。㉙**愠惀**：形容怨思蕴积于心。**修美**：美好。**夫人**：那些小人。**忼慨**：即“慷慨”，情绪激昂奋发的样子。㉚**众**：指小人。**踥蹀**：小步行走的样子。**美**：贤人。**超**：远。**逾迈**：远行。㉛**曼**：张大双眼。**流观**：四处观看。**冀**：盼望。**壹反**：一返，指返回郢都。㉜**反**：返。**首丘**：头朝着故乡的山丘。㉝**信**：确实。**弃逐**：抛弃放逐。

译文

老天爷总反复无常啊，楚国贵族为何震恐？
民众流离相互失散啊，刚二月就迁移向东。
我也离开故乡远走啊，沿着长江夏水流亡。
刚出郢都门就心痛啊，甲日早上动身起航。
发自郢都离开故巷啊，恍惚不知该去何方。
一起划桨船却不动啊，哀痛着再难见君王。
望故都乔木长叹息啊，眼泪如雪珠般流淌。
船过夏浦向东漂荡啊，回望都门杳无踪影。
心里牵挂充满哀伤啊，前路邈远何处可停？
顺风而下随水而流啊，便做客子漂泊不定。
乘水神激起的巨浪啊，像起飞后不知飘落何处。
心乱如麻难以解开啊，情思抑郁不知如何解除。
将要驾船顺流而下啊，上溯洞庭下沿长江。
离开先人所居之地啊，而今去往东边流浪。
灵魂想要回到故乡啊，何曾片刻忘记返乡？
离开夏口思念郢都啊，哀叹离它越来越远。

登上沙洲极目远望啊，暂且把我忧心舒展。
哀怜楚国曾富饶安乐啊，为江间遗传的风习悲叹。
抵达陵阳后能去哪里啊，南渡浩渺大江后怎么办？
不知楼台是否成废墟啊，谁知东门是否荒废？
心中无欢乐已经很久啊，忧伤苦闷彼此相随。
想到回郢都如此远啊，江水夏水又不好渡。
时间飞逝难以置信啊，到今九年没有返都。
心情忧郁愁闷不畅啊，惆怅失落一腔凄楚。
小人表面柔顺侍君啊，其实软弱难以持重。
贤人忠厚想有作为啊，却被离间难以行动。
圣王尧舜德行高尚啊，明智高远直逼苍穹。
众人进谗嫉妒不已啊，强加他们不慈恶名。
憎恨正直忠良君子啊，喜好假慷慨的奸佞。
小人奔走日益得势啊，贤人疏离只好远行。
乱辞云：
睁大眼睛四处张望啊，盼望何时回一趟郢都。
鸟儿远飞也要回巢啊，狐狸死时头对着故土。
实在不是因罪放逐啊，我何曾一日忘记荆楚？

评　析

本诗是一首哀词。从诗中原句来看，所哀有三：一是“哀见君而不再得”，二是“哀故都之日远”，三是“哀州土之平乐兮，悲江介之遗风”。这三哀之间各有关联，但从根本上来说，都取决于屈原对自己忠贞不用反被流放的哀叹，因此我们在分析的时候，也从这一根本处先说。这主要体现在诗的末段。屈原在被流放九年之后，重新思考流放的原因，除了之前诗篇中一再提出的忠而被谤之外，屈原反思得似乎更深了一层。首先，他发现小人能讨好国君，但是治理不好国家，忠臣能治理好国家，但是无法讨好君王，所以究竟是国君快乐重要，还是国家富强重要呢？（当然，从这方面来看，小人与忠臣似乎可以互补，事实上历史上也确实有过互补的朝代，甚至还

有同一种人兼有小人手腕与忠臣能力，但在屈原当时，可能性不大，或者不如说，对屈原而言不太可能，因为他已大大得罪宵小之辈，如果小人能够顾全大局，与屈原冰释前嫌，那就不是小人了。）

对楚怀王或楚顷襄王而言，恐怕国君快乐更为重要。因为他们都可以一怒之下就发兵跟秦国开战，而不顾及战备如何，一吓之下又可以求和，而不管之前军民之死伤。换句话说，屈原很不幸，遇到的君王，基本上就是反复无常的小人，他们趋利避害，毫无恒心，这样的品格，使他们天然接近小人，而与屈原疏离。楚怀王还曾与屈原紧密合作过，但是不能长久，也恰好可以从反面证明楚怀王并非明君。而真正的明君呢？却被小人们污蔑为不爱子孙："尧舜之抗行兮，瞭杳杳而薄天。众谗人之嫉妒兮，被以不慈之伪名。"我们大概可以想见，屈原曾与小人们争论过效法怎样的君王，屈原当然认为要以尧舜为榜样，他在《离骚》中多次提到舜，对尧则颇有微词，主要在于尧错杀耿直的鲧，而对禹则无甚好感。尧舜都有共同的特点，他们励精图治，把个人的情性放在国家之后，因此退位后也并非传位给子孙，而是禅让给像自己一样的贤人。可是在小人看来，这就是不善待自己的子孙。想必当日也定有人反驳屈原的主张，认为他的意见根本不是从国君出发考虑，不符合实际。则屈原的落败也就可以想见了。

那么我们是不是可以进一步追问，屈原之所以会失败，追根究底，在于尧舜的禅让社会已经不复存在，他却想要恢复尧舜时候的政治制度，不符合战国的实际？我们在读《天问》的时候就已明白屈原是富有怀疑和批判精神的，他不会这么死板，他的政治理想也不是完全复制已失去社会基础的上层建筑，而是有自己的增损。可是不管屈原如何增损，当他涉及尧舜的时候，禅让制与楚王世袭的矛盾，是他的政敌抓住不放的致命一击，大约可以想见。再加上他对宗室子弟"兰芷变而不芳兮，荃蕙化而为茅"的批评，很容易被小人抓住把柄，认为屈原并不待见楚王子孙。否则，何以流放九年之后，回首往事，屈原竟念念不忘尧舜"不慈"之名，而在诗的末段反复陈述呢？

由于这一根本性的打击，屈原难以立足，至于具体流放他的罪名是什么，倒并不重要了。总之，屈原被流放，他的治国理想无法实现，不得不哀叹自身遭遇。由这一根本生发，他又接连发出三哀。这三哀与自哀形成呼应。先看第一哀：哀见君而不再得。有人认为这是屈原在楚怀王死后发出的感叹，其实没必要坐实，因为从上下文来看，他离开国都之后，难以见到国都中的国君，再自然不过了。屈原离开之际，

国都并不平稳，不知是凶荒还是战乱，上至楚国贵族，下至普通百姓，都不安宁。屈原在这样的恐慌之中离开国都，势必倍加担忧，果不其然，还没出都门，屈原就心痛如绞。屈原其实是有放逐之地的，但由于他对国都爱之深，以至于任何其他地方，对他来说都不算地方，因此他大有离开国都便“荒忽其焉极”的痛苦和绝望。由此也可见，把他从国都流放而出对他的打击是多么深。

在这种无情的政治打击之下，屈原首先感到悲哀的，居然是再也难以见到君王，则屈原之待君如何，不言而喻。在哀叹君王难再见之后，屈原用大量篇幅描写行旅、风景和心情。屈原离开都门，一步三回头，叹息流泪不已，直到东门再也望不见，他还是不想加快速度。可是顺流而下的江水似乎不理解屈原的心情，带着他远去，诗中一再说“顺风波以从流兮”“将运舟而下浮兮”，可见屈原对这样的速度非常不满，几次强调，可是终究要离开，哪怕江水流得缓慢一点，也“毕竟东流去”啊。其中有两处尤其值得我们注意，一处是“凌阳侯之氾滥兮，忽翱翔之焉薄”，巨浪把船带到半空，一般人肯定会祈祷上天救命，而屈原所想的却是等巨浪落下来后会停在哪里，言下之意是巨浪能否把船重新冲回离国都更近的地方呢？可见在屈原心中，返回国都比自己的生命还要重要。另一处是“羌灵魂之欲归兮，何须臾而忘反”，屈原特意拈出“灵魂”二字，再一次告诉我们，哪怕肉身无法返回，灵魂也绝不漂泊在外，而是时刻想着返回国都。从“去终古之所居兮”“发郢都而去闾兮”等来看，在屈原心中，国都近乎于宗教信仰，是屈原无论如何都难以割舍的地方。因此，有些学者指出，此诗旧说是秦军攻破郢都之后屈原所作的观点难以成立，因为以屈原对国都的重视，如果国都破灭，他绝不会用这样凄婉的诗篇表达。

反倒是切题的第二哀“哀故都之日远”似乎写得不够多。实际上，由于哀国君难再见的大量篇幅之中，已涉及第二哀，因此这里作简略处理是可以的。即便如此，也有层次之别。在第一哀中固然有对国都的哀叹，但毕竟是从国都出发，离开东门，到望不见东门，有一个发展的过程，因此第一哀中以哀国君难再见为主，因为一离开国都，第一个见不到的就是国君。而第一哀中夹杂的第二哀，则以远行所见为主。等到完全见不到国都，屈原还能“背夏浦而西思”，则此时眼前不见的国都才真正在心中思念汹涌起来，才愈发感动人心。因此第二哀是典型的简而有法，以表现屈原对国都的思念，确实是“何日夜而忘之”，而不只是因为见到国都或与之类似之物之景而顺便勾起想念而已。

第三哀在我看来，最是可哀。屈原放舟南下，饱览楚国大好河山，想起这片土地上曾经的繁华，不禁慨叹道："哀州土之平乐兮，悲江介之遗风。"这句感叹承接前文第二哀，想要通过"登大坟以远望兮"来"聊以舒吾忧心"，可惜不仅没有达到目的，还因为远望之下，目睹河山之变，更生凄怆，故有第三哀。从描写篇幅来说，第一哀最多，第二哀其次，第三哀最少，但是从情感密度上来说，第三哀却最浓，因为它没有其他语句稀释。笔者读至此句，一边注释翻译，一边泪如泉涌，确实有感动人心的力量。楚国国土如此强大富饶，人民原本安居乐业，可是由于小人当道，忠臣远谪，现在连国都的贵族都要惶恐，连国都的民众都要离散，那么国都之外广大的楚地上的民众的生活现状也就可想而知了。屈原一心为民，多次表达出民本思想，甚至他遭受巨大挫折仍不忘初心，原因就在于担心自己发疯后民众会活得更惨，如"愿摇起而横奔兮，览民尤以自镇"（《抽思》）。但在本诗这里，他却不用理性的分析，也不用感性的抒发，只是用近乎白描的手法，写出今昔对比，就足以使人为之落泪。更有甚者，后面再接上一句"悲江介之遗风"，正在屈原追昔抚今、不胜感慨之际，江上略带寒意的春风吹拂而过。正如韩红唱过的一句歌词："风在歌唱，唱它曾去过的地方。"这样的风，不仅从国都吹来，也从遥远的终古吹来。它不仅带着去年冬天的旧有的寒意，也裹着楚国"平乐"之时本有的良好风习，从屈原脸上吹过，吹落他眼角的泪珠，坠入清冷的江水。

此时江水或许还不知道，有一天屈原也会追随他的哀伤之泪，化作江中清波一泓。

抽 思

题 解

"抽思"之名，据朱熹说，取自少歌部分"与美人抽怨兮"，"抽怨"一本作"抽思"，意为剖陈心迹，将心中蕴藏的无限思绪抒发出来。林云铭认为此诗作于屈原在楚怀王时期流放汉北的时候，大致可信，诗中也说："有鸟自南兮，来集汉北。"此诗结构比较特殊，除诗歌正文和"乱曰"外，还有"少歌曰""倡曰"，可见此时屈原心中之郁闷，不得不多次抒发才能平衡。原因则在于

楚怀王不听屈原之意见，屈原只好一再地表达。从屈原自身来说，楚怀王是残忍的；但从激发屈原的创作灵感和诗歌成就来说，楚怀王却以一种痛苦的方式促成屈原之伟大。

原 文

心郁郁之忧思兮，独永叹乎增伤①。
思蹇(jiǎn)产之不释兮，曼遭夜之方长②。
悲秋风之动容兮，何回极之浮浮③！
数(shuò)惟荪(sūn)之多怒兮，伤余心之忧忧(yōu)④。
愿摇起而横奔兮，览民尤以自镇⑤。
结微情以陈辞兮，矫(jiǎo)以遗(wèi)夫美人⑥。
昔君与我诚言兮，曰黄昏以为期⑦。
羌中道而回畔兮，反既有此他志⑧。
㤭(jiāo)吾以其美好兮，览余以其修姱(kuā)⑨。
与余言而不信兮，盖(hé)为余而造怒⑩。
愿承间而自察兮，心震悼(dào)而不敢⑪。
悲夷犹而冀进兮，心怛(dá)伤之憺憺(dàn)⑫。
兹历情以陈辞兮，荪详(yáng)聋而不闻⑬。
固切人之不媚兮，众果以我为患⑭。
初吾所陈之耿著兮，岂不至今其庸亡⑮？
何毒药之謇謇(jiǎn)兮？愿荪美之可完⑯。
望三五以为像兮，指彭咸以为仪⑰。

夫何极而不至兮，故远闻而难亏[18]。

善不由外来兮，名不可以虚作[19]。

孰无施而有报兮，孰不实而有获[20]？

少歌曰[21]：

与美人抽怨兮，并日夜而无正[22]。

憍吾以其美好兮，敖朕辞而不听[23]。

倡曰[24]：

有鸟自南兮，来集汉北[25]。

好姱佳丽兮，牉(pàn)独处此异域[26]。

既茕(qióng)独而不群兮，又无良媒在其侧[27]。

道卓(chuō)远而日忘兮，愿自申而不得[28]。

望北山而流涕兮，临流水而太息[29]。

望孟夏之短夜兮，何晦明之若岁[30]！

惟郢路之辽远兮，魂一夕而九逝[31]。

曾不知路之曲直兮，南指月与列星[32]。

愿径逝而未得兮，魂识路之营营[33]。

何灵魂之信直兮，人之心不与吾心同[34]！

理弱而媒不通兮，尚不知余之从容[35]。

乱曰：

长濑(lài)湍(tuān)流，泝(sù)江潭(tán)兮[36]。

狂顾南行，聊以娱心兮[37]。

轸(zhěn)石崴(wēi)嵬(wéi)，蹇(jiǎn)吾愿兮[38]。

超回志度，行隐进兮[39]。

低佪夷犹，宿北姑兮[40]。

烦冤瞀(mào)容，实沛徂(cú)兮[41]。

愁叹苦神，灵遥思兮[42]。

路远处幽，又无行媒兮[43]。

道思作颂，聊以自救兮[44]。

忧心不遂，斯言谁告兮[45]！

注　释

①**郁郁**：忧愁的样子。**永叹**：长叹。**增伤**：添悲。②**蹇产**：情思屈曲而不得舒展的样子。**曼**：漫长。③**动容**：改变外貌，指秋风把树叶吹落，景象都为之改变。**回极**：回旋的天极。**浮浮**：变动不定的样子。④**数**：多次。**惟**：思。**荪**：比喻君王。**忧忧**：愁苦伤痛的样子。⑤**摇起**：迅速起身，跃起。**横奔**：狂奔。**民尤**：民众无端遭罪。**自镇**：自我安定。⑥**结**：聚集。**微情**：微不足道而隐秘的内心感情。**陈辞**：述说衷情。**矫**：高举，指上书进言。**美人**：指楚怀王。⑦**诚言**：约定言语。**黄昏**：古人日落时举行婚礼，屈原多以男女结婚比喻君臣同心。⑧**羌**：发语词。**中道**：半路。**回畔**：改道。**畔**：通"叛"。**反**：却。**既**：已经。**他志**：别的打算。⑨**憍**：同"骄"，骄傲。**览**：给我看。**修姱**：美好。⑩**不信**：不守信用。**盖**：通"盍"，为何。**造怒**：发怒。⑪**间**：间隙。**自察**：自我表白。**震悼**：内心惊恐、震恐。⑫**夷犹**：犹豫。**进**：指进言。**怛伤**：痛苦忧伤。**憺憺**：因惊恐而内心动荡不安。⑬**兹历**：即历兹，指列举此情。**详**：通"佯"，假装。⑭**切**：忠切。**媚**：谄媚。**众**：众小人。⑮**耿著**：光明，明显。**庸**：乃。**亡**：忘记。⑯**謇謇**：形容忠贞切直的样子。**完**：完备。⑰**三五**：或指三王五霸，或指三皇五帝，就屈原之倾向而言，当以三皇五帝为佳。**像**：榜样。**彭咸**：殷商时的贤人。**仪**：法式。⑱**极**：指高远的目标。**闻**：声誉。**亏**：消歇。

⑲**善**：德行美好。**虚作**：虚假成名。⑳**无施**：没有施恩。**实**：指结果。㉑**少歌**：即小歌，古代乐章中的组成部分，用在诗歌中，表示对前文的小结。㉒**抽怨**：一本作“抽思”。**并日夜**：即夜以继日。**无正**：订正。㉓**憍**：骄傲。**敖**：同“傲”，傲慢。㉔**倡**：同“唱”，古代乐章结构组成部分之一，用来启唱，这里指楚怀王仍不听从，屈原故再次重申愁思。㉕**鸟**：屈原自喻。**集**：栖息。**汉北**：汉水以北之地，屈原流放之处。㉖**好姱佳丽**：美好。**牉**：离别。**异域**：异乡。㉗**茕**：孤独。**良媒**：好的媒人，指为屈原和楚怀王沟通消息的人。㉘**卓**：同“逴”，远。**日忘**：一天天淡忘。**自申**：自我申辩。㉙**北山**：指郢都北面的纪山。**太息**：长叹。㉚**孟夏**：农历四月。**短夜**：夜短。**晦明**：黑夜到白天。**若岁**：像度过一年。㉛**郢路**：通往郢都的道路。**一夕而九逝**：一夜之内多次前往郢都，形容思念之频繁。㉜**南指月与列星**：指魂回郢都的路上，靠月亮和星辰来辨认方向。因为是夜里，自然不能靠太阳来辨别方向。㉝**径逝**：直接前往。**识**：辨别。**营营**：来回走动不敢确定的样子。㉞**信直**：笃志不屈。**同**：同道。㉟**理**：信使。**从容**：安闲的样子，指作者无法返回郢都，别人还以为他爱上汉北，从容不归，这有谁能知道呢？㊱**濑**：沙石滩上的水流。**湍**：急。**泝**：逆流而上。**潭**：水深的地方。㊲**狂顾**：左右乱顾。**南行**：往南边的郢都奔走。**娱心**：舒心。㊳**轸**：通“畛”，田间道路。**嵬嵬**：石头高低不平。**蹇**：通“謇”，使之艰难。㊴**超回**：徘徊。**志度**：通“踥踱”，踟蹰。**隐进**：慢慢前进。㊵**低佪夷犹**：徘徊犹豫。**北姑**：大约是汉中一带的地名。㊶**烦冤**：心中忧愁烦闷。**瞀容**：心神混乱不安。**沛徂**：颠沛困苦地赶路。㊷**苦神**：伤神。**灵**：灵魂。㊸**处幽**：即幽处。**行媒**：前往说情之人。㊹**道思**：边走边思念。**作颂**：写作此诗。**自救**：自解。㊺**遂**：实现。**谁告**：告谁，向谁说。

译 文

心中忧愁思绪烦乱啊，独自长叹徒增伤感。

情思郁结难以释然啊，漫漫长夜难以入眠。

悲叹秋风凋零万物啊，何以天极也被改变？

数次想起君王发怒啊，使我心伤愁苦无边。

我想跃起大步狂奔啊，看百姓遭罪把心静。

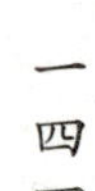

总结幽思表达出来啊，进献给君王表我情。
从前您曾和我约定啊，说好约在黄昏时候。
半路上却改变主意啊，回去已有新的计谋。
向我矜夸他的美好啊，展示给我他的才干。
跟我说话却不算数啊，为何对我怒气冲天?
我希望找机会辩白啊，因为震恐而又不敢。
悲伤犹豫想要进言啊，心中痛苦忧愁难安。
终于列数心事表达啊，您却又装聋听不见。
忠臣本就不会谄媚啊，众人果视我作祸患。
当初我说得很清楚啊，难道今天全都忘完?
为何独喜忠贞耿直啊，是希望您德行双全。
以三皇五帝为榜样啊，指着彭咸作为典范。
这样什么不能实现啊，因此美誉永久流传。
德行不会自外生发啊，名声不会凭空产生。
谁不施恩却有回报啊，谁不播种却有收成?
少歌云：
我向君王剖白心迹啊，夜以继日没有改正。
向我夸耀他的美好啊，把我的话当耳边风。
倡云：
有鸟从南边来啊，飞来栖息在汉北。
那个美好的人啊，独居在异乡难归。
既孤身一人不合群啊，又没好的媒人传消息。
道路遥远日益淡忘啊，想要自辩得不到时机。
望着北山落泪啊，对着流水长叹气。
眼看初夏夜晚短暂啊，为何等待天亮如度年?
想到归郢之路遥远啊，灵魂一夜间多次奔赶。
不知道路曲不曲折啊，只好靠星月指示往南。

多想直接走又不能啊，灵魂辨别道路真艰难。

为何灵魂那么忠直啊，别人心思和我不一般？

信使孱弱媒介不通啊，人们还以为我真悠闲。

乱辞云：

长石滩上流水湍急啊，沿着江潭溯流而上。

心神迷乱想要南行啊，姑且抚慰我的心伤。

路上的石头高低不平，让我难实现愿望啊。

徘徊踟蹰，慢慢赶路啊。迟疑犹豫，留宿北姑啊。

愁闷烦乱，路真难走啊。悲叹神伤，远魂思乡啊。

路途遥远居处幽僻，没人为我通报君王啊。

边走边想写下此诗，姑且用来自我解放啊。

心绪忧郁不得实现，这些话该跟谁分享啊。

评析

该诗大约是屈原初次流放之际内心的状况，其中值得我们注意的有以下几点。一是屈原并非一开始就是大义凛然，他也曾害怕过，并因此错过最佳的辩解时机，从而被楚怀王疏远，诗中说“愿承间而自察兮，心震悼而不敢”便是此意。从这一点上我们可以看出来，屈原并非生下来就是伟人，他也是在现实的染缸中历经锤炼，最后才成为一块好钢。二是屈原受到挫折后并非没有想过放弃，他在诗中说：“愿摇起而横奔兮，览民尤以自镇。结微情以陈辞兮，矫以遗夫美人。”他也想自暴自弃，发疯狂奔，但是一想到自己这样做，楚国就会失去正确的政治运转，最终遭殃的是民众，就只能强迫自己冷静下来，按捺住自己激动的心情，把自己的想法写成诗歌，进献给楚怀王，希冀能够获得他的认可。三是屈原此时大概不是第一次惹怒楚怀王了，诗中说：“数惟荪之多怒兮，伤余心之忧忧。”楚怀王多次发怒，可见屈原并非没有机会改变自己的策略，但是出于对正道的坚持，在楚怀王多次生气之后，他仍然没有退缩，大概楚怀王也认为他无药可救了吧，实际上这恰是屈原的忠耿之处。四是屈原似乎仍未醒悟，依然认为是楚怀王不守信用在前，他对自己的怒气是莫名其妙的，诗中说“与余言而不信兮，盖为余而造怒”。从楚怀王多次生气，屈原仍然这样说，放在今天，是一枚典型的直男无疑。他又多次对楚怀王进行指责，如“兹历情以陈辞兮，

荪详聋而不闻”“初吾所陈之耿著兮，岂不至今其庸亡”，不是说楚怀王不该充耳未闻，就是提醒他是否把过去的誓言忘个精光，这都可以证明屈原的逻辑比较直接单纯。五是屈原的政治理想在此文中初步出现，简单来说，就是君王要像三皇五帝，臣子要像彭咸，这样的话富国强兵都能实现，诗中说“望三五以为像兮，指彭咸以为仪。夫何极而不至兮，故远闻而难亏”。可是这样的要求看似简单，纵观历史，能够真正存在的朝代，是很少的，唐太宗与魏徵大约算是其中之一，屈原似乎也看出楚怀王是怎样的想法，他说“孰无施而有报兮，孰不实而有获”，从这种反问中我们约略可以知道，楚怀王可能并不想老老实实地励精图治，总想着可能会有捷径，可是走捷径的最终结果，却不过是“何桀纣之猖披兮，夫唯捷径以窘步”而已。

从全诗的结构来看，恐怕并非作于一时一地。诗歌正文所写的季节是秋季，可能在屈原被流放汉北之前，诗中说“思蹇产之不释兮，曼遭夜之方长。悲秋风之动容兮，何回极之浮浮”，而在“倡曰”部分，写的季节却是夏季，可能已经流放到汉北了，诗中说“望孟夏之短夜兮，何晦明之若岁”，形成鲜明的对比。大约秋季之时，屈原已写此诗，可惜楚怀王不以为然（“少歌曰”中写道“憍吾以其美好兮，敖朕辞而不听”可证），因此在次年夏天，屈原又在原诗的基础上补写了新的想法。无论季节如何变化，屈原的忧愁似乎不变，只不过夜长的时候是难以成眠，夜短的时候却又像度年一般难熬，总之都是夜不能寐之意。那么，在“倡曰”中，屈原如何重新表达他的愁思呢？我们不妨比较一下。

首先，从内容上来说，前文分析的指责楚怀王的字句明显消失，取而代之的是更加动人的归郢之念。这一方面与流放有关，另一方面恐怕也是屈原的写作策略之一。在诗歌正文，屈原更多地偏重于理性分析，而在“倡曰”中，屈原主要是抒情。先用鸟之飞到北方，至夏天还没飞回南方来表达自己渴望南归的心愿。紧接着说明无法南归的原因，是因为自己离群索居，没有人愿意为自己说话。流放在外，如果没有君主的同意，是不能擅自返回的。可是心中又实在思念，如何是好呢？屈原创造性地用文学手段，通过魂归的方式，写出其凄迷之意，后来影响到众多此类文学创作，如“魂一夕而九逝”“魂识路之营营”等。这些描写，其作用有点类似哈姆莱特父亲的鬼魂，必萦绕在楚怀王的心中，使之挥之不去。我们读完也能想象出一个游魂，在月夜仔细寻找回家之路的凄凉背影，为之叹息扼腕。

其次，返回郢都的路途之遥远，在诗歌正文中几乎没有（也可说明此时屈原尚未

被流放，或尚未到流放地），到“倡曰”这一段中则大大具象化，其原因可能跟屈原到达流放地之后越来越想返回郢都有关。诗中说“道卓远而日忘兮”，又说“惟郢路之辽远兮”，又通过灵魂来说“曾不知路之曲直兮”，可谓再三致意。这说明此时屈原已经来到汉北，他之前的辩解看来没有效果，他终究被流放了。这下连辩解的机会也没有了，因为见不到楚怀王。屈原此时幽居汉北，在别人看来可能也是借着流放机会远离世事，这在前面的《涉江》等篇中确实有，但在此篇中却没有，屈原说“理弱而媒不通兮，尚不知余之从容”，他怕别人这样误会他的意思，所以才不得不补写这一部分。

这也就顺带着引出第三点不同，即预期读者不同，诗歌正文主要是给楚怀王看的，所以诗中有很多地方直接批评楚怀王，因为既然是直接给君主阅读的，那对于屈原这样的忠贞之士而言，也就没有必要藏着掖着，可是他万没有想到，如果楚怀王之外的人读到，比如班固之流，岂不就会说他“露才扬己”吗？而在“倡曰”这一段中，屈原的读者已从楚怀王扩大到众人，包括屈原的众多敌人以及可能有的少量友人。在公众面前，我们可以看到屈原主要想传达想回郢都继续为楚国效力的信息，而过滤掉对楚怀王的批评意见。

如此分析，我们几乎也就可以顺理成章地提出一个观点，即“少歌曰”是对诗歌正文的总结，而“乱曰”是对“倡曰”的一个延伸。在“倡曰”中，屈原以灵魂返郢为描写重点，自身思念郢都为侧面，而在“乱曰”中则补足屈原自身思念郢都的情形，如“狂顾南行，聊以娱心兮”“低佪夷犹，宿北姑兮”等，而此时的灵魂思念郢都则处于侧面，如“灵遥思兮”。屈原这样处理，是否在一步一步暗示楚怀王让他返回郢都呢？起码我们从灵魂启程到身体上路的变化中，不能排除这一可能。

总体来看，该诗可分为互相联系又有区别的两首作品。前文主要比较了二者的区别，最后简单说一下它们的共同点。在诗歌正文的“少歌曰”中，屈原的主题是“与美人抽怨兮，并日夜而无正”，而到“乱曰”中依然是“道思作颂，聊以自救兮。忧心不遂，斯言谁告兮”，可见其共同点就在于题目“抽思”揭示出来的屈原的创作动机，都是为了抒发忧思，希冀楚怀王有一天能够醒悟。

屈原或许没有想到，他的诗歌虽然拯救不了楚怀王，却也不限于“自救”，从古至今，他的作品不知道激励了多少志士仁人。可悲的是，他活着时沦落到“斯言谁告兮”的地步。

怀　沙

题　解

关于“怀沙”的含义，学界有两种意见。一是把“沙”解释为沙砾，即屈原怀里抱着沙砾，将要沉江自杀。二是把“沙”解释为长沙，则意谓怀念长沙。实际上本篇之命名，或正附会屈原抱石自沉的传说，仔细阅读本文内容，无论是哪一种解释，都与诗歌没有太大关系。诗中既没有说怀抱沙砾，也没有说怀念长沙，故二说皆不可取。盖因此诗题目本非屈原所拟，乃后人之误会，以至于题与诗毫无关联。存疑，以待来者。

原　文

滔滔孟夏兮，草木莽莽[1]。伤怀永哀兮，汩(yù)徂(cú)南土[2]。
眴(xuàn)兮杳(yǎo)杳，孔静幽默[3]。郁结纡(yū)轸(zhěn)兮，离慜(mǐn)而长鞠(jū)[4]。
抚情效志兮，冤屈而自抑[5]。刓(wán)方以为圜(yuán)兮，常度未替[6]。
易初本迪兮，君子所鄙[7]。章画志墨兮，前图未改[8]。
内厚质正兮，大人所盛[9]。巧倕(chuí)不斲(zhuó)兮，孰察其拨正[10]。
玄文处幽兮，矇瞍(méng sǒu)谓之不章[11]。离娄(lóu)微睇(dì)兮，瞽(gǔ)以为无明[12]。
变白以为黑兮，倒上以为下。凤皇在笯(nú)兮，鸡鹜(wù)翔舞[13]。
同糅(róu)玉石兮，一概而相量(liáng)[14]。夫惟党人鄙固兮，羌不知余之所臧(cáng)[15]。

任重载盛兮，陷滞(zhì)而不济[16]。怀瑾(jǐn)握瑜兮，穷不知所示[17]。
邑犬之群吠兮，吠所怪也[18]。非俊疑杰兮，固庸态也[19]。

文质疏内(nè)兮，众不知余之异采[20]。材朴委积兮，莫知余之所有[21]。

重(chóng)仁袭义兮，谨厚以为丰[22]。重华不可遌(è)兮，孰知余之从容[23]！

古固有不并兮，岂知何其故[24]！汤禹久远兮，邈(miǎo)而不可慕[25]。

惩连改忿兮，抑心而自强[26]。离慜(mín)而不迁兮，愿志之有像[27]。

进路北次兮，日昧(mèi)昧其将暮[28]。舒忧娱哀兮，限之以大故[29]。

乱曰：

浩浩沅湘，分流汩(gǔ)兮[30]。修路幽蔽，道远忽兮[31]。

怀质抱情，独无匹兮[32]。伯乐既没，骥焉程兮[33]。

万民之生，各有所错兮[34]。定心广志，余何畏惧兮！

曾伤爰哀，永叹喟(kuì)兮[35]。世溷(hùn)浊莫吾知，人心不可谓兮。

知死不可让，愿勿爱兮。明告君子，吾将以为类兮[36]。

注　释

①**滔滔**：形容夏季暑热之气旺盛的样子。**孟夏**：农历四月，初夏时节。**莽莽**：草木茂盛。②**汩**：快速行走。**徂**：去。③**眴**：看。**杳杳**：昏暗幽深。**孔静**：很静。**幽默**：幽深寂静。④**纡轸**：形容内心情感扭曲而伤痛。**愍**：哀痛。**鞠**：困苦。⑤**效**：考量。⑥**刓**：削。**圜**：即圆。**替**：废弃。⑦**本迪**：本来的路径。**鄙**：鄙弃。⑧**画**：规划。**墨**：绳墨，木工画直线的工具，这里比喻法度。**前图**：指初志。⑨**质正**：品质方正。**大人**：当指君子之类。**盛**：盛赞。⑩**倕**：虞舜时能工巧匠的名字。**斲**：砍。**察**：知道。⑪**玄文**：黑色花纹。**矇瞍**：瞎子。**章**：明显。⑫**离娄**：古代传说中视力超强的人。**微睇**：微微睁眼看。**瞽**：盲人。⑬**笯**：笼子。**鹜**：鸭。⑭**糅**：错杂。**量**：衡量。

⑮**鄙固**：鄙陋顽固。**臧**：指自己所具备的美好品质。⑯**陷滞**：陷没沉滞。⑰**瑾**：美玉。⑱**邑**：城镇。⑲**非俊**：诋毁贤俊。**疑杰**：质疑英杰。⑳**文质**：外在和本质。**疏内**：疏阔木讷。**内**：通"讷"。㉑**材朴**：可以使用的木材木料，比喻有才干的贤才。**委积**：堆积。㉒**重**：积累。**袭**：承袭，重叠。**谨厚**：谨慎敦厚。㉓**重华**：指舜。**逻**：遇。**从容**：悠闲。㉔**不并**：指圣君贤臣不在同一时。㉕**邈**：远。**慕**：思念。㉖**惩**：戒。**连**：当作"违"，同"愇"，恨。㉗**愍**：祸难。**像**：榜样。㉘**次**：停歇。**昧昧**：昏暗。㉙**娱哀**：使悲哀情绪快乐起来。**限**：期限。**大故**：死亡。㉚**汩**：水流湍急。㉛**忽**：荒忽。㉜**匹**：伴。㉝**伯乐**：比喻知音。**没**：通"殁"，死掉。**骥**：好马。**程**：衡量。㉞**错**：安置。㉟**曾**：多次。**爰哀**：无休止的哀伤。**喟**：叹息。㊱**类**：法则，榜样。

译文

热气蒸腾的初夏啊，草木茂盛郁郁葱葱。我伤感哀思绵长啊，赶往南方行色匆匆。

眼前景象昏暗暗啊，静谧幽深万籁悄然。愁绪纠结而痛苦啊，遭受悲哀困苦无边。

抚忧伤考量心志啊，默默压抑忍受深冤。把方的削成圆的啊，正常法度不能改变。

变换原有的本心啊，向来是君子所不齿。明规则标举法度啊，定好的蓝图不弃置。

心敦厚品质方正啊，大人君子点头称是。倕如果不砍不削啊，谁会知道是曲是直？

黑花纹放在暗处啊，瞎子也说它不明晰。离娄微微睁眼看啊，盲人认为他没眼力。

把白色变成黑色啊，把上颠倒过来成下。凤凰被关进笼子啊，自由飞舞的是鸡鸭。

美玉顽石放一起啊，用同一标准衡量它。结党之徒很卑劣啊，不知我蕴含的美好。

背太重装载过多啊，陷没停滞难达目标。怀抱美玉握宝石啊，穷贱不知向谁展示。

城里的狗一起叫啊，叫它觉得奇怪的事。毁谤猜疑好人才啊，本就是凡人的常姿。

我质朴秉性木讷啊，众人不知我的风采。栋梁之材弃一边啊，都不知道我的真才。

积累并培养仁义啊，谨慎敦厚自我充实。不能与重华相遇啊，谁懂我悠闲的本质？

贤君明臣古难逢啊，怎能知道个中缘由？汤禹距今太久远啊，远远思慕也不能够。

我克制改掉怨恨啊，平抑心情自我勉励。饱受哀愁不变心啊，希望志节有所皈依。

一路向北且停歇啊，天色昏暗暮色四起。舒展并排遣愁苦啊，唯有死亡让我安息。

乱辞云：

沅湘之水浩大，各自激流向前啊。长路幽深昏暗，远道恍惚无边啊。
怀抱美好坚贞，独自没有同伴啊。伯乐已经死去，好马如何划分啊。
万民降生下来，各有各的命运啊。增定我的心志，我有什么畏惧啊。
哀伤无休无止，长叹不绝如缕啊。世浑浊不知我，对人心无话说啊。
知道死不可免，望不吝惜自我啊。明白告诉君子，我以这为法则啊。

评　析

这首诗的诗题与内容没有直接的联系，因此我们在分析的时候只能通过诗歌正文来寻找线索，而不能被诗题所迷惑。从诗中可以看出，屈原此时已经哀伤到难以自持，需要通过压抑哀伤的办法才能获得片刻喘息，从诗中“冤屈而自抑”“抑心而自强”都可以看出。与自我压抑相对应，该诗的风格也不再是呼天抢地的大声疾呼，而变成近于喃喃自语的自我倾诉。与《抽思》不同，此刻屈原已无为文之心，也不去设想可能会有的读者，他完全打开自己的心扉，把心中的痛苦、失落、坚韧、压抑等一

股脑儿倒出来。也正是由于这种近乎心灰意冷的风格特征，使很多学者认为此诗就是屈原的绝笔之作了。

首先，我们可以感受出来，屈原已经基本上生活在自己的心绪世界之中，外界的景物能够带来的波动很少了。诗中说“滔滔孟夏兮，草木莽莽”，原是无限生命力的景象，到屈原笔下，竟仿佛夹杂着死亡的气息，因为他紧接着沉痛地说“伤怀永哀兮”。他又要快速地去南土了，这是流放还是其他，我们已不得知，但从他把“滔滔孟夏兮，草木莽莽”的勃勃生机七彩世界视作“眴兮杳杳，孔静幽默”的黑暗无声黑白世界来看，他再一次被流放的可能性很大。屈原眼中的世界发生了根本性的变化，所有的色彩都只剩下黑，所有的原来带有褒义色彩的字词，也都被他组成消极的词组，如“抚情效志兮”等。情志原是屈原引以为傲之物，如今添上两个动词，使我们读来甚感颓唐。

随着眼界改变的，就是对整个世界的认识。屈原眼中的世界，黑白颠倒，是非不分，在这首诗中达到极点。一开始他还有意识地与黑白颠倒的世界对抗，如“刓方以为圜兮，常度未替。易初本迪兮，君子所鄙。章画志墨兮，前图未改。内厚质正兮，大人所盛”，前两句一半批评，一半肯定，到第三、四句似乎完全肯定了下来，但是紧接着情况急转直下。屈原从“巧倕不斲”“玄文处幽”和“离娄微睇”三个方面告诉我们，人间正气越来越少，世间不正、不章、不明的比重越来越高，直到“变白以为黑兮，倒上以为下”的无可挽回的地步。屈原通过这样一段富有艺术技巧的处理，实际上在暗示我们，“大人所盛”之前，世间并非没有颠倒黑白的邪恶势力，只不过它们被“常度”“君子”等正气击败，因此才能一步一步减少，而凛然正气越来越充沛。从巧倕开始，世间也并非没有巧倕、玄文、离娄这样的明辨是非者，但由于他们都无所作为，没有努力抗争，所以最后导致邪恶获胜，一切都被颠倒。屈原在这一段的对比中，固然痛恨邪恶势力，但是对于那些不敢抗争、不愿抗争的君子们的愤慨，恐怕也是他感到绝望的最后一根稻草。

于是整个世间陷入无边的黑暗之中。白的都是黑的，上下颠倒，凤凰关在笼子里，鸡鸭自由飞翔，玉石俱焚。屈原这样说，倒不是对鸡鸭有偏见，实在是鸡鸭飞不高，你给它们自由的天空，它们也无法把握，而对于原本应该翱翔的凤凰，却用狭小的笼子禁锢。在这样一幅世界末日画卷中，屈原仍在与全世界对抗。他指出，“夫惟党人鄙固兮，羌不知余之所臧”，对于结党营私的小人，看不出他的美好他并不懊

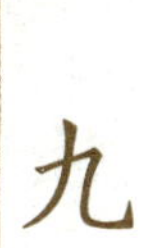

恼，让他懊恼的是，他独自“任重载盛兮，陷滞而不济”，由于独自一人，无法背负起全世界的罪恶，最后只好无济于事。即便这样，他仍然“怀瑾握瑜兮”，不放弃初衷，只是由于世间一片污浊，他不知道这些美好的品质，要跟谁一起分享了，诗中说“穷不知所示”，真可谓“虽千万人吾往矣”。

当绝望降临的时候，屈原反而比以往更冷静了。群狗没有见识，只不过叫它们觉得奇怪的事物；那些平庸的人，从来没成为俊杰，他们非难俊杰，不也是可以理解的吗？如果说这两句的理解背后还藏着对群狗庸人的深刻嘲讽的话，那么到“文质疏内兮，众不知余之异采”开始，屈原已经开始自我批评了。这当然是正话反说，屈原怎么能是“文质疏内”呢？与之相对应的下一句才是命意所在：“材朴委积兮，莫知余之所有。”这些庸人啊，把我抛弃不用，那怎么还会知道我的才能呢？屈原的才能又是什么呢？诗中说得很清楚：“重仁袭义兮，谨厚以为丰。”他是把仁义作为自己的目标，不断自我充实。到这一阶段，屈原深刻地明白了，他这样的人，只有同样的人才能理解，而跟他同样的人，像重华，早已作古（“重华不可逻兮，孰知余之从容”），像汤禹，又遥不可及（“汤禹久远兮，邈而不可慕”）。那就真的再没人能理解他了。按道理来说，屈原应该感到绝望，可是真绝望过的人，是会出奇冷静的，他自我宽慰说：“古固有不并兮，岂知何其故。”自古就有君臣不遇的事，我又岂能强行追问缘由。既然贤君难遇，我孤傲愤世嫉俗也没用，不如“惩连改忿兮，抑心而自强”吧，保留自己“愿志之有像”，不易其节就好。而我心中的哀愁，唯有死亡才能平息。

从以上的分析中我们不难看出，屈原在此诗中的态度发生了极大的变化。其实这种变化还包括乱辞中对民众的态度，之前我们特别强调过屈原的民本思想，可是此诗中屈原居然会说：“万民之生，各有所错兮。”把民众如何生活归之于天，这与屈原之前的思想完全不符合。出现这种情况的原因有两种可能：一是屈原经历重大变故，确实在具体态度上发生巨变，这也是本文分析时所采纳的一种策略。第二种可能，则此诗根本不是屈原所作，因此体现出来的情感也跟屈原的其他作品有出入。但从古今版本和归属上来看，无人怀疑此篇，我们姑且也就稍微提及，等待后续的详细研究。

最后我们来看看乱辞。在乱辞之前，屈原已经说道“日昧昧其将暮”，这不仅是夜幕降临，也是屈原人生中漫漫长夜将至。屈原有此预感，故云“限之以大故”，这在乱辞中有更深刻的体现：“知死不可让，愿勿爱兮。明告君子，吾将以为类兮。”

展现出屈原面对死亡的无所畏惧。同时，他的死亡，既然是“明告君子”，则亦是换种方式来激励君子起来与邪恶斗争。屈原的生，是“独无匹”的孤身战斗；屈原的死，也是“明告君子”的一种激励。可见屈原的一生，都在与楚国的黑暗力量斗争。

在屈原面前，与其说“人心不可谓”，还不如说“人心无可遁”。

思美人

题　解

“思美人”由篇首语“思美人兮，擥涕而伫眙”中的头三字而来。所谓“美人”，有楚怀王和楚顷襄王两种说法，后人多从前者。从屈原对楚怀王和楚顷襄王的不同态度来看，指楚怀王的可能性更大，本文亦取此说。至于该诗所作地点，亦有两说。一说作于流放江南时，二说作于汉北。当以汉北为是。《思美人》与《抽思》《离骚》所作时地接近，意思也与《抽思》比较相似，抒发思念君王却不能表白的怨情和始终执守高洁人格、美政理想的信念。

原　文

思美人兮，擥(lǎn)涕而伫(zhù)眙(chì)[1]。媒绝路阻兮，言不可结而诒(yí)[2]。

蹇(jiǎn)蹇之烦冤兮，陷滞而不发[3]。申旦以舒中情兮，志沉菀(yùn)而莫达[4]。

愿寄言于浮云兮，遇丰隆而不将[5]。因归鸟而致辞兮，羌宿高而难当[6]。

高辛之灵盛兮，遭玄鸟而致诒(yí)[7]。欲变节以从俗兮，愧(kuì)易初而屈志[8]。

独历年而离愍(mǐn)兮，羌冯(píng)心犹未化[9]。宁隐闵(mǐn)而寿考兮，何变

易之可为[10]。

知前辙(zhé)之不遂兮，未改此度[11]。车既覆而马颠兮，蹇(jiǎn)独怀此异路[12]。

勒骐骥(qí jì)而更驾兮，造父为我操之[13]。迁逡(qūn)次而勿驱兮，聊假日以须时[14]。

指嶓冢(bō zhǒng)之西隈(wēi)兮，与纁(xūn)黄以为期[15]。开春发岁兮，白日出之悠悠[16]。

吾将荡志而愉乐兮，遵(zūn)江夏以娱忧[17]。擥(lǎn)大薄之芳茝(zhǐ)兮，搴(qiān)长洲之宿莽[18]。

惜吾不及古人兮，吾谁与玩此芳草[19]。解萹(biān)薄与杂菜兮，备以为交佩[20]。

佩缤纷以缭转兮，遂萎绝而离异[21]。吾且儃(chán)佪以娱忧兮，观南人之变态[22]。

窃快在中心兮，扬厥(jué)凭而不竢(sì)[23]。芳与臭其杂糅(róu)兮，羌芳华自中出[24]。

纷郁郁其远承兮，满内而外扬[25]。情与质信可保兮，羌居蔽而闻章[26]。

令薜(bì)荔以为理兮，惮(dàn)举趾(zhǐ)而缘木[27]。因芙蓉而为媒兮，惮褰(qiān)裳而濡(rú)足[28]。

登高吾不说兮，入下吾不能[29]。固朕形之不服兮，然容与而狐疑[30]。

广遂前画兮，未改此度也[31]。命则处幽，吾将罷兮愿及白日之未暮[32]。

独茕(qióng)茕而南行兮，思彭咸之故也[33]。

注　释

①**擥**：通“揽”，擦干。**涕**：眼泪。**伫眙**：久久站立，注视前方。②**媒绝**：无人做媒。**诒**：赠送。③**蹇蹇**：形容情绪滞阻而不通畅的样子。**烦冤**：形容心情烦乱而不得发泄的样子。**发**：发泄。④**申旦**：通宵达旦。**中情**：内心情感。**沉菀**：心思郁积而不通的样子。⑤**丰隆**：云神。**不将**：不听令。⑥**因**：凭借。**羌**：发语词。**宿高**：迅疾高飞。**当**：遇到。⑦**高辛**：帝喾。**灵盛**：神灵充沛。**玄鸟**：燕子。**致诒**：传送礼物。指其妃简狄吞燕卵而受孕之事。⑧**愧**：惭愧。**易初**：改变初衷。⑨**离愍**：遭遇忧愁。**冯心**：愤怒之心。**化**：化解。⑩**隐闵**：隐忍不言。**寿考**：终老。⑪**前辙**：即前路，指走过的道路，指最初的志向。**不遂**：不顺利。**度**：法度。⑫**覆**：颠覆。**颠**：颠倒。**蹇**：通“謇”，发语词。**异路**：与世人不同之路。⑬**勒**：驾驭。**骐骥**：良马。**更**：更换。**造父**：周穆王时人，善于驾车。**操**：执辔驾车。⑭**迁**：迁延。**逡次**：徘徊不前。**假日**：凭借时日。**须时**：等待时机。⑮**指嶓冢**：山名，约在陕甘交界处，汉水发源处。**西隈**：西边山崖。**纁黄**：黄昏，日落。⑯**发岁**：一年开始。**悠悠**：迟迟，指阳光温暖、充足。⑰**荡志**：即游志。**遵**：沿着。**娱忧**：排遣忧愁。⑱**擥**：通“揽”，摘取。**薄**：草木丛生之地。**茝**：香草名。**搴**：拔取。**长洲**：长的沙洲。**宿莽**：一种越冬的植物。⑲**不及古人**：指未能赶上与古人处在同一个时代。**玩**：欣赏。⑳**解**：折取。**萹薄**：丛生的萹蓄。**杂菜**：杂香之菜。**交佩**：两两相交的佩饰。㉑**缭转**：缭绕。**萎绝**：枯萎而死。**离异**：扔到其他地方。㉒**儃佪**：徘徊不前。**南人**：郢都以南之人。**变态**：不正常的情态。㉓**窃快**：窃喜。**扬**：扬弃。**凭**：愤怒。**竢**：等待。㉔**臭**：汗渍等脏物。**杂糅**：混杂。**芳华**：香气。㉕**纷郁郁**：香气浓厚。**远承**：香气四处蒸腾发散。㉖**情**：外在感情。**质**：内在品质。**闻**：名声。**章**：彰显。㉗**薜荔**：香草，缠绕着树木生长的藤本植物。**理**：使者。**惮**：害怕。**趾**：脚趾。**缘**：攀。㉘**芙蓉**：荷花。**褰裳**：提起下裳。**濡**：沾湿。㉙**说**：通“悦”，欢乐。㉚**形**：形体。

不服：不用。**容与**：徘徊不前。㉛**遂**：实现。**前画**：即初志。㉜**罷**：作罢。**白日之未暮**：仍有时间改正。㉝**茕茕**：孤独。**彭咸**：殷商贤人，正直而死。

译文

思念美人啊，收泪久立望眼欲穿。沟通断绝啊，无法传送万语千言！

烦闷愁苦郁积胸中啊，沉滞停留难以抒发。通宵达旦想要抒怀啊，心里纠结无法传达。

想让浮云帮我传话啊，碰到云神不听号令。想靠归鸟为我传言啊，飞得太高难以相迎。

帝喾之神充沛荣盛啊，遇到燕子为他传情。我想改变志节随众啊，又为改变初衷羞愧。

独自经年遭遇忧愁啊，不能解开愤懑心扉。宁愿隐忍一生不言啊，哪种改换能够去做？

明知前路艰险不通啊，却不改变处世原则。车马因此都已颠覆啊，我仍坚持与世不同。

换上良马重套车驾啊，请来造父为我操弄。让他慢行不要飞奔啊，姑且等待最好时机。

指着嶓冢西边山崖啊，于黄昏时约在那里。春天到来新年开始啊，白天更长阳光更暖。

我将游玩寻找快乐啊，沿着江水排遣愁烦。摘下丛林中的茝草啊，拔取沙洲上的宿莽。

可惜没生在古人中啊，这些芳草与谁欣赏？采萹蓄和杂香之菜啊，备作相交的佩饰物。

缭绕在身五彩缤纷啊，转眼枯萎扔在道路。我且徘徊消愁解闷啊，看南人出格的情态。

心中涌起一丝窃喜啊，抛弃愤懑不抱期待。芳香污浊杂糅一起啊，芳香仍旧难以掩盖。

浓郁香气四处飘散啊，内心充盈散发于外。情性品质真能保持啊，虽在隐

居也能扬名。

让那薜荔来做信使啊，怕就像抬脚爬树林。依靠荷花去做媒人啊，却怕提裳打湿双足。

我不喜欢向高攀爬啊，也不愿行走到低处。本是我不适应当世啊，这样犹豫徘徊踟蹰。

想要增广实现初志啊，因此没有改变法度。注定幽居我将认命啊，仍想死前为之付出。

我独自一人往南走啊，是思念彭咸的缘故。

评　析

该诗中的部分内容，与《抽思》相近，我们在《抽思》中讲得比较详细，这里就省略，比如没有人可以分享、没有媒介可以沟通等。值得注意的是，《抽思》中的部分议题，在《思美人》中得到深化，这种深化在《离骚》中有所延续，是我们需要重点关注的问题，尤其是对媒介、信使的看法。没有媒介，没有信使，纵有满腹经纶，无处告诉君王，这是屈原流放汉北的客观现实，诗中说“媒绝路阻兮，言不可结而诒”，又说“愿寄言于浮云兮，遇丰隆而不将”“因归鸟而致辞兮，羌迅高而难当”，可见屈原的种种努力最终归于失败。现实可以抗争，但抗争无效之后，屈原只能转向自我的心灵重构，从而寻找坚持下去的理由。

屈原是个聪明人，他想要让飞鸟为他传递信息而不得，可是“高辛之灵盛兮，遭玄鸟而致诒”，帝喾可以，为何自己不行？屈原找出的答案是“灵盛”，也即内心充盈。可惜此时他尚未对抗争现实完全绝望，所以转而又立即寻找其他办法。可能之一是改变自己的初衷，那也就自然会被众人接纳，也就能结束流放生涯，重新回到楚怀王身边，但这个办法是屈原万万做不到的，他“欲变节以从俗兮，愧易初而屈志”，此时还只是为自己有这个想法而羞愧，但渐渐地“宁隐闵而寿考兮，何变易之可为”，认为在寻找媒介和保持初衷的取舍上，他宁愿终身沉默不言，也不愿改变志向。这就从根本上摧毁了这一途径。屈原为什么如此选择，有其两方面的原因。一是“广遂前画兮，未改此度也”，认为初志所规划好的前图，是楚国的光明未来，一旦改变，楚国将万劫不复。二是他此时尚未意识到现实力量的强大，他对时人的可怕程度也只是浅显地看出他们“观南人之变态”而已，甚至不仅没看出阻碍之大，还为自

已发现南人之出格行为而打算放弃他们，从而使自己“窃快在中心兮，扬厥凭而不竢”，获得片刻的心灵满足。为此，他在初志遭到第一次重大打击的时候，仍然鼓足勇气，开始部署第二次机会。他把车马重新换上最好的，请来最善驾驭的造父，而且改变自己以往求治心切的态度，缓缓图之，诗中说：“车既覆而马颠兮，蹇独怀此异路。勒骐骥而更驾兮，造父为我操之。迁逡次而勿驱兮，聊假日以须时。指嶓冢之西隈兮，与纁黄以为期。”一切都安排妥当，就等一个机会。这个机会如何获得呢？却没了下文，我们姑且按下不表。

从前文分析可以看出来，屈原并非觉得自己对现实的抗争完全失败，恰恰相反，他改进车马，等待机会，这成为他心灵重构的一大动力。第二大动力则要重新回到帝喾的启发上来，采取修身养性的办法，不断提升自己。对屈原来说，修身养性就是娱乐，诗中写到他在春天“擥大薄之芳茝兮，搴长洲之宿莽”，这些香草就象征着他的美德，而他把积累美德当作“吾将荡志而愉乐兮，遵江夏以娱忧”的娱乐方式，这得如何喜好修身养性才能做到！就笔者个人而言，我确实能做到把读书当作一份工作来认真进行，偶尔也会因读书而感慨万千，但是把它当作一种娱乐方式，起码就我目前来说，它还不能打败看电影、听歌。当然，屈原比我们幸运，因为他那个时代还没有这么多娱乐节目诱惑他。但是，我们换个角度来看，如果我们也能从看电影、听歌中得到精神的升华、品性的提高，那跟屈原恐怕也差不太远。所以关键之处或许在于，如何辨别宿莽与萹蓄。萹蓄虽然好看，可是“佩缤纷以缭转兮，遂萎绝而离异”，转眼就会过时，比如我们的快餐阅读等，而宿莽却像经典书籍，古人阅读过，我们也将继续阅读，我们虽如屈原所说“惜吾不及古人兮，吾谁与玩此芳草”，不能跟古人面对面阅读，但是通过阅读古人流传下来的经典，我们也相当于跟他们做了好友。比如现在，我们就在与屈原进行心灵对话，这可比普通朋友的关系还要密切。

经过对比排除，屈原坚信了自己的观念。第一，就算腥臭淹没芬芳，芬芳却不会变成腥臭，它还是要散发它的香气。诗中说：“芳与泽其杂糅兮，羌芳华自中出。”第二，为什么会这样呢？因为芳香是由内发出，是一个人的性情本质的外露，不是外界可以掩盖的。只要内心充盈，自然会在外散发芬芳，诗中说“纷郁郁其远蒸兮，满内而外扬”。从花草的芬芳中屈原得到启发，只要我本身足够优秀，品行高尚，就算没有信使媒人，没有浮云飞鸟，我依然可以“情与质信可保兮，羌居蔽而闻章”。一旦我的名声显扬，还怕君王听不见吗？这是屈原内心深处的骄傲所在，他没有想到，

有可能君王不是听不到，而是充耳不闻呢？

如果说以上的心灵重构还带着理想色彩的话，那么下面对信使、媒人的反思则深刻得多。我们知道，从逻辑角度而言，信使可以传递消息，但也有可能传递假消息；媒人可以促成婚姻，但也可以破坏婚事。它是有两面性的。在屈原的其他诗篇中尚未触及这一议题，在《思美人》中则强调了这一点："令薜荔以为理兮，惮举趾而缘木。因芙蓉而为媒兮，惮褰裳而濡足。登高吾不说兮，入下吾不能。"登高是指爬树采摘薜荔，入下是指下水采摘荷花。这两件事屈原都不愿意做。为何呢？因为屈原恐高又怕湿，它们实际上是隐喻。屈原并非真的找不到媒人，只不过不愿结交高官下吏，防止影响自身品行。

总之，屈原的心灵重构包含着复杂内容，一方面继续等待时机，不断磨炼自身品行，另一方面则特别警惕媒人、信使可能带来的危害，以至于投鼠忌器，最终难以找到。这两方面综合起来，屈原自己也有较为深刻的认识，那恐怕就是黄了。但比起无底线的成功，屈原更愿意有原则地失败，诗中结尾表明屈原此志："命则处幽吾将罷兮，愿及白日之未暮。独茕茕而南行兮，思彭咸之故也。"虽然已经明知道自己这样选择命中注定不会有好结果，却依然渴望没死之前为之奋斗不已。他那独自南行的背影，彭咸曾经也有过，可惜他们都是同时代的脊梁，注定要撑起各自的时代，无法并行。

但在我们的心里，屈原和彭咸可以坐而论道，温暖彼此。

惜往日

题　解

本篇诗题亦以首句"惜往日之曾信兮"的头三字为题。钱澄之认为，所惜之往日，指楚怀王信任屈原，让屈原创设宪令之日。而屈原所惜者，"非惜己身不见用，惜己功之不成也"（钱澄之《庄屈合诂》），所言较为妥帖。此诗亦有学者怀疑非屈原所作，但并无坚实证据，故仍从旧说。

原文

惜往日之曾信兮，受命诏以昭诗[1]。奉先功以照下兮，明法度之嫌疑[2]。

国富强而法立兮，属(zhǔ)贞臣而日娭(xī)[3]。秘密事之载心兮，虽过失犹弗治[4]。

心纯庬(máng)而不泄兮，遭谗人而嫉之[5]。君含怒而待臣兮，不清澈其然否[6]。

蔽晦君之聪明兮，虚惑误又以欺[7]。弗参验以考实兮，远迁臣而弗思[8]。

信谗谀(yú)之溷(hùn)浊兮，盛气志而过之[9]。何贞臣之无罪兮，被离谤而见尤[10]！

惭光景之诚信兮，身幽隐而备之[11]。临沅(yuán)湘之玄渊兮，遂自忍而沉流[12]。

卒没身而绝名兮，惜壅(yōng)君之不昭[13]。君无度而弗察兮，使芳草为薮(sǒu)幽[14]。

焉舒情而抽信兮，恬死亡而不聊[15]。独鄣壅而蔽隐兮，使贞臣为无由[16]。

闻百里之为虏兮，伊尹烹(pēng)于庖(páo)厨[17]。吕望屠于朝歌兮，宁戚歌而饭牛[18]。

不逢汤武与桓缪(mù)兮，世孰云而知之[19]！吴信谗而弗味兮，子胥死而后忧[20]。

介子忠而立枯兮，文君寤(wù)而追求[21]。封介山而为之禁兮，报大德之优游[22]。

思久故之亲身兮，因缟(gǎo)素而哭之[23]。或忠信而死节兮，或訑(tuó)谩(mán)而不疑[24]。

弗省(xǐng)察而按实兮，听谗人之虚词[25]。芳与泽其杂糅兮，孰申旦而别之[26]？

何芳草之早殀(yāo)兮，微霜降而下戒[27]。谅聪不明而蔽壅兮，使谗谀而日得[28]。

自前世之嫉贤兮，谓蕙(huì)若其不可佩[29]。妒佳冶之芬芳兮，嫫(mó)母姣(jiāo)而自好[30]。

虽有西施之美容兮，谗妒入以自代[31]。愿陈情以白行兮，得罪过之不意[32]。

情冤见(xiàn)之日明兮，如列宿(xiù)之错置[33]。乘骐骥而驰骋兮，无辔(pèi)衔而自载[34]。

乘氾(fàn)泭(fú)以下流兮，无舟楫而自备[35]。背法度而心治兮，辟与此其无异[36]。

宁溘(kè)死而流亡兮，恐祸殃之有再[37]。不毕辞而赴渊兮，惜壅君之不识[38]。

注释

①**往日**：指屈原青壮年时被楚怀王信任并重用的时期。**命诏**：君王发布的命令。**昭**：明。**诗**：一本作“时”，时世。或云时政。②**先功**：指楚国先王的功业。**照下**：昭示后辈，即传后。**法度**：国家的章程、法令、制度。**嫌疑**：指法度中不明确或有疑

问的地方。③**属**：托付。**娭**：嬉戏。④**秘密**：即黾勉，勤勉。**载心**：放在心上。**弗治**：不治罪。⑤**厖**：厚道。**不泄**：不泄露机密。**嫉**：妒忌。⑥**君含怒而待臣兮，不清澈其然否**：指楚怀王不问青红皂白，惩罚屈原。《史记·屈原贾生列传》云："怀王使屈原造为宪令，屈平属草稿未定。上官大夫见而欲夺之，屈平不与。因谗之曰：'王使屈平为令，众莫不知，每一令出，平伐其功，曰以为非我莫能为也。'王怒而疏屈平。"⑦**蔽晦**：遮蔽从而使之昏聩。**聪明**：指判断是非的能力。**虚**：假。**惑**：迷惑。**误**：误导。**欺**：欺瞒。都承前"蔽晦"省略宾语。⑧**参验**：参互检验。**考实**：核实。⑨**谗谀**：谄媚阿谀。**溷浊**：即混浊。**盛**：盛怒。**气志**：犹今天之意气。⑩**被离**：蒙受。**尤**：怪罪。⑪**光景**：即光影，光明与阴影不混淆。**幽隐**：隐居引退。**备**：防备。⑫**玄渊**：深渊。水深则发黑。**沉流**：即跳入江流。⑬**壅君**：被蒙蔽的君王，即昏君。**昭**：明。⑭**度**：法度。**薮幽**：水泽幽暗之处。⑮**抽信**：表达忠诚。**恬**：安适。**聊**：苟且。⑯**鄣壅**：阻塞。**无由**：无路可走。⑰**百里**：百里奚，春秋时虞国大夫，后被楚人所拘，秦穆公闻其贤能，派人用五张羊皮赎之，辅佐秦穆公壮大秦国。**伊尹**：商汤大臣，曾做过当时视作低贱的烹饪之事。⑱**吕望**：即吕尚，辅佐周文王、周武王灭商。在被周文王提拔之前，曾在朝歌做屠夫。**宁戚**：春秋时卫国人，经商到齐国，一边喂牛一边唱歌，齐桓公认为他是贤人，提拔任用。⑲**不逢汤武与桓缪兮**：缪，指秦穆公。全句意谓百里奚不遇到秦穆公、伊尹不遇到商汤、吕尚不遇到周武王、宁戚不遇到齐桓公的话，都会湮没无闻。⑳**吴**：吴王夫差。**味**：体味善恶。**子胥**：指伍子胥。吴王夫差不听伍子胥进谏，没有灭亡越国，后来反被越国灭国。㉑**介子**：指介子推，曾跟随晋文公重耳流亡十九年，后来文公回国，忘记封赏，介子推隐居山中。晋文公后来想起，搜山不得，只好烧火，介子推宁被烧死，也不愿见晋文公，以表明其这样做并非为自己富贵，而是为国考虑，一旦晋文公悔悟，自己虽死亦可。立枯即指此。**文君**：晋文公。**寤**：醒悟。㉒**封介山而为之禁**：指晋文公封所烧山为介山，禁止民众狩猎，以纪念介子推，同时时刻提醒自己。**大德**：指介子推让晋文公醒悟者，即为国非为身也。**优游**：至高至大。㉓**久故**：多年之友，指介子推。**亲身**：指介子推曾贴身侍奉晋文公。**缟素**：白色丧服。㉔**訑谩**：欺骗。㉕**省察**：反省审察。**按**：考核。㉖**泽**：污浊。**申旦**：指日复一日。㉗**早殀**：即早夭。**微霜**：指使芳草早夭的寒霜，用来警示。㉘**谅**：确实。**日得**：日益得势。㉙**蕙、若**：两种香草。㉚**佳冶**：美丽的女

子。**嫫母**：丑女。**姣**：容貌美丽。㉛**西施**：越国美女。**自代**：自己取而代之。㉜**白行**：表白自己的行为。**不意**：没有意料到。㉝**情冤**：实情与冤屈。**见**：显现。**日明**：一天比一天明晰。**列宿**：列在天上的星宿。**错置**：即措置，安放。㉞**辔**：马缰绳。**衔**：马嚼子。㉟**氾泭**：筏子。**下流**：顺流而下。**舟楫**：指船桨。**自备**：自行防备，指多加留心，但就是不作船桨来操作。㊱**心治**：与法度相对，指靠着私心来治理国家。**辟**：通"譬"，譬如。㊲**溘**：忽然。**流亡**：随流水而去。㊳**不毕辞**：不说完。**赴渊**：指投江。**不识**：无知。

译文

痛惜过去曾受信任啊，君王命我修正法度。承袭先王功业传后啊，辨明旧法中的疑处。

国家富强依靠立法啊，托付忠臣君王快活。勤于国事时刻上心啊，即使有错也不苛责。

心性敦厚不乱说话啊，竟遭小人妒忌进谗。君王含怒对待忠臣啊，不去澄清就做判断。

小人蒙蔽君王耳目啊，来迷惑误导把他骗。君王不去考究实情啊，把我远放不假思索。

听信谗言和奉承话啊，愤怒地责备我犯错。为何忠臣本无错误啊，却遭诽谤处以大罪？

愧对光影真实无伪啊，身处僻远也要防备。走到沅湘的深水区啊，就此忍心跳入江流？

最终身死名声磨灭啊，痛惜昏君聪明不够。君王没原则不明察啊，把香草丢弃到水沟。

哪能开怀表达忠情啊，静待死亡绝不偷生。只因君王重重蒙蔽啊，让忠臣无处表忠诚。

百里奚曾经是俘虏啊，伊尹烹制在那厨房。吕望在朝歌做屠夫啊，宁戚边喂牛边歌唱。

他们如果没遇明君啊，世人怎知他们优秀？夫差信谗不加思量啊，子胥一

死就有国忧。

介子推忠贞被烧死啊，文公懂后赶紧补救。封为介山禁止樵采啊，来报答他的大仁厚。

想到多年亲密相伴啊，穿上丧服痛哭泪流。有人忠信死于节操啊，有人欺诈不被怀疑。

不去查验核对事实啊，只听小人一面之词。芳香污浊混杂一起啊，谁能天天加以辨析？

为何芳草过早夭亡啊，是寒霜降落来警示。实在是昏君被蒙蔽啊，才让小人日益得势。

自古小人妒忌贤能啊，都说香草不能佩带。妒忌佳人香气袭人啊，把丑女说得真可爱。

即使像西施这样美啊，小人也想自己取代。我想抒情解释所为啊，却无意中被安罪名。

曲直终究愈发清晰啊，如天上布列之繁星。骑上骏马自由奔驰啊，却无缰绳全靠自己。

乘着筏子顺流而下啊，没船桨靠自己注意。背离法度靠自己治啊，跟以上事情没差异。

我愿快死随水漂逝啊，不想再次遭受羞耻。话没说完就跳深渊啊，痛惜昏君一无所知。

评　析

文人有共同的优点，也有共同的缺点，在我的潜意识中，总觉得文人口若悬河，文采风流，但是也往往会口无遮挡，祸从口出。在读本诗之前，对于屈原我也有类似的疑虑，但读完此诗后，心中的疑虑烟消云散。从这个角度来看，此诗就算并非屈原所作，亦有其价值。原因何在呢？就在于诗中明言自己不曾泄露机密：“秘密事之载心兮，虽过失犹弗治。心纯厖而不泄兮，遭谗人而嫉之。”接下来围绕不泄机密的正确立场，来剖析君王何以会误判。屈原大概找出这么几个原因：一是曾经过于受楚怀王信任，遭到其他人妒忌。从诗中缩写来看，确实很惹人憎恨：“惜往日之曾信

兮，受命诏以昭诗。奉先功以照下兮，明法度之嫌疑。国富强而法立兮，属贞臣而日娭。”屈原所奉为“命诏”，一方面要负责去查明旧有法度的漏洞，另一方面要根据时代发展制定新法则，目的有三：接续楚国先王的功业，使之繁盛，并传诸后世；使楚国强盛，在列国中获得大国地位，甚至统一列国；让国民守法，按照法则行事，忠臣监督，君王就不必过于劳累。这三个目的，可谓公私兼顾，使楚怀王毫无异议，一方面能实现楚国强国之梦，另一方面又可以满足楚王娱乐之需求。

但是这里也有问题。如果国家都按照法律运转，那么奸邪之人就没有容身之处了，因为一切自有法则可以依循，除非立法而不执法，否则没有漏洞可钻了——即便一开始有漏洞，也会陆续补足。因此，小人离间楚怀王和屈原的谗言，并非他们真正的目的。他们之所以这么做，其实并非跟屈原有过节，也不是跟楚怀王过不去，而是立法对他们来说意味着许多不合理的特权将要取消，这是他们所不能够忍受的。因此尽管屈原一直声称自己冤枉，也无济于事，因为谁都知道他的主张不是真正的原因所在。只不过是通过打压他而阻止立法的进行，以实现他们自身的利益。屈原在立法过程中，其实也兼顾到楚怀王的利益，只不过以为搞定楚怀王便没有阻碍，因此对其他人视而不见，问题却恰恰出在这一环。

屈原找出的君王误判的第二个原因在于君王的昏庸，以至于“不清澈其然否”就“盛气志而过之”，即不管青红皂白，先惩罚屈原再说。这原因也有很多，一方面是因为小人蒙蔽君王的聪明，诗中说“蔽晦君之聪明兮，虚惑误又以欺”，小人为了欺骗君王，真可谓无所不用其极。另一方面，君王虽想要立法，自己却不依法办事，比如进谗，按道理来说要先甄别虚实，可是君王却“弗参验以考实兮，远迁臣而弗思”“君无度而弗察兮，使芳草为薮幽”。林云铭说得很好：“此以明法度起头，以背法度结尾，中间以无度二字作前后针线。”看出了君王“无度”在其中发挥的重要作用。屈原自己有没有问题呢？就目前的分析来看，他起码存在两个问题：一是君王要不要守法？屈原似乎没有解决这个问题，自然埋下隐患。二是君王“无度”，屈原要不要遵守法律程序，进行一定程度的争取？实际上屈原争取过了，诗中一再说“焉舒情而抽信兮，恬死亡而不聊。独鄣壅而蔽隐兮，使贞臣为无由”“愿陈情以白行兮，得罪过之不意”等，他想要对质，可是君王不给他这个机会。

君王误判的第三个原因在于不知反省，一错到底。如果君王能够知错就改，从谏如流，即便犯下误判，也可以纠正。而楚王似乎不是这样。诗中对这一点是用暗示的

手法表现的，比如“远迁臣而弗思”，一直把忠臣流放远处而不思索，这个“弗思”一词中含有不再思索的意思，即不对此事加以留意。另外如“弗省察而按实兮，听谗人之虚辞”，不考察屈原的实际情况，只听小人的一面之词，这里的“弗省察”带有缺乏反思的意思。另外，从屈原反复想要辩白却没有机会向楚王辩白的经过来看，楚王恐怕一直认为自己的决定是明智的，否则为什么不愿意听屈原说说呢？同时，屈原对实情的一再肯定，其实也暗示着楚王对小人之辞的一再肯定，屈原不断说终有一天会真相大白的，如“惭光景之诚信兮，身幽隐而备之”“情冤见之日明兮，如列宿之错置”，当屈原一遍一遍强调自己无罪的时候，如果楚王能够反思，也不会不给屈原机会。总之，楚王的这种固执，使他更容易误判。

为了纠正君王的误判，屈原也使出浑身解数，他并非没有通过其他努力来争取。主要有两个途径：一是辨别小人的真面目，二是通过历史上的贤人来自托。先看第一个方面。诗中说“自前世之嫉贤兮，谓蕙若其不可佩。妒佳冶之芬芳兮，嫫母姣而自好。虽有西施之美容兮，谗妒入以自代”，这是屈原在抨击那些妒忌之人的罪行，通过更形象化的比喻，使其罪行更为明显，以期引起君王的注意。这无疑失败了。再看第二个方面，屈原列举史上君臣相会之事，一方面固然在说明君主赏识对于臣子之重要性，“不逢汤武与桓缪兮，世孰云而知之”，但是另一方面，君主赏识臣子真的只是为了臣子自身之荣光吗？更重要的是国家会因此得福，否则，国家会因此遭殃，诗中说了伍子胥自杀后吴国被灭和晋文公幡然醒悟之后晋国的强大，用一正一反两个例子来说明贤臣之重要价值。值得一提的是，伍子胥曾经攻破楚国，屈原却拿来做例子，有人因此怀疑此诗非屈原所作，这正是后世愚忠思想的误导。

为什么说介子推的事例是正面例子呢？我们知道，从介子推个人的遭遇来看，是个彻头彻尾的悲剧。他跟随重耳流亡各国，等到重耳回国成为晋文公后，所有跟随他流亡的人都得封赏，唯独漏掉介子推。介子推因此携母隐居山中。晋文公后悔，去山中寻访不得，只好放火烧山，想要把介子推熏出来，没想到介子推宁愿抱着树木被烧死也不愿再见晋文公。这是不折不扣的悲剧。我们这样说的时候，标准其实是在介子推的个人命运上，但是换个角度来说，介子推为什么不再出山？他用他的死告诉晋文公，我并不是因为你不封赏我而生气离开，也不会因为你封赏我而高兴回来，我所生气的是你的行为不像一国之君，跟我本身没有任何关系。如果我的死能够让你永远记得一国之君的责任，记得赏罚分明，那就是晋国民众的幸运，这才是我最关心的。屈

原通过写晋文公“封介山而为之禁兮，报大德之优游。思久故之亲身兮，因缟素而哭之”，展现他的醒悟。屈原多么希望楚王也会醒悟啊！

由于楚王没有醒悟，一直像不靠缰绳骑马、不靠船桨划舟那样，不靠法度治国，所以屈原认为灾害很快就会降临，就像人会从马上摔下来、从船上跌到水中一样。屈原也想过学介子推，用死亡来抗争，诗中写道“临沅湘之玄渊兮，遂自忍而沉流。卒没身而绝名兮，惜壅君之不昭”“宁溘死而流亡兮，恐祸殃之有再。不毕辞而赴渊兮，惜壅君之不识”，句式结构都是先说自沉，再说昏君，可见屈原是想通过自杀的方式来“尸谏”，最终的目的并非自杀，而是让楚王醒悟，就像诗中说“何芳草之早殀兮，微霜降而下戒”一样。所以自杀只是手段，或者说是一种方式，来告诉楚王，因此这里并非是真的没写完就跳江了。有些学者由此认为此是绝笔诗，恐无必要。

前面说了这么多，实际上屈原并没真正解决问题，或者说解决得不够彻底。小人挑拨楚王和屈原，用的理由是这些法令如果不是屈原写不出来，这话小人当然说是从屈原那里听来的。这导致的结果就是楚王很不痛快。屈原以为自己回答说我从来没有泄露过一句话，那么言外之意是自己肯定也没说过只有自己才能制定法令，但是楚王似乎并不买账。屈原一再说“惜壅君之不昭”“惜壅君之不识”，或亦有此含意。屈原为什么无法开口直言呢？因为他是“忠臣”，是“君子”，在忠臣的思想中，但凡有一点拿君王跟臣子比较的意思，无论是说君王比臣子好还是坏，都是在欺君，是以下犯上，所以那样辩解的话，屈原自始至终无法开口。他一旦开口，就不再是忠臣君子；他不开口，就只能被误会。

从这个角度来说，君子确实斗不过小人，历来如此。

橘 颂

题 解

橘颂，意即对橘的美好品德的称颂赞美。橘是常绿灌木或小乔木，产于我国南方，夏季开白花，果实可食。俗字写作“桔”，与“吉”谐音，遂成吉祥嘉瑞的象征。屈原通过写橘的外形和德行，咏橘述志，成为我国文学史上第一首文人咏物诗，开后世咏物诗的

先河。此诗作年有两说，即屈原早年所作和晚年所作，证据都不足够，俟考。

原　文

后皇嘉树，橘徕(lái)服兮①。受命不迁，生南国兮②。
深固难徙，更壹志兮③。绿叶素荣，纷其可喜兮④。
曾枝剡(yǎn)棘(jí)，圆果抟(tuán)兮⑤。青黄杂糅，文章烂兮⑥。
精色内白，类可任兮⑦。纷缊(yūn)宜修，姱(kuā)而不丑兮⑧。
嗟(jiē)尔幼志，有以异兮⑨。独立不迁，岂不可喜兮。
深固难徙，廓(kuò)其无求兮⑩。苏世独立，横而不流兮⑪。
闭心自慎，不终失过兮⑫。秉德无私，参天地兮⑬。
愿岁并谢，与长友兮⑭。淑离不淫，梗其有理兮⑮。
年岁虽少，可师长兮⑯。行比伯夷，置以为像兮⑰。

注　释

①**后皇**：后，指后土；皇，指皇天。**徕**：来。**服**：适应。②**受命**：天生。**迁**：迁移。**南国**：泛指南方，当时为楚国。③**深固**：根深蒂固。**壹志**：专一的意志。④**素**：白。**荣**：花。**纷**：形容橘树花叶茂盛的样子。⑤**曾**：层层叠叠。**剡**：尖。**棘**：刺。**圆果**：指橘子。**抟**：带有团聚之意。⑥**青黄**：橘子未熟时青色，熟后金黄色，这里指橘树上的橘子有的熟了，有的没熟，青黄相交，非常好看。**文章**：即纹章，指橘皮上的纹路。**烂**：鲜明灿烂。⑦**精色**：指橘皮颜色鲜明。**内白**：指剥开橘子后的

橘络。**类**：像。**任**：肩负重道。⑧**纷缊**：香气扑鼻，指橘香。**宜修**：恰到好处。**姱**：美好。⑨**嗟**：感叹词。⑩**廓**：广大，指心胸宽广。⑪**苏世**：醒世。**横**：横渡。**流**：顺流。⑫**不终失过**：即"终不失过"，始终不犯错误。⑬**参**：三，与天地为三，指立于天地之间。⑭**谢**：凋谢。⑮**淑离**：鲜明美好。**不淫**：不过度。**梗**：耿直。**理**：指树纹。⑯**年岁虽少**：橘树不如松柏高大，故曰虽少。⑰**伯夷**：殷周之际的贤人，不食周粟而饿死。**置**：设立。**像**：榜样。

译文

天地之间的好橘树，来适应这土地啊。受上天之命不外迁，扎根楚国这里啊。

根深蒂固难以迁移，心志更加专一啊。绿色叶子白色花朵，纷茂惹人欢喜啊。

枝叶重叠带有尖刺，圆果簇聚成团啊。或青或黄杂处一起，外表多么灿烂啊。

橘皮鲜明橘络洁白，如君子挑重担啊。橘香氤氲恰到好处，美好而无缺点啊。

感叹你小时候志向，就与别人有异啊。岿然独立不会变易，怎不令人欢喜啊。

根深蒂固难以移动，不去外求空疏啊。清醒独立于人间世，横渡而不从俗啊。

紧闭心扉保持慎重，始终不犯错误啊。秉持道德公正无私，立天地而无疚啊。

等到岁末万物凋谢，和你相伴为友啊。心灵美好而不过度，耿直而有纹理啊。

比松柏虽然年轻些，做师长也可以啊。德行高洁一如伯夷，通过你来学习啊。

评析

作为一首咏物诗，《橘颂》的独特性并非仅仅体现在其开拓性上，实际上联系屈

原的美人香草比喻传统，《橘颂》不过是其中最突出、最集中的典型而已。这就在无形中增加了写作的难度。因为香草比喻贤人，恶草比喻小人，分类比较清楚明白，而一旦具体地指出橘子的某些细节与君子的某些品德有类似之处，则需要更深刻的洞察力、更细致的排比能力和更精练的表达能力。从诗歌成篇来看，屈原完成得比较好。当然，所谓写作的难度，并不意味着死板地一一对应着来写，那样反而失去乐趣。屈原是怎么做的呢？我们一起来看看。

屈原先从地域入手，从橘树仅生于南国，联想到楚国人才也要向橘树学习，努力报效楚国，而不要像纵横家一样，“好男儿志在四方”。诗中说“深固难徙，更壹志兮”，指出橘树之所以能够适应南国，也是“深固”的必然结果，否则不专心，怎么可能在土壤较为浅薄的南国扎下深根呢？这对我们学习、生活、工作都有重要的启发，有时候我们也需要像橘树那样，只有把自己限定在某一个地方或领域，才可能不浅尝辄止，从而获得该地或该领域最尖端、最前沿的知识和能力。屈原不愿游走列国，或与他的精研深思关系密切，毕竟在楚国都不能得到重用的话，去其他陌生国度并不一定是好事。

毕竟是咏物诗，屈原需要把橘树讲透，才能引申其内涵。在描写橘的时候，屈原仿佛拿着摄像机，由远及近、由表及里地带领我们走进橘的世界。首先跃入眼帘的是绿叶白花，然后是枝干和树刺，焦点集中到果实上。橘子喜欢簇成一团一团生长，青橘黄橘虽然颜色不同，却都闪耀着光泽。摘下一颗黄橘，剥开鲜明的橘皮，露出洁白的橘络，仿佛君子内心纯洁、背负重道一样，这里还是略微提及，很快继续回到橘的描写上：剥开橘子时，橘子泛出香气，恰到好处。最后总结橘子由里到外没有任何缺点。

至此，橘子的形象可谓深入人心，在开始分析橘子品德之前，我们不妨回头简单地就橘子外形再补充几句。屈原在写橘子外形的时候，尽管如我们上文所分析的那样，一步一步深入，但也可以感受出来，屈原使用的并非是一种单纯的视角转移，同时还有季节变迁，比如从开花到结果，不可能是一瞬间的事情，但屈原已经学会用艺术的方法，通过空间上的并置，使时间的痕迹得到削弱，从而给我们的感觉是，屈原不仅写完了一棵橘树到橘子的全部外貌，同时也写尽了一个橘子从开花到被人食用的一生。这种时空交织的写作顺序，对后世影响很大，它说明人是有能力对外界信息做

出加工的，这个加工的好坏，只有人能评判。从这个角度而言，文学作品的好坏，有时候并非作者所能评判的，而大多数人在这个过程中发挥着不可替代的证明或证伪的作用。遗憾的是，很多读者在阅读的时候，往往并不能表达出自己的真实感受，这就相当于失去一次可贵的检验机会。

在写橘树品德的时候，屈原实际上也基本遵循着上面所说的时空交织的顺序来进行，比如“幼志”“愿岁并谢”等时间词汇的提示和从树表之“独立”到树心之“闭心自慎”的空间推移等。我们依次来看看。所谓“嗟尔幼志，有以异兮”，当是指“橘生淮南则为橘，橘生淮北则为枳”的习性。故后面紧接着说“独立不迁，岂不可喜兮”。正是围绕这一点，屈原对橘树的品格展开探讨。先说其“深固难徙，廓其无求兮”，稳稳扎根于南国，自然没有向外过多地追求更大的空间，而这跟大多数植物的蔓延生长有很大不同，可谓“苏世独立，横而不流兮”。由于橘树不向外追求，自会更注重内在品德。问题在于，这些内在品德何以跟橘树挂上钩?

我们可以换种说法，巧妙地回避这一问题，比如屈原把橘树人格化，因此屈原是借橘树咏志，不必去追问橘树。这是大多数欣赏者在欣赏过程中愿意接受的，毕竟橘树如何，归根究底并不重要，重要的是橘树在人们心中的形象。可是我们如果想要更深入地理解屈原的《橘颂》，却不能不啃这个硬骨头。因为屈原是在“受命不迁，生南国兮”这个特点上引申展开的，固然会有屈原的先入之见，但如果橘树毫无这方面的特征，屈原的比附也就显得生硬。可是我们在阅读的时候发现，并没有生硬的感觉，原因何在呢？简单来说，就是把橘树和屈原之志结合得比较紧密。怎么个紧密法呢？就不得不又回到原先的问题上来。

为了解答这一问题，我们需要明白诗中的橘树已经不仅仅是大自然中生长的橘树，更是屈原眼中的橘树，承载着屈原的美好祝福和希冀，所以我们在分析的时候不能生搬硬套地锱铢必较，而应该以意逆志，从屈原的角度去欣赏。这就需要我们充分认识到橘树只生南国这个特点在屈原心中的重要性。除了前面所说的“受命不迁，生南国兮”外，类似的表述还有很多，如“独立不迁”“深固难徙”“苏世独立”等。

既然橘树在屈原的眼中已经不是向外追求的形象，那么屈原会关注橘树的内部，就不足奇怪了。第二，所谓橘树的内部，其实也需要再细分。一方面，橘树的内部是指橘树的树心、果实和树叶等属于橘树本身具备者。如树心，我们知道，橘树硬度不错，

这与那些廓而无当的材质相比，自然可以算作是“闭心自慎，不终失过兮”。再比如橘树由于追求内美，生长速度不快，可是“年岁虽少，可师长兮”，“淑离不淫，梗其有理兮”，善良而不追求过度扩张，就像树纹有条理一样。又如果实，橘树所结橘子，并非为橘树而生，从嫁接角度而言，橘子甚至连橘树的传宗接代的功能都不必承担，而全部奉献给人类或动物食用，因此可以说是“秉德无私，参天地兮”。又如树叶，橘树冬天也不落叶，与松柏一样常绿，因此屈原认为橘树也耐寒，所以希望等到其他树木都在冬天落叶之后，自己可以跟橘树结伴，不畏严寒，诗中说“愿岁并谢，与长友兮”。另一方面，橘树的内部也可以指所引发的屈原的内心感触，这一点相比较而言少一点。例如，屈原因为整个橘树的表现，而认为它就像有骨气的伯夷一样，可以用来做我的榜样：“行比伯夷，置以为像兮。”

需要注意的是，我们所谓的橘树与橘树所体现的品德之间的对应，并非完全对应，这是没有必要的。举个简单的例子：全诗前半部分花大量笔墨描写橘子，而后半段论述橘树的品德时，却较少使用到橘子，除了“秉德无私，参天地兮”略有涉及外，几乎没有。那这是否说明屈原失策了呢？当然不是。屈原这样处理有其大局考虑，即前半部分通过果实的描绘写出橘树外形之美，后面通过橘树品德的赞美写出橘树德行之高，总体展现出橘树内外兼修的特点，与屈原的自我期许比较一致。

因此，如何处理所咏之物与所咏之德的若即若离的关系，是屈原给我们上的生动一课。

悲回风

题　解

诗题来自首句“悲回风之摇蕙兮”中的前三个字。回风指旋风，意谓屈原看到秋天的疾风摇落蕙草而感到悲悯，象征着小人对君子的破坏。此篇诗歌亦有不少学者认为非屈原所作，但无确凿证据。该诗作年也有多种说法，或认为作于怀王十六年放逐汉北，或认为作于顷襄王六七年间，或认为是屈原自沉汨罗前一年秋天所作，或认为是屈原的绝笔诗。本文认为此诗是绝笔诗的可能性更大

一些。因为诗中写到抱石自沉的具体细节，这已经是操作性极强的暗示。且诗中所举人物多非正常死亡，如彭咸、伍子胥等，可见屈原决心步这些贤人之后尘。然而这些理由并不能证明一定是屈原绝笔诗，除非屈原自己注明是绝笔之作，就后世材料来看皆无显据。这里仍要倾向于认为是绝笔诗的原因在于屈原的作品就此告一段落，后面的作品都不太可信是屈原自己所作，故花较多篇幅涉及。当然，后人对《悲回风》以后的作品，如《远游》等，仍旧认为是屈原所作，但笔者认为皆不可靠。刘向在《九叹·忧苦》中云：“叹《离骚》以扬意兮，犹未殚于《九章》。”可见西汉刘向之时，认为屈原的作品是从《离骚》到《九章》的，如果《九章》以后的作品仍是屈原所写，则何必叹息屈原《九章》没有写完？而应该更延后至《远游》等。刘向没这样说，可见屈原作品到《九章》即已完结。刘向是西汉著名目录学家，所言当不虚，故笔者从之。

原　文

悲回风之摇蕙(huì)兮，心冤结而内伤[1]。

物有微而陨性兮，声有隐而先倡[2]。

夫何彭咸之造思兮，暨(jì)志介而不忘[3]！

万变其情岂可盖兮，孰虚伪之可长[4]！

鸟兽鸣以号群兮，草苴(chá)比而不芳[5]。

鱼葺(qì)鳞以自别兮，蛟龙隐其文章[6]。

故荼(tú)荠(jì)不同亩兮，兰茝(zhǐ)幽而独芳[7]。

惟佳人之永都兮，更统世而自贶(kuàng)[8]。

眇(miǎo)远志之所及兮，怜浮云之相羊[9]。

介眇志之所惑兮，窃赋诗之所明[10]。

惟佳人之独怀兮，折若椒以自处[11]。

xū xī jiē
曾歔欷之嗟嗟兮，独隐伏而思虑[12]。

shǔ
涕泣交而凄凄兮，思不眠以至曙[13]。

终长夜之曼曼兮，掩此哀而不去[14]。

wù shì
寤从容以周流兮，聊逍遥以自恃[15]。

mǐn wū yì
伤太息之愍怜兮，气於邑而不可止[16]。

jiū xiāng yīng
纠思心以为纕兮，编愁苦以为膺[17]。

折若木以蔽光兮，随飘风之所仍[18]。

fǎng fú yǒng
存髣髴而不见兮，心踊跃其若汤[19]。

rèn wǎng
抚佩衽以案志兮，超惘惘而遂行[20]。

hū tuí
岁曶曶其若颓兮，时亦冉冉而将至[21]。

fán héng
薠蘅槁而节离兮，芳以歇而不比[22]。

怜思心之不可惩兮，证此言之不可聊[23]。

宁逝死而流亡兮，不忍为此之常愁[24]。

wěn huán
孤子吟而抆泪兮，放子出而不还[25]。

孰能思而不隐兮，照彭咸之所闻[26]。

miǎo
登石峦以远望兮，路眇眇之默默[27]。

xǐng
入景响之无应兮，闻省想而不可得[28]。

愁郁郁之无快兮，居戚戚而不可解[29]。

jī jī dì
心鞿羁而不形兮，气缭转而自缔[30]。

yín
穆眇眇之无垠兮，莽芒芒之无仪[31]。

声有隐而相感兮，物有纯而不可为[32]。

藐(miǎo)蔓(màn)蔓之不可量(liáng)兮，缥(piāo)绵绵之不可纡(yū)[33]。

愁悄(qiǎo)悄之常悲兮，翩冥冥之不可娱[34]。

凌大波而流风兮，托彭咸之所居[35]。

上高岩之峭(qiào)岸兮，处雌蜺(ní)之标颠[36]。

据青冥而摅(shū)虹兮，遂倏(shū)忽而扪(mén)天[37]。

吸湛(zhàn)露之浮源兮，漱(shù)凝霜之雰(fēn)雰[38]。

依风穴以自息兮，忽倾寤以婵(chán)媛(yuán)[39]。

冯昆仑以瞰(kàn)雾兮，隐岷山以清江[40]。

惮(dàn)涌湍(tuān)之磕(kē)磕兮，听波声之汹汹[41]。

纷容容之无经兮，罔(wǎng)芒芒之无纪[42]。

轧(yà)洋洋之无从兮，驰委(wēi)移(yí)之焉止[43]。

漂翻翻其上下兮，翼遥遥其左右[44]。

汜潏(yù)潏其前后兮，伴张弛之信期[45]。

观炎气之相仍兮，窥烟液之所积[46]。

悲霜雪之俱下兮，听潮水之相击[47]。

借光景以往来兮，施黄棘(jí)之枉策[48]。

求介子之所存兮，见伯夷之放迹[49]。

心调度而弗去兮，刻著志之无适[50]。

曰：

吾怨往昔之所冀兮，悼来者之悐(tì)悐[51]。

浮江淮而入海兮，从子胥而自适[52]。

望大河之洲渚(zhǔ)兮，悲申徒之抗迹[53]。

骤(zhòu)谏君而不听兮，重任石之何益[54]！

心絓(guà)结而不解兮，思蹇(jiǎn)产而不释[55]。

注释

①**摇**：摇落。**蕙**：蕙草，香草。**冤结**：心情忧伤、愁闷的样子。**内伤**：内心哀痛。②**物**：指蕙草等。**陨性**：陨落生命。**声**：风声。**有隐**：指风无形。**倡**：起始。③**彭咸**：殷代贤人，为正直而死。**造思**：犹构思，这里指彭咸树立的思想。**暨**：与。**志介**：志节坚定。④**万变**：指行为上变化无常。**其情**：指其性情本质。**盖**：掩盖。**长**：长久。⑤**号群**：呼唤同类。**苴**：枯草。**比**：放在一起。⑥**葺鳞**：整理鳞片。**文章**：指龙身上的花纹，章即彰显。⑦**荼**：苦菜。**荠**：荠菜，味甘。**兰、茝**：两种香草。⑧**惟**：思念。**都**：美好。**更**：经历。**统世**：万世。**自贶**：自我充实。⑨**眇**：远。**远志**：远大的志向。**相羊**：飘荡无所凭依的样子。⑩**介**：坚定。**眇志**：即远志。**惑**：迷惑。**明**：表明。⑪**独怀**：独特的怀抱。**若**：杜若。**椒**：申椒。**自处**：自居。⑫**曾**：多次。**歔欷**：哽咽哭泣。**嗟嗟**：不断叹息。**隐伏**：隐匿埋没。⑬**凄凄**：悲伤的样子。**曙**：天亮。⑭**终长夜**：整个长夜。**曼曼**：漫长。**不去**：无法消除。⑮**寤**：睡醒。**从容**：悠闲安逸。**周流**：周游。**聊**：姑且。**逍遥**：悠然自在。**自恃**：自娱。⑯**愍怜**：怜悯。**於邑**：呜咽。⑰**纠**：纠缠。**纕**：佩带。**膺**：本义为胸，这里指贴在前胸的衣服。⑱**若木**：传说中的神木，生于日落之处。**飘风**：疾风。**仍**：跟从。⑲**存**：在，指现实。**髣髴**：仿佛。**踊跃**：跳跃。**汤**：热水。⑳**衽**：衣襟。**案**：压抑。**超惘惘**：怅惘。㉑**曶曶**：即“忽忽”，形容时间飞逝。**颓**：颓下，过去。**时**：指衰老之时。**冉冉**：渐渐到来。㉒**薠**：一种水草。**蘅**：杜衡，香草。**槁**：枯萎。**节离**：枝节脱离。㉓**惩**：惩戒，指吸取教训。**聊**：依靠。㉔**逝死**：突然死去。**流亡**：尸体随流水而远去。㉕**吟**：叹息。**抆泪**：擦泪。**放子**：弃逐之臣。㉖**隐**：隐忧。**照**：明白。㉗**石峦**：小而尖的石山。**眇眇**：遥远的样子。**默默**：寂静的样子。㉘**景**：同“影”，树影。**响**：声音。**闻省想**：耳听目视心想。㉙**郁郁**：郁结不通。**居**：平时。**戚戚**：忧愁苦闷。㉚**鞿羁**：

马缰绳和马笼头，引申为束缚。**缭转**：缠绕回旋。**缔**：结。㉛**穆**：深幽。**无垠**：无边。**莽**：广大。**芒芒**：空间广阔。**仪**：通“倪”，端，边际。㉜**纯**：纯粹精美。**不可为**：不能做，无能为力。㉝**藐**：邈远。**蔓蔓**：即漫漫，漫长久远。**量**：度量。**缥绵绵**：细微绵长。**纡**：萦绕。㉞**悄悄**：忧愁的样子。**翩**：快速地飞。**冥冥**：飞得又高又远。㉟**淩**：乘。**流**：随。**托**：寄托。㊱**峭岸**：陡峭的崖岸。**雌蜺**：古人称彩虹外环色彩较黯淡的部分为雌蜺，内环较明亮的部分为雄虹。**标颠**：最高处。㊲**据**：凭借。**青冥**：青天。**摅**：舒展。**倏忽**：迅疾。**扪**：抚摸。㊳**湛**：浓。**浮源**：指露水若浮而味凉。**漱**：漱口。**凝霜**：厚霜。**雰雰**：霜降纷纷的样子。㊴**风穴**：传说中的洞穴，产生风的地方。**倾寤**：全都明白。**婵媛**：伤感。㊵**冯**：依靠。**昆仑**：仙山。**瞰**：俯视。**隐**：凭依。**岐山**：即岷山，位于四川北部，岷江发源地。**清江**：澄清的江水，即岷江江水。㊶**涌湍**：奔涌的激流。**磕磕**：原指石头相碰的声音，这里当指水石相击之声。**汹汹**：波浪澎湃互相击打发出的声音。㊷**容容**：变动纷乱的样子。**无经**：没有法度。**罔芒芒**：怅惘迷乱。**纪**：头绪。㊸**轧**：倾轧，指波浪互相排击。**洋洋**：彷徨不知何去何从。**委移**：同“逶迤”，曲折前行。㊹**漂**：漂浮。**翻翻**：上下翻飞的样子。**翼**：飞动。**遥遥**：摇摆。㊺**氾**：泛滥。**潏潏**：水流奔涌而出。**张弛**：指潮水涨落。**信期**：指潮水涨落的日期。㊻**炎气**：南方的火气。**相仍**：指炎气蒸腾。**烟**：云烟。**液**：雨滴。㊼**霜雪**：指冬季，与前面不同。㊽**光景**：即光影，指岁月。**施**：用。**黄棘**：带刺植物。**枉策**：弯曲的马鞭。㊾**介子**：即介子推。**所存**：所存在的地方，指生前所居之处。**放迹**：放逐的旧址，指伯夷隐居的首阳山。㊿**刻**：铭刻。**著**：附着。**志**：主意。**无适**：不去其他地方，即死在楚国。(51)**冀**：希冀。**悼**：追悼。**愁愁**：忧虑不安。(52)**浮**：顺流漂浮。江淮：长江和淮河。**子胥**：伍子胥。**自适**：自得安适。(53)**大河**：黄河。**洲渚**：水中陆地。**申徒**：指申徒狄，商纣王贤臣之一，进谏不听，抱石自沉而死。**抗迹**：高尚的行为。(54)**骤**：多次。**重任石**：或作“任重石”，抱着重石头。(55)**结结**：郁结。**蹇产**：思绪不顺畅。

译文

悲悯疾风摇落蕙草啊，内心郁结冤屈忧伤。

蕙草微小丧失生命啊，风声无形发出声响。

为何彭咸树立志向啊，意志坚定让人难忘。
万变岂可掩盖真相啊，虚伪之事怎可久长？
鸟兽鸣叫招呼同类啊，枯草会让新草不香。
鱼整理鳞片想不同啊，蛟龙则把纹路隐藏。
所以苦菜甘荠不在一块啊，兰草白芷各在幽处散发芬芳。
想起佳人永远美好啊，历经万世犹且自强。
远大志向一直到天啊，怜惜浮云互相飘荡。
远志坚定让人迷惑啊，我写诗篇表明衷肠。
想起佳人胸怀独特啊，采折杜若申椒自居。
多次叹息哭泣不止啊，独自隐居思索考虑。
涕泪交流如此悲戚啊，沉思无眠日出天宇。
整个长夜实在漫长啊，压抑哀愁挥之不去。
醒来四处游玩散心啊，姑且游荡用来自娱。
伤感长叹确实可怜啊，气息哽咽无法停息。
缠绕忧心做成玉佩啊，编结愁苦作为胸衣。
折下若木遮蔽阳光啊，随着疾风任意飘离。
仿佛现实模糊不见啊，心如沸水剧烈涌起。
抚摸衣佩抑制情绪啊，在惆怅中起身远行。
岁月流逝匆匆过去啊，生命也将渐入老境。
白蘋杜衡已经枯落啊，芳香消散各自飘零。
可怜思心不能悔改啊，破愁之言无可信凭。
宁愿死去随波飘逝啊，难以忍受无尽愁苦。
独自叹息擦拭眼泪啊，放逐之人一去不复。
谁想到这些不忧伤啊，我始知彭咸的苦处。
登上小山眺望远方啊，路途遥远无声静穆。
坐进树荫风声沉寂啊，见闻思想无一可得。
忧愁苦闷毫无快乐啊，常常愁郁难以解脱。

内心纠结不得排解啊，郁气围绕彼此结合。
四周悠远无边无际啊，苍苍茫茫何其辽阔。
细微之声互相感应啊，纯粹之物无奈殒殁。
思绪邈远不可测量啊，细微绵长难以回折。
悄然忧愁常常悲伤啊，远走高飞也难欢乐。
乘着波浪随风而逝啊，彭咸居处此身可托。
攀登崖岸上的峭壁啊，站在彩虹的最高点。
依靠苍穹舒展彩虹啊，于是突然摸到青天。
吸浓厚凉爽的露水啊，漱纷纷落下的白霜。
靠着风洞独自休息啊，忽然醒悟忧愁感伤。
倚靠昆仑俯瞰云雾啊，凭依岷山眺望清江。
水石相击声响吓人啊，听见波涛汹涌震荡。
心里纷乱没个条理啊，毫无头绪情思迷茫。
无从下手止住彷徨啊，缓慢前行何处可停？
心绪飘荡上下翻飞啊，高高飘飞摇摆不定。
如水波泛滥在前后啊，潮水般准时会出现。
看炎气蒸腾不停歇啊，窥见云雨聚拢积攒。
悲叹霜雪一起降临啊，耳边潮水开始搏战。
暂借时间驰骋往来啊，用黄棘做弯曲马鞭。
访求介子推的遗迹啊，去看伯夷的首阳山。
心中思量不能离开啊，下定决心黄泉相见。
乱辞云：
我哀怨从前的期盼啊，悲悼以后会有大难。
顺着江淮漂流入海啊，追随伍子胥才心安。
望着大河中的洲渚啊，为申徒狄自杀伤感。
他生前进谏没效果啊，抱石投河怎会有用？
心绪纠结难以解脱啊，思路郁结不能想通。

评析

当我们相信这是屈原绝笔诗的那一刻起，我们就有义务陈述相信的理由。作为绝笔诗，自然要与屈原其他的诗篇有所不同，但需要注意的是，这些不同也很有可能导致另外一个结论，即本诗可能并非屈原所作，因此，我们又需要找出本篇与屈原其他作品的异中之同。总而言之，需要掌握分寸，尽可能贴合诗篇原意小心谨慎地进行。也许答案是不可能存在的，但在处理这一问题的过程中，我们也在重新细读作品，重新展现出今人对屈原的追问和追寻，这便不会是没有意义的。

作为绝笔诗，我们很难确定它应该写什么，但是我们既然提出绝笔诗的概念，总是期待着绝笔诗与其他诗作之间可能存在某些差异，否则为何单独列出呢？从这个角度出发，我们大约可以发现，所谓绝笔诗，最大的不同，就在于写完之后作者就会死去。作者的生命会在写作完成之后紧随着失去，那么这样特定环境下的写作所关心的会是什么问题呢？我们不妨想一想，如果是我们自己，我们会想写些什么？第一，我们大约不再会过于拘泥生前的种种事情，而只是记住这些事情在我们心灵留下的喜怒哀乐；第二，我们大约会换个角度想要尽可能客观地分析自己的人生，不在死前留下遗憾；第三，我们大约不再会过度关注生前，而会思考死后的可能；等等。这些人之常情，乃是人性的组成部分，屈原想必也会如此。

我们先看第一部分。在本诗中，屈原记叙的部分几乎没有，绝大部分的篇幅都用来抒情，是屈原所有作品中抒情占比最高的作品。这似乎无形中应验了我们提出的第一个绝笔诗写作内容。实际上，屈原虽然在诗中缺少记叙，却同样通过抒情的方式，浓缩着他生命中的时光。我们不妨看看。屈原的情感可分为最基础的两部分。一是坚定想要实现志向，二是志向绝不能实现的悲伤。前者在本诗开篇展现得很明显。诗中说彭咸的立志，是“志介而不忘”，为什么会这样呢？因为“万变其情岂可盖兮，孰虚伪之可长”，由于彭咸专一真诚，所以这个志向才能坚持长久，而不是像很多伪志那样，为了一时的名利。接着屈原比较了真情之志和虚伪之志的区别，用了很多比喻，一方面指出虚伪之志对真情之志的破坏，如“鸟兽鸣以号群兮，草苴比而不芳”，鸟兽鸣群，鱼龙混杂，导致死草破坏美草之香气，一如虚伪之志破坏真情之志。另一方面则强调如何区分二志之不同，如“鱼葺鳞以自别兮，蛟龙隐其文章。故荼荠不同亩兮，兰茝幽而独芳”。虚伪之志本是为了使自己显得与众不同而获利，所以往往只注重外表，真情之志则不同，是内外兼修，不走捷径，其区别一如只顾鳞片

美丽的鱼和内外皆美且不张扬的龙。另外，真情之志本是自身德行的外现，并不需要为了合群而合群，那些想要合群的一般都是虚伪之志，而真情之志自然各自幽处，虽不同行，却各有芬芳。交代完真情之志与虚伪之志的区别后，屈原懒得就虚伪之志过多涉及，便重点写真情之志的代表人物，即诗中的“佳人”了。

佳人部分我们待会儿再说，先说“志向绝不能实现的悲伤”。屈原从不同方面展示这一点，比如忧思哭泣，如“曾歔欷之嗟嗟兮，独隐伏而思虑”；比如夜不能寐，如“涕泣交而凄凄兮，思不眠以至曙。终长夜之曼曼兮，掩此哀而不去”；比如散心，如“寤从容以周流兮，聊逍遥以自恃”；等等。由于这些志向不能实现的悲伤过于浓烈，屈原想要摆脱，可是生前摆脱不过是不可信的话，如诗中所说“怜思心之不可惩兮，证此言之不可聊”，那只能通过死亡，于是紧接着说“宁逝死而流亡兮，不忍此心之常愁”。

再看第二部分。在写绝笔诗的时候，人们大约会换个角度想要尽可能客观地分析自己的人生，不在死前留下遗憾，屈原在本诗中也有清晰的表现。首先是通过“佳人”形象的提炼，使屈原对自身或自身这一类人的分析显得更为客观一些。“佳人”在诗中的含义，其实就是指彭咸之类的耿直贤人，当然也包括屈原自己。诗中说“惟佳人之永都兮，更统世而自贶。眇远志之所及兮，怜浮云之相羊”，所以佳人的根本特点就是有“远志”，接下来紧跟着说“介眇志之所惑兮，窃赋诗之所明”，既然“远志”可以通过屈原“赋诗”而辨明世人之迷惑，则屈原自在佳人之列可知，否则怎么为佳人辩护呢？更明显的地方在“惟佳人之独怀兮，折若椒以自处”，与杜若、申椒等香草相处正是屈原诗中的自我定位。

正是在“佳人”的这个较为客观的共同体的照射之下，屈原找到自身与彭咸之间的多重关联。第一个是在立志方面，即前文所分析的“夫何彭咸之造思兮，暨志介而不忘”。第二个是在痛苦心情方面，即诗中所说的“孰能思而不隐兮，照彭咸之所闻”，这是在说什么呢？原来，屈原通过痛苦的淬炼，日益明白彭咸当时的心情。诗中对此描绘得九曲回肠：“伤太息之愍怜兮，气於邑而不可止。纠思心以为纕兮，编愁苦以为膺。折若木以蔽光兮，随飘风之所仍。存髣髴而不见兮，心踊跃其若汤。抚佩衽以案志兮，超惘惘而遂行。岁曶曶其若颓兮，时亦冉冉而将至。薠蘅槁而节离兮，芳以歇而不比……孤子吟而抆泪兮，放子出而不还。”诗句之意亦有译文，不必再去翻译，值得注意的是，这一段把愁苦之情写得有形有色，仿佛可以穿在身上，给人束缚

一样！另外，在这类束缚中，什么志向也无法实现，而唯一还在行动的却是背后捅刀的时间。尽管屈原想要“折若木以蔽光”，留住太阳留住时间，但时间却仍是“岁曶曶其若颓兮”，毫无停留。正是在这不可为又人渐老的左右为难中，屈原深刻体会到彭咸做出自沉的真实心情，这同时也说明屈原在情感上跟彭咸的共鸣，而这些共鸣无疑是在切身的实际分析中得出来的。

与彭咸的第三个关联是死亡。屈原明白彭咸的痛苦，但并不意味着自己就一定要去效仿，那又是什么促使他做出这个决定？诗中从“登石峦以远望兮”到“翩冥冥之不可娱”，用了很多叠字叠词来形象地描绘屈原心中的痛苦，与彭咸所感到的痛苦相映证。如“愁郁郁之无快兮，居戚戚而不可解。心鞿羁而不开兮，气缭转而自缔”，即对应前文所说的“纠思心以为纕兮，编愁苦以为膺”。另外，从比较中也可以发现，屈原心中感到的痛苦，与之前相比越来越深，当他的痛苦到了足以明白彭咸痛苦的程度的时候，彭咸已经自杀了；而屈原还将继续面对比彭咸的痛苦更加不断增长的痛苦，那屈原唯一的选择就是步彭咸之后尘。这样的情绪处理，通过后来的越发强烈造成一种非死不可的压迫感，实际上也是屈原在跟自己对话，在告诉自己最终的结局：“凌大波而流风兮，托彭咸之所居。”

屈原果真行动了，他“上高岩之峭岸兮”，找到高处，将要跳江。他梦见自己登上彩虹桥，跟青天触摸了——这当然是一个隐喻，暗示着屈原死前仍旧希望能有媒介（即如梯子的彩虹桥）帮助他见到楚王（青天），可是他很快被山洞中吹来的冷风吹醒了：“依风穴以自息兮，忽倾寤以婵媛。”痛苦再次袭来。因为这个梦的美好，相形之下，现实的痛苦越发加倍。如果说前面屈原已经指出自己的痛苦超过了彭咸，但这回就已然超过了屈原的承受范围，以至于他处在一种恍惚之中，仿佛万物与自己的心情融为一体，他已经不能很好地分辨物我了。这当然也有一个渐变的过程。诗中写他在山上观看波涛，这些波涛原是“惮涌湍之礚礚兮，听波声之汹汹”，还是比较好区别的，波涛是在江河之中。渐渐地，屈原在波涛声中恍恍惚惚，有点分不清波涛来自江河，还是来自自己的心潮。他之前就说过“心踊跃其若汤”，如今见到比沸水更为翻滚的波涛，他更加分不清了，诗中说“漂翻翻其上下兮，翼遥遥其左右。泛潏潏其前后兮，伴张弛之信期”，明显可以感觉到屈原的灵魂好像出窍了，随着波涛起伏不定。他看到江上炎气蒸腾，转眼又是乌云密布，不久又是霜雪飘落。这些季节错乱的现象之所以出现，也正喻示着屈原脑中念头的杂糅，甚至屈原已渐渐处于迷乱之

中。即便如此，屈原仍旧希望借来片刻，驾着神马，去与介子推、伯夷相会，绝不改变心意，哪怕与他们黄泉相见也别无怨言。这样疯狂的场景，与《离骚》或其他类似的屈原灵魂出窍与死亡想象有本质上的不同，前者最终目的是追求心灵复归平静，哪怕说“吾将从彭咸之所居”之类寻死的话，也是加上“将”等虚词，而非立即死亡，因此还是继续生存，而在本诗，最终的死亡已然降临，屈原开始想象自己的尸体顺着波涛漂流、自己的灵魂在波涛上方遨游的场景，除了上文所举的例子，还有结尾说到的“浮江淮而入海兮，从子胥而自适”等。这便是我们要说的第三个部分，即对死后可能情形的一些推测和感悟。毫无疑问，屈原还要写这首诗，所以不可能真的已经死亡，但是作为文学描写的死亡，屈原在本篇中已经完成，接下来不过是在现实中完成罢了。

一旦真的要在现实中实行，屈原还是会有疑问的，比如，他就举出申徒狄的例子：“望大河之洲渚兮，悲申徒之抗迹。骤谏君而不听兮，重任石之何益！心絓结而不解兮，思蹇产而不释。”申徒狄因为进谏不听，跳进黄河；他生前的建议都没效果，死后就更不会有效果了，这是屈原悲申徒狄的地方，也是他自悲之处。但即便如此，这些解不开的心结，就留给后人去解吧，有生之年，屈原却不得不像申徒狄跳河一样，跳入江水。

面对万古奔流不息的波涛，屈原似乎能感受到自己的痛苦心情也将万古不息。

远　游

题　解

《远游》篇的作者，清代以前基本认为是屈原所作，清代一些学者提出疑问，时至今日，仍未成为定论。从学界讨论的焦点来看，主要集中在《远游》诗中出现的游仙思想。通过出土文献等的考察，屈原时代已有游仙思想当无疑义（见汤漳平《〈远游〉应确认为屈原作品》）。但问题更在于，屈原是否会接纳游仙思想并通过文学作品加以表达？这实际上涉及屈原其他较为确切的作品的主

流思想与《远游》的差异问题。姜昆武等指出，“在‘去’的表现上《远游》是《离骚》《惜诵》的发展”（姜昆武、徐汉澍《〈远游〉真伪辩——屈赋思想、语言与〈远游〉》）。潘啸龙则认为，《离骚》《九章》等作品确实在“去”还是“留”上面有疑虑，但“与出世求‘仙’是毫不相关的”（潘啸龙《〈远游〉应是汉人伪托屈原之作》），此论可从。其实早在之前，吴汝纶便指出：“忽临睨三句，此《离骚》归宿之言也。他句或可自用，此数句屈子必不再袭矣。”（《古文辞类纂评点·远游》）但后人理解皆不确（可参看赵奎夫《唐勒〈论义御〉与楚辞向汉赋的转变——兼论〈远游〉的作者问题》等文），所谓“归宿”之言，是指屈原最大的特点在于宁死不离开宗国楚国，故《离骚》中的上天入地，最终都未成行，原因就在于屈原并非真的要去远游，而在于通过游天的方式暗喻自己想要获得与楚王相见的机会。屈原众多作品涉及远行、自娱等内容都浅尝辄止，因为屈原的最终目的并非真的远游。没想到《远游》的作者阴差阳错，把屈原的气话当真，敷衍出一段远游的文字。从其结局“超无为以至清兮，与泰初而为邻”来看，《远游》如果真是屈原所作，那他何必还要自沉？故本文从胡小石《远游疏证》、程千帆《先唐文学源流论略》之论，认为《远游》“似出依托”。但笔者亦无确凿证据，存疑可也。

原　文

悲时俗之迫阨(è)兮，愿轻举而远游①。

质菲薄而无因兮，焉托乘而上浮②。

遭沉浊而污秽(huì)兮，独郁结其谁语③！

夜耿(gěng)耿而不寐(mèi)兮，魂茕茕而至曙(shǔ)④。

惟天地之无穷兮，哀人生之长勤⑤。

往者余弗及兮，来者吾不闻⑥。

步徒倚而遥思兮，怊(chāo)惝(chǎng)怳(huǎng)而乖怀[7]。

意荒忽而流荡兮，心愁凄而增悲[8]。

神儵(shū)忽而不反兮，形枯槁(gǎo)而独留[9]。

内惟省(xǐng)以端操兮，求正气之所由[10]。

漠虚静以恬(tián)愉兮，澹(dàn)无为而自得[11]。

闻赤松之清尘兮，愿承风乎遗则[12]。

贵真人之休德兮，美往世之登仙[13]。

与化去而不见兮，名声著而日延[14]。

奇傅说(yuè)之托辰星兮，羡韩众之得一[15]。

形穆穆以浸远兮，离人群而遁(dùn)逸[16]。

因气变而遂曾举兮，忽神奔而鬼怪[17]。

时髣(fǎng)髴(fú)以遥见兮，精皎(jiǎo)皎以往来[18]。

绝氛埃而淑尤兮，终不返其故都[19]。

免众患而不惧兮，世莫知其所如[20]。

恐天时之代序兮，耀灵晔(yè)而西征[21]。

微霜降而下沦兮，悼芳草之先灵[22]。

聊仿(páng)佯(yáng)而逍遥兮，永历年而无成[23]！

谁可与玩斯遗芳兮？晨向风而舒情[24]。

高阳邈(miǎo)以远兮，余将焉所程[25]？

重曰[26]：

春秋忽其不淹兮，奚(xī)久留此故居[27]？

xuānyuán
轩辕不可攀援兮，吾将从王乔而娱戏[28]！

hàng xiè　shù
餐六气而饮沆瀣兮，漱正阳而含朝霞[29]。

cū
保神明之清澄兮，精气入而麤秽除[30]。

顺凯风以从游兮，至南巢而壹息[31]。

见王子而宿之兮，审壹气之和德[32]。

曰："道可受兮，不可传[33]；

yín
其小无内兮，其大无垠[34]；

gǔ
无滑而魂兮，彼将自然[35]；

壹气孔神兮，于中夜存[36]；

虚以待之兮，无为之先[37]；

庶类以成兮，此德之门[38]。"

cú
闻至贵而遂徂兮，忽乎吾将行[39]。

仍羽人于丹丘兮，留不死之旧乡[40]。

zhuó　yáng　xī
朝濯发于汤谷兮，夕晞余身兮九阳[41]。

wǎn yǎn
吸飞泉之微液兮，怀琬琰之华英[42]。

pīng　wàn　chún
玉色頩以脕颜兮，精醇粹而始壮[43]。

shuò　chuò　miǎo
质销铄以汋约兮，神要眇以淫放[44]。

嘉南州之炎德兮，丽桂树之冬荣[45]。

山萧条而无兽兮，野寂漠而无人[46]。

载营魄而登霞兮，掩浮云而上征[47]。

hūn　chāng hé
命天阍其开关兮，排阊阖而望予[48]。

召丰隆使先导兮，问大微之所居[49]。

集重阳入帝宫兮，造旬始而观清都[50]。

朝发轫(rèn)于太仪兮，夕始临乎于微闾(lǘ)[51]。

屯余车之万乘(shèng)兮，纷溶与而并驰[52]。

驾八龙之婉婉兮，载云旗之逶(wēi)蛇(yí)[53]。

建雄虹之采旄(máo)兮，五色杂而炫耀[54]。

服偃(yǎn)蹇(jiǎn)以低昂兮，骖(cān)连蜷(quán)以骄骜(ào)[55]。

骑胶葛以杂乱兮，斑漫衍而方行[56]；

撰余辔(pèi)而正策兮，吾将过乎句(gōu)芒[57]。

历太皓以右转兮，前飞廉以启路[58]。

阳杲(gǎo)杲其未光兮，凌天地以径度[59]。

风伯为余先驱兮，氛埃辟而清凉[60]。

凤凰翼其承旂(qí)兮，遇蓐(rù)收乎西皇[61]。

擥彗星以为旍(jīng)兮，举斗柄以为麾(huī)[62]。

叛陆离其上下兮，游惊雾之流波[63]。

时暧(ài)曃(dài)其曭(tǎng)莽兮，召玄武而奔属(zhǔ)[64]。

后文昌使掌行兮，选署众神以并毂(gǔ)[65]。

路曼曼其修远兮，徐弭(mǐ)节而高厉[66]。

左雨师使径侍兮，右雷公以为卫[67]。

欲度世以忘归兮，意恣(zì)睢(suī)以担(jiē)挢(jiāo)[68]。

内欣欣而自美兮，聊媮娱以自乐[69]。

涉青云以汎滥游兮，忽临睨(nì)夫旧乡[70]。

仆夫怀余心悲兮，边马顾而不行[71]。

思旧故以想像兮，长太息而掩涕[72]。

氾(fàn)容与而遐(xiá)举兮，聊抑志而自弭(mǐ)[73]。

指炎神而直驰兮，吾将往乎南疑[74]。

览方外之荒忽兮，沛(pèi)罔(wǎng)象而自浮[75]。

祝融戒而还衡兮，腾告鸾(luán)鸟迎宓(fú)妃[76]。

张《咸池》奏《承云》兮，二女御《九韶(sháo)》歌[77]。

使湘灵鼓瑟兮，令海若舞冯(píng)夷[78]。

玄螭(chī)虫象并出进兮，形蟉(liú)虬(qiú)而逶蛇[79]。

雌蜺(ní)便(pián)娟以增挠兮，鸾鸟轩翥(zhù)而翔飞[80]。

音乐博衍无终极兮，焉乃逝以徘徊[81]。

舒并节以驰骛(wù)兮，逴(chuō)绝垠乎寒门[82]。

轶(yì)迅风于清源兮，从颛(zhuān)顼(xū)乎增冰[83]。

历玄冥以邪径兮，乘间维以反顾[84]。

召黔(qián)嬴(yíng)而见之兮，为余先乎平路[85]。

经营四荒兮，周流六漠[86]：

上至列缺兮，降望大壑[87]。

下峥(zhēng)嵘(róng)而无地兮，上寥廓而无天[88]。

视儵(shū)忽而无见兮，听惝(chǎng)怳(huǎng)而无闻[89]。

超无为以至清兮，与泰初而为邻[90]。

注释

①**追阨**：逼迫困厄。**轻举**：登仙。②**质**：禀性。**菲薄**：鄙陋，自谦之词。**无因**：无可凭借。**托乘**：指攀附仙人之车。③**沉浊**：沉沦污浊。**独**：独自。**郁结**：郁闷纠结。④**耿耿**：烦躁不安。**茕茕**：惶恐不安。**至曙**：到天亮。⑤**惟**：想到。**长勤**：长苦。⑥**往者**：指前世圣贤。**及**：赶上。**来者**：后世贤人君王。⑦**徒倚**：流连徘徊，逡巡不定。**怊**：失意。**惝怳**：惆怅伤感。**乖**：背离。⑧**荒忽**：即恍惚，心神不定。**流荡**：心神无所依归。**愁凄**：忧愁凄苦。⑨**神**：神魂。**儵忽**：迅疾的样子。**反**：通"返"，回返。**形**：形体。**枯槁**：干枯。⑩**内**：内心。**惟省**：反省思考。**端操**：即正操，端正节操。**正气**：正直之气。**所由**：所获得的途径和方法。⑪**漠**：淡泊清静。**虚静**：清虚恬静。**恬愉**：恬静愉快。**澹**：恬淡。**无为**：道家所追求的清静虚无、顺应自然的境界。**自得**：自得其乐。⑫**赤松**：赤松子，传说中的上古神仙。**清尘**：比喻清静无为的境界。**遗则**：前代流传下来的法则。⑬**真人**：道家称存养本性或修真得道的人，又称仙人。**休德**：美德。⑭**化**：转化。**著**：昭著。⑮**奇**：惊叹。**傅说**：商汤时的贤相，据《庄子·大宗师》说，傅说死后，其精神化作星辰。**羡**：羡慕。**韩众**：传说中的古仙人，以采药成仙。**得一**：道家术语，即得道。⑯**穆穆**：沉静安详的样子。**浸远**：渐渐远去。**遁逸**：隐逸。⑰**气变**：精气的变化。**曾举**：即增举，高飞。**神奔而鬼怪**：形容神出鬼没的样子。⑱**时**：时而。**髣髴**：同"仿佛"，好像。**精**：精灵。**皎皎**：明亮的样子。⑲**氛埃**：污浊之气。**淑尤**：即淑邮，去到美好的境界。**返**：返回。**故都**：故居。⑳**免**：免除。**众患**：众多忧患。**所如**：所去的地方。㉑**天时**：天道运行的规律。**代序**：时序相互替代。**耀灵**：指太阳。**晔**：闪闪发光。㉒**下沦**：向下降落。**先灵**：最先凋零。㉓**聊**：姑且。**仿佯**：同"彷徉"，彷徨、徜徉。**永**：长。**成**：成就。㉔**玩**：欣赏。**遗芳**：遗留的芳草。㉕**高阳**：颛顼帝，屈

原之始祖。**邈以远**：即遥远。**程**：取法。㉖**重曰**：表示动作行为的重复，这里是乐章的名称，用来作诗歌的区分，相当于"少歌曰""倡曰"等。㉗**春秋**：指岁月。**忽**：急速。**淹**：滞留。**奚**：为什么。**故居**：旧居。㉘**轩辕**：即黄帝，传说姓公孙，居住在轩辕之丘，故名轩辕。**王乔**：即王子乔，传说是周灵王太子，后来成为仙人。㉙**餐**：吃。**六气**：指天地四时之气，即天之气、地之气、朝旦之气、日中之气、日没之气和夜半之气。**沆瀣**：夜间的水露。**漱**：吮吸。**正阳**：日中之气。**朝霞**：指朝旦之气。㉚**精气**：即指六气。**麤秽**：粗浊污秽之气。**除**：排弃。㉛**凯风**：南风，和暖的风。**南巢**：古国名，在南方。**壹息**：稍微休息一下。㉜**王子**：指王子乔。**宿**：住宿。**审**：探究。**壹气**：纯一不杂之气，即元气。**和德**：中和。㉝**曰**：指王子乔说。**受**：心领神会。**传**：用语言描述。㉞**无内**：内部不能再分。**无垠**：没有边际。㉟**无**：不要。**滑**：乱。**而**：尔。**彼**：指"魂"。**自然**：天然，非人为地出现。㊱**壹气**：元气。**孔神**：很神妙。**中夜**：即夜中，夜半。㊲**待**：等待。**为**：人为。㊳**庶类**：万物。**门**：门径。㊴**至贵**：极其珍贵，即要言妙道。**徂**：往。**忽**：迅速。㊵**仍**：因。**羽人**：神话传说中能够飞翔的仙人。**丹丘**：仙人所居之地，昼夜常明。㊶**濯**：洗。**汤谷**：即旸谷，传说中的日出之处。**晞**：晒干。**九阳**：指太阳。㊷**飞泉**：飞谷，在昆仑西南。**微液**：细微的汁液。**琬琰**：泛指美玉。**华英**：即玉的精华。㊸**頩**：面色光润。**脕颜**：脸上有光泽。**醇粹**：精纯不杂，纯粹完美。㊹**质**：未成仙之前的体质。**销铄**：消亡。**汋约**：绰约，姿态柔媚。**要眇**：精深微妙。**淫放**：形容精神充沛旺盛。㊺**南州**：泛指南方。**炎德**：火德，阴阳家将东西南北中分属五行，南方属火。**冬荣**：冬天茂盛。㊻**萧条**：冷落。**寂漠**：空旷冷清。㊼**营魄**：魂魄，指经过修炼的魂魄。**掩**：遮蔽。指被云气缭绕覆盖。**上征**：向上飞升。㊽**天阍**：天帝的守门人。**开关**：打开门闩。**阊阖**：传说中的天门。㊾**召**：召唤。**丰隆**：传说中的云神。**先导**：前导。**问**：寻访。**大微**：太微，星名，在北斗星南边，此指天庭。㊿**集**：集聚。**重阳**：指天。**造**：到。**旬始**：星名。**清都**：传说中天帝居住的宫阙。(51)**发轫**：指出发。**太仪**：天地的宫廷。**于微闾**：传说中的山名，在东北方，盛产美玉。(52)**屯**：聚集。**溶与**：即"容与"，指车辆舒缓不进。(53)**婉婉**：蜿蜒的样子。**载**：带着。**云旗**：用云做成的旗。**逶蛇**：形容车旗迎风飘扬而又伸展的样子。(54)**雄虹**：古人把彩虹分为两部分，外侧较黯淡的为雌霓，内部较亮的为雄虹。**采旄**：用牦牛尾装饰的彩旗。**炫耀**：光彩夺目。(55)**服**：服马，车驾居

中的两匹马。**偃蹇**：形容马匹矫健高大。**低昂**：起伏不定，指马奔跑时的样子。**骖**：车驾两边的马。**连蜷**：形容马匹矫健健美。**骄骜**：纵情奔驰。⑯**骑**：指车马。**胶葛**：交错纷乱的样子。**斑**：形容车骑排列得缤纷盛多而显得错杂的样子。**漫衍**：绵延伸展的样子。**方行**：并行。⑰**撰**：持。**辔**：马缰绳。**策**：马鞭。**句芒**：传说中的木神名。⑱**太皓**：即太皞，传说中的古帝名。**飞廉**：风神。**启路**：开路。⑲**阳**：太阳。**杲杲**：明亮的样子。**凌**：超越。**径度**：径直渡过。⑳**风伯**：风神。**先驱**：前导。**氛埃**：尘埃。**辟**：消除。㉑**翼**：翅膀张开的样子。**旍**：古代画有两龙并在竿头悬铃的旗。**蓐收**：传说中西方神名，管理秋天。**西皇**：传说中西方的尊神。㉒**旄**：即"旌"，用牦牛尾以及五彩羽毛装饰竿头的旗子。**斗柄**：北斗柄，指北斗的第五至第七星，像勺柄。**麾**：古代用以指挥军队的旗子，泛指指挥工具。㉓**叛**：纷繁。**陆离**：形容色彩绚丽繁杂。**惊雾**：急速流动的浮云。㉔**暖曃**：昏暗不明的样子。**晄莽**：晦暗朦胧的样子。**玄武**：传说中的北方之神，龟蛇合体。**奔属**：追随。㉕**文昌**：星座名，由六颗星组成，亦指星神。**掌行**：掌管行路的队伍。**选署**：选择部署。**并毂**：车辆并行。㉖**徐**：缓慢地。**弭节**：停车。**高厉**：高高腾起。㉗**径侍**：直接侍候。**卫**：护卫。㉘**度世**：出世。**恣睢**：放任自得。**担挢**：高举。㉙**婾娱**：即愉娱，欢乐。㉚**涉**：徒步过河。**汎滥游**：漫游。**临睨**：俯视。㉛**仆夫**：车夫。**边马**：车两边的马。㉜**想像**：想见其形象，即思念。**掩涕**：掩泪。㉝**氾**：漂浮不定的样子。**容与**：悠闲。**遐举**；远飞。**抑志**：按捺情志。**自弭**：自我克制。㉞**炎神**：南方火神祝融。**南疑**：即九嶷山，在南方，故称南疑。㉟**荒忽**：朦胧恍惚的样子。**沛**：形容水流动的样子。**罔象**：本指水神，引申为水势盛大。**自浮**：自身浮动。㊱**祝融**：帝喾时的火官，后尊为火神。**还衡**：回车。衡原指车辕前木，这里指代车。**腾告**：传告。**鸾鸟**：凤凰类的神鸟。**宓妃**：洛神。㊲**《咸池》**：相传为尧乐。**《承云》**：相传为黄帝乐曲。**二女**：指尧之二女，即娥皇、女英。**御**：侍奉吹奏。**《九韶》**：相传舜时乐曲。㊳**湘灵**：湘水之神。**鼓瑟**：弹奏瑟。**海若**：传说中的海神。**冯夷**：传说中的河神。㊴**玄螭**：黑色的龙。**虫象**：一种水中生物。**蟉虬**：屈曲盘绕的样子。**逶蛇**：即逶迤，形容蜿蜒曲折的样子。㊵**雌蜺**：指彩虹的外部较为黯淡的地方。**便娟**：轻盈美好。**挠**：缠绕。**轩翥**：高飞。㊶**博衍**：形容乐声博大广远、舒展绵延的样子。**逝**：往。㊷**并节**：两两相并的马鞭。**驰骛**：疾驰。**逴**：远。**绝垠**：极远的地方。**寒门**：传说中北方极冷的地方。㊸**轶**：超车，这里

引申为超越。**迅风**：疾风。**清源**：传说中的寒风的源头。**颛顼**：即高阳，北方之帝。**增冰**：层层积累的冰雪。㉞**玄冥**：北方水神。**邪径**：弯路。**间维**：指天地之间。㉟**黔赢**：造化之神。**平路**：铺平道路。㊱**经营**：周边往来。**四荒**：四方荒远之地。**周流**：遍游。**六漠**：犹六合，天地四方。㊲**列缺**：高空中闪电所显现的空隙。**大壑**：指大海。㊳**峥嵘**：深远的样子。**无地**：超越地之下。**寥廓**：辽阔广远的样子。**无天**：超越天之上。㊴**儵忽**：形容看不清楚。**惝怳**：形容听起来模糊不清。㊵**泰初**：道家学说中指天地未分之前的混沌元气。

译文

悲伤时俗使人受困啊，想飞升登天去远游。
禀性鄙陋又无机缘啊，怎能乘仙车往上走？
生逢浊世充满污秽啊，独自郁结跟谁说清？
夜里烦躁难以入眠啊，心魂扰乱直到天明。
想到天地无穷无尽啊，哀叹人生长久艰辛。
过去的我没能赶上啊，未来的我也难听闻。
徘徊不定思绪邈远啊，惆怅失意背离初心。
意绪恍惚心神难安啊，心中愁苦悲伤渐深。
灵魂忽去不再返回啊，只留下枯槁的肉身。
内心反思端正节操啊，寻求正气从哪攀折。
清虚恬静安然自乐啊，淡泊无为怡然自得。
听说赤松高风超俗啊，我愿秉承他的遗则。
崇尚真人美好品德啊，羡慕古人得道成仙。
形体化去消失不见啊，名声却显著永流传。
惊奇傅说化作星辰啊，羡慕韩众得道上天。
形体寂静渐渐远去啊，离开人群出世隐逸。
凭借精气变化高飞啊，忽然看见鬼神聚集。
时而仿佛远远望见啊，精灵闪闪往来不息。
超越浊世来到奇境啊，最后并不返回乡里。

摆脱忧患无所畏惧啊，世人不知我的踪迹。
担心四季不停交替啊，太阳光亮向西而行。
薄薄秋霜向下降落啊，哀悼香草最先飘零。
姑且徘徊用来散心啊，年复一年无所成功。
谁能同赏残留香草啊，清晨迎风舒展心胸。
高阳离我过于遥远啊，如何追寻他的遗踪？
又云：
春去秋来时光飞逝啊，为什么在故居久留？
轩辕不能攀附援助啊，我将随王子乔遨游。
吞食六气啜饮清露啊，含漱正阳吮吸朝霞。
保持精神清明澄澈啊，吸入精气排弃腌臜。
乘着南风到处游历啊，到南巢国才有一休。
见王子乔为之停留啊，询问他大道如何修。
他说大道只可神会啊，却无法把它说出口。
它小到不能再区分啊，又大到无法找到边。
不要搅乱你的神魂啊，它自然而然会出现。
这元气非常的神妙啊，往往出现在那夜半。
虚心安静地等待它啊，不要预先想获得它。
万物都是这样生成啊，这就是得道的方法。
听完至理之言出发啊，我飞快地将要远行。
跟随仙人到达丹丘啊，留在那不死的仙境。
早上在旸谷洗头发啊，晚上在太阳下晒干。
吸饮飞泉精细汁液啊，怀揣着精美的琬琰。
我面色如玉真光鲜啊，精神纯美气息益全。
凡胎脱尽显得柔美啊，神气幽远精神饱满。
赞美南国气候温暖啊，赞叹桂树冬天盎然。
山林萧条没有野兽啊，原野寂静人影不见。
载着魂魄登上彩霞啊，披着浮云向上飞翔。

我让门神打开天门啊，他推开门把我打量。
我招来丰隆做先导啊，问太微所在的地方。
升上九天游览天庭啊，旬始和清都皆参观。
早晨从天宫处出发啊，傍晚抵达于微闾山。
把我万辆马车聚集啊，从容安详并驾向前。
驾着八匹神龙曲行啊，车载云旗飘扬蜿蜒。
竖起鲜亮多彩的旗啊，五色缤纷夺目绚烂。
中间的马健步起伏啊，两边的马奔跑矫健。
车马参差交错杂乱啊，并行向前队列绵长。
我抓紧缰绳和马鞭啊，将过东方木神句芒。
经东帝太皓向右转啊，让飞廉在前面开路。
明亮太阳尚未日出啊，超越天地径直越渡。
风伯做我车队前驱啊，在西皇那里遇秋神。
摘下彗星充当旌旗啊，举起斗柄指挥车阵。
五色斑斓上下闪耀啊，在云雾中漫游流连。
天色渐暗四周朦胧啊，叫来玄武跟随相伴。
让文昌在后管行程啊，安排众神并驾前往。
前方道路多么漫长啊，我驻车向天缓缓上。
左边雨师直接侍奉啊，右边雷公保驾扈从。
想出世而忘记归去啊，放纵心志高飞远冲。
心中喜乐认为美好啊，姑且嬉戏以为欢畅。
飞越青云漫游四方啊，忽然俯瞰望见旧乡。
车夫感怀我心伤悲啊，两边的马回头不去。
思念故旧只能想象啊，长久叹息泪下如雨。
从容游览逍遥远离啊，姑且克制我的心曲。
追寻火神直接飞驰啊，我将赶往九嶷山麓。
游览世外浩渺无垠啊，仿佛在波浪中沉浮。
祝融劝我掉转车头啊，我让鸾鸟把洛神接。

演奏尧舜上古之声啊，娥皇女英演奏韶乐。
让湘水之神弹奏瑟啊，让海神河神一起舞。
黑龙与水怪动起来啊，形体弯曲婉转自如。
彩虹轻盈层层环绕啊，鸾鸟高飞张开翅膀。
音乐宏博没有终止啊，我便远去周游飘荡。
放松缰绳任马狂奔啊，远到天边寒冷北极。
超越疾风来到清源啊，随颛顼到冰天雪地。
通过水神的崎岖路啊，在天地间顾盼不已。
召唤造化之神相见啊，叫他为我铺平大道。
我往来荒凉的四方啊，周游六合广漠浩渺。
向上直到闪电高空啊，向下俯瞰大海波涛。
超越大地下的深邃啊，超越苍天上的寂寥。
视野模糊都看不见啊，听觉恍惚都听不到。
超越无为清静境界啊，我与元气相依相靠。

卜居

题解

卜者，问卜；居者，居处。卜居者，意谓通过占卜来解决自己应该采取什么态度对待社会现实。此篇是用第三人称写的散文。作者是否屈原，历来争论尚多。值得注意的是，无论赞同还是反对，都出于对屈原的尊敬。此类问题不能被证实，也不能被证伪，确切答案永远难以知晓了，存疑可也。但即便不是屈原所作，也是了解屈原或同情屈原者所为。从思想高度上来说，《卜居》跟《离骚》差了一个等级，诚如蔡靖泉所云：“《卜居》和《渔父》，既非‘遗夫美人’之作，亦非抒己愁怨之作，显然是记叙屈原言行而示诸世人、‘高其行义’之作。”（蔡靖泉《〈卜居〉〈渔父〉的

产生与屈原的影响》）即屈原的创作从来不是为了自己，而是出于国家大义。因此，如果把《卜居》的著作权交给屈原，那屈原的传世作品多了一篇，但是人格境界低了一级；如果把《卜居》的著作权交给了解或同情屈原的他人，则屈原的作品虽少了一篇，人格境界却没有损害，相反，由于是他人代屈原所作，表现出来的局限性恰好可以跟屈原思想形成鲜明对比，让我们越发感到屈原精神之可贵。

原文

屈原既放，三年不得复见。竭知尽忠，而蔽鄣于谗[1]。心烦虑乱，不知所从。往见太卜郑詹尹曰[2]：“余有所疑，愿因先生决之[3]。”詹尹乃端策拂龟[4]，曰：“君将何以教之[5]？”屈原曰：“吾宁悃(kǔn)悃款款朴以忠乎？将送往劳来斯无穷乎[6]？宁诛锄(chú)草茅以力耕乎？将游大人以成名乎[7]？宁正言不讳以危身乎？将从俗富贵以媮(tōu)生乎[8]？宁超然高举以保真乎？将哫(zú)訾(zī)栗斯，喔(wō)咿(yī)儒儿以事妇人乎[9]？宁廉洁正直以自清乎？将突梯滑(gǔ)稽，如脂如韦，以洁楹(yíng)乎[10]？宁昂昂若千里之驹(jū)乎？将氾氾若水中之凫(fú)乎[11]？与波上下，偷以全吾躯乎？宁与骐骥亢(kàng)轭(è)乎？将随驽(nú)马之迹乎[12]？宁与黄鹄(hú)比翼乎？将与鸡鹜(wù)争食乎[13]？此孰吉孰凶？何去何从？世溷(hùn)浊而不清，蝉翼为重，千钧(jūn)为轻[14]；黄钟毁弃，瓦釜(fǔ)雷鸣[15]；谗人高张，贤士无名[16]。吁(xū)嗟(jiē)默默兮，谁知吾之廉贞[17]！”詹尹乃释策而谢[18]曰：“夫尺有所短，寸有所长，物有所不足，智有所不明，数有所不逮，神有所不通[19]。用君之心，行君之意，龟策诚不能知事[20]。”

注　释

①**知**：同"智"，智慧才干。**蔽鄣**：即"障蔽"，遮蔽、阻挠。②**太卜**：古代官名，为占卜官之长。**郑詹尹**：太卜的姓名。③**愿**：希望。**因**：通过。**决**：判决，判断。④**端**：整齐摆放。**策**：卜筮用的蓍草。**拂**：拂拭。**龟**：龟甲，用来占卜。⑤**教**：告诉。⑥**宁……将**：应该……还是。**悃悃款款**：忠诚勤勉。**朴**：本质。**送往**：送别去者。**劳来**：劝勉归附的人。⑦**诛锄**：铲除。**力耕**：努力耕作。**游大人**：与大人游，指结交权贵。⑧**正言**：中正劝谏之言。**讳**：避讳。**危身**：危及自身。**媮生**：苟且偷生。⑨**超然高举**：远走高飞，隐居山林。**真**：真性。**哫訾**：阿谀奉承。**栗斯**：献媚的样子。**喔咿**：献媚时强笑的样子。**儒儿**：强颜欢笑的样子。**妇人**：楚怀王的宠姬。⑩**突梯滑稽**：委婉顺从，圆滑随俗。**如脂**：像油脂滑腻。**如韦**：像牛皮柔软。**楹**：厅堂的前柱子。⑪**昂昂**：出群的样子。**驹**：少壮的骏马。**氾氾**：漂浮不定的样子。**凫**：野鸭。⑫**骐骥**：骏马。**亢轭**：齐驱并驾。**驽马**：劣马。**迹**：脚印。⑬**黄鹄**：一种大鸟，类天鹅，可飞千里。**比翼**：比翼齐飞。**鹜**：鸭。⑭**蝉翼**：知了的翅膀。**千钧**：古制三十斤为一钧，这里形容最重。⑮**黄钟**：古乐十二律之一，声调最响，代指庄严的乐器。**瓦釜**：陶制的锅。⑯**高张**：身居高位而嚣张。⑰**吁嗟**：感叹。**默默**：沉默。**廉贞**：清廉忠贞。⑱**释**：放下。**谢**：辞谢。⑲**数**：卦数。**不逮**：不及。⑳**诚**：确实。**知事**：推知事情的结果。

译　文

屈原已被放逐，多年没见到楚王。他竭尽智慧和忠诚，却因谗言而蒙受冤屈，心中烦闷，思虑紊乱，不知应该怎么办，就去拜见太卜郑詹尹，对他说："我有疑惑，希望通过先生得到决断。"詹尹就整齐摆好蓍草，拂拭灵龟，问道："不知您要说的是什么事？"屈原回答说："我应该诚实勤恳、朴实忠厚呢，还是不停地应酬周旋？我应该铲除茅草勤于农耕呢，还是游说权贵谋取名

位？我应该忠言直谏奋不顾身呢，还是做个俗人追求富贵苟且偷生？我应该超然物外保持真性情呢，还是圆滑世故，像油脂般滑腻、熟牛皮那样柔软到可以擦拭庭柱？我应该出类拔萃像千里马那样呢，还是漂浮不定像水中的野鸭随波逐流来保全性命？我应该跟骏马并驾齐驱呢，还是跟在劣马后面亦步亦趋？我应该与黄鹄比翼齐飞呢，还是和鸡鸭争夺食物？这些事哪些吉利，哪些凶险？我应该顺从哪些，不干哪些？世道混浊分不明清。薄薄的知了翅膀被当作重物，千钧重物却被当作轻物；庄严的黄钟被毁坏抛弃，陶制的锅却雷鸣震天；谗佞之人身居高位嚣张跋扈，贤能之士则默默无闻。算了算了不说了啊，谁了解我的清廉忠贞！”詹尹便放下卜具，辞谢说：“尺寸各有短长，万物也都有不足之处，智者也有不明白的地方，卦数也有算不出来的事情，神灵也有判断不通的时候。就凭着您的内心，按照您的意思去做，龟甲与蓍草实在不能推知事情的结果。”

渔父

题解

本篇作者，自王逸起已不明晰：“《渔父》者，屈原之所作也。屈原放逐，在江、湘之间，忧愁叹吟，仪容变易。而渔父避世隐身，钓鱼江滨，欣然自乐。时遇屈原川泽之域，怪而问之，遂相应答。楚人思念屈原，因叙其辞以相传焉。”王逸既认为该篇是屈原所作，又说是楚人所叙，这就引发后人的困惑。目前学界仍有不少学者倾向于认为是屈原所作，但从文意来看，不是屈原所作的可能性更大。文中屈原说：“宁赴湘流，葬于江鱼之腹中。安能以皓皓之白，而蒙世俗之尘埃乎？”认为投江便可保护自身的“皓皓之白”。渔父则答以沧浪歌，意谓沧浪水不仅有清，也有浊，想通过跳江维护自身洁白，实在过于幼稚。试想，此篇若果为屈原所作，会有此立意吗？屈原跳江，我们在《离骚》中已分析其原因，绝非为自身之清浊。此文看似为屈原辩护，却为屈原取辱，因此才会出现林家骊等指出的奇怪现象，即：“后人对《渔父》的推崇一般都撇开了‘三闾大夫’的洁身自好的人格理想，却偏偏钟情于过着萧散自由生活的‘渔父’。”原因就在于本篇的主旨显然倾向渔父，屈原不过是拿来做配角而已，有点类似《庄子》中的孔子形象，自然不会深入人心。

原　文

屈原既放，游于江潭(tán)，行吟泽畔，颜色憔悴，形容枯槁(gǎo)①。渔父见而问之曰②：“子非三闾大夫与③？何故至于斯？”屈原曰：“举世皆浊我独清，众人皆醉我独醒④，是以见放。”渔父曰：“圣人不凝(níng)滞于物，而能与世推移⑤。世人皆浊，何不淈(gǔ)其泥而扬其波⑥？众人皆醉，何不餔(bū)其糟(zāo)而歠(chuò)其酾(lí)⑦？何故深思高举，自令放为⑧？”屈原曰：“吾闻之：新沐(mù)者必弹(tán)冠，新浴者必振衣⑨。安能以身之察察，受物之汶汶者乎⑩？宁赴湘流，葬于江鱼之腹中⑪。安能以皓皓之白，而蒙世俗之尘埃乎⑫？”渔父莞(wǎn)尔而笑，鼓枻(yì)而去⑬，歌曰：“沧浪之水清兮，可以濯(zhuó)吾缨(yīng)⑭；沧浪之水浊兮，可以濯吾足。”遂去，不复与言。

注　释

①**行吟**：边走边吟。**颜色**：气色。**形容**：容貌。**枯槁**：清瘦。②**渔父**：打鱼的老人。指隐士。③**子**：你。**三闾大夫**：楚国官名，掌管教育楚国王族屈、景、昭三姓宗族子弟。**与**：疑问词。④**浊、清**：指品德行为。**醉、醒**：对楚国形势的认识而言。⑤**凝滞**：拘泥。**推移**：变化。⑥**淈**：搅浑。⑦**餔其糟**：吃酒糟，引申为随波逐流。**歠其酾**：饮薄酒，引申为从俗浮沉。⑧**深思**：思虑很深。**高举**：高出流俗的举止。

⑨**沐者**：洗头。**弹冠**：弹去帽子上的灰尘。**浴**：洗澡。**振衣**：抖去衣服上的灰尘。⑩**察察**：清洁。**汶汶**：污浊。⑪**赴**：奔向。⑫**皓皓**：洁白。⑬**莞尔**：微笑的样子。**鼓枻**：划动船桨。⑭**濯**：洗涤。**缨**：系冠的带子。

译文

屈原已被流放，在江边深水旁游荡，一边行走一边吟唱，面容憔悴，模样清瘦。有位打鱼的老人见到屈原，便问他："您不是三闾大夫吗？因为什么原因来到这里？"屈原回答说："世上的人都浑浊不堪，只有我清白；大家都醉醺醺看不清，只有我独自清醒。因此被放逐到这里。"打鱼的老人说："圣人不被外界事物所拘束，而能随着世道发展而变化。既然世人都浑浊不堪，你何不搅浑泥水，扬起浊浪？大家都醉醺醺，你何不吃酒糟，饮薄酒？为什么要思虑深远，行为高尚，自己把自己搞到放逐的地步？"屈原回答说："我曾听说过：刚洗过头的人一定要把帽子上的灰尘弹干净，刚洗完澡的人一定要把衣服上的灰尘抖搂掉。怎么能让清白无比的身体，被污浊的外物所污染呢？我宁愿跳进湘江，埋葬在江鱼的肚子中。怎么能让洁白纯净的身体，蒙受世俗的污垢呢？"打鱼的老人微微一笑，摇起船桨离开了。江面上传来他的歌声："沧浪之水澄清啊，可以洗涤我的帽缨；沧浪之水浊污啊，可以洗涤我的双足。"于是打鱼的老人远去，不再和屈原说话。

九　辩

题　解

本篇为宋玉的代表作。据《史记·屈原贾生列传》等资料可知，宋玉在屈原之后，大概做过文学侍臣，其他事迹不详。《九辩》全诗二百五十多句，是屈原作品之外公认的成功之作。关于题目的含义，一些学者认为《九辩》跟《九歌》一样，也是古乐曲名，宋玉借用其名而自创新词。至于《九辩》内容，传统看法认为

是宋玉哀怜屈原而代为作词，目前学界认为主要是宋玉抒发自己“贫士失职而志不平”的感慨。其中悲秋主题的抒写尤为成功，宋玉不仅仅是描写秋景，更把个人遭遇与时代国家融入进去，形成独特的悲秋书写传统，对后世影响深远，如汉武帝《秋风辞》、曹植《秋思赋》、曹丕《燕歌行》、杜甫《秋兴八首》等。也因此，“宋玉悲秋”成为广泛使用的典故。

原文

悲哉秋之为气也！萧瑟兮草木摇落而变衰①。

憭(liáo)慄(lì)兮若在远行，登山临水兮送将归②。

泬(xuè)寥兮天高而气清，宋寥兮收潦(lǎo)而水清③。

憯(cǎn)凄增欷(xī)兮，薄寒之中(zhòng)人④；

怆(chuàng)怳(huǎng)懭(kuǎng)悢(liàng)兮，去故而就新⑤；

坎廪(lǐn)兮贫士失职而志不平⑥；

廓(kuò)落兮羁(jī)旅而无友生，惆怅兮而私自怜⑦。

燕翩翩其辞归兮，蝉宋漠而无声⑧。

雁廱(yōng)廱而南游兮，鹍(kūn)鸡啁(zhāo)哳(zhā)而悲鸣⑨。

独申旦而不寐兮，哀蟋蟀之宵征⑩。

时亹(wěi)亹而过中兮，蹇(jiǎn)淹留而无成⑪。

注释

①**萧瑟**：既指草木被秋风吹拂发出的声音，也形容秋风扫净落叶后的悲凉气氛。②**憭慄**：悲怆凄凉。③**泬寥**：晴朗空旷，天高气清。**宋寥**：水面平静的样子。**潦**：积水。④**憯凄**：伤痛。**欷**：叹息。**薄**

寒：秋季微寒。**中**：侵袭。⑤**怆怳**：悲伤失意。**圹悢**：惆怅失意。⑥**坎廪**：原意是坎坷不平，这里指困顿不得志。**失职**：失去职位。⑦**廓落**：空虚孤寂。**羁旅**：寄居于旅途，即异乡漂泊。**友生**：朋友。⑧**翩翩**：轻快飞翔。**宋漠**：同“寂寞”，静默。⑨**廱廱**：雁鸣声。**鹍鸡**：像鹤的一种鸟。**啁哳**：形容鸟叫繁杂而细碎。⑩**申旦**：到天亮。**宵征**：夜间跳跃鸣叫。⑪**亹亹**：前行不停。**过中**：过了中年。**蹇**：发语词。**淹留**：滞留。

译文

让人悲凉啊，秋天的气息！大地萧瑟啊，草与树叶在风中凋零衰歇。
心中凄凉啊，好像本在远行，又要登山傍水跟回家的人告别。
空虚旷荡啊，天高气清；虚静澄澈啊，雨水退去水面复归平静。
凄凉徒增叹息啊，微寒把人侵袭；
恍惚惆怅啊，离开故土前往陌生之地。
仕途坎坷啊，贫士失去职位心中不满。
空虚独孤啊，流落他乡都没个同伴；失意悲伤啊，只能自我哀怜。
燕子轻飞离开北方啊，蝉静默无声无影。
大雁边叫边往南飞啊，鹍鸡啾啾地悲鸣。
我独自不眠到天亮啊，蟋蟀悲啼勾起我的哀伤。
时光飞逝人过中年啊，仍一事无成滞留在他乡。

原文

悲忧穷戚兮独处廓，有美一人兮心不绎(yì)[①]。
去乡离家兮徕(lái)远客，超逍遥兮今焉薄[②]？
专思君兮不可化，君不知兮可奈何[③]！
蓄怨兮积思，心烦憺(dàn)兮忘食事[④]。
愿一见兮道余意，君之心兮与余异[⑤]。
车既驾兮朅(qiè)而归，不得见兮心伤悲[⑥]。

倚结軨(líng)兮长太息，涕潺湲(chán yuán)兮下沾轼⑦。

忼(kāng)慨绝兮不得，中瞀(mào)乱兮迷惑⑧。

私自怜兮何极？心怦怦兮谅直⑨。

注释

①**穷戚**：即窘迫。**戚**：通“促”，迫促。**廓**：寂阔空虚。**有美一人**：宋玉自指。**绎**：通“怿”，喜悦。②**徕**：即来，来做远客。**超**：远。**逍遥**：这里指漂泊无依。**焉薄**：在哪里停留。③**专**：一心一意。**化**：改变。④**蓄怨**：积蓄怨恨。**积思**：堆积思念。**烦憺**：烦闷忧愁。**食事**：吃饭之事。⑤**道**：说。⑥**朅**：离去。⑦**结軨**：车栏。**潺湲**：形容眼泪不断落下。**轼**：古代设在车厢前供乘站者凭扶的横木。⑧**忼慨**：慷慨激昂。**瞀乱**：昏乱。⑨**极**：终止。**怦怦**：心急的样子。**谅直**：忠诚正直。

译文

忧愁窘迫啊独处寂寥，有一美人啊心中不喜。

远离家乡啊成为远客，漂泊无依啊能去哪里？

一心念君啊不可改变，君不知道啊能怎么办？

蓄满哀怨啊积满思虑，心中烦闷啊忘记吃饭。

想见一面啊说出心意，君的心思啊与我迥异。

车已备好啊去又回来，见不到君啊悲伤郁悒。

倚靠车栏啊长长叹息，泪水不停啊打湿横木。

慷慨断绝啊又做不到，心中混乱啊迷惑难悟。

独自哀怜啊何时到头，心跳急速啊忠正如初。

原文

皇天平分四时兮，窃独悲此廪(lǐn)秋①。

白露既下百草兮，奄(yǎn)离披此梧楸(qiū)②。

去白日之昭昭兮，袭长夜之悠悠③。

离芳蔼(ǎi)之方壮兮，余萎约而悲愁④。

秋既先戒以白露兮，冬又申之以严霜⑤。

收恢台之孟夏兮，然欿傺(kǎn chì)而沉藏⑥。

叶菸(yū)邑而无色兮，枝烦挐(rú)而交横⑦。

颜淫溢而将罢(pí)兮，柯(kē)彷佛而萎黄⑧。

萷櫹椮(shāo xiāo sēn)之可哀兮，形销铄(shuò)而瘀(yū)伤⑨。

惟其纷糅而将落兮，恨其失时而无当⑩。

擥騑辔(fēi pèi)而下节兮，聊逍遥以相佯⑪。

岁忽忽而遒(qiú)尽兮，恐余寿之弗将⑫。

悼余生之不时兮，逢此世之俇攘(kuāng rǎng)⑬。

澹(dàn)容与而独倚兮，蟋蟀鸣此西堂⑭。

心怵惕(chù tì)而震荡兮，何所忧之多方⑮。

卬(yǎng)明月而太息兮，步列星而极明⑯。

注释

①**四时**：指四季。**窃**：我私下里。**廪秋**：即“凛秋”，寒秋。②**白露**：秋露。**下**：使百草落下。**奄**：快速。**离披**：树叶凋零，树枝扶疏。**梧楸**：梧桐与楸树，皆落叶乔木。③**去**：远离。**昭昭**：光明。**袭**：进入。**悠悠**：漫长。④**芳蔼**：芳香繁盛。**萎约**：萎靡穷困。⑤**戒**：警告。**申**：重复。⑥**恢台**：形容旺盛广大。**然**：与“焉”同，句首发语词。**欿傺**：停止。**沉藏**：收藏。⑦**菸邑**：枯萎黯淡。**烦挐**：纷乱。⑧**颜**：形貌。**淫溢**：枯槁瘦弱。**罢**：疲劳。**柯**：草木的茎干。**彷佛**：犹模糊，指颜色不鲜明。**萎黄**：枯萎变黄。⑨**萷**：树梢。**櫹椮**：树木光秃秃。**销铄**：销毁摧残。**瘀伤**：气血淤积成病。⑩**惟**：想。**纷糅**：众多杂乱，指枯枝败叶相杂。**恨**：遗憾。**当**：遇到。⑪**擥**：抓住。**騑**：车辕两旁的马。**辔**：马缰。**下节**：停鞭，使马缓行。**相佯**：徘徊盘

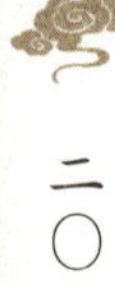

桓。⑫**道尽**：迫近尽头。**弗将**：不长。⑬**侹攘**：纷乱不安。⑭**澹**：恬淡。**容与**：闲散的样子。⑮**怵惕**：惊惧。**震荡**：心神不定。⑯**卬**：同“仰”，仰望。**步**：行走。

译 文

老天平分一年为四季啊，我独为这寒秋而伤悲。
秋露已经让百草凋零啊，梧楸树叶也瞬间飘飞。
离别光明灿烂的夏日啊，进入漫长寒冷的秋夜。
向芬芳繁盛中年作别啊，衰老困窘让我肝肠裂。
秋天先用白露来警告啊，冬季来重申的是严霜。
收走盛夏的草木繁盛啊，万物停下生长来隐藏。
叶子枯萎没有好颜色啊，枝条则纷乱错杂无章。
色泽黯淡就快要凋谢啊，茎干颜色模糊变枯黄。
树梢光秃秃令人悲怆啊，外形颓败似乎有瘀伤。
想到草木杂乱要落下啊，遗憾它们错过好时光。
抓住马缰绳停鞭慢走啊，姑且逍遥徘徊来游荡。
岁月匆匆流逝到尽头啊，恐怕我的寿命也不长。
哀叹我也是生不逢时啊，来到纷乱不安的世上。
恬淡闲散独自倚靠着啊，听蟋蟀声充斥着西堂。
内心惊惧而心神不宁啊，为何百感交集心忧伤？
仰望明月长久地叹息啊，在星光下散步到天亮。

原 文

窃悲夫蕙(huì)华之曾敷(céng fū)兮，纷旖旎(yǐ nǐ)乎都房[1]。
何曾华之无实兮，从风雨而飞飏(yáng)[2]。
以为君独服此蕙兮，羌无以异于众芳[3]。
闵奇思之不通兮，将去君而高翔[4]。
心闵怜之惨凄兮，愿一见而有明[5]。

重无怨而生离兮，中结轸(zhěn)而增伤[6]。

岂不郁陶而思君兮？君之门以九重(chóng)[7]！

猛犬狺(yín)狺而迎吠兮，关梁闭而不通[8]。

皇天淫溢而秋霖(lín)兮，后土何时而得漧(gān)[9]？

块独守此无泽兮，仰浮云而永叹[10]。

注释

①**蕙华**：蕙草的花。**曾敷**：重叠地盛开。**旖旎**：盛多美好。**都房**：指宫馆园囿。②**无实**：没有结果实。**飞飏**：飘扬。③**服**：佩戴。④**闵**：哀悯。**去君**：离开君主。⑤**闵怜**：即怜悯。⑥**重**：深深思考。**无怨**：无可埋怨，即无罪。**生离**：被生生离弃，指弃逐。**结轸**：内心忧思缠结，悲愁不已。⑦**郁陶**：忧思集聚的样子。**九重**：天子之门有九重，极言其深邃难进。⑧**狺狺**：犬吠声。**关梁**：关塞和桥梁。⑨**淫溢**：过度，指久雨连绵。**秋霖**：秋日的淫雨。**后土**：原指土神，这里指土地。**漧**：同"干"，干燥。⑩**块**：孤独。**无泽**：即芜泽，荒芜的水泽。

译文

我悲叹层叠盛开的蕙花啊，繁盛美好开满精致的殿堂。

为何花朵众多却不结果啊，随着风吹雨淋而四处飘扬。

以为君王只爱佩戴蕙花啊，其实他觉得与众花都一样。

伤心出众谋略不能上达啊，我将要离开君王远走他乡。

内心自我怜悯何其凄凉啊，希望见一见君王倾诉衷肠。

想到自己无罪却被弃逐啊，内心的沉痛郁结更加悲伤。

哪能不心怀忧愁想君王啊，怎奈君王幽门有重重关防。

守门的猛犬迎着你狂叫啊，到处是关闭的关塞和桥梁。

上天降下秋雨连绵不断啊，大地什么时候才能再变干？

我独守在这荒芜的沼泽啊，抬头仰望着浮云长声哀叹。

原文

何时俗之工巧兮？背绳墨而改错[1]！

却骐骥而不乘兮，策驽(nú)骀(tái)而取路[2]。

当世岂无骐骥兮，诚莫之能善御[3]。

见执辔者非其人兮，故駶(jú)跳而远去[4]。

凫(fú)雁皆唼(shà)夫粱藻(zǎo)兮，凤愈飘翔而高举[5]。

圜(yuán)凿(záo)而方枘(ruì)兮，吾固知其鉏(jǔ)铻(yǔ)而难入[6]。

众鸟皆有所登栖兮，凤独遑(huáng)遑而无所集[7]。

愿衔(xián)枚(méi)而无言兮，尝被君之渥(wò)洽(qià)[8]。

太公九十乃显荣兮，诚未遇其匹合[9]。

谓骐骥兮安归？谓凤皇兮安栖[10]？

变古易俗兮世衰，今之相(xiàng)者兮举肥[11]。

骐骥伏匿(nì)而不见(xiàn)兮，凤皇高飞而不下[12]。

鸟兽犹知怀德兮，何云贤士之不处(chǔ)[13]？

骥不骤进而求服兮，凤亦不贪餧(wèi)而妄食[14]。

君弃远而不察兮，虽愿忠其焉得[15]？

欲寂漠而绝端兮，窃不敢忘初之厚德[16]。

独悲愁其伤人兮，冯(píng)郁郁其何极[17]？

霜露惨凄而交下兮，心尚幸其弗济[18]。

霰(xiàn)雪雰(fēn)糅其增加兮，乃知遭命之将至[19]。

愿徼(jiǎo)幸而有待兮，泊莽莽与壄草同死[20]。

愿自往而径游兮，路壅（yōng）绝而不通[21]。

欲循道而平驱兮，又未知其所从[22]。

然中路而迷惑兮，自厌桉（ān）而学诵[23]。

性愚陋以褊（biǎn）浅兮，信未达乎从容[24]。

注　释

①**工巧**：善于投机取巧。**绳墨**：比喻法度。**错**：通“措”，措施。②**骐骥**：骏马，比喻贤士。**策**：马鞭，引申为驾驭。**驽骀**：劣马，比喻庸人。③**诚**：确实。**善御**：善于驾驭的人。④**騊跳**：跳跃，指君主不明，贤士躲避。⑤**凫雁**：野鸭与大雁。**唼**：水鸟或鱼吃食。**粱**：粟米。**藻**：藻类植物。**高举**：高飞远去。⑥**圜**：同“圆”。**凿**：插孔。**枘**：榫头。**钼铻**：互相抵触，格格不入。⑦**遑遑**：匆忙往来不定、恐惧不安。**集**：栖息。⑧**衔枚**：古代军人行军时，嘴里含着枚，防止说话，这里表示闭口不言。**被**：蒙受。**渥洽**：深厚的恩泽。⑨**太公**：太公望吕尚。**匹合**：投合之主。⑩**安归**：归去哪里？**安栖**：栖息何处？⑪**相者**：观看考察的人。**举肥**：只选肥壮之马，讽刺当政者只根据表象挑选人才。⑫**伏匿**：隐伏躲匿。⑬**怀德**：怀恩保德。**处**：留下。⑭**骤进**：极速前进。**服**：驾车。**餧**：喂养。**妄食**：乱吃。⑮**弃远**：抛弃疏远。⑯**绝端**：断绝端绪，指对君主的思绪。⑰**冯**：通“凭”，愤懑。**郁郁**：苦闷。**极**：止。⑱**交下**：齐下。**傒**：希望。**济**：成功。⑲**霰**：雪珠。**雰**：雨雪纷飞。**糅**：混杂。**遭命**：遭遇厄运。⑳**徼幸**：即侥幸。**泊**：留止。**莽莽**：草类茂盛。㉑**径游**：直接去。**壅绝**：断绝。㉒**循道**：因循正道。㉓**中路**：半路。**厌**：克制。**桉**：通“按”，克制。**学诵**：学习写益于诵读的韵文。㉔**褊浅**：心地、见识等狭隘短浅。

译　文

为何当下风气善投机啊，改变原来正确措施背离法度。

退却骏马而不去骑乘啊，却鞭赶着驽钝的劣马去上路。

当世难道真的没骏马吗？实在是没有车夫能好好驾驭。

见拿马缰的人不合适啊，因此骏马就会扬蹄飞奔离去。

野鸭大雁吃粟米水藻啊，凤凰则越发随风飞飘然高举。
圆插孔却配上方榫头啊，我本知道二者抵触难以插入。
众鸟都有栖身的地方啊，只有凤凰匆匆忙忙无枝可依。
我像衔枚般沉默不语啊，又难忘曾蒙受君王深情厚谊。
姜太公九十岁才荣耀啊，实在是之前没遇上贤明君主。
要问骏马啊会回到哪里，要问凤凰啊又会栖息在何处？
改变古风俗啊世道衰微，如今的人们啊只看马肥不肥。
骏马都藏起来不出现啊，凤凰都不愿落下而选择高飞。
鸟兽犹知道怀恩报德啊，怎能说贤士不肯留下来入仕？
骏马不会冒进来驾车啊，凤凰也不会贪图喂养而乱吃。
君王疏远贤士不明察啊，即使贤士想效忠也没有途径。
想自甘淡泊不再思君啊，私下里又不敢忘记当初恩情。
独自悲愁烦闷多伤心啊，满腔的愤懑什么时候能消停？
霜露一齐降落多悲凄啊，心中还希望它们的破坏无效。
雪珠雪花纷杂着变大啊，才知道遭受的厄运将要来到。
想心存侥幸再等等看啊，却等来与无边野草一起死亡。
想自己前往直接奔驰啊，道路阻塞断绝没有地方通畅。
想遵循正道平稳前进啊，却又不知道我该到什么地方。
走到半路上内心迷惑啊，只好克制压抑学习作诵吟唱。
我本性愚陋狭隘肤浅啊，实在不能做得出闲散的模样。

原　文

窃美申包胥(xū)之气盛兮，恐时世之不固[①]。

何时俗之工巧兮？灭规矩而改凿[②]**！**

独耿(gěng)介而不随兮，愿慕先圣之遗教[③]。

处浊世而显荣兮，非余心之所乐[④]。

与其无义而有名兮，宁穷处(chǔ)而守高⑤。

食不媮(tōu)而为饱兮，衣不苟而为温⑥。

窃慕诗人之遗风兮，愿托志乎素餐⑦。

蹇(jiǎn)充倔而无端兮，泊(bó)莽莽而无垠(yín)⑧。

无衣裘以御冬兮，恐溘死不得见乎阳春⑨。

注　释

①**窃美**：暗自赞美。**申包胥**：春秋时楚国大夫，公元前506年，吴国占领楚都，楚昭王逃奔，申包胥在秦国宫廷上痛哭七天七夜，终于感动秦哀公，出兵救楚。②**规矩**：指法度。**凿**：通“措”，措施。③**耿介**：刚毅正直。**遗教**：传下来的法则。④**显荣**：显赫荣耀。⑤**穷处**：即“处穷”，君子守穷之意。**守高**：保守高尚。⑥**媮**：苟且。**苟**：随便。⑦**诗人**：指前贤，因自《诗经》开始，诗人皆贤人。**遗风**：前代留下来的风教。**托志**：寄托志向。**素餐**：指无功受禄，不劳而食。⑧**蹇**：通“謇”，发语词。**充倔**：断绝阻塞。**泊莽莽**：指草木茂盛广阔的样子。**无垠**：没有边际。⑨**御冬**：过冬。**溘**：突然。

译　文

暗自赞美申包胥志气盛大啊，恐怕时世没有当时巩固。

为什么时下风气善于投机啊，要毁灭好规矩改变法度？

我刚毅正直不愿随波逐流啊，想效法前代圣贤的风范。

身在浊世而得到显赫荣耀啊，这绝不是我喜欢的心愿。

与其没有道义而徒有虚名啊，宁愿身处穷困保守高尚。

不能为吃饱肚子苟且求食啊，不能为保暖而乱穿衣裳。

暗自追慕诗人前贤的遗风啊，在粗茶淡饭中寄托志向。

途径断绝没其他方法可想啊，像身处无边无际荒草场。

没有皮袄来度过漫长冬季啊，怕突然死去再不见春光。

原文

靓杪（jìng miǎo）秋之遥夜兮，心缭悷（liáo lì）而有哀①。

春秋逴（chuō）逴而日高兮，然惆怅而自悲②。

四时递（dì）来而卒岁兮，阴阳不可与俪（lì）偕③。

白日晼（wǎn）晚其将入兮，明月销铄而减毁④。

岁忽忽而遒（qiú）尽兮，老冉冉而愈弛⑤。

心摇悦而日幸兮，然怊（chāo）怅而无冀⑥。

中憯（cǎn）恻之凄怆（chuàng）兮，长太息而增欷（xī）⑦。

年洋洋以日往兮，老嵺（liáo）廓而无处⑧。

事亹亹（wěi）而觊（jì）进兮，蹇淹留而踌躇⑨。

注释

①**靓**：通“静”，平和。**杪秋**：晚秋。**遥夜**：长夜。**缭悷**：形容忧思萦绕缠结的样子。②**春秋**：指时间。**逴逴**：越走越远的样子。**日高兮**：一天天老去。**然**：同“焉”，句首发语词。③**四时**：四季。**递**：交替。**俪偕**：偕同。④**晼**：太阳偏西。**销铄**：亏缺。⑤**遒尽**：迫近于尽头。**弛**：松弛。⑥**摇悦**：心旌摇荡，表示喜悦。**幸**：侥幸。**怊怅**：惆怅。⑦**憯恻**：悲痛。**凄怆**：凄惨悲伤。**欷**：悲伤地叹息。⑧**洋洋**：形容岁月匆匆流逝。**嵺廓**：即寥廓。⑨**亹亹**：勤勉不倦。**觊**：企望。**蹇**：发语词。**淹留**：滞留。**踌躇**：徘徊。

译文

寂静晚秋的漫漫长夜啊，我心里缠结无限的悲愁。

岁月如梭我年龄渐高啊，令人惆怅为自己而难受。

四季交替一年将结束啊，日月不同不能同时出现。

白天的太阳昏暗落下啊，皎洁的明月亏缺而瘦减。

一年匆匆快要到尽头啊，老境渐至降低自我要求。

心旌摇荡抱着侥幸心啊，最终失去希望满怀担忧。

内心悲痛而凄惨伤感啊，大声长久叹息徒增唏嘘。

时光匆匆一天天流逝啊，老来倍觉漂泊深感空虚。

不断勤勉企望能进取啊，又滞留不前徘徊而犹豫。

原文

何氾滥之浮云兮，猋(biāo)壅(yōng)蔽此明月①？

忠昭昭而愿见(xiàn)兮，然雺(yīn)曀(yì)而莫达②。

愿皓日之显行兮，云蒙蒙而蔽之③。

窃不自聊而愿忠兮，或黕(dǎn)点而污之④。

尧舜之抗行兮，瞭(liǎo)冥冥而薄天⑤。

何险巇(xī)之嫉妒兮，被(pī)以不慈之伪名⑥？

彼日月之照明兮，尚黯(àn)黮(dàn)而有瑕(xiá)⑦。

何况一国之事兮，亦多端而胶加⑧。

注释

①**氾滥**：形容浮云层层涌现。**猋**：群犬奔跑之意，引申为疾跑。**壅蔽**：堵塞遮蔽。②**见**：同“现”，显现，表露心迹。**雺**：同“阴”，乌云遮日。**曀**：天色阴暗有风。③**皓日**：明亮的太阳，指明君。**显行**：光耀地运行。**蒙蒙**：幽暗、模糊不清。④**聊**：一本作“料”，考虑。**黕点**：污垢。⑤抗行：高尚的行为。**瞭**：明亮。**冥冥**：深远。**薄天**：靠近青天。⑥**险巇**：崎岖险恶，比喻奸险小人。**被**：强加。⑦**黯黮**：昏暗不明。**瑕**：瑕疵。⑧**多端**：头绪多端。**胶加**：缠绕无绪。

译文

为何漫天浮云层层涌现啊，迅速飘动把明月遮蔽？

忠心耿耿想要剖白心迹啊，但乌云蔽日难以如意。

愿太阳显耀光明地运行啊，迷蒙的云气将它隔绝。

不为自己预料只想效忠啊，有人却无端把我污蔑。

尧舜两位明君行为高尚啊，他们的光辉义薄云天。

为何险恶小人如此嫉妒啊，强给他们贴不慈标签。

那太阳和月亮光辉朗照啊，尚且时而昏暗有瑕斑。

何况一个国家的各种事啊，更是纷繁多端而杂乱。

原　文

被荷裯(dāo)之晏晏兮，然潢(huáng)洋而不可带①。

既骄美而伐武兮，负左右之耿介②。

憎愠(yùn)惀(lún)之修美兮，好夫(fú)人之慷慨③。

众踥(qiè)蹀(dié)而日进兮，美超远而逾迈④。

农夫辍耕而容与兮，恐田野之芜秽⑤。

事绵绵而多私兮，窃悼后之危败⑥。

世雷同而炫曜(yào)兮，何毁誉之昧(mèi)昧⑦！

今修饰而窥镜兮，后尚可以窜(cuàn)藏⑧。

愿寄言夫流星兮，羌儵(shū)忽而难当⑨。

卒壅蔽此浮云兮，下暗漠而无光⑩。

尧舜皆有所举任兮，故高枕而自适⑪。

谅无怨于天下兮，心焉取此怵(chù)惕(tì)⑫？

窦骐骥之浏(liú)浏兮，驭(yù)安用夫强策⑬？

谅城郭之不足恃兮，虽重介之何益⑭？

邅(zhān)翼翼而无终兮，忳(tún)惛(hūn)惛而愁约[15]。

生天地之若过兮，功不成而无效[16]。

愿沉滞而不见兮，尚欲布名乎天下[17]。

然潢(huáng)洋而不遇兮，直怐(kòu)愗(mào)而自苦[18]。

莽洋洋而无极兮，忽翱翔之焉薄[19]？

国有骥而不知乘兮，焉皇皇而更索[20]？

宁戚讴(ōu)于车下兮，桓公闻而知之[21]。

无伯乐之善相兮，今谁使乎誉之[22]？

罔(wǎng)流涕以聊虑兮，惟著(zhuó)意而得之[23]。

纷纯纯之愿忠兮，妒被离而鄣之[24]。

注释

①**荷裯**：荷叶做的贴身短衣。**晏晏**：漂亮轻柔。**潢洋**：形容衣服宽大。②**骄美**：自负有美德。**伐武**：夸耀武功。**负**：凭借。**左右**：近臣。**耿介**：指看似雄武。③**悁忳**：心中有所郁积而不善于表达。**夫人**：那些小人。**慷慨**：故作激昂善言之态。④**踥蹀**：小步奔走。**超远**：远。**逾迈**：更远。⑤**芜秽**：荒芜。⑥**绵绵**：细小绵长连续不绝。⑦**雷同**：众口一词，随声附和。**炫曜**：即“炫耀”，吹捧。**昧昧**：昏暗，这里指是非不明。⑧**修饰**：梳妆打扮，亦指整顿国家事务。**窜藏**：逃窜隐藏。⑨**羌**：发语词。**儵忽**：即“倏忽”。**当**：遇到。⑩**壅蔽**：堵塞遮蔽。**暗漠**：黯淡模糊。⑪**举任**：推举任用贤人。⑫**谅**：确实。**怵惕**：惊惧。⑬**浏浏**：本义指水流清澈，这里形容马匹行云流水，畅通无阻。**驭**：驾驭。**策**：马鞭。⑭**城郭**：城墙。**恃**：依靠。**重介**：厚重的铠甲。⑮**邅**：难行不进。**翼翼**：恭敬谨慎。**忳**：忧郁。**惛惛**：精神昏聩，神志不清。**愁约**：悲愁困苦。⑯**若过**：若白驹过隙。**效**：成绩。⑰**沉滞**：沉抑埋没。**布名**：扬名。⑱**潢洋**：空阔无所遇的样子。**怐愗**：愚昧。⑲**莽洋洋**：形容荒野辽阔的样子。**焉薄**：迫近哪里，即在哪停留。⑳**皇皇**：即“惶惶”，惶惑。**更索**：别求。㉑**宁**

戚：春秋时期人，齐国大夫。**讴**：清唱。**桓公**：齐桓公。㉒**善相**：善于相马。㉓**罔**：同“惘”，忧愁。**聊虑**：深思。**著意**：集中注意力。㉔**纷纯纯**：忠诚盛多的样子。**被离**：即披离，纷乱。**鄣**：同“障”，阻隔。

译　文

披上荷叶短衣漂亮轻柔啊，但是过于宽松无法束腰。
自负有美德自夸有武功啊，依靠着貌似雄武的臣僚。
憎恨不善于表达的贤人啊，喜好小人那慷慨的谎言。
群小竞相钻营日渐腾达啊，贤士们孤傲越来越疏远。
农夫停止耕种放任闲散啊，恐怕田地就要变得蛮荒。
事情琐屑不绝充满私欲啊，暗自担心国家以后败亡。
世人随声附和相互夸耀啊，赞美与诋毁何其不光鲜。
如今修饰容貌照照镜子啊，今后还有机会躲过劫难。
想拜托流星传语给君王啊，但它飞得很快难以遇见。
最终被浮云完全遮蔽住啊，天下没有光亮一片黑暗。
尧舜都能选拔任用贤士啊，所以高枕无忧从容安闲。
确实没受天下人的埋怨啊，心中又怎么会忧惧不安？
乘骏马行云流水般奔驰啊，驾驭之道岂在马鞭劲悍？
内城外郭实在不足依靠啊，即使盔甲再厚有啥好处？
谨慎前行却不一直保持啊，忧郁烦闷活得潦倒痛苦。
人生于天地如白驹过隙啊，功业没有成功没有结果。
想要埋没而不要有表现啊，又想在世间能声名远播。
然而世事茫茫难遇贤君啊，只是愚钝不堪害苦自己。
荒野辽阔苍茫没有边际啊，飘忽飞翔能够降落哪里？
国有骏马却不知道驾乘啊，还匆匆忙忙去哪里寻找？
宁戚在牛车下高歌一曲啊，齐桓公一听就知才能高。
没有伯乐相马的好本领啊，如今谁能颂扬骏马的好？
怅惘流泪姑且好好思量啊，用心访求才能得到人才。

满怀热忱想要效忠君王啊，却被那妒忌之言所阻碍。

原文

愿赐不肖之躯而别离兮，放游志乎云中①。

乘精气之抟(tuán)抟兮，骛(wù)诸神之湛(zhàn)湛②。

骖白霓(ní)之习习兮，历群灵之丰丰③。

左朱雀之茇(pèi)茇兮，右苍龙之躣(qú)躣④。

属(zhǔ)雷师之阗(tián)阗兮，通飞廉之衙(yú)衙⑤。

前轾(zhì)辌(liáng)之锵(qiāng)锵兮，后辎(zī)乘之从从⑥。

载云旗之委蛇兮，扈(hù)屯骑之容容⑦。

计专专之不可化兮，愿遂推而为臧(zāng)⑧。

赖皇天之厚德兮，还及君之无恙(yàng)⑨。

注释

①**不肖**：自谦。②**精气**：日月的光辉。**抟抟**：凝聚如团的样子。**骛**：追逐。**湛湛**：聚集在一起的样子。③**骖**：作动词。**白霓**：彩虹外侧色泽较黯淡的部分。**习习**：频频飞动的样子。**群灵**：众多星神。**丰丰**：众多的样子。④**朱雀**：星宿名，二十八宿中南方七宿的总称。**茇茇**：飞翔的样子。**苍龙**：二十八宿中东方七宿的总称。**躣躣**：蜿蜒而行的样子。⑤**属**：跟着。**阗阗**：形容雷声洪大。**通**：当作“道”，引导。**衙衙**：行走的样子。⑥**轾**：车顶前倾。**辌**：古代的卧车。**锵锵**：形容车铃声洪亮清越。**辎乘**：辎重车辆。**从从**：车铃声。⑦**委蛇**：即“逶迤”。**扈**：随从。**屯骑**：聚集车骑。**容容**：车驾侍卫众多场面盛大。⑧**专专**：专一。**臧**：好。⑨**无恙**：没有忧患烦恼。

译文

请君王赐我远离庙堂啊，纵情游览在云水之中。

乘团团聚一起的精气啊，追随众神光明的遗踪。

驾着不断飞动的白虹啊，穿过群星闪耀的夜空。

左边的朱雀翩翩飞舞啊，右边的苍龙蜿蜒前冲。

雷师跟后面咚咚敲鼓啊，风伯在前面把路开通。

前面有卧车铿锵作响啊，后面辎重车雷鸣轰轰。

载云旗首尾绵延千里啊，随从车骑前后相蜂拥。

我心专一不能够改变啊，想推广开来积累善功。

仰仗上天的深恩厚德啊，保佑楚王会无病无痛。

招魂

题解

所谓招魂，是指古人的一种巫术仪式，古人认为人的灵魂与身体离开，人就会死亡，因此通过招魂使人复生；或者一旦灵魂短暂离开身体，人就会生病，因此也需要招魂恢复健康。此篇的作者和主旨都有异说。有人认为作者是屈原，他为招楚怀王之魂而写此篇，有学者认为是屈原为自己招魂。也有人认为作者是宋玉，他为招屈原之魂而作，有学者则认为是为楚顷襄王招魂而写。由于资料的互相抵触，在没有获得新资料之前，很难判定作者。笔者较倾向宋玉所作的说法（可参见潘啸龙的论著）。虽然作者不能确定，但是不影响对此篇文意的欣赏，尤其是文中的铺张描写和论述，堪称“耀艳而深华”。梁启超评曰：“此篇对于厌世主义与现世快乐主义两方皆极力描写而两皆拨弃，实全部《楚辞》中最酣肆最深刻之作。”（梁启超《要籍解题及其读法·楚辞》）梁氏之说可为参考。

原文

朕幼清以廉洁兮，身服义而未沬（mèi）①。

主此盛德兮，牵于俗而芜秽[②]。

上无所考此盛德兮，长离殃而愁苦[③]。

帝告巫阳曰："有人在下，我欲辅之[④]。

魂魄离散，汝筮予之[⑤]！"

巫阳对曰："掌梦。上帝其难从[⑥]。"

"若必筮予之，恐后之谢，不能复用巫阳焉[⑦]。"

注释

①**朕**：我。**廉洁**：行为正派，高洁无私。**服**：践行。**沬**：昏暗不明。②**主**：固守。**牵**：被拖累。**芜秽**：本指田地中杂草丛生，这里比喻污浊的现实。③**上**：上天。**考**：明察。**盛德**：充盛的德行。**离殃**：遭受祸殃。④**帝**：天帝。**巫阳**：叫作阳的巫师，也是神话中的神医。**有人**：指杰出的人才。**在下**：在下界，指人间。**辅**：佑助。⑤**魂魄**：魂指独立于身体之外存在的精神。魄指依附于身体的精神。**筮**：用蓍草占卜。**予**：给，这里指使魂魄返回身体的意思。⑥**掌梦**：专管解梦之官。⑦**若**：你。**谢**：凋谢，指灵魂散失。

译文

我自幼清纯高洁无私啊，亲身践行道义从不含混。

固守这种充盛的道德啊，被拖累在污浊现实沉沦。

上天不明察我的德行啊，令我久遭祸殃愁苦绝伦。

天帝昭告巫阳说："在下界有位贤人，我想为他解困。

他的魂魄就要消散，你用占卜之术为他还魂！"

巫阳回答说："这是解梦官的职权，您的命令我难遵循。"

“你必须用占卜之术给他还魂，晚了就魂飞魄散，到时就算再用你，魂魄也不存！”

原 文

乃下招曰：魂兮归来[1]！

去君之恒干，何为四方些(suò)[2]？

舍君之乐处，而离彼不祥些[3]。

魂兮归来！东方不可以托些[4]。

长人千仞(rèn)，惟魂是索些[5]。

十日代出，流金铄石些[6]。

彼皆习之，魂往必释些[7]。

归来兮！不可以托些。

魂兮归来！南方不可以止些。

雕题黑齿，得人肉以祀，以其骨为醢些[8]。

蝮蛇蓁(zhēn)蓁，封狐千里些[9]。

雄虺(huǐ)九首，往来倏忽，吞人以益其心些[10]。

归来兮！不可以久淫些[11]。

魂兮归来！西方之害，流沙千里些。

旋入雷渊，爢(mí)散而不可止些[12]。

幸而得脱，其外旷宇些[13]。

赤蚁若象，玄蜂若壶些[14]。

五谷不生，藂菅(cóng jiān)是食些[15]。

其土烂人，求水无所得些[16]。

彷(páng)徉(yáng)无所倚，广大无所极些[17]。

归来兮！恐自遗(wèi)贼些[18]。

魂兮归来！北方不可以止些。

增冰峨峨，飞雪千里些[19]。

归来兮！不可以久些。

魂兮归来！君无上天些。

虎豹九关，啄(zhuó)害下人些[20]。

一夫九首，拔木九千些。

豺狼从(zòng)目，往来侁(shēn)侁些[21]。

悬人以娭(xī)，投之深渊些[22]。

致命于帝，然后得瞑(míng)些[23]。

归来！往恐危身些。

魂兮归来！君无下此幽都些[24]。

土伯九约(shuò)，其角觺(yí)觺些[25]。

敦脄(méi)血拇，逐人駓(pī)駓些[26]。

参目虎首，其身若牛些[27]。

此皆甘人，归来！恐自遗灾些[28]。

魂兮归来！入修门些[29]。

工祝招君，背行先些[30]。

秦篝(gōu)齐缕，郑绵络些[31]。

招具该备，永啸呼些[32]。

魂兮归来！反故居些[33]。

注　释

①**乃下招曰**：此句似有不通。为何前面说的是占卜之术，下文直接招魂？王念孙《读书杂志·余论下》："以'不能复用'为句，而'巫阳焉'三字属下。"蒋骥《山带阁注楚辞》解释云："巫阳以为帝命有不可从者，盖必待筮而后予，则恐身先萎谢，巫阳虽予之魂，而不能复生，此其所以不用筮而用招也。"此说可从。②**去**：离开。**恒干**：指魂魄平时所依托的躯干。**四方**：去四方，为古代祭礼仪式。实际上只能去三方，因为毕竟总有一方是离开的地方。除非是在中间，从本诗创作来看，是把自身所处之地视为中间的。**些**：楚语中的语末助词，类同"兮"等。③**舍**：丢弃。**离**：遭遇。④**托**：寄托。⑤**长人**：神话中的东方巨人族。**仞**：长度单位。⑥**代**：交替。**金**：金属。**铄**：高温熔化。⑦**习**：习惯。**释**：分离。⑧**雕题**：即在额头上描画花纹图案，是南方蛮夷国家的习俗。**黑齿**：东南华南一带某些民族有染黑牙齿的风习。**醢**：原指肉酱，这里或指祭祀的风俗。⑨**蝮蛇**：毒蛇。**蓁蓁**：聚集众多的样子。**封狐**：大狐。⑩**虺**：蛇。**儵忽**：迅疾。⑪**淫**：滞留。⑫**旋**：卷入。**雷渊**：古水之名。**爢散**：像粉末般被水流碾碎。⑬**旷宇**：空旷的荒野。⑭**赤蚁**：红蚂蚁。**玄蜂**：土蜂，黑色。⑮**五谷**：五种谷物，泛指庄稼。**藂**：同"丛"，草木丛生的样子。**菅**：菅草，多生山坡草地，坚韧。⑯**烂人**：使人皮焦肉烂。⑰**彷徉**：即"彷徨"。**倚**：依靠。**极**：尽头。⑱**遗贼**：引来灾害。⑲**增冰**：即层冰，层积高累的冰块。**峨峨**：形容高耸的样子。⑳**九关**：九重天门。**啄害**：咬害。**下人**：下界凡人。㉑**从目**：即纵目，眼睛竖长。**侁侁**：众多的样子。㉒**娭**：同"嬉"，戏弄。㉓**致命**：复命。**瞑**：假寐，小睡。㉔**幽都**：昏暗的都邑。㉕**土伯**：土地神。**九约**：约即"稍"，形容土地神身上插满矛戟，杀气腾腾。**觺觺**：尖利的样子。㉖**敦脄**：厚实的脊背。**血拇**：染血的大拇指。**駓駓**：疾行的样子。㉗**参目**：三只眼睛。㉘**甘人**：以人为甘味，即以人为美食。㉙**修门**：高大城门。当指楚国国都之门。㉚**工祝**：即巫祝，主持祭祀仪式的人。**背行先**：巫者倒退，引领灵魂。㉛**秦篝**：秦地竹笼。**齐缕**：齐地丝线。**郑绵络**：郑国丝絮。以上都是招魂的工具。㉜**该备**：齐备。**永**：长。**啸呼**：即呼啸。㉝**反**：回返。

译文

巫阳于是降下招魂说：魂魄啊回来！

离开您平时寄托的躯干，为何却去四方游荡啊。

抛弃您快乐生活的地方，去遭受不祥的灾殃啊。

魂魄啊回来！东方不能够寄居啊。

巨人族高达千轫之长，专门把魂魄索取啊。

十个大太阳交替出现，金属石块都融化啊。

那里的一切都已习惯，魂魄去肯定散架啊。

回来吧！那里不能寄居啊！

魂魄啊回来！南方也不能停留啊。

土著们涂黑牙齿在额头刺青，猎取人肉祭祀，把人骨做成肉酱啊。

毒蛇聚集，大狐驰骋千里啊。

九头雄蛇来往迅疾，吃人来满足它们的私欲啊。

回来啊，不要长时间停留啊！

魂魄啊回来！西方险恶，流沙广袤千里啊。

卷入雷渊就会被撕碎，没有办法停息啊。

即使侥幸逃脱，外面是空旷的荒野啊。

红蚂蚁像大象，土蜂大得像葫芦啊。

各种庄稼都不生长，只能以丛生的菅草为食物啊。

这里的土地把人烤焦，水源到处都找不到啊。

徘徊游荡无所依靠，广阔辽远没有尽头啊。

回来啊！怕您会遭到灾害啊。

魂魄啊回来！北方也不能停留啊。

冰块层积高耸，雪花千里弥漫啊。

回来啊！不能在那待很久啊。

魂魄啊回来！您不要到天上去啊。

虎豹把守着九重关门，吞噬伤害下界的凡人啊。

长着九个脑袋的怪物，一口气拔掉九千棵树木啊。

豺狼眼睛竖着长，群来群往密密麻麻啊。

把人倒挂着戏弄，然后扔进深渊之中啊。

它们杀完人后向天帝复命，才会休息片刻啊。

回来啊！去了恐怕会危及生命啊。

魂魄啊回来！您不要下到幽暗的都邑啊。

土地神矛戟缭绕，头角锐利无比啊。

厚实的脊背染血的手爪，急速地猎杀人啊。

还有虎头长着三只眼睛，身体强壮如牛啊。

这些都以人为美食，回来啊！否则怕要自受其害啊。

魂魄啊回来！从都城门进来啊。

巫祝们招您，倒退着为您引导啊。

秦地竹笼齐地丝线，郑国棉絮做成灵幡啊。

招魂的器具都已备好，长久地呼喊啊。

魂魄啊回来！回到您的故居啊。

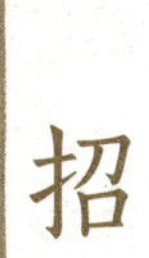

原　文

天地四方，多贼奸些[1]。像设君室，静闲安些[2]。

高堂邃(suì)宇，槛(jiàn)层轩些[3]。层台累榭(xiè)，临高山些[4]。

网户朱缀，刻方连些[5]。冬有穾(yào)厦，夏室寒些[6]。

川谷径复，流潺湲(chányuán)些[7]。光风转蕙(huì)，氾(fàn)崇兰些[8]。

经堂入奥，朱尘筵(yán)些[9]。砥(dǐ)室翠翘，挂曲琼(qióng)些[10]。

翡翠珠被，烂齐光些[11]。蒻(ruò)阿(ē)拂壁，罗帱(chóu)张些[12]。

纂(zuǎn)组绮(qǐ)缟(gǎo)，结琦(qí)璜(huáng)些[13]。室中之观，多珍怪些。

兰膏明烛，华容备些[14]。二八侍宿，射(yì)递代些[15]。

九侯淑女，多迅众些[16]。盛鬋(jiǎn)不同制，实满宫些[17]。

容态好比，顺弥代些[18]。弱颜固植，謇(jiǎn)其有意些[19]。

姱(kuā)容修态，絚(gèng)洞房些[20]。蛾眉曼睩(lù)，目腾光些[21]。

靡颜腻理，遗视矊(mián)些[22]。离榭修幕，侍君之闲些[23]。

翡帷翠帐，饰高堂些[24]。红壁沙版，玄玉梁些[25]。

仰观刻桷(jué)，画龙蛇些[26]。坐堂伏槛，临曲池些[27]。

芙蓉始发，杂芰(jì)荷些[28]。紫茎屏风，文缘波些[29]。

文异豹饰，侍陂陁(bēi tuó)些[30]。轩辌(liáng)既低，步骑罗些[31]。

兰薄户树，琼木篱(lí)些[32]。魂兮归来！何远为些？

注释

①**贼奸**：危害险恶。②**像设**：即“设像”，楚地旧俗，人死后设其遗像于室中祭拜。③**邃宇**：深邃的房屋。**槛**：栏杆。**层轩**：多层楼板。④**层台**：多层的高台。**累榭**：高台上重叠的高屋。⑤**网户**：雕有网状花格之门。**缀**：缀连。**方连**：方形叠合相连，为装饰图案。⑥**突厦**：深邃的大厦。⑦**径复**：直流和曲流都有。**潺湲**：水流动的样子。⑧**光风**：风吹草叶，草叶反光，谓之光风。**转**：摇动。**汜**：摇动。**崇兰**：即丛兰。⑨**奥**：室内西南角，屋子深处。**尘**：指遮蔽尘土的幕布。**筵**：竹席。⑩**砥室**：平整如磨刀石的屋室。**翠翘**：翠鸟的长羽毛。**曲琼**：玉钩。⑪**翡翠**：指翡翠鸟。**烂**：光彩灿烂。⑫**蒻**：织席的蒲草，这里指草席。**阿**：细绢。**罗帱**：绮罗帐子。⑬**纂组**：两种丝带。**绮缟**：两种丝织物。**琦璜**：两种玉器。⑭**兰膏**：香油。**明烛**：明亮的火烛。**华容**：形容灯具上华美的纹饰。⑮**二八**：十六名美女。**侍宿**：服侍过夜。**射**：厌也，懈怠。**递代**：代替。指侍女稍有倦怠，就有其他女子代替。⑯**九侯淑女**：出身高贵的美女。**多迅众**：敏捷多才超出众人。⑰**盛鬋**：鬓发盛美。**制**：发型。⑱**好比**：美丽温柔。**弥代**：盖世。⑲**弱颜固植**：外表柔弱，内心坚贞。**謇**：发语词。⑳**姱容**：美好的容貌。**修态**：美好的仪态。**絚**：同“亘”，连贯。**洞房**：深邃的内室。㉑**蛾眉**：细

长好看的眉毛。**曼睩**：明眸。㉒**靡**：细密。**腻**：细腻。**理**：肌理。**遗视**：目光停留。**矊**：远看的样子。㉓**离榭**：离宫别馆。**修幕**：长大的帷幕。㉔**翡帷翠帐**：指用翡翠羽毛装饰的帷帐。㉕**红壁**：粉刷成红色的墙壁。**沙版**：即"砂版"，用丹砂涂饰隔板。**玄玉梁**：用黑玉装饰的屋梁。㉖**桷**：椽子。㉗**曲池**：堂前曲回的水池。㉘**芰**：菱角。㉙**屏风**：水葵，即荇菜。**文缘波**：紫茎上的纹理随波荡漾。㉚**文异**：斑纹奇异。**豹饰**：用豹皮做装饰。**陂陁**：山坡水岸高低不平的地方。㉛**轩**：一种曲辕有幡的车。**辌**：卧车。**低**：通"抵"，抵达。**步骑罗**：步行和骑马者罗列。㉜**薄**：草木丛生的样子。**琼木**：玉树。**篱**：篱笆。

译　文

天下地上四面八方，多是狡诈害人的东西啊。把您遗像摆在室中，显得如此安详而静谧啊。

堂屋高大房屋深广，栏杆围绕着多层楼板啊。层层叠叠亭台楼榭，依傍着高山而建造啊。

房门漆红有着网状装饰，刻着连方图案啊。冬天房屋深幽宽敞，夏天室内清凉宜人啊。

川流溪谷回环往复，潺潺流水悦耳动听啊。晴风吹动蕙草闪着光芒，轻轻翻动兰丛摇摆不定啊。

由正屋进入内室，有红色隔尘的竹席啊。墙壁平整装饰着翠羽，又有玉钩悬挂衣服啊。

翡翠珠玉装饰的衾被，光辉灿烂夺目啊。蒲席、细缯蒙着墙面，里面张开绮罗帐啊。

红白绶带洁白绮缟，联结着各种美玉啊。内室中的陈设，多是珍贵罕见的啊。

兰花制的香油做成火烛，富丽堂皇无以复加啊。众多美女服侍就寝，疲倦了就换新的啊。

这些出身高贵的美女，敏捷多才超出众人啊。鬓发盛美发型各不相同，充满整个宫殿啊。

容貌美好仪态大方，柔顺可人盖世无双啊。外表柔弱内心坚贞，她们都是仪态缠绵啊。

美丽面容姿态优雅，连绵不绝充塞幽深的房屋啊。蛾眉明眸，目光仿佛在传递波光啊。

红颜光洁肌理细腻，远望久久不移动啊。离宫别馆围着帷幕，在您有空时好好服侍啊。

翡翠装饰的帷帐，挂满高大的厅堂啊。红色的墙壁朱砂的隔板，黑色美玉装饰屋梁啊。

抬头望见刻花的椽子，上面雕绘着龙蛇啊。坐在中堂倚着栏杆，正面临着庭前曲池啊。

荷花刚刚开放，菱角和荷叶互相杂生啊。紫色茎干的水葵，茎干上的纹理随波荡漾啊。

侍从们的衣服有奇异纹饰和豹饰，在山坡水岸等待服侍啊。轻便的轩车、卧车抵达，徒步、乘马的随从罗列啊。

从生的兰花在门外种植，以玉树来做篱笆啊。魂魄啊回来！为什么要离开这里远去啊？

原　文

室家遂宗，食多方些[1]。稻粢(zī)穱(zhuō)麦，挐(rú)黄粱些[2]。

大苦醎酸，辛甘行些[3]。肥牛之腱(jiàn)，臑(ér)若芳些[4]。

和酸若苦，陈吴羹些[5]。胹(ér)鳖(biē)炮(páo)羔，有柘(zhè)浆些[6]。

鹄(hú)酸臇(juǎn)凫(fú)，煎鸿鸧(cāng)些[7]。露鸡臛(huò)蠵(xī)，厉而不爽些[8]。

粔(jù)籹(nǚ)蜜饵(ěr)，有餦(zhāng)餭(huáng)些[9]。瑶浆蜜勺，实羽觞(shāng)些[10]。

挫糟冻饮，酎(zhòu)清凉些[11]。华酌既陈，有琼浆些[12]。

归来反故室，敬而无妨些[13]。肴(yáo)羞未通，女乐罗些[14]。

陈钟按鼓，造新歌些[15]。《涉江》《采菱》，发《扬荷》些[16]。

美人既醉，朱颜酡(tuó)些[17]。娭(xī)光眇视，目曾波些[18]。

被文服纤，丽而不奇(jī)些[19]。长发曼鬋(jiǎn)，艳陆离些[20]。

二八齐容，起郑舞些[21]。衽(rèn)若交竿，抚案下些[22]。

竽瑟狂会，搷(tián)鸣鼓些[23]。宫庭震惊，发《激楚》些[24]。

吴歈(yú)蔡讴(ōu)，奏大吕些[25]。士女杂坐，乱而不分些。

放陈组缨，班其相纷些[26]。郑卫妖玩，来杂陈些[27]。

《激楚》之结，独秀先些[28]。菎(kūn)蔽(bì)象棋，有六簙(bó)些[29]。

分曹并进，遒(qiú)相迫些[30]。成枭(xiāo)而牟(móu)，呼五白些[31]。

晋制犀比，费白日些[32]。铿钟摇簴(jù)，揳(jiá)梓(zǐ)瑟些[33]。

娱酒不废，沉日夜些[34]。兰膏明烛，华镫(dēng)错些[35]。

结撰至思，兰芳假些[36]。人有所极，同心赋些[37]。

酎饮尽欢，乐先故些[38]。魂兮归来！反故居些。

注　释

①**室家**：家族。**宗**：宗族。②**粢**：粟米。**穱**：早熟的麦子。**挐**：杂。③**大苦**：特苦。**辛**：辣。**行**：味道调和。④**腱**：连接肌肉和骨骼的由结缔组织所构成的纤维束或膜，色白，质地坚韧，这里指牛的腱子肉。**臑**：熟烂的样子。**若**：而。⑤**吴羹**：吴国人擅长的羹汤。⑥**胹鳖**：煮鳖。**炮**：烧烤。**羔**：小羊。**柘浆**：蔗糖浆。⑦**鹄**：天鹅。**酸**：酸调料制作。**臇凫**：用少量汁水烹制野鸭肉。**鸿**：大雁。**鸧**：大如鹤的鸟类。⑧**露鸡**：露天生长的鸡。或云卤鸡。**臛蠵**：大龟做成羹汤。**厉**：味道浓烈。**爽**：口感差。⑨**粔籹**：即馓子，搓面成细条束，扭作环形油炸，一般南方用米面，北方用麦面。**蜜饵**：掺有蜂蜜的糕饼。**餦餭**：饴糖类食品。⑩**瑶浆**：美酒。**蜜勺**：甜酒。**实**：酌满。**羽觞**：刻有鸟雀羽纹的酒杯。⑪**挫糟**：挤压清除酒糟。**冻饮**：冷饮。**酎**：

多次反复酿成的美酒。⑫**华酌**：华美的酒具。**琼浆**：红色的酒浆。⑬**妨**：害。⑭**肴**：荤菜。**羞**：同“馐”，美味。**未通**：没上齐。⑮**按鼓**：击鼓。⑯**《涉江》《采菱》《扬荷》**：皆楚乐。**发**：奏唱。⑰**酡**：微醉时面颊红润。⑱**娭光**：眼神目光调皮。**眇视**：偷看。**曾波**：层波，指眼波频送、眉目多情。⑲**被文**：穿着有花纹的丝织衣物。**服纤**：穿着轻薄柔软的丝织衣物。**奇**：单一。⑳**曼鬋**：鬓发盛美。**陆离**：美艳之貌。㉑**二八**：十六名舞女。**起**：跳。**郑舞**：郑地舞蹈。㉒**衽**：衣袖。**交竿**：竹竿交错。**抚**：循着。**案下**：按节奏徐行。㉓**竽**：管乐器。**瑟**：弦乐器。**狂会**：猛烈交会。**搷**：打击。㉔**《激楚》**：楚国乐曲名，其声或较为高亢。㉕**吴歈**：吴地歌曲。**蔡讴**：蔡地歌曲。**大吕**：古代乐律之一。㉖**放**：解开。**陈**：放置。**组**：衣带。**缨**：帽带。**班**：斑杂。㉗**郑卫**：郑地卫地。**妖**：艳丽者。**玩**：供玩赏者。㉘**结**：发髻。㉙**菎蔽**：一种竹制的赌具。**象棋**：象牙棋子。**六簙**：古代的一种棋类游戏。㉚**分曹**：两两对局。**遒**：急迫。㉛**成枭**：指棋子先到达者，即赢棋。**牟**：同“侔”，指势均力敌。**五白**：五枚竹片内侧向上，当棋子都成枭后，靠这种方法决定谁胜出。㉜**晋制**：晋国所制。**犀比**：把犀牛角集中起来制作。㉝**铿钟**：敲钟。**摇簴**：使钟架摇动。**揳**：弹奏。**梓瑟**：梓木做成的瑟。㉞**废**：停止。㉟**华镫**：即华灯。**错**：错镂花纹。㊱**结撰**：构思写作。**至思**：穷思竭虑。**假**：到来。㊲**极**：竭尽。**同心赋**：同样用心赋作。㊳**乐先故**：使祖先欢乐。

译　文

家人宗族聚在一起，饮食丰盛各种各样啊。稻米粟米早熟的麦子，夹杂着金黄的黍米啊。

太苦太咸太酸的话，就用辛辣、香甜调和啊。肥牛的腱子肉，煮熟后香味扑鼻啊。

调剂酸和苦，摆出吴地风味的羹汤啊。蒸煮大鳖烧烤羊羔，淋上蔗糖浆啊。

酸味天鹅和少水卤制野鸭，把大雁和鸧鸟煎熟啊。卤鸡和煮羹的大龟，味道浓烈而不变质啊。

油炸馓子蜜制糕点，还有饴糖啊。美酒甜酒，倒满雕刻羽纹的酒杯啊。

剔除酒糟将酒冷却，美酒清凉甘冽啊。摆好华美的酒具，里面装满红色美酒啊。

回到以前的故居，受到尊敬没有妨害啊。佳肴珍馐还没有上齐，歌女乐队已罗列好啊。

敲钟击鼓，演奏新歌啊。《涉江》《采菱》演奏起来，唱起《扬荷》之歌啊。

美人酒醉微醺后，两颊红颜越发红润啊。俏皮的眼波偷偷观看，秋波频送眉目传情啊。

穿着带花纹的轻薄纱绢，艳丽美好而不单调啊。长发飘飘鬓发美盛，风采华艳啊。

十六名舞女容态整齐，跳起郑地舞蹈啊。舞动的衣袖如竹竿交错，遵循节奏缓缓进行啊。

吹竽弹瑟强烈交会，击打鼓面咚咚作响啊。宫廷震响人们惊愕，原来是唱起了《激楚》啊。

唱完吴地歌曲和蔡国小调，演奏大吕这样的雅乐啊。男女混杂而坐，乱纷纷不分彼此啊。

衣带帽带都解开放置，相互混杂难以分辨啊。郑卫两地的美女珍玩，随意弄来摆放陈列啊。

《激楚》舞女的发髻，奇特秀美独一无二啊。箟蔽和象牙棋子，还有六博之戏啊。

两两对局齐头并进，相互催促绝不相让啊。势均力敌都成枭后，又大声高呼快来五白啊。

晋国的犀牛角赌具集中一处，为玩乐消磨一个个白昼啊。钟声铿锵震摇鼓架，弹起梓木所作的瑟啊。

喝酒娱乐不停止，夜以继日沉迷其中啊。兰花膏油点燃明亮火烛，华丽的灯具错彩镂金啊。

精心构思殚精竭虑，借兰花芬芳给我灵感啊。人人都竭尽才思，同样用心赋颂啊。

畅饮美酒尽其欢乐，来娱乐祖先故旧啊。魂魄啊回来！回到故居啊。

原　文

乱曰：

献岁发春兮，汩（yù）吾南征，菉（lù）蘋齐叶兮白芷生[①]。

路贯庐江兮左长薄，倚沼畦（qí）瀛（yíng）兮遥望博[②]。

青骊（lí）结驷（sì）兮齐千乘，悬火延起兮玄颜烝[③]。

步及骤处兮诱骋先，抑骛若通兮引车右还，与王趋梦兮课后先[④]。

君王亲发兮惮（dàn）青兕（sì），朱明承夜兮时不可以淹，皋兰被径兮斯路渐[⑤]。

湛（zhàn）湛江水兮上有枫（fēng），目极千里兮伤春心，魂兮归来哀江南[⑥]。

注　释

①**献岁**：新的一年。**发春**：春天来临。**汩**：急速的样子。**菉蘋**：两种草。**齐叶**：叶子长齐。②**庐江**：今湖北宜城县一带。**长薄**：高大浓密的树林。**倚**：站立。**沼**：水泽。**畦**：成块的田。**瀛**：池沼。**博**：广大平整。③**骊**：黑色的马。**结驷**：车乘相连。**齐千乘**：千乘车马一起进发。**悬火**：夜间打猎点起火把。**延起**：火光蔓延连成一片。**玄**：黑色天空。**颜**：色。**烝**：光热上腾。④**步**：徐行。**骤**：奔跑。**处**：歇。**诱**：引导。**抑骛**：或进或止。**梦**：云梦泽。**课**：考核。⑤**发**：射。**惮**：通“殚”，杀死。**兕**：兽名，状如水牛。**朱明**：太阳。**承**：接续。**淹**：停留。**皋兰**：水边兰草。**渐**：掩盖。⑥**湛湛**：江水平稳深广。**枫**：枫树。**江南**：长江以南，范围比今广。

译　文

乱辞云：

新一年开始万物焕发春意啊，我将匆匆往南赶去，菉草和蘋叶已经长齐啊

白芷欣欣向荣。

路上经过庐江啊，左边是高大浓密的树林，站在沼泽田野之间啊远远眺望楚国广袤无穷。

黑色骏马四匹成车啊千辆车一起进发，悬挂起火把蔓延一片啊蒸腾的火气照亮了夜空。

或徐行或追逐或奔驰或停歇啊向导们一马当先，或进或止自如畅通啊向右掉转车头胜利凯旋，我与楚王在云梦泽打猎啊考核众人打猎的结果并给出评断。

楚王亲自射箭啊射杀了青兕，太阳破晓而出接续夜晚啊没有时间过多盘桓，水边的兰草布满小路啊这条路慢慢被掩盖不见。

清澈深广的江水啊旁边高处还生长着枫树，纵目千里远望啊内心悲愁伤感，魂魄啊回来，回来哀叹这曾经繁荣昌盛的楚国江南。

大　招

题　解

此篇与《招魂》关系密切，一般认为《招魂》是楚怀王刚死的时候所作，而《大招》则作于楚怀王归葬之际。但实际上此篇的作者与内容也存在很多疑问。王逸时已分不清此篇作者是屈原还是景差，后世学者或从文意，或从风格，或从体例等方面出发，有的同意是屈原所作，有的认为是景差，有的甚至认为是秦汉之际代拟，证据都不充分。存疑可也。

原　文

青春受谢，白日昭只①。春气奋发，万物遽(jù)只②。

冥凌浃(jiā)行，魂无逃只③。魂魄归来！无远遥只。

注释

①**青春**：指春天。**谢**：离去。**昭**：光明。**只**：语气词。②**遽**：竞相。③**冥**：幽冥。**凌**：驰骋。**浃**：遍。

译文

冬天离去春天接续，光明的太阳灿烂夺目啊。春天气息喷薄而出，世上万物争相着生长啊。

幽冥之神遍行天地，魂魄你不要想着逃跑啊。魂魄回来，不要远远地离开啊。

原文

魂乎归来！无东无西，无南无北只。

东有大海，溺水浟(yóu)浟只①。

螭(chī)龙并流，上下悠悠只②。

雾雨淫淫，白皓胶只③。

魂乎无东！汤谷宲(yáng)只。

魂乎无南！南有炎火千里，蝮(fù)蛇蜒(yán)只④。

山林险隘，虎豹蜿(wān)只⑤。

鰅(yú)鳙(yōng)短狐，王虺(huǐ)骞(qiān)只⑥。

魂乎无南！蜮(yù)伤躬只⑦。

魂乎无西！西方流沙，漭洋洋只。

豕首纵目，被发鬤(ráng)只⑧。

长爪踞(jù)牙，诶(xī)笑狂只⑨。

魂乎无西！多害伤只。

魂乎无北！北有寒山，逴(chuō)龙赩(xì)只[⑩]。

代水不可涉，深不可测只[⑪]。

天白颢(hào)颢，寒凝凝只。

魂乎无往！盈北极只。

注释

①**溺水**：水很深。**湫湫**：水流迅疾。②**螭**：无角龙。③**皓胶**：形容烟雨蒙蒙，天地间白茫茫一片。④**蝮蛇**：大蛇，毒蛇。**蜒**：长。⑤**蜿**：行走的样子。⑥**鰅鳙**：传说中的怪鱼。**短狐**：似鳖，能在水中含沙射影，使人生病。**王虺**：大蛇。**骞**：昂首。⑦**蜮**：即短狐。⑧**豕首**：猪头。**纵目**：竖目。**鬤**：毛发蓬乱。⑨**踞牙**：利牙。**诶笑**：嬉笑。⑩**逴龙**：即烛龙。**赩**：红色。⑪**代水**：传说中的北方大河。

译文

魂魄啊回来！不要往东，不要往西，不要往南，不要往北啊。

东边有大海，水深激流啊。

无角龙随着水流，上下游动啊。

烟雾雨水绵绵不绝，天地间一片白茫茫啊。

魂魄啊不要往东去，那里的日出之地寂静无声啊。

魂魄啊不要往南去，南边有千里的火焰，巨大的毒蛇长得吓人啊。

山林危险狭窄，虎豹潜行啊。

又有怪鱼和含沙射影的短狐，大蛇昂起它的巨头啊。

魂魄啊不要往南去，短狐会伤害你的身体啊。

魂魄啊不要往西去，西边流沙，广袤无垠啊。

猪头竖目的怪物，披头散发，乱蓬蓬啊。

长长的爪子，锋利的牙齿，会发出人一样的嬉笑声，非常狂暴啊。

魂魄啊不要往西去，那里有太多伤害人的东西啊。

魂魄啊不要往北去，北边有寒冷的山川，烛龙都冻得遍身通红啊。

代水宽到无法渡过，水深没人知道啊。

天空一片白茫茫，寒气把大地都冻住了啊。

魂魄啊不要去，整个北极都是冰天雪地啊。

原　文

魂魄归来，闲以静只。自恣(zì)荆楚，安以定只①。

逞志究欲，心意安只②。穷身永乐，年寿延只。

魂乎归来！乐不可言只。

注　释

①**恣：**无拘束。②**逞志：**快意。**究欲：**尽欲。

译　文

魂魄回来，这里闲适安静啊。在楚国大地上自在游玩，多么安定啊。

称心如意穷尽喜好，心情多么安适舒畅啊。终身长乐，延年益寿啊。

魂魄啊回来，这里的乐趣难以言传啊。

原　文

五谷六仞，设菰(gū)粱只①。鼎臑(ér)盈望，和致芳只②。

内(nà)鸧(cāng)鸽鹄，味豺羹只③。魂乎归来！恣所尝只。

鲜蠵(xī)甘鸡，和楚酪(lào)只④。醢(hǎi)豚苦狗，脍(kuài)苴(jū)蓴(pò)只⑤。

吴酸蒿(hāo)蒌(lóu)，不沾薄只⑥。魂兮归来！恣所择只。

炙鸹(guā)烝凫(fú)，煔(qián)鹑(chún)陈只⑦。煎鰿(jì)臛(huò)雀，遽(jù)爽存只⑧。

魂乎归来！丽以先只。四酎(zhòu)并孰，不歰(sè)嗌(ài)只⑨。

清馨冻歈，不歠(chuò)役只[⑩]。吴醴(lǐ)白糵(niè)，和楚沥(lì)只[⑪]。

魂乎归来！不遽惕(tì)只[⑫]。

注　释

①**菰粱**：菰米。②**臑**：煮烂。**和**：调和。③**内**：同“肭”，肥美。**鸧**：似雁的大鸟。**豺**：豺狗。④**蠵**：大龟。**酪**：乳浆。⑤**醢**：肉酱。**豚**：小猪。**脍**：细切。**苴蓴**：蘘荷，有辛辣味。⑥**蒿蒌**：两种草本植物。**沾**：多汁。**薄**：寡味。⑦**炙**：烤。**鸹**：鸟名。**煔**：煮肉。**鹑**：即鹌鹑。⑧**鲼**：鲫鱼。**臛**：汤煮。**遽爽**：极其爽口。⑨**四酎**：四重酿的美酒。**歰**：滞涩。**嗌**：咽喉。⑩歠：喝。**役**：卑贱之人。⑪**醴**：一宿熟的甜酒。**糵**：酒曲。**沥**：清酒。⑫**遽惕**：恐惧警惕。

译　文

五谷粮仓高高堆积，还摆设着菰米啊。大鼎里煮熟的食物满眼都是，调和滋味散发出香气啊。

肥美的鸧鸹和天鹅，调和着豺狗肉做的羹汤啊。魂魄啊回来，任意地品尝啊。

新鲜的大龟、甘甜的鸡肉，调和着楚地的乳酪啊。乳猪肉酱、苦味狗肉，切点蘘荷放里面啊。

吴人腌制的蒌蒿，不咸不淡刚刚好啊。魂魄啊回来，任意地挑选啊。

烤烤鸹鸟、清蒸野鸭，煮好鹌鹑摆放好啊。煎鲫鱼、煮雀肉，味道非常爽口啊。

魂魄啊回来，众多美味已摆好啊。四重酿制的美酒都好了，喝起来不涩喉咙啊。

清冽芳香适合冰镇后再喝，不是仆人能够享用的啊。吴地甜米酒由白酒曲酿造，混合上楚地的清酒啊。

魂魄啊回来，不要恐惧警惕啊。

原　文

代秦郑卫，鸣竽张只[①]。伏戏《驾辩》，楚《劳商》只[②]。

讴和《扬阿》，赵箫倡只[3]。魂乎归来！定空桑只[4]。

二八接舞，投诗赋只。叩钟调磬(qìng)，娱人乱只[5]。

四上竞气，极声变只[6]。魂乎归来！听歌譔(zhuàn)只[7]。

朱唇皓齿，嫭(hù)以姱(kuā)只[8]。比德好闲，习以都只[9]。

丰肉微骨，调以娱只。魂乎归来！安以舒只。

嫮(hù)目宜笑，蛾眉曼只[10]。容则秀雅，稺朱颜只[11]。

魂乎归来！静以安只。姱修滂浩，丽以佳只[12]。

曾颊倚耳，曲眉规只[13]。滂心绰态，姣丽施只[14]。

小腰秀颈，若鲜卑只[15]。魂乎归来！思怨移只。

易中利心，以动作只[16]。粉白黛黑，施芳泽只。

长袂拂面，善留客只。魂乎归来！以娱昔只。

青色直眉，美目媔(mián)只[17]。靥(yè)辅奇牙，宜笑嗎(xiān)只[18]。

丰肉微骨，体便娟只。魂乎归来！恣所便只。

注　释

①**代秦郑卫**：指四国的音乐。②**伏戏**：即伏羲。**《驾辩》**：古曲。**楚《劳商》**：楚地古曲。③**讴**：清唱。**《扬阿》**：楚地古曲。**箫**：管乐器。**倡**：领唱。④**定**：定音。**空桑**：瑟名。⑤**乱**：欢快。⑥**四上**：乐曲结构的四个组成部分。**竞气**：乐声渐强。⑦**譔**：陈述。⑧**嫭以姱**：美好。⑨**都**：高雅。⑩**嫮**：美丽。⑪**稺**：幼小。⑫**姱修**：美好淑丽。**滂浩**：一本作修广婉心，指性情极其柔顺阔大。⑬**倚耳**：耳向后贴。⑭**滂心**：心胸阔大。**绰态**：姿态绰约。**施**：呈现。⑮**鲜卑**：束在腰间的带子。⑯**易中**：内心机敏。**利心**：内心敏锐。⑰**媔**：眼波聪慧狡黠。⑱**靥辅**：酒窝。**奇牙**：奇异美好的牙齿。**嗎**：笑的样子。

译文

代秦郑卫四国的音乐，吹响竽管演奏起来啊。有伏羲的《驾辩》，楚国的《劳商》啊。

清唱着《扬阿》之歌，由赵地箫声领唱啊。魂魄啊回来，定音在空桑之瑟啊。

十六个舞女接连起舞，配合着诗赋的节奏啊。敲钟击打磬，人们欢快无比啊。

四个乐章一个比一个强烈，穷极声音的变化啊。魂魄啊回来，来听曲中之意啊。

美女们唇红齿白，俏丽美好啊。才德相似娴静美好，习于礼节又高雅端庄啊。

肉体丰腴恍若无骨，性情温顺让人快乐啊。魂魄啊回来，安乐而舒心啊。

漂亮的眼睛聪慧含笑，蛾眉修长啊。容貌秀雅，红润的脸庞娇嫩啊。

魂魄啊回来，宁静而安逸啊。她们容貌美丽心胸阔大，真是光彩照人的佳人啊。

面颊丰满双耳稳贴，弯弯的眉毛像圆规画成啊。心胸宽广姿态绰约，姣好美丽显露无遗啊。

腰肢瘦小脖子秀美，像带子束着一样啊。魂魄啊回来，幽怨的情思能被消除啊。

她们心思敏锐内心敏感，从动作当中表现出来啊。白的脂粉黑的眉黛，再擦上香喷喷的膏泽啊。

长长的袖子拂过脸庞，善于待客使之流连忘返啊。魂魄啊回来，晚上在这娱乐啊。

青亮的脸庞直直的眉毛，漂亮的眼睛流波动人啊。可爱的酒窝牙齿特别好，适合嫣然一笑啊。

身形丰满骨骼微小，体态轻盈秀美啊。魂魄啊回来，任意地选你所爱啊。

原文

夏屋广大，沙堂秀只[1]。

南房小坛，观绝霤（liù）只[2]。

曲屋步壛（yán），宜扰畜只[3]。

腾驾步游，猎春囿（yòu）只[4]。

琼毂（gǔ）错衡，英华假只[5]。

茝兰桂树，郁弥路只。

魂乎归来！恣志虑只。

孔雀盈园，畜鸾皇只。

鹍（kūn）鸿群晨，杂鹙鸧（qiū cāng）只[6]。

鸿鹄代游，曼鹔鷞（sù shuāng）只[7]。

魂乎归来！凤皇翔只。

注释

①**沙堂**：用丹砂涂红的殿堂。②**观**：高台上的望楼。**霤**：屋檐。③**步壛**：长廊。**扰**：驯养。**畜**：家养之兽。④**囿**：园囿，里面养有禽兽。⑤**琼毂**：琼玉装饰的车轴。**错衡**：错镂的横木。**假**：大。⑥**鹍鸿**：鹍鸡，鸿雁。**群晨**：清晨一起飞鸣。**鹙鸧**：水鸟，头顶无毛，凶猛。⑦**曼**：绵长。**鹔鷞**：神鸟。

译文

房屋宽大，丹砂涂饰的殿堂真秀丽啊。

朝南偏屋有小巧庭院，望楼上视野开阔没有屋檐啊。

回环的阁道长长的走廊，适合驯养鸟兽啊。

驰骋车驾外出游览，春日在园囿中狩猎啊。

美玉装饰的车轴和错金的横木，车驾真是华美盛大啊。

茝草兰草和桂树，郁郁葱葱长满路边啊。

魂魄啊回来，随你的心意游玩啊。

孔雀充满园囿，还养着鸾鸟凤凰啊。

鹍鸡鸿雁清晨一起飞鸣，混杂着秃鹫的声音啊。

鸿鹄交替飞来飞去，鹔鹴群飞绵延不断啊。

魂魄啊回来，有凤凰在飞翔啊。

原　文

曼泽怡面，血气盛只[①]。永宜厥身，保寿命只。

室家盈廷，爵禄盛只。魂乎归来！居室定只。

接径千里，出若云只[②]。三圭重侯，听类神只[③]。

察笃夭隐，孤寡存只[④]。魂乎归来！正始昆只[⑤]。

田邑千畛（zhěn），人阜昌只。美冒众流，德泽章只[⑥]。

先威后文，善美明只。魂乎归来！赏罚当只。

名声若日，照四海只。德誉配天，万民理只。

北至幽陵，南交阯只。西薄羊肠，东穷海只。

魂乎归来！尚贤士只。发政献行，禁苛暴只。

举杰压陛（bì），诛讥罢只[⑦]。直赢在位，近禹麾（huī）只[⑧]。

豪杰执政，流泽施只。魂乎来归！国家为只。

雄雄赫赫，天德明只。三公穆穆，登降堂只。

诸侯毕极，立九卿只。昭质既设，大侯张只。

执弓挟矢，揖辞让只。魂乎来归！尚三王只[⑨]。

注释

①**曼泽**：丰润。**怡**：和颜悦色。②**接径**：道路相接，四通八达。③**三圭**：礼器。**重侯**：指子爵和男爵。**听类神**：听讼如神。④**笃**：通“督”，察。**夭**：早亡。**隐**：处境困苦。⑤**始昆**：先后。⑥**冒**：覆盖。⑦**压陛**：布满朝堂。⑧**直赢**：正直之人。**麾**：指挥。⑨**尚三王**：推崇三王之法。

译文

肤色润泽和颜悦色，气血旺盛啊。身心永远健康，长保寿命啊。

宗族成员布满朝廷，官爵俸禄丰盛啊。魂魄啊回来，住所已经安排好了啊。

道路四通八达绵延千里，出行时卫队如云啊。朝廷大官子爵男爵们，听讼如神明察秋毫啊。

察知早亡与困苦的情况，抚慰孤儿寡母啊。魂魄啊回来，来一起纠正施政先后秩序啊。

乡野城邑道路成千，人口富庶众多啊。美政覆盖芸芸众生，明德恩泽得到彰显啊。

先用严政后用仁政，能让善良美好得到推崇啊。魂魄啊回来，赏罚得当啊。

名声如日中天，光芒照耀四海啊。功德荣誉与天相配，天下万民都得到治理啊。

北边到幽州，南边直到交阯啊。西边迫近羊肠山，东边一直到大海啊。

魂魄啊回来，尊崇贤人啊。楚王发布政令百官献上行状，禁绝苛政暴政啊。

推举的杰出人才充满朝堂，诛罚斥责无能的庸人啊。正直之人在位，听从明君的指挥啊。

才能出众的人执掌政权，恩泽流布啊。魂魄啊回来，国家得到治理了啊。

声势浩大，配天的德行光明灿烂啊。三公平和恭穆，出入朝堂殿堂啊。

诸侯都来致敬，设立九卿的职位啊。箭靶已经摆好，大布箭靶也已经张开好了啊。

拿着弓夹着箭，拱手行礼互相推辞谦让啊。魂魄啊回来，效法崇尚三王啊。

惜　誓

题　解

本篇作者存在争议，王逸认为是贾谊所作，但不敢确定，后世学者之言证据都不充分，阙疑可也。关于篇题的含义，学者也有不同的理解，结合全篇内容来看，以徐仁甫《楚辞别解》较为贴切，即“誓”借为“逝”，则篇题之意为痛惜逝水流年也。

原　文

惜余年老而日衰兮，岁忽忽而不反。

登苍天而高举兮，历众山而日远。

观江河之纡(yū)曲兮，离四海之沾濡(rú)①。

攀北极而一息兮，吸沆瀣(hàng xiè)以充虚②。

飞朱鸟使先驱兮，驾太一之象舆(yú)③。

苍龙蚴虬(yòu qiú)于左骖(cān)兮，白虎骋而为右騑(fēi)④。

建日月以为盖兮，载玉女于后车。

驰骛(wù)于杳冥之中兮，休息乎崑仑之墟⑤。

乐穷极而不厌兮，愿从容乎神明。

涉丹水而驰骋兮，右大夏之遗风⑥。

黄鹄之一举兮，知山川之纡曲。

再举兮，睹天地之圜(yuán)方。

临中国之众人兮，托回飙(biāo)乎尚羊⑦。

乃至少原之壄兮，赤松王乔皆在旁。

二子拥瑟而调均(yùn)兮，余因称乎清商[8]。

澹然而自乐兮，吸众气而翱翔。

念我长生而久仙兮，不如反余之故乡。

注释

①**纡曲**：弯弯曲曲。**离**：遭受。**沾濡**：沾湿。②**沆瀣**：北方夜间露气。③**朱鸟**：朱雀。**太一**：神名。**象舆**：象牙装饰的车子。④**蚴虬**：龙形屈曲。⑤**驰骛**：奔走趋赴。⑥**大夏**：神话中的地名。⑦**回飙**：旋风。**尚羊**：徜徉。⑧**调均**：调理弦音。

译文

哀伤我年事已高日渐衰颓啊，岁月匆匆一去不复返。

登上苍穹远走高飞啊，飞越众山离故乡越来越远。

俯瞰长江黄河弯弯曲曲啊，衣服都被四海风波所沾湿。

登上北极休息一会儿啊，吸收北方清和之气来把身体的空虚充实。

使朱雀神鸟为我开路啊，让太一神驾乘象牙装饰的车子。

盘绕的青龙伴随左侧啊，白虎奔跑着在右边。

把太阳和月亮拿来做车盖啊，把玉女载在车后面。

在幽暗之中奔跑飞驰啊，休息在昆仑山的废墟之间。

如此极乐使我仍不满足啊，还希望与神明一起游玩。

渡过赤水驰骋向前啊，右边是大夏美好的传统。

鸿鹄轻轻一飞啊，就看见山川的去脉来龙。

它再振翅高飞啊，整个天地都在眼中。

俯瞰华夏诸民啊，我乘着旋风游荡。

于是来到仙人居住的地方啊，王乔和赤松子都在一旁。

他们拿起瑟开始调理弦音啊，我来伴奏清商。

我感到淡然而欢乐啊，吸食六气自由飞翔。

想到长生而永远做仙人啊，我觉得不如返回我的故乡。

原文

黄鹄后时而寄处兮，鸱枭(chī xiāo)群而制之。

神龙失水而陆居兮，为蝼蚁之所裁。

夫黄鹄神龙犹如此兮，况贤者之逢乱世哉。

寿冉冉而日衰兮，固儃(chán)回而不息①。

俗流从而不止兮，众枉聚而矫直。

或偷合而苟进兮，或隐居而深藏。

苦称量之不审兮，同权概而就衡。

或推迻(yí)而苟容兮，或直言之谔(è)谔②。

伤诚是之不察兮，并纫(rèn)茅丝以为索。

方世俗之幽昏兮，眩白黑之美恶。

放山渊之龟玉兮，相与贵夫砾(lì)石。

梅伯数谏而至醢(hǎi)兮，来革顺志而用国③。

悲仁人之尽节兮，反为小人之所贼。

比干忠谏而剖心兮，箕子被发而佯狂。

水背流而源竭兮，木去根而不长。

非重躯以虑难兮，惜伤身之无功④。

注释

①**儃回**：运转。②**推迻**：与世推移。**谔谔**：直言的样子。③**梅伯**：殷纣王时诸侯。**来革**：殷纣王时佞臣。④**重躯**：看重自身。

译文

鸿鹄错过时机而寄居幽处啊，被猫头鹰群起而攻击。
神龙离开水而登岸啊，就会受制于蝼蛄和蚂蚁。
鸿鹄神龙尚且如此啊，何况贤人遭遇乱世?
我的年龄慢慢增长而衰老啊，本来岁月就不会停止。
流俗献媚无休无止啊，他们以直为曲以曲为直。
有的苟且偷生贪图富贵啊，有的隐居山林深处故意躲藏。
痛恨君王考察衡量得不仔细啊，混同两者放在一起衡量。
有的与世推移同流合污啊，有的直言进谏毫不畏缩。
悲伤的是君王确实不能体察这些啊，把茅草和丝绢一起拧成绳索。
正当世俗混乱不堪啊，到处都不能分辨黑白美丑。
神龟美玉抛弃在名山大川啊，身价百倍的却是粗劣的石头。
梅伯多次进谏却被剁成肉酱啊，来革顺从纣王的恶趣味而被重用。
为尽忠国家的仁人悲哀啊，他们反被小人所残害。
比干忠言直谏却被剖心啊，箕子披头散发假装疯狂。
水背离源泉而横流就会使源头枯竭啊，树木失去树根也就活不长。
我并非看重自身怕获罪啊，痛惜就算获罪也派不上用场。

原文

已矣哉！

独不见夫鸾凤之高翔兮，乃集大皇之壄[①]。

循四极而回周兮，见盛德而后下。

彼圣人之神德兮，远浊世而自藏。

使麒麟可得羁而系兮，又何以异乎犬羊[②]？

注释

①**大皇**：传说中的荒远之地。②**羁**：拴结。

译 文

算了吧！

难道你没看见凤凰高飞而去啊，都聚集在荒远的地方。

它们遍游天地四方啊，见到盛世才会下降。

那些有德行的圣人啊，都远离浊世故意隐藏。

如果麒麟可被猎取拴结而拘系啊，那又跟犬羊有什么不一样？

招隐士

题 解

“招隐士”意即招募隐居贤能之士。作者主要有二说：淮南王刘安和刘安的门客淮南小山。淮南小山似更确切。

原 文

桂树丛生兮山之幽，偃蹇(yǎn jiǎn)连蜷(quán)兮枝相缭①。

山气巃嵸(lóng zōng)兮石嵯峨(cuó é)，溪谷崭岩兮水曾波②。

猨狖(yòu)群啸兮虎豹嗥(háo)，攀援桂枝兮聊淹留③。

王孙游兮不归，春草生兮萋萋(qī)④。

注 释

①**偃蹇**：树姿屈曲而美好的样子。**连蜷**：弯曲茂盛的样子。**相缭**：缭绕。②**巃嵸**：云气迷蒙。**嵯峨**：山势高峻。**崭岩**：险峻。**曾波**：水势奔涌。③**猨狖**：长尾猿。**嗥**：咆哮。④**萋萋**：草木茂盛。

译 文

桂树丛生啊在深山之中，树干屈曲茂盛啊树枝相互缭绕。

山雾迷蒙啊山石高耸，溪谷险峻啊水势滔滔。

长尾猴成群长啸啊虎豹咆哮，攀缘桂枝啊姑且停留。

隐居的王孙啊不回来，春草萌生啊长满四周。

原　文

岁暮兮不自聊，蟪(huì)蛄(gū)鸣兮啾(jiū)啾[1]。

坱(yǎng)兮轧，山曲岪(fú)，心淹留兮恫(dòng)慌忽[2]。

罔兮沕(hū)，憭兮栗，虎豹穴，丛薄深林兮人上慄[3]。

嵚(qīn)岑(cén)碕(qí)礒(yǐ)兮碅(jūn)磳(zēng)魂(wěi)硊(wěi)，树轮相纠兮林木茷(bá)骫(wěi)[4]。

青莎(suō)杂树兮薠(fán)草靃(huò)靡，白鹿麏(jūn)麚(jiā)兮或腾或倚[5]。

状皃(mào)崯(yín)崯兮峨峨，凄凄兮漇(xǐ)漇[6]。

猕猴兮熊罴(pí)，慕类兮以悲[7]。

攀援桂枝兮聊淹留，虎豹斗兮熊罴咆，禽兽骇兮亡其曹[8]。

王孙兮归来，山中兮不可以久留。

注　释

①**蟪蛄**：夏蝉。**啾啾**：鸣叫声。②**坱轧**：山气弥漫，雾色黯淡。**曲岪**：盘曲蜿蜒。**恫慌忽**：痛苦迷茫。③**罔沕**：失魂落魄。**憭栗**：惊恐颤栗。**慄**：战栗。④**嵚岑**：山势高险。**碕礒**：山石堆垒不平。**碅磳**：山石险峻。**魂硊**：山石高耸。**轮**：树枝。**茷骫**：枝条缠绕。⑤**青莎**：草名。**薠草**：草名。**靃靡**：草木柔弱，随风飘拂。**麏**：獐子。**麚**：公鹿。⑥**状皃**：状貌。**崯崯**：鹿角高耸尖锐。**峨峨**：鹿角高耸奇特。**凄凄**：水珠下淌。**漇漇**：沾湿。⑦**罴**：猛兽，熊的一种。⑧**曹**：类。

译　文

一年将尽啊孤苦无依，秋蝉鸣叫啊啾啾不停。

雾气重啊山蜿蜒，心意徘徊啊痛苦迷茫如影随形。

意志消沉啊惊恐战栗，到处是虎豹洞口，在草丛深林中啊让人战战兢兢。
山石陡峭奇险啊高低不平，树枝纠缠缭绕啊林木纵横。
青莎杂在林间啊薠草柔弱随风飘拂，白鹿獐子啊或停息或奔腾。
犄角峥嵘啊高耸奇特，水珠下淌啊在角上闪烁光辉。
猕猴啊熊罴，留恋同类啊叫声甚悲。
攀缘桂枝啊姑且停息，虎豹争斗啊熊罴怒吼，鸟兽惊恐啊散失群友。
隐居的王孙啊回来，山中啊不能够久留。

七 谏

题 解

该篇作者及主旨比较清晰，王逸说：“《七谏》者，东方朔之所作也。谏者，正也，谓陈法度以谏正君也……东方朔追悯屈原，故作此辞，以述其志，所以昭忠信、矫曲朝也。”可见作者是东方朔，写作目的是代屈原述志，表彰忠信，矫正朝廷。东方朔（公元前154—前93年），字曼倩，原本姓张，西汉辞赋家，平原羌次（今山东陵县）人。东方朔性格诙谐，言词敏捷，滑稽多智，常在汉武帝前谈笑取乐，“然时观察颜色，直言切谏”（《汉书·东方朔传》）。

初 放

题 解

该篇写屈原第一次遭到流放，交代屈原放逐初期的情感状态及其对时事的基本立场。

原文

平生于国兮，长于原野。

言语讷(nè)涩兮，又无强辅[1]。

浅智褊(biǎn)能兮，闻见又寡[2]。

数(shuò)言便事兮，见怨门下。

王不察其长利兮，卒见弃乎原壄。

伏念思过兮，无可改者。

群众成朋兮，上浸以惑。

巧佞(nìng)在前兮，贤者灭息。

尧舜圣已没兮，孰为忠直？

高山崔巍兮，水流汤(shāng)汤。

死日将至兮，与麋鹿同坑(kēng)[3]。

块兮鞠，当道宿[4]。

举世皆然兮，余将谁告？

斥逐鸿鹄兮，近习鸱枭。

斩伐橘柚兮，列树苦桃。

便娟之修竹兮，寄生乎江潭。

上葳(wēi)蕤(ruí)而防露兮，下泠(líng)泠而来风[5]。

孰知其不合兮，若竹柏之异心。

往者不可及兮，来者不可待。

悠悠苍天兮，莫我振理。

窃怨君之不寤兮，吾独死而后已。

注　释

①**强辅**：强有力的辅助，指同僚。②**褊能**：能力有限。③**坑**：同“坑”。④**块**：孤独的样子。**鞠**：躺在地上。⑤**葳蕤**：草木茂盛。**防露**：遮蔽露水。

译　文

我屈平生于楚国国都啊，却成长于原野。

语言表达木讷啊，又没有强大的同僚提携。

智力和才能都很低下啊，又只有浅陋的见闻。

多次陈述利国利民的事情啊，却被门下近臣怨恨。

楚王不明察国家的长远利益啊，最终把我弃逐到原野上。

暗自思考过错啊，却没有什么需要改正的地方。

成群的人们聚成朋党啊，君主慢慢被迷惑。

巧佞之人进谗言于君主面前啊，贤者之言就熄灭不说。

尧舜那样圣明的君主已没有啊，谁还敢忠言直谏？

高山巍峨啊，流水浩荡无边。

我死日将要到来啊，跟麋鹿们一起埋葬。

孤独地躺于大地啊，夜里住宿在路上。

整个国家都这样子啊，我将向谁诉说衷肠？

他们驱逐鸿鹄啊，亲近恶鸟鸱鸮。

砍伐橘树柚树啊，到处种上苦桃。

美好而修长的竹子啊，生长在江岸。

上边枝叶茂盛可以遮挡露水啊，下面枝干稀疏有清风拂面。

谁知道君臣不合啊，就像竹柏有空心实心的差异。

前世明君我追不上啊，后世的贤君我又等不及。

悠悠苍天啊，也不来为我救赎辨别。

暗自哀怨君主不清醒啊，我只能坚持下去至死方歇。

沉江

题解

本篇总结朝代兴衰的经验教训，表达对君王不明的失望和沉江自杀的决心。

原文

惟往古之得失兮，览私微之所伤①。

尧舜圣而慈仁兮，后世称而弗忘。

齐桓失于专任兮，夷吾忠而名彰。

晋献惑于骊姬兮，申生孝而被殃。

偃王行其仁义兮，荆文寤而徐亡②。

纣暴虐以失位兮，周得佐乎吕望。

修往古以行恩兮，封比干之丘垄。

贤俊慕而自附兮，日浸淫而合同③。

明法令而修理兮，兰芷幽而有芳。

注释

①**私微**：私心。②**偃王**：指徐偃王。**荆文**：楚文王。楚文王看到徐偃王贤明，幡然醒悟，励精图治，灭掉徐国。③**合同**：同心合力。

译文

想起古代的兴衰得失啊，再看看国君私心偏爱的伤害。

尧舜圣明而仁慈啊，后世称赞而不忘怀。

齐桓公错在专任佞臣啊，管仲则因为忠言而名声显扬。

晋献公受到骊姬的迷惑啊，申生尽孝却遭受祸殃。

徐偃王施行仁义之政啊，楚文王醒悟后把徐国灭亡。

纣王凶暴残虐失去王位啊，周则获得吕望的辅佐。

遵循前代来推行恩义啊，增封比干的坟墓。

贤能俊杰之人慕名归附啊，每天都切磋交流同心合力。

修明先王法令而申正道理啊，香草虽然长在幽深之处却能散发香气。

原文

苦众人之妒予兮，箕子寤而佯狂。

不顾地以贪名兮，心怫郁而内伤。

联蕙芷以为佩兮，过鲍肆而失香[①]。

正臣端其操行兮，反离谤而见攘。

世俗更而变化兮，伯夷饿于首阳。

独廉洁而不容兮，叔齐久而逾明。

浮云陈而蔽晦兮，使日月乎无光。

忠臣贞而欲谏兮，谗谀毁而在旁。

秋草荣其将实兮，微霜下而夜降[②]。

商风肃而害生兮，百草育而不长[③]。

众并谐以妒贤兮，孤圣特而易伤。

怀计谋而不见用兮，岩穴处而隐藏。

成功隳(huī)而不卒兮，子胥死而不葬[④]。

世从俗而变化兮，随风靡而成行。

信直退而毁败兮，虚伪进而得当。

追悔过之无及兮，岂尽忠而有功。

废制度而不用兮，务行私而去公。

终不变而死节兮，惜年齿之未央。

将方舟而下流兮，冀幸君之发矇(méng)⑤。

痛忠言之逆耳兮，恨申子之沉江。

愿悉心之所闻兮，遭值君之不聪。

不开寤而难道兮，不别横之与纵。

听奸臣之浮说兮，绝国家之久长。

灭规矩而不用兮，背绳墨之正方。

离忧患而乃寤兮，若纵火于秋蓬。

业失之而不救兮，尚何论乎祸凶。

彼离畔而朋党兮，独行之士其何望⑥？

日渐染而不自知兮，秋毫微哉而变容。

众轻积而折轴兮，原咎(jiù)杂而累重⑦。

赴湘沅之流澌(sī)兮，恐逐波而复东⑧。

怀沙砾而自沉兮，不忍见君之蔽壅。

注释

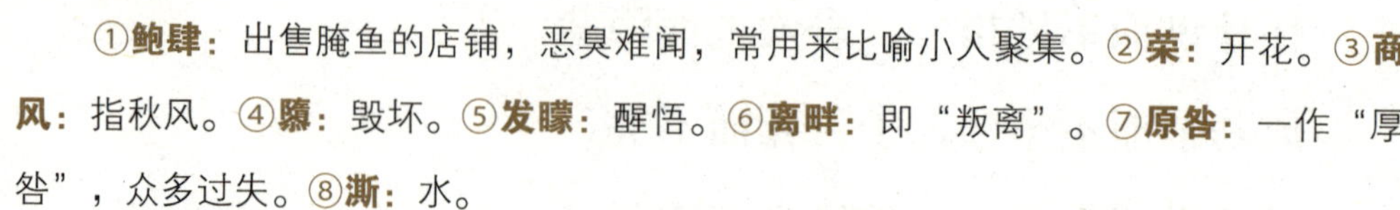
①**鲍肆**：出售腌鱼的店铺，恶臭难闻，常用来比喻小人聚集。②**荣**：开花。③**商风**：指秋风。④**隳**：毁坏。⑤**发矇**：醒悟。⑥**离畔**：即“叛离”。⑦**原咎**：一作“厚咎”，众多过失。⑧**澌**：水。

译文

苦于众人都妒忌我啊，箕子看透这些而假装疯狂。

他们不顾国家只贪求名利啊，我心情忧郁而感伤。

联结蕙草芷草来做衣佩啊，路过卖腌鱼的腥臭店铺而失去芳香。

忠正之臣端正操守啊，反而遭到诽谤被排挤出朝堂。

世俗更改从而变得不再忠贞啊，伯夷就饿死在首阳。

唯独清廉不被接纳啊，叔齐虽死却能百世流芳。

乌云密布天气阴晦啊，使太阳和月亮黯淡无光。

忠臣忠贞想要进谏啊，谄谀之人却站在近旁。

秋草开花将要结果啊，却在夜里降下微霜。

秋风凛冽危害生物啊，百草虽生却无法继续生长。

众人都一起妒忌贤能之人啊，圣贤特立独行而易被中伤。

身怀利国的计谋却不被重用啊，只能住在岩洞里加以躲藏。

已成的功业被毁没有好结果啊，伍子胥死后不能归葬。

社会顺从流俗而改变了啊，蔚然成风没有立场。

诚信忠直之人被斥退谗毁败落啊，虚伪狡诈之徒却进用有重任担当。

等到追悔的时候已经晚了啊，到时就算竭尽忠诚也不能重现辉煌。

废弃先王制度不用啊，务必推行私欲而不为国家着想。

我终究不能改变操守愿意为之而死啊，痛惜寿命还没有活光。

乘着方舟往下游去啊，希望君王有一天不再迷茫。

悲哀忠言不好听啊，遗憾申徒狄抱石沉江。

想敞开心怀竭力报国啊，却碰上国君昏庸。

他不醒悟就没法进言啊，辨不清连横与合纵。

听信奸臣的浮夸之谈啊，毁坏国运使之不久长。

毁灭规矩法度而不用啊，违背朝政纲常。

遭到忧患才醒悟啊，就像在秋草上放火。

已经错过正途又不挽救啊，还谈什么灾祸。

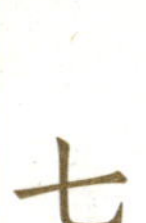

那些叛离之徒结成朋党啊，独行的贤士还有什么依靠？

君王日益受到污染却不自知啊，秋天鸟兽身上细毛虽微小却能改变容貌。

众多轻物堆积起来可以折断车轴啊，众多的小错混杂积累成大灾难。

我奔赴湘江沅江的流水之中啊，担心死后尸体随着波涛回到东边。

怀揣沙石沉于江底啊，君王被蒙蔽的蠢样不忍再看。

怨　世

题　解

该篇抨击社会现实和政治环境，展现出屈原坚定的政治立场和复杂矛盾的精神世界。

原　文

世沉淖(nào)而难论兮，俗岭(yín)峨而嵾嵯(cēn cī)①。

清泠泠而歼灭兮，溷(hùn)湛湛而日多。

枭(xiāo)鸮既以成群兮，玄鹤弭(mǐ)翼而屏(bǐng)移②。

蓬艾亲入御于床笫兮，马兰踸踔(chěnchuō)而日加③。

弃捐药芷与杜衡兮，余奈世之不知芳何。

何周道之平易兮，然芜秽而险戏④。

高阳无故而委尘兮，唐虞点灼而毁议⑤。

谁使正其真是兮，虽有八师而不可为⑥。

注　释

①**岭峨**：参差不齐。**嵾嵯**：即参差。②**枭鸮**：猫头鹰，比喻小人。**弭翼**：收敛翅膀。**屏移**：离退。③**踸踔**：凌乱滋长的样子。④**险戏**：危险。⑤**点灼**：比喻受诽谤。

⑥**八师**：指八位贤德而有声望的人。

译文

今世风气败坏而难以言说啊，世俗参差不齐不分清浊。

清正廉洁之人渐渐消散啊，贪浊之人不断变多。

猫头鹰成群结队啊，玄鹤收敛翅膀悄悄离退。

杂草蓬艾亲手捧来用来铺床啊，恶草马兰茂盛一天比一天葳蕤。

抛弃药芷与杜衡这些香草啊，我对世人不知芳香为何物感到无奈。

为什么平坦宽阔的大路啊，这样芜杂污秽充满险隘？

高阳无缘无故蒙受尘冤啊，尧舜受到诽谤横遭议论。

谁能纠正这些回归真理啊，即使有八位贤德之人也无力回春。

原文

皇天保其高兮，后土持其久。

服清白以逍遥兮，偏与乎玄英异色①。

西施媞(tí)媞而不得见兮，嫫母勃屑而日侍②。

桂蠹(dù)不知所淹留兮，蓼虫不知徙乎葵菜③。

处涽(hūn)涽之浊世兮，今安所达乎吾志？

意有所载而远逝兮，固非众人之所识。

骥踌躇于弊輂兮，遇孙阳而得代④。

吕望穷困而不聊生兮，遭周文而舒志。

宁戚饭牛而商歌兮，桓公闻而弗置。

路室女之方桑兮，孔子过之以自侍⑤。

吾独乖剌(là)而无当兮，心悼(dào)怵而耄(mào)思⑥。

思比干之怦(pēng)怦兮，哀子胥之慎事⑦。

悲楚人之和氏兮，献宝玉以为石。

遇厉武之不察兮，羌两足以毕斮(zhuó)[⑧]。

注释

①**玄英**：与清白相对的黑色。②**媞媞**：美好。**勃屑**：步履蹒跚。③**蓼虫**：蓼草上的虫子。④**孙阳**：即伯乐。⑤**路室**：旅舍。⑥**乖剌**：背离。**悼怵**：忧愁恐惧。**耄思**：乱思。⑦**恲恲**：忠诚正直。⑧**毕斮**：双脚都被砍断。

译文

苍天庇佑我的高尚啊，大地使我的品德持久。

穿着清白的衣服自在逍遥啊，偏偏与那些污浊的黑衣不同流。

西施美好却不能进见君王啊，嫫母蹒跚却每天伺候。

桂树上的蠹虫不知道长久之道啊，蓼草上的虫子也不知寻找葵菜。

身处昏暗的污浊之世啊，现在又怎么能实现我的远大胸怀？

心有所怀却不能不远远离开啊，本来就不是众人所能明白。

骏马拉着破车徘徊不前啊，遇到伯乐才换上匹配的好车。

吕望穷困到无法谋生啊，遇到周文王才能使用他的良策。

宁戚喂牛的时候悲伤歌唱啊，齐桓公听到后使他不再闲置。

旅舍旁有采桑女专心致志啊，孔子经过很欣赏便留下服侍。

只有我与世乖隔遇不到合适的君王啊，心里忧愁恐惧少不得乱想胡思。

想起比干忠诚正直啊，哀悼伍子胥小心谨慎地为君王出谋。

悲叹楚人卞和啊，献给楚王宝玉却被楚王当作石头。

遇到不明察的楚厉王和楚武王啊，竟把他的双脚都砍掉。

原文

小人之居势兮，视忠正之何若？

改前圣之法度兮，喜嗫嚅而妄作。

亲谗谀而疏贤圣兮，讼谓閭娵(jū)为丑恶[①]。

愉近习而蔽远兮，孰知察其黑白？

卒不得效其心容兮，安眇（miǎo）眇而无所归薄[2]。

专精爽以自明兮，晦冥冥而壅蔽。

年既已过太半兮，然埳（kǎn）坷而留滞[3]。

欲高飞而远集兮，恐离罔而灭败。

独冤抑而无极兮，伤精神而寿夭。

皇天既不纯命兮，余生终无所依。

愿自沉于江流兮，绝横流而径逝。

宁为江海之泥涂兮，安能久见此浊世？

注　释

①**闾娵：** 古代美女名。②**眇眇：** 遥远。③**埳坷：** 即坎坷。

译　文

小人占据高官厚禄啊，会把忠贞之士当作什么？

改变前代圣贤的法度啊，喜欢窃窃私语非为胡作。

亲近谄谀之人疏远圣贤之徒啊，争相诋毁美女是丑恶。

君王喜欢亲近这些小人被蒙蔽啊，又怎能辨别黑白两色？

贤人最终无法施展抱负啊，就被远放能回到哪里？

专一忠信地自我表白啊，却被昏暗的世道所遮蔽。

年龄已经过去一大半啊，还是这样坎坷无法前行。

想要高飞去远处休息啊，又担心触犯法网而败坏声名。

只能独自蒙冤沉抑没有尽头啊，使精神受伤且折损生命。

上天已经不专一啊，我的一生终究无处可依。

想自沉于江水中啊，横尸水流而随流水漂移。

宁可成为大江大海的泥沙啊，怎能长久目睹这污浊天地？

怨思

题解

本篇侧重对社会现实的批判，表达屈原对君王的忠诚，反衬当下处境的悲凉。

原文

贤士穷而隐处兮，廉方正而不容。
子胥谏而靡躯兮，比干忠而剖心。
子推自割而飤君兮，德日忘而怨深[1]。
行明白而曰黑兮，荆棘聚而成林。
江离弃于穷巷兮，蒺藜（jí lí）蔓乎东厢[2]。
贤者蔽而不见兮，谗谀进而相朋。
枭鸮并进而俱鸣兮，凤皇飞而高翔。
愿壹往而径逝兮，道壅绝而不通。

注释

①**飤**：即食。②**蒺藜**：多棘的草，比喻小人。

译文

贤能之士穷困只好隐居啊，廉洁正直之人难以立足。
伍子胥进谏却遭杀身之祸啊，比干进忠言却被剖开心腹。
介子推割下大腿上的肉给晋文公吃啊，晋文公却日益忘记恩德加深猜忌之心。

行为高洁清晰却被说成污黑啊，低矮的荆棘聚在一起却当作高大的森林。
江离被抛弃在陋巷啊，蒺藜却在东厢房里蔓延。
贤能之人被遮蔽不得进见啊，谄谀小人日益进用结成朋伴。
猫头鹰成群进用一起欢叫啊，凤凰远远地飞向高空。
只愿再见君王一面就直接离开啊，但见一面的道路都被小人阻挡不通。

自悲

题解

屈原不得进见楚王，因此扪心自问，表现出屈原高贵坚贞的品格。

原文

居愁懃其谁告兮，独永思而忧悲[1]。

内自省而不惭兮，操愈坚而不衰。

隐三年而无决兮，岁忽忽其若颓。

怜余身不足以卒意兮，冀一见而复归。

哀人事之不幸兮，属天命而委之咸池。

身被疾而不闲兮，心沸热其若汤。

冰炭不可以相并兮，吾固知乎命之不长。

哀独苦死之无乐兮，惜予年之未央。

悲不反余之所居兮，恨离予之故乡。

鸟兽惊而失群兮，犹高飞而哀鸣。

狐死必首丘兮，夫人孰能不反其真情？

故人疏而日忘兮，新人近而俞好。

莫能行于杳冥兮，孰能施于无报[2]？

注释

①**愁懃**：愁苦抑郁。②**杳冥**：黑暗。

译文

我陷于愁苦抑郁向谁诉说啊，独自长思忧戚悲叹。

自我反省问心无愧啊，操守更加坚定而不衰变。

弃隐多年仍没有回去的消息啊，岁月匆匆流逝我已进入老年。

哀怜此生不能最终实现志向啊，只希望能返回朝廷与君王再见一面。

悲哀我在人世间的不幸遭遇啊，只能把我的生命托付给上天。

身体遭受疾病不能病愈啊，心里又焦急沸热像开水滚翻。

冰炭不能够并存啊，我本来就知道生命短暂。

悲哀我孤独死去没有欢乐啊，可惜我的年龄还没过完。

可悲的是无法返回我的故居啊，为自己离开故乡而遗憾。

鸟兽受惊离开同伴啊，尚且高飞哀鸣着把它们呼唤。

狐狸死后头一定朝向巢穴啊，作为人谁能认为不回故乡是其赞同的真实情感？

老朋友日渐疏远遗忘啊，那些新贵得到君王亲近更被喜好。

这在黑暗中都不能实行啊，谁能做出这样的事情却没有恶报？

原文

苦众人之皆然兮，乘回风而远游。

凌恒山其若陋兮，聊愉娱以忘忧。

悲虚言之无实兮，苦众口之铄金。
遇故乡而一顾兮，泣歔欷而沾衿。
厌白玉以为面兮，怀琬琰(yǎn)以为心[1]。
邪气入而感内兮，施玉色而外淫。
何青云之流澜兮，微霜降之蒙蒙。
徐风至而徘徊兮，疾风过之汤汤。
闻南藩乐而欲往兮，至会稽而且止。
见韩众而宿之兮，问天道之所在。
借浮云以送予兮，载雌霓而为旌。
驾青龙以驰骛兮，班衍衍之冥冥[2]。
忽容容其安之兮，超慌忽其焉如?
苦众人之难信兮，愿离群而远举。
登峦山而远望兮，好桂树之冬荣。
观天火之炎炀兮，听大壑之波声。
引八维以自道兮，含沆瀣以长生。
居不乐以时思兮，食草木之秋实。
饮菌若之朝露兮，构桂木而为室。
杂橘柚以为囿兮，列新夷与椒桢。
鹍(kūn)鹤孤而夜号兮，哀居者之诚贞。

注 释

①**琬琰：**美玉名。②**班衍衍：**即“斑漫衍”，交错流散。

译文

苦恼于大家都这样啊，我只能乘着旋风远游。
越过恒山感觉连它都矮小了啊，姑且欢愉忘记忧愁。
可悲那些谗言一点都不真实啊，苦于众口一词熔化真金。
路过故乡看上一眼啊，潸然泪下打湿衣襟。
敷上白玉来做面具啊，怀揣美玉当作心。
邪气侵入使内心有感啊，利用美玉色泽使外表滋润。
为何乌云密布流动不息啊，细微的霜粒降落纷纷。
缓风吹来随风徘徊啊，疾风经过时浩浩荡荡有气势。
听说南国安乐想要去啊，到了会稽姑且休息停止。
拜见韩众就在他那里住宿啊，问他天道到底在哪里。
他借着浮云来送我啊，带着彩虹来做旌旗。
驾着青龙奔腾驰骋啊，交错盘旋直到冥冥之地。
飘飘荡荡不知在哪里啊，远处恍恍惚惚通向何方？
苦于众人难以信任啊，我想要离开人群向远处飞翔。
登上小山眺望远处啊，喜爱到冬天也不凋谢的桂树。
观看天火猛烈旺盛啊，听大海波涛起伏。
用八个天极来引导我啊，呼吸夜气来修炼长生之术。
生活无乐是因为时时忧思啊，以秋天的草木果实来饱腹。
饮用菌若上的晨露啊，用桂木来建造房屋。
杂种橘树柚树作为园囿啊，周围再种上辛夷与女贞。
鹍鹤孤独地在夜晚鸣叫啊，也在为我的忠贞而悲愤。

哀命

题解

本篇哀叹屈原怀才不遇的命运与楚国多灾多难的现状。

原　文

哀时命之不合兮，伤楚国之多忧。内怀情之洁白兮，遭乱世而离尤。

恶耿介之直行兮，世溷(hùn)浊而不知。何君臣之相失兮，上沅湘而分离。

测汩(mì)罗之湘水兮，知时固而不反[①]。伤离散之交乱兮，遂侧身而既远。

处玄舍之幽门兮，穴岩石而窟伏。从水蛟而为徒兮，与神龙乎休息。

何山石之崭岩兮，灵魂屈而偃蹇。含素水而蒙深兮，日眇眇而既远。

哀形体之离解兮，神罔两而无舍。惟椒兰之不反兮，魂迷惑而不知路。

愿无过之设行兮，虽灭没之自乐。痛楚国之流亡兮，哀灵修之过到。

固时俗之溷浊兮，志瞀(mào)迷而不知路[②]。念私门之正匠兮，遥涉江而远去。

念女媭(xū)之婵媛兮，涕泣流乎于悒。我决死而不生兮，虽重追吾何及。

戏疾濑(lài)之素水兮，望高山之蹇(jiǎn)产[③]。哀高丘之赤岸兮，遂没身而不反[④]。

注释

①**汨罗**：江名，流入湘水中，据称是屈原自尽之处。②**瞀迷**：郁闷迷惑。③**蹇产**：高峻起伏。④**赤岸**：古地名。

译文

悲哀我的命运与世不合啊，伤怀楚国多灾多难。内心怀有高洁之情啊，遇到乱世而遭遇忧患。

厌恶耿介的人直道而行啊，世道混浊不知贤奸。为何说君臣失去彼此啊，我来到沅江湘江不得不分离。

度量汇入湘江的汨罗江水啊，知道时事本就如此不再抱有返回的希冀。哀伤离别散乱在我心中交集啊，于是避世隐居于远方。

身在岩洞的暗门啊，以岩石为房屋躲藏。跟从水中蛟龙来做同伴啊，与神龙一起休息。

为何山石如此巍峨险峻啊，魂魄压抑而不能直立。口含着清水迷蒙深幽啊，太阳邈远日渐向西。

悲哀形体快要散架啊，精神恍惚无处可依。佩带着椒兰不反悔啊，魂魄迷惘弄不清道路。

想要没有过错地施行策略啊，即使死后埋没也感到欢愉。悲痛楚国将要危亡啊，哀叹楚王太过于倒行逆施。

本来时俗就浑浊不堪啊，我又找不到道路越发迷乱心志。想到政教都出于权贵私门啊，我便要渡江远去。

想到女嬃的眷念啊，眼泪喷涌而出心情抑郁。我决心一死殉国不苟活啊，即使想要重新追用我又怎么来得及。

在湍急的清水中嬉戏啊，遥望曲折险峻的山地。哀痛高丘的赤岸啊，我于是身没江中再无生机！

谬谏

题解

篇题意谓委婉进谏。此篇或与东方朔自身的经历有关。

原文

怨灵修之浩荡兮，夫何执操之不固？

悲太山之为隍(huáng)兮，孰江河之可涸①？

愿承闲而效志兮，恐犯忌而干讳。

卒抚情以寂寞兮，然怊怅而自悲。

玉与石其同匮(kuì)兮，贯鱼眼与珠玑②。

驽骏杂而不分兮，服罢牛而骖骥。

年滔滔而自远兮，寿冉冉而愈衰。

心馀(tú)憛(tán)而烦冤兮，蹇超摇而无冀③。

注释

①**隍：**护城河。②**匮：**匣子。③**馀憛：**忧愁。

译文

埋怨君王反复无常啊，为何操守这么不牢固？

悲叹泰山都将成为护城河啊，又有什么江河不会干枯？

想等待时机报效君王啊，害怕触犯忌讳。

最终自我安慰寂寞无语啊，这样惆怅而自悲。

美玉和石头放在同一个匣子啊，把鱼眼和珠玉贯穿成串。

劣马和骏马混杂不分啊，重用疲惫的老牛而把千里马放在车边。

时光如流水滔滔渐行渐远啊，年寿慢慢老去愈来愈颓唐。

心中恐慌充满烦闷啊，忐忑不安毫无希望。

原　文

固时俗之工巧兮，灭规矩而改错。

却骐骥而不乘兮，策驽骀(tái)而取路[1]。

当世岂无骐骥兮，诚无王良之善驭。

见执辔者非其人兮，故驹跳而远去。

不量凿而正枘兮，恐矩矱之不同。

不论世而高举兮，恐操行之不调。

弧弓弛而不张兮，孰云知其所至？

无倾危之患难兮，焉知贤士之所死？

俗推佞而进富兮，节行张而不著。

贤良蔽而不群兮，朋曹比而党誉。

邪说饰而多曲兮，正法弧而不公。

直士隐而避匿兮，谗谀登乎明堂。

弃彭咸之娱乐兮，灭巧倕之绳墨[2]。

菎蕗(kūn lù)杂于黀(zōu)蒸兮，机蓬矢以射革[3]。

驾蹇驴而无策兮，又何路之能极？

以直针而为钓兮，又何鱼之能得？

伯牙之绝弦兮，无锺子期而听之。

和抱璞而泣血兮，安得良工而剖之？

注　释

①**驽骀**：劣马。②**巧倕**：巧匠名倕。③**葭蕗**：香草。**麋蒸**：麻秆。**机**：原指弩机，这里作动词，发射。**蓬矢**：蓬蒿做成的箭。

译　文

本来世俗之人就善于讨巧啊，毁灭规矩改变举措法度。

退却千里马不乘啊，鞭驾着劣马去赶路。

当今之世难道没有骏马吗？实在是没有王良这样的人善驾驭。

看见拿着马鞭的不是善驾驭的人啊，骏马就跳脱离去。

不量好榫眼大小就把榫子装进去啊，恐怕标准会有不同。

不议论世事高飞远走啊，恐怕操行会受到讥讽。

弓弦松开而不张开啊，谁知道它能射多远。

没有国家危亡的灾难啊，怎么知道贤士会为国牺牲躯干？

世俗推举奸佞富贵之人啊，有节操的人再坚持也不能重视。

贤良之人被遮蔽没有同伴啊，奸佞之人相互勾结颂扬彼此。

歪曲之说多有巧饰啊，公正的法度不再公平。

忠直之士退居躲避啊，谄谀之人登上朝廷。

背弃彭咸之所喜欢的高尚行为啊，消灭巧匠倕的规矩绳墨。

将香草杂糅在麻秆中啊，发射蓬蒿做的箭去射牛革。

驾驶笨驴却没有鞭子啊，又怎么能到达目的地？

用直针做鱼钩去钓鱼啊，又有什么鱼能够钓起？

伯牙之所以摔断琴弦啊，是因为没有懂得欣赏的知音钟子期。

卞和抱着璞玉哭出血来啊，怎么才能得到好的工匠来剖析？

原　文

同音者相和兮，同类者相似。

飞鸟号其群兮，鹿鸣求其友。

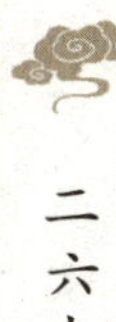

故叩宫而宫应兮，弹角而角动。

虎啸而谷风至兮，龙举而景云往。

音声之相和兮，言物类之相感也。

夫方圆之异形兮，势不可以相错。

列子隐身而穷处兮，世莫可以寄托。

众鸟皆有行列兮，凤独翔翔而无所薄。

经浊世而不得志兮，愿侧身岩穴而自托。

欲阖口而无言兮，尝被君之厚德①。

独便悁(biànyuān)而怀毒兮，愁郁郁之焉极②？

念三年之积思兮，愿壹见而陈词。

不及君而骋说兮，世孰可为明之？

身寝疾而日愁兮，情沉抑而不扬。

众人莫可与论道兮，悲精神之不通。

注　释

①**阖口**：即合口。②**便悁**：忧愤。

译　文

音色相同可以唱和啊，同类的人才能彼此相似。

飞鸟通过鸣叫呼唤群鸟啊，鹿叫是在寻找同伴。

因此击打宫器宫调就响应啊，弹奏角器角声就会震动。

猛虎咆哮山谷的风随之而起啊，神龙飞举厚亮的云彩就会跟从。

声音互相调和啊，是说万物同类之间可以互相感应。

那方圆本来不同啊，势必不能相互错杂成形。

列子隐居而处穷啊，世道混浊没有地方可以寄托。

众鸟都能成群结队啊，只有凤凰独自翱翔没有可依靠的同伙。

经历浊世不能实现志向啊，想要在岩洞中把此生度过。

我本想闭口无言啊，又想到曾受过君王深厚的恩德。

独自忧愁心怀愤懑啊，愁绪无穷不会停止。

想起多年流放堆积的思绪啊，想见君王一面来陈词。

没能见到君王表达想法啊，世上谁能为我解释清楚？

染病在床日日发愁啊，心情压抑无法说出。

无法与俗人谈论大道啊，悲叹精神隔阂找不到通途。

原　文

乱曰：

鸾皇孔凤日以远兮，畜凫驾（jiā）鹅[1]。

鸡鹜满堂坛兮，鼃黾（wā měng）游乎华池[2]。

要（niǎo）裦奔亡兮，腾驾橐驼[3]。

铅刀进御兮，遥弃太阿。

拔搴玄芝兮，列树芋荷。

橘柚萎枯兮，苦李旖旎（yǐ nǐ）。

甂瓯（biān ōu）登于明堂兮，周鼎潜乎深渊[4]。

自古而固然兮，吾又何怨乎今之人。

注　释

①**驾鹅**：野鹅。②**鼃黾**：蛙类。③**要裦**：骏马名。④**甂瓯**：小瓦盆。

译　文

乱辞云：

孔雀凤凰日渐远去啊，人们饲养野鸭野鹅。

鸡鸭养满堂室啊，蛙类在花池里游乐。

骏马都奔走不见啊，人们奔腾时驾着骆驼。

进献钝的铅刀啊，远远丢掉宝剑太阿。

拔掉神草黑灵芝啊，到处种上芋头。

橘树柚树枯萎啊，苦李树却长得浓稠。

小瓦盆登上高贵的祭堂啊，珍贵的周鼎沉到深渊。

自古以来就是这个样子啊，我又何必把今人埋怨。

哀时命

题解

本篇作者为汉景帝时的严忌。严忌是会稽人，本姓庄，避汉明帝讳改为严，与司马相如曾一起客游于梁，受到梁孝王的重视。本篇承袭屈原辞赋的传统，表达文士不遇的悲叹。

原文

哀时命之不及古人兮，夫何予生之不遘(gòu)时[①]**！**

往者不可扳(pān)援兮，倈者不可与期[②]**。**

志憾恨而不逞兮，杼中情而属(zhǔ)诗[③]**。**

夜炯炯而不寐兮，怀隐忧而历兹。

心郁郁而无告兮，众孰可与深谋！

欿(kǎn)愁悴而委惰兮，老冉冉而逮之[④]**。**

居处愁以隐约兮，志沉抑而不扬。

道壅塞而不通兮，江河广而无梁。

愿至昆仑之悬圃兮，采钟山之玉英。

擥瑶木之橝枝兮，望阆风之板桐⑤。

弱水汩其为难兮，路中断而不通。

势不能凌波以径度兮，又无羽翼而高翔。

然隐悯而不达兮，独徙倚而彷徉。

怅惘（chǎng wǎng）罔以永思兮，心纡轸（zhěn）宗而增伤⑥。

倚踌躇以淹留兮，日饥馑而绝粮。

廓抱景而独倚兮，超永思乎故乡。

廓落寂而无友兮，谁可与玩此遗芳？

白日畹（wǎn）晚其将入兮，哀余寿之弗将⑦。

车既弊而马疲兮，蹇邅（zhān）徊而不能行。

身既不容于浊世兮，不知进退之宜当。

注释

①**遘**：遇。②**扳援**：攀缘。③**属诗**：结撰诗文。④**欿愁悴**：忧愁。**委惰**：懈怠疲倦。⑤**橝枝**：长枝。**板桐**：神山名。⑥**惘罔**：迷茫。**纡轸**：心情痛苦。⑦**畹晚**：太阳西下。

译文

悲哀时命比不上古人啊，为什么我生来赶不上好时机。

已过去的无法攀缘啊，将来的难以预期。

遗憾有志不能施展啊，写诗来抒发心中的情意。

夜里双眼明亮不能入睡啊，心怀痛楚把时间经历。

心里郁闷无人诉说啊，众人中谁能与我尽情商议？

愁苦憔悴颓丧懈怠啊，慢慢衰老虚度日子。

隐居也忧愁想自我约束啊，情志沉沦压抑无法振起。

道路堵塞不能通达啊，江河广阔没桥可跨。

想到昆仑山上的悬圃啊，去采摘钟山上的玉花。

攀折玉树的长枝条啊，遥望阆风上的板桐。

浩渺弱水难以逾越啊，道路中断不能畅通。

势必难以跨越波涛直接渡过啊，又没有翅膀高飞半空。

这样隐忍渡不过去啊，独自徘徊而徜徉。

惊恐迷茫久久思索啊，心中失意徒增感伤。

靠着犹豫来滞留不前啊，日渐饥馑缺少食粮。

孤独地抱影独自守候啊，长久地思念故乡。

落魄寂寞没有朋友啊，谁能与我一起玩赏这些传留下来的芬芳？

白日西落将要入夜啊，悲叹我的寿命不长。

车马都已破败疲倦啊，徘徊不前无法去往远方。

自身不被浊世容纳啊，又不知进与退哪个更恰当。

原文

冠崔嵬而切云兮，剑淋离而从横。

衣摄叶以储与兮，左袪(qū)挂于榑(fú)桑①；

右衽(rèn)拂于不周兮，六合不足以肆行。

上同凿枘于伏戏兮，下合矩矱于虞唐②。

愿尊节而式高兮，志犹卑夫禹汤。

虽知困其不改操兮，终不以邪枉害方。

世并举而好朋兮，壹斗斛而相量。

众比周以肩迫兮，贤者远而隐藏。

为凤皇作鹑笼兮，虽翕(xī)翅其不容。

灵皇其不寤知兮，焉陈词而效忠？

俗嫉妒而蔽贤兮，孰知余之从容？

愿舒志而抽冯兮，庸讵知其吉凶？

璋珪杂于甑窐(zèng guī)兮，陇廉与孟娵(jū)同宫③。

举世以为恒俗兮，固将愁苦而终穷。

幽独转而不寐兮，惟烦懑而盈匈。

魂眇眇而驰骋兮，心烦冤之忡忡。

志欿(kǎn)憾而不憺兮，路幽昧而甚难④。

注　释

①**摄叶、储与：**都形容衣服宽大。**袪：**袖子。**榑桑：**扶桑。②**伏戏：**即“伏羲”。③**甑窐：**蒸食器具。**陇廉：**丑女。**孟娵：**美女。④**欿憾：**意有不足。**憺：**安。

译　文

帽子高耸直入云霄啊，长剑陆离纵横路上。

衣服过于宽大啊，左袖子挂在扶桑。

右边的衣襟拂过不周山啊，天地四方不能让我自由行访。

往上数与伏羲合不来啊，往下算倒是跟尧舜相仿。

想谦退节制取法崇高啊，心里还是看不起大禹商汤。

即使知道困顿也不改变操守啊，终不因邪曲祸害忠良。

世人都互相举荐拉帮结派啊，把斗斛混同来衡量。

众人相互勾结迫害贤人啊，贤人就远走躲藏。

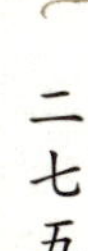

为凤凰做鹌鹑大小的笼子啊，即使把翅膀合上都不好装。
君主不能够明白知晓啊，能去哪里陈述并效忠？
世俗易于妒忌遮蔽贤人啊，谁能知道我的从容？
想要舒展志向抒发愤懑啊，又怎么知道是吉是凶？
美玉杂放在蒸食器具中啊，丑女和美女一同进宫。
全天下都习以为常啊，我本就注定要穷苦而终。
黑夜中独自辗转难以入睡啊，想起烦闷就堆满我胸。
魂魄飘忽驰骋远方啊，心中烦恼委屈忧心忡忡。
心志失落不安啊，道路昏暗行走起来困难重重。

原文

块独守此曲隅兮，然欿(kǎn)切而永叹①。
愁修夜而宛转兮，气涫(guàn)瀵(fèi)其若波②。
握剞(jī)劂(jué)而不用兮，操规矩而无所施③。
骋骐骥于中庭兮，焉能极夫远道？
置猨(yòu)狖于棂(líng)槛(kǎn)兮，夫何以责其捷巧④？
驷跛鳖而上山兮，吾固知其不能升。
释管晏而任臧获兮，何权衡之能称？
箟(kūn)簬(lù)杂于黀(zōu)蒸兮，机蓬矢以躲革⑤。
负檐荷以丈尺兮，欲伸要而不可得。
外迫胁于机臂兮，上牵联于缯(zēng)𩚔(yì)⑥。
肩倾侧而不容兮，固陿(xiá)腹而不得息⑦。
务光自投于深渊兮，不获世之尘垢。
孰魁(kuí)摧之可久兮，愿退身而穷处⑧。

凿山楹而为室兮，下被衣于水渚。

雾露濛濛其晨降兮，云依斐而承宇。

虹霓纷其朝霞兮，夕淫淫而淋雨。

怊茫茫而无归兮，怅远望此旷野。

下垂钓于谿谷兮，上要求于仙者。

与赤松而结友兮，比王侨而为耦。

使枭杨先导兮，白虎为之前后⑨。

浮云雾而入冥兮，骑白鹿而容与。

注　释

①**欿切**：深切的痛苦。②**涫瀎**：沸腾。③**剞劂**：镂刻工具。④**棂槛**：窗木格。⑤**箟簬**：美竹。**䕩蒸**：麻秆。⑥**矰隿**：系有丝绳用来射飞鸟的箭。⑦**陿腹**：收紧腹肌。⑧**魁摧**：高耸危险。⑨**枭杨**：山神名，即狒狒。

译　文

独自守候在这个角落啊，这样痛苦深切长久叹息。

长夜愁苦辗转不眠啊，血气沸腾如同波浪涌起。

手握刻刀却派不上用场啊，拿着规矩却无处施展。

在庭中驰骋骐骥啊，怎么能走得长远？

把长尾猴放在窗内啊，怎么能责成它变得轻捷灵巧？

驾着瘸腿的乌龟登山啊，我本就知道它难以爬到。

抛弃管仲、晏婴任用奴仆啊，怎么称得上是善于选拔？

美竹杂糅在麻秆中啊，发射蓬蒿做的箭去射皮革。

负担过重寸步难行啊，想要伸腰也不可得。

外面有弓弩来胁迫啊，上面系着长长的丝线。

耸肩媚笑也难以容纳啊，便收紧腹部呼吸都不敢。

隐士务光自投于深渊之中啊，避免尘世的污垢。

谁在危险之中能够长久啊，就想能引退处幽。

开凿山石作为房屋啊，在下面的水边浣洗衣服。

早上的雾露迷蒙落下啊，云朵堆叠仿佛就在屋檐处。

虹霓缤纷朝霞灿烂啊，晚上淫雨霏霏。

失落惆怅无处可归啊，愁目远望旷野累累。

在下面的溪谷垂钓啊，往上向神仙求教。

与赤松子结为朋友啊，还结识好友王子侨。

让狒狒为我开路啊，白虎在前后奔跑。

乘着云雾进入玄冥之境啊，骑着白鹿自在逍遥。

原文

魂眐(zhēng)眐以寄独兮，汩徂往而不归[①]。

处卓卓而日远兮，志浩荡而伤怀。

鸾凤翔于苍云兮，故矰缴而不能加。

蛟龙潜于旋渊兮，身不挂于罔罗。

知贪饵而近死兮，不如下游乎清波。

宁幽隐以远祸兮，孰侵辱之可为。

子胥死而成义兮，屈原沉于汨罗。

虽体解其不变兮，岂忠信之可化。

志怦(pēng)怦而内直兮，履绳墨而不颇[②]。

执权衡而无私兮，称轻重而不差。

摡尘垢之枉攘兮，除秽累而反真[③]。

形体白而质素兮，中皎洁而淑清。

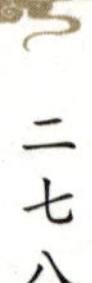

时厌饫而不用兮，且隐伏而远身。

聊窜端而匿迹兮，嗼(mò)寂默而无声④。

独便悁(biànyuān)而烦毒兮，焉发愤而抒情？

时暧暧其将罢兮，遂闷叹而无名。

伯夷死于首阳兮，卒夭隐而不荣⑤。

太公不遇文王兮，身至死而不得逞。

怀瑶象而佩琼兮，愿陈列而无正。

生天墜之若过兮，忽烂漫而无成。

邪气袭余之形体兮，疾憯怛(cǎn dá)而萌生⑥。

愿壹见阳春之白日兮，恐不终乎永年。

注释

①**眐眐**：孤独的样子。②**怦怦**：心跳的声音。③**枉攘**：形容混乱。④**嗼**：寂静无声。⑤**夭隐**：在隐居中死去。⑥**憯怛**：痛苦。

译文

魂魄独行到处依托啊，悠然离去不再回来。

离开故乡日渐遥远啊，情志旷荡黯然伤怀。

鸾鸟凤凰在青云之上飞翔啊，所以弓箭无法加害。

蛟龙潜藏在极深的水底啊，罗网不能把它捕捉。

明白贪食就是接近死亡啊，不如往下遨游于清澈的水波。

宁愿幽居隐遁远离祸患啊，谁又能够侵犯辱没？

伍子胥以死成就名义啊，屈原自沉于汨罗。

即使身体肢解也不改变啊，忠诚信义岂可以抛掷？

志向忠贞内心正直啊，中规中矩没有偏执。

执掌权衡毫无私心啊，称量轻重没有一点差池。

拂拭散乱的尘垢啊，去除污秽返璞归真。
形体洁白朴素啊，内心皎洁善良清纯。
时人贪婪而不任用我啊，姑且隐居潜伏而保全此身。
逃避祸端而隐藏痕迹啊，静默无言默不作声。
独自愁闷忧郁啊，怎么能抒发情志发泄愤懑？
时世昏暗我将疲倦啊，于是苦叹没有美名播照。
伯夷饿死在首阳山上啊，最终隐居至死也没有显耀。
姜太公不遇到周文王啊，直到死去也难以施展才能。
怀揣美玉象牙佩带玉佩啊，想陈列开来却无人作证。
生在天地间像过客一样短暂啊，忽然时光散乱一事无成。
邪气侵袭我的身体啊，害怕疾病悄悄萌生。
想再看一眼春天的太阳啊，恐怕等不到来年日升。

九　怀

题　解

该篇由九首诗歌组成，主要代屈原立言、抒情，但也有作者自己的情感成分。作者是西汉蜀人王褒，他是汉宣帝时期著名的文人，通晓音律，善作歌诗，除本文外，尚有《洞箫赋》等流传后世。

匡　机

题　解

篇题之意为匡救国家危机，表达想要进谏而不得的忧愤。

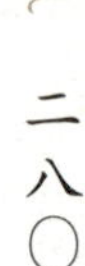

原文

极运兮不中，来将屈兮困穷[1]？

余深愍(mǐn)兮惨怛(dá)，愿一列兮无从。

乘日月兮上征，顾游心兮鄗酆(hào fēng)[2]。

弥览兮九隅，彷徨兮兰宫。

芷闾兮药房，奋摇兮众芳。

菌阁兮蕙楼，观道兮从横。

宝金兮委积，美玉兮盈堂。

桂水兮潺湲，扬流兮洋洋。

蓍(shī)蔡兮踊跃，孔鹤兮回翔[3]。

抚槛兮远望，念君兮不忘。

怫郁兮莫陈，永怀兮内伤[4]。

注释

①**极运**：大道的运行。②**鄗**：镐京，周武王所经营的都城。**酆**：周文王所建都城。③**蓍蔡**：老龟。④**怫郁**：忧懑。

译文

天道运行啊有偏，来承受委屈啊穷困贫贱。

我忧伤深重啊心中悲痛，想一诉衷肠啊无处可言。

乘坐日月啊向上飞升，回首心动啊是周代都城。

遍观四方啊角角落落，在芳洁宫廷啊徘徊磨蹭。

香草做的大门啊白芷做的房屋，馥郁勃发啊香气繁盛。

薰草为阁啊蕙草作楼，楼观间的道路啊交错纵横。

珠宝金银啊四处堆积，美好玉石啊充满厅堂。

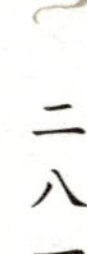

桂香之水啊潺潺流淌，波浪扬起啊流水洋洋。

老龟啊踊跃起舞，孔雀仙鹤啊回旋飞翔。

手抚栏杆啊眺望远方，怀念君王啊时刻不忘。

满心愤懑啊不能陈述，长久怀思啊内心悲伤。

通 路

题 解

该篇表现通达仕途的愿望，但难以实现。

原 文

天门兮墬户，孰由兮贤者？无正兮溷（hùn）厕，怀德兮何睹①？

假寐兮愍斯，谁可与兮寤语？痛凤兮远逝，畜鴳（yàn）兮近处②。

鲸鱏（xún）兮幽潜，从虾兮游陼（zhǔ）③。乘虬兮登阳，载象兮上行。

朝发兮葱岭，夕至兮明光。北饮兮飞泉，南采兮芝英。

宣游兮列宿，顺极兮彷徉。红采兮骍（xīng）衣，翠缥（piǎo）兮为裳④。

舒佩兮綝纚（shěn xǐ），竦余剑兮干将⑤。腾蛇兮后从，飞駏（jù）兮步旁⑥。

微观兮玄圃，览察兮瑶光。启匮兮探筴，悲命兮相当。

纫蕙兮永辞，将离兮所思。浮云兮容与，道余兮何之？

远望兮仟（qiān）眠，闻雷兮阗（tián）阗⑦。阴忧兮感余，惆怅兮自怜。

注 释

①**溷厕：**错乱侧杂其间，指混世。②**鴳：**雀一类小鸟。③**鱏：**一种大鱼。**陼：**水中小洲。④**红采：**即彩虹。**骍：**红色。**缥：**青白色。⑤**綝纚：**即陆离，繁盛的样子。⑥**駏：**兽名，善于奔跑。⑦**仟眠：**昏暗不明的样子。**阗阗：**声音很大。

译　文

通往天门啊打开地户，贤能之人啊要走哪条路？不正之人啊错杂混世，有德之人啊谁亲眼目睹？

和衣而睡啊对此忧伤，谁能和我啊见面倾诉？痛惜凤凰啊远走高飞，蓄养雀鸟啊日益亲附。

巨鲸鲟鱼啊深潜水底，众多小虾啊游戏于洲渚。乘着虬龙啊攀登太阳，骑着神象啊往上飞翔。

早上出发啊在那葱岭，晚上到达啊明光山上。在北方喝水啊飞泉之谷，到南边采摘啊灵芝闪光。

处处游遍啊二十八宿，顺着北极星啊徘徊游荡。七色彩虹啊做我红衣，浅青云朵啊做我衣裳。

舒展玉佩啊光彩照人，手握长剑啊名为干将。神蛇啊跟随在后，善跑的駏驉啊伴随在两旁。

暗暗地看啊昆仑悬圃，细细察看啊北斗第七星瑶光。打开匣子啊拿出蓍草，悲叹命运啊遭逢祸患。

联结蕙草啊永远辞别，将要离开啊我所思念。浮云飘飘啊徘徊不前，引导着我啊会去什么地点？

遥望远方啊昏暗不明，听见雷声啊轰隆隆不断。忧伤愁苦啊感怀心事，惆怅失落啊独自哀怜。

危　俊

题　解

题意为危害俊贤之人，即嫉贤妒能。

原　文

林不容兮鸣蜩，余何留兮中州？

陶嘉月兮总驾，搴玉英兮自修①。

结荣茝(zhǐ)兮逶逝，将去烝兮远游②。

径岱土兮魏阙，历九曲兮牵牛。

聊假日兮相佯，遗光燿兮周流。

望太一兮淹息，纡余辔兮自休。

晞白日兮皎皎，弥远路兮悠悠。

顾列孛(bèi)兮缥缥，观幽云兮陈浮③。

钜(jù)宝迁兮砏(pīn)磤(yīn)，雉咸雊(gòu)兮相求④。

泱莽莽兮究志，惧吾心兮懤(chóu)懤⑤。

步余马兮飞柱，览可与兮匹俦。

卒莫有兮纤介，永余思兮怞(yóu)怞⑥。

注　释

①**陶**：喜乐。②**荣茝**：茂盛的香草。③**列孛**：布列的彗星。④**钜宝**：岁星。**砏磤**：声音很大。**雊**：野鸡鸣叫。⑤**懤懤**：忧愁。⑥**怞怞**：忧愁貌。

译　文

树林里不容啊那鸣叫的知了，我又何必逗留啊在这中州。

喜挑良辰吉日啊聚集车马，摘取美玉之花啊打扮自己更加清秀。

编结茂盛的芷草啊奔腾远去，将要离开君王啊外出远游。

经过北方之地啊见到高山，穿越九曲苍穹啊看见星星叫牵牛。

姑且假借时日啊徜徉游玩，剩余的光亮闪耀啊上下周流。

望着太一神啊稍作休息，放松我的缰绳啊来次调休。

东升的白日啊明亮灿烂，照遍遥远的前路啊悠长没有尽头。

回头望见布列的彗星啊虚无缥缈，看那深处的云气啊不断漂浮游走。

岁星迁移啊声响很大，野鸡都在鸣叫啊彼此相求。

空旷无边啊穷尽我的志向，害怕我的心里啊还是发愁。

牵马漫步啊在那神山之上，看看有谁啊可以做我的配偶。

最终没有找到啊忠贞之士，我的思绪长久啊不断生忧。

昭 世

题 解

本篇意谓使浊世得到澄清、昭明之意，但最终没有成功。

原 文

世溷兮冥昏，违君兮归真。

乘龙兮偃蹇，高回翔兮上臻(zhēn)①。

袭英衣兮缇(tí)绁(qiè)，披华裳兮芳芬②。

登羊角兮扶舆，浮云漠兮自娱。

握神精兮雍容，与神人兮相胥。

流星坠兮成雨，进瞵(lín)盼兮上丘墟③。

览旧邦兮滃(wěng)郁，余安能兮久居④。

志怀逝兮心懰(liú)栗，纡余辔兮踌躇⑤。

闻素女兮微歌，听王后兮吹竽。

魂凄怆兮感哀，肠回回兮盘纡。

抚余佩兮缤纷，高太息兮自怜。

使祝融兮先行，令昭明兮开门。

驰六蛟兮上征，竦余驾兮入冥。

历九州兮索合，谁可与兮终生。

忽反顾兮西囿，睹轸丘兮崎倾⑥。

横垂涕兮泫流，悲余后兮失灵。

注释

①**臻**：达到。②**缇幻**：橘红色衣服。③**瞵盼**：凝视。④**滃郁**：云气弥漫而昏暗不明。⑤**恻栗**：忧愁。⑥**轸丘**：高丘。

译文

世道浑浊啊社会昏暗，离开君王啊返璞归真。

乘坐神龙啊蜿蜒上升，高高飞翔啊直上青云。

穿上花衣啊和那橘红色衣服，披着华美衣裳啊香气袭人。

乘着旋风啊扶摇而上，浮云漠漠啊自乐自娱。

握持着精气神啊温柔娴雅，跟神仙啊约好相遇。

流星坠落啊化成星雨，往前凝视啊登上高高的丘墟。

看到故国啊云缭雾绕，我又怎能啊长久寄居？

有志要离开啊心里却忧愁，放缓我的马缰啊盘桓犹豫。

听到素女啊低声歌唱，听见宓妃啊吹奏竽管之曲。

魂魄悲凉啊心里悲哀，愁肠盘结啊无法舒展。

抚摸我的佩饰啊五彩缤纷，高声长叹啊为自己哀怜。

让祝融啊先行开路，命令火神啊打开门闩。

驱驾着六条蛟龙啊向上飞奔，我的车驾向上啊直到幽冥苍天。

经过九州啊寻找志同道合之人，谁能与我啊一生相伴？

忽然回头啊看见西方园囿，看见高山啊崎岖峻险。

涕泪横流啊眼泪扑簌簌下落，为我的君王糊涂啊而伤心悲叹。

尊　嘉

题　解

本篇意谓尊重美好的德行。

原　文

季春兮阳阳，列草兮成行。

余悲兮兰生，委积兮从横。

江离兮遗捐，辛夷兮挤臧[①]。

伊思兮往古，亦多兮遭殃。

伍胥兮浮江，屈子兮沉湘。

运余兮念兹，心内兮怀伤。

望淮兮沛沛，滨流兮则逝。

榜(bàng)舫(fǎng)兮下流，东注兮磕(kē)磕。

蛟龙兮导引，文鱼兮上濑(lài)。

抽蒲兮陈坐，援芙蕖(qú)兮为盖[②]。

水跃兮余旌，继以兮微蔡。

云旗兮电骛(wù)，倏忽兮容裔[③]。

河伯兮开门，迎余兮欢欣。

顾念兮旧都，怀恨兮艰难。

窃哀兮浮萍，汎淫兮无根。

注　释

①**挤臧：**遭排挤而湮没无闻。②**芙蕖：**荷花。③**容裔：**船行起伏摇晃之貌。

译　文

晚春时节啊风和日丽，百草茂盛啊罗布成行。

我心悲恸啊兰草凋零，委弃堆积啊纵横于各个地方。

香草江离啊丢弃一边，美丽的辛夷啊也被排挤到一旁。

回想起啊遥远的过去，贤人也多啊遭受灾殃。

伍子胥啊浮尸在江上，屈原啊自沉于汨罗江。

到我自身啊想起这些，内心啊伤怀悲伤。

望着淮水啊盈盈东流，站在水边啊也想一起远离。

驾着小船啊往下流去，往东入海啊水石相击。

水中蛟龙啊来引导我，花纹斑斓的鱼啊带我穿过激流之地。

拔取蒲草啊坐在上面，采下荷叶啊做成船篷。

水花翻滚啊溅湿我的旌旗，接着水藻也流入船中。

挂起云旗啊风驰电掣，急速前进啊波浪翻涌。

水神河伯啊打开宫门，迎接我啊欢乐无穷。

回首怀念啊我的故乡，心生遗憾啊道路艰难不通。

私自哀怜啊恍如浮萍，漂浮不定啊无处可容。

蓄　英

题　解

本篇意谓积蓄美好的品德。

原　文

秋风兮萧萧，舒芳兮振条。

微霜兮眇眇，病殀兮鸣蜩。

玄鸟兮辞归，飞翔兮灵丘。

望溪兮滃郁，熊罴兮呴嗥①。

唐虞兮不存，何故兮久留？

临渊兮汪洋，顾林兮忽荒。

修余兮袿衣，骑霓兮南上。

乘云兮回回，亹亹兮自强②。

将息兮兰皋，失志兮悠悠。

菀蕴兮黴黧，思君兮无聊③。

身去兮意存，怆恨兮怀愁。

注释

①**呴嗥**：吼叫。②**亹亹**：勤勉不倦。③**黴黧**：面色污黑。

译文

秋风吹拂啊一片萧条，摇动芳草啊震荡枝条。

寒霜微降啊虽然微小，已经杀死啊鸣叫的知了。

燕子啊辞别归去，飞翔啊直到神山云霄。

望见溪谷啊云缭雾绕，熊罴猛兽啊不停吼叫。

尧舜啊都已不在，为什么啊还要留下？

在深渊边啊一片汪洋，回顾森林啊昏暗难察。

修饰自己啊穿上长袍，骑着云霓啊往南直上。

乘着云气啊盘旋回环，勤勉不倦啊自己坚强。

将要休息啊在兰草丘泽，不能得志啊忧愁难忘。

愁思蕴积啊面色发黑，想念君王啊没有依傍。

身虽离开啊心意犹在，悲伤怨恨啊愁绪满腔。

思忠

题解

本篇展现悲伤的情怀。

原文

登九灵兮游神，静女歌兮微晨。
悲皇丘兮积葛，众体错兮交纷。
贞枝抑兮枯槁，枉车登兮庆云。
感余志兮惨慄，心怆怆兮自怜。
驾玄螭兮北征，向吾路兮葱岭。
连五宿兮建旄(máo)，扬氛气兮为旌[①]。
历广漠兮驰骛，览中国兮冥冥。
玄武步兮水母，与吾期兮南荣。
登华盖兮乘阳，聊逍遥兮播光。
抽库娄兮酌醴，援瓟(páo)瓜兮接粮[②]。
毕休息兮远逝，发玉轫兮西行。
惟时俗兮疾正，弗可久兮此方。
寤辟摽(pì biào)兮永思，心怫郁兮内伤[③]。

注释

①**旄**：古代用牦牛尾在旗杆上做装饰的旗子。②**库娄**：星名，形状像斟酒器皿。**瓟瓜**：果蔬，这里指星名。③**辟摽**：拍打胸部。

译　文

登上九天啊骋游精神，神女歌唱啊在那清晨。

悲叹大山啊长满葛藤，众多枝叶交错啊纷纷纭纭。

笔直的枝条被压抑啊日渐枯萎，弯枝用来造车啊荣耀显尊。

想起我的志向啊就悲从中来，内心凄怆啊哀怜自身。

驾着黑龙啊向北进发，我的道路指向啊葱岭仙境。

连接五大星宿啊竖立大旗，扬起云气啊来做云旌。

经过广漠之处啊驰骋不休，目睹人间啊昏暗不明。

神龟玄武漫步啊还有水母，和我约好啊一起南行。

登上华盖群星啊乘着太阳，姑且逍遥啊播洒光芒。

拿着勺子样的星星啊来倒酒浆，摘取蔬果样的星星啊充作食粮。

休息完毕啊远走高飞，驱车出发啊往西飞翔。

想起时俗啊妒忌正直，不能长久啊留在这个地方。

醒来捶胸顿足啊长久悲思，内心忧郁啊五内俱伤。

陶　壅

题　解

本篇意谓心中郁陶壅堵。

原　文

览杳杳兮世惟，余惆怅兮何归。

伤时俗兮溷乱，将奋翼兮高飞。

驾八龙兮连蜷，建虹旌兮威夷。

观中宇兮浩浩，纷翼翼兮上跻。

浮溺水兮舒光，淹低佪兮京沶（chí）①。

屯余车兮索友，睹皇公兮问师。

道莫贵兮归真，羡余术兮可夷。

吾乃逝兮南娭(xī)，道幽路兮九疑②。

越炎火兮万里，过万首兮嶷嶷。

济江海兮蝉蜕，绝北梁兮永辞。

浮云郁兮昼昏，霾土忽兮塺(méi)塺③。

息阳城兮广夏，衰色罔兮中怠。

意晓阳兮燎寤，乃自袗(zhěn)兮在兹④。

思尧舜兮袭兴，幸咎繇兮获谋。

悲九州兮靡君，抚轼叹兮作诗。

注　释

①**京沶：** 高大的水中陆地。②**娭：** 游戏。③**塺塺：** 尘土飞扬的样子。④**袗：** 察看。

译　文

看那昏暗的啊是世道纲纪，我惆怅不已啊何处可归？

哀伤时俗啊混乱不堪，我将振翅啊远走高飞。

驾着八条龙啊盘旋而上，竖起彩虹旗啊随风飘荡。

看那人间啊广大无边，急起高飞啊向上飞翔。

漂浮在弱水上啊散发光芒，暂且停留徘徊啊在高大的岛屿。

集合我的车马啊寻找朋友，看到天帝啊请他帮我理清思绪。

他说大道最可贵的啊是返璞归真，羡慕我的道术啊令人欢喜。

于是我又赶往南方啊游戏，取道幽暗小路啊来到九嶷。

越过火焰山啊行程万里，经过万座海岛啊巍峨耸立。

渡过江海啊像知了一样脱胎换骨，穿过北方桥梁啊永远别离。

浮云浓郁啊让白天昏暗，尘土浑浊啊到处飞扬。

在阳城大屋子里啊休息，容颜衰老懈怠啊心中迷茫。

心意清楚如太阳啊我也明白，便在这里啊自我反省。

想起尧舜啊相继兴盛，是因为有幸得到皋陶啊为他们谋划推行。

可叹九州啊没有明君，我只能扶着横木啊作诗抒情。

株　昭

题　解

本篇意谓诛杀显贵的奸佞小人。

原　文

悲哉于嗟(xū)兮，心内切磋①。款冬而生兮，凋彼叶柯②。

瓦砾进宝兮，捐弃随和。铅刀厉御兮，顿弃太阿。

骥垂两耳兮，中坂蹉跎。蹇驴服驾兮，无用日多。

修洁处幽兮，贵宠沙劘(mó)③。凤皇不翔兮，鹑鴳飞扬。

乘虹骖蜺兮，载云变化。鷦(jiāo)鵬(míng)开路兮，后属青蛇④。

步骤桂林兮，超骧(xiāng)卷阿。丘陵翔舞兮，溪谷悲歌。

神章灵篇兮，赴曲相和。余私娱兹兮，孰哉复加。

还顾世俗兮，坏败罔罗。卷佩将逝兮，涕流滂沲(tuó)⑤。

注　释

①**于嗟：**即吁嗟，叹息。②**款冬：**植物名。③**沙劘：**微小。④**鷦鵬：**神鸟。⑤**滂沲：**即“滂沱”。

译文

我心伤悲叹息不已啊，内心痛苦犹如刀割。小草款冬虽在生长啊，枝叶却已经凋落。

瓦片石头视作珍宝啊，抛弃真正的美玉随和。钝刀受到重用啊，废置丢弃宝剑太阿。

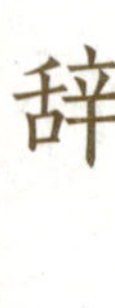

良马垂下两耳啊，蹉跎载重在半山坡。跛腿的毛驴驾着马车啊，没用的事物越来越多。

清修美好的人身处隐幽啊，珍贵得宠的人却很猥琐。凤凰不再翱翔啊，鹌鹑小鸟却飞腾啰唆。

乘着彩虹以蜺为骖马啊，在云端变化腾挪。神鸟在前面开路啊，后面护卫着青蛇。

朝着桂林驱驰啊，快速穿过弯曲的高山巍峨。在丘陵飞翔起舞啊，在溪谷放声悲歌。

神灵拿出篇章啊，顺应着歌曲与我唱和。我私下里因此高兴啊，还有什么比这更让人欢乐？

回头看那世俗啊，败坏地网天罗。收拾行李我将离开啊，泪流满面依依不舍。

原文

乱曰：

皇门开兮照下土，株秽除兮兰芷睹①**。**

四佞放兮后得禹，圣舜摄兮昭尧绪，孰能若兮愿为辅②**。**

注释

①**皇门**：君王之门。②**四佞**：指四凶，尧时的四个奸臣。

译文

乱辞云：

君王之门大开啊照耀四方，铲除污秽啊就能看到满目芬芳。

四大奸臣被流放啊然后才能得到大禹，圣明舜帝执政啊光大尧帝事业，谁能像尧舜那样啊我愿意辅助帮忙。

九 叹

题 解

该诗由九篇组成，每篇结尾有“叹曰”，故称《九叹》，主要以屈原的口吻叙述和感慨屈原的政治遭遇，表达对屈原的同情和对屈原命运的悲愤。作者刘向，原名刘更生，西汉的经学家、目录学家和文学家。字子政，江苏沛县人，他是汉皇族楚元王（刘交）的四世孙，由于多次上书弹劾外戚而被废十余年，后复用，改名刘向，受诏校阅群书，写出《别录》，为我国目录学的鼻祖，为保存整理古代文献做出巨大贡献。文学作品共有三十三篇辞赋，但多已亡佚。

逢 纷

题 解

本篇意谓遭逢纷乱之世。

原 文

伊伯庸之末胄(zhòu)兮，谅皇直之屈原。

云余肇祖于高阳兮，惟楚怀之婵连①。

原生受命于贞节兮，鸿永路有嘉名。

楚辞

齐名字于天地兮，并光明于列星。

吸精粹而吐氛浊兮，横邪世而不取容。

行叩诚而不阿兮，遂见排而逢谗。

后听虚而黜实兮，不吾理而顺情。

肠愤悁(yuān)而含怒兮，志迁謇(jiǎn)而左倾[2]。

心傥(tǎng)慌其不我与兮，躬速速其不吾亲。

辞灵修而陨志兮，吟泽畔之江滨。

椒桂罗以颠覆兮，有竭信而归诚。

谗夫蔼蔼而漫著兮，曷其不舒予情？

始结言于庙堂兮，信中途而叛之。

怀兰蕙与衡芷兮，行中壄而散之。

声哀哀而怀高丘兮，心愁愁而思旧邦。

愿承闲而自恃兮，径淫曀(yì)而道壅[3]。

颜黴(méi)黧(lí)以沮败兮，精越裂而衰耄(mào)[4]。

裳襜(chān)襜而含风兮，衣纳纳而掩露[5]。

赴江湘之湍流兮，顺波凑而下降。

徐徘徊于山阿兮，飘风来之汹汹。

驰余车兮玄石，步余马兮洞庭。

平明发兮苍梧，夕投宿兮石城。

芙蓉盖而蓤华车兮，紫贝阙而玉堂[6]。

薜荔饰而陆离荐兮，鱼鳞衣而白蜺裳。

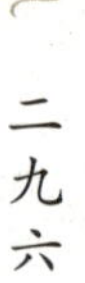

登逢龙而下陨兮，违故都之漫漫。

思南郢之旧俗兮，肠一夕而九运。

扬流波之潢潢兮，体溶溶而东回。

心怊怅以永思兮，意晻晻而日颓。

白露纷以涂涂兮，秋风浏以萧萧。

身永流而不还兮，魂长逝而常愁。

叹曰：

譬彼流水，纷扬磕(kē)兮。

波逢汹涌，濆(pēn)滂沛兮[7]。

揄扬涤荡，飘流陨往，触崟(yín)石兮[8]。

龙邛(qióng)脟(luán)圈，缭戾宛转，阻相薄兮[9]。

遭纷逢凶，蹇离尤兮。

垂文扬采，遗将来兮。

九叹

注释

①**婵连**：族亲相连。②**愤悁**：忿恨。**迁蹇**：心思辗转不定。③**淫曀**：昏暗不明。④**黴黧**：面色发黑。⑤**襜襜**：形容衣服迎风飘动。⑥**菱华**：即菱花。⑦**濆**：水波涌起。**滂沛**：水势浩大。⑧**崟石**：锐利的石头。⑨**龙邛**：水流回旋搏击而不顺畅的样子。**脟圈**：纠缠，缠绕。

译文

作为伯庸的后代子孙啊，就是我诚信正直的屈原。

我的始祖是颛顼帝高阳啊，楚怀王与我族亲相连。

我屈原秉承坚贞德操而降生啊，前途远大被赐予美名。

我的名字与天地并列啊，光辉明亮超过天上的群星。

吸引精粹之气吐出浊气啊，虽处横邪之世而不与流俗同行。

行为真诚而不阿谀奉承啊，于是遭到排挤被小人进谗。

君王听信虚言而贬斥忠臣啊，不理睬我却顺应小人的虚假情感。

我满腔愤怒义愤填膺啊，意志颓丧不振心思不断辗转。

内心忧伤君王不赞同我啊，苦恼君王对我不亲近。

告别君王怅然失志啊，只好在江畔的岸边苦吟。

椒桂纵使因罗织而遭遇厄运啊，仍会向往忠诚竭尽忠信。

众多谗人打击别人抬高自己啊，为何不给我机会抒发真心？

刚开始君王与我在庙堂约定好啊，却随意在半路毁弃。

怀抱兰草蕙草与衡芷啊，行到荒野中就散离。

我叹息悲哀怀念朝廷啊，心里愁闷思念郢都。

想要等待时机依靠自己报效啊，前路却昏暗壅堵。

容颜发黑沮丧失败啊，精神失意渐渐衰老。

衣裳随风飘动啊，沾湿上衣的露水越来越不干燥。

奔赴长江、湘江湍急的流水中啊，滚滚而下顺着波涛。

慢慢地在山谷间徘徊啊，旋风气势汹汹地吹拂。

我驾车向着玄石山奔驰啊，在洞庭湖畔牵马漫步。

早上从苍梧山出发啊，晚上在石城投宿。

荷叶作车盖，菱角白花装饰车身啊，紫贝装饰宫阙，美玉做成堂屋。

薜荔用来装饰，陆离草来做席啊，用鱼鳞和白虹来做衣服。

登上龙逢山向下眺望啊，离开故都是漫漫长路。

思念郢都的旧风俗啊，肝肠一晚上而九次折断。

江水深广扬起波浪滔天啊，身体随波起伏送我回东边。

内心惆怅永久叹息啊，意志消沉一天比一天低迷。

浓厚的白露纷纷落下啊，秋风疾吹一片萧条萎靡。

身体随着长流不会回来了啊，魂魄长久离开常常含着愁意。

叹息云：

比如那流水，纷纷扬扬水石相击啊。

波浪涌起澎湃，水波浩大无边际啊。

扬起波浪荡涤不已，漂流着向下流到远方，拍打着的岩石尖利无比啊。

洪流回旋纠缠，盘旋环绕，阻碍相逼啊。

我亦如此遇到阻碍凶险，遭受罪责谗言不息啊。

写下文采斐然的诗篇，送给后世的知己啊。

离　世

题　解

本篇意在表达屈原不被理解和任用的苦恼，以及恋乡怀国之情。

原　文

灵怀其不吾知兮，灵怀其不吾闻[①]。

就灵怀之皇祖兮，愬(sù)灵怀之鬼神。

灵怀曾不吾与兮，即听夫人之谀辞。

余辞上参于天墜兮，旁引之于四时。

指日月使延照兮，抚招摇以质正。

立师旷俾端词兮，命咎繇使并听。

兆出名曰正则兮，卦发字曰灵均。

余幼既有此鸿节兮，长愈固而弥纯。

不从俗而诐(bì)行兮，直躬指而信志[②]。

不枉绳以追曲兮，屈情素以从事。

端余行其如玉兮，述皇舆之踵迹。

群阿容以晦光兮，皇舆覆以幽辟。

舆中途以回畔兮，驷马惊而横犇(bēn)。

执组者不能制兮，必折轭而摧辕。

断镳(biāo)衔以驰骛兮，暮去次而敢止[3]。

路荡荡其无人兮，遂不御乎千里。

身衡陷而下沉兮，不可获而复登。

不顾身之卑贱兮，惜皇舆之不兴。

出国门而端指兮，冀壹寤而锡还。

哀仆夫之坎毒兮，屡离忧而逢患。

九年之中不吾反兮，思彭咸之水游。

惜师延之浮渚兮，赴汨罗之长流。

遵江曲之逶移兮，触石碕(qí)而衡游[4]。

波沣沣而扬浇兮，顺长濑之浊流。

凌黄沱(tuó)而下低兮，思还流而复反[5]。

玄舆驰而并集兮，身容与而日远。

棹舟杭以横濿(lì)兮，渰湘流而南极[6]。

立江界而长吟兮，愁哀哀而累息。

情慌忽以忘归兮，神浮游以高厉。

心蛩(qióng)蛩而怀顾兮，魂眷眷而独逝[7]。

叹曰：

余思旧邦，心依违兮。

日暮黄昏，羌幽悲兮。

去郢东迁，余谁慕兮。

谗夫党旅，其以兹故兮。

河水淫淫，情所愿兮。

顾瞻郢路，终不返兮。

注　释

①**灵怀**：指楚怀王。②**诐行**：偏邪不正的行为。③**镳**：马嚼子。④**石碕**：曲折的石岸。⑤**黄沱**：古代长江的别称。⑥**横沥**：横渡。⑦**蛩蛩**：忧虑。

译　文

楚怀王不懂我啊，他也不听我解释。

我要向他的先祖啊，向那些神灵诉说心事。

楚怀王曾经不赞同我啊，便听从那些小人的谄谀言辞。

我说的话可以跟天地并存啊，也能够用四季来验证。

指着日月让它们为我说明啊，抚摸北斗七星为我评出邪正。

请师旷来考证我的言语啊，命皋陶来一起听审。

龟兆求得我的名字叫正则啊，卜卦得到我的字是灵均。

我自幼已经具备好的节操啊，长大后越发坚固而精纯。

不随从流俗行为不正啊，忠臣心志而以正直立身。

不背离正道追求捷径啊，不因做事而将本心背弃。

端正我的行为就像美玉啊，遵循先王成功的足迹。

众小人阿谀来遮蔽君王之光啊，使楚国的道路越走越幽暗荒僻。

车行到半路突然掉头啊，四马惊惧到处狂奔。

驾车的人不能控制啊，肯定折断车轭把车辕毁损。

断掉马嚼子乱跑啊，傍晚经过旅舍也不敢停步。

道路空旷没有一个人啊，骏马空奔驰千里一无用处。

我横遭诬陷而沉沦啊，不能重获信任再被任用。

不顾卑贱获罪之身啊，痛惜楚国不能繁盛成功。

走出郢都指向正前方啊，希望楚王一旦醒悟赐我回返。

可怜仆夫为我愤怒啊，多次遭逢忧患。

多年都没有机会回来啊，想起最后投水的彭咸。

痛惜师延浮游濮水之洲啊，我也将自投汨罗。

沿着弯弯曲曲的江边啊，碰到曲折的石岸而横着渡过。

波涛澎湃水流回旋啊，顺着急速流动的滚滚浊流。

乘着长江顺流而下啊，多想流水回返我也能往回走。

水车奔驰互相汇集啊，我从容而去越来越远。

划船航行横渡啊，渡过湘水继续往南。

伫立江边长久吟唱啊，忧愁阵阵叹息不已。

神情恍惚忘记了归路啊，精神浮游高高飞起。

内心忧虑想着回头啊，魂魄眷恋不舍地独自远离。

叹息云：

我思念故国，心中迟疑啊。

黄昏降临暮色四起，我的内心悲伤不已啊。

离开郢都往东流放，谁还会思慕我啊。

被朋党所谗毁，这就是我被流放的经过啊。

河水滔滔不绝，我也想跟它一样啊。

回望郢都之路，最终都不能返回故乡啊。

怨思

题解

本篇写屈原被谗之后的怨愤之情。

原 文

惟郁郁之忧毒兮，志坎壈(lǎn)而不违①。

身憔悴而考旦兮，日黄昏而长悲。

闵空宇之孤子兮，哀枯杨之冤鸰②。

孤雌吟于高墉(yōng)兮，鸣鸠栖于桑榆③。

玄蝯(yuán)失于潜林兮，独偏弃而远放④。

征夫劳于周行兮，处妇愤而长望。

申诚信而罔违兮，情素洁于纽帛。

光明齐于日月兮，文采燿(yào)于玉石。

伤压次而不发兮，思沉抑而不扬。

芳懿(yì)懿而终败兮，名靡散而不彰。

背玉门以犇(bēn)骛兮，蹇离尤而干诟。

若龙逄之沉首兮，王子比干之逢醢(hǎi)。

念社稷之几危兮，反为雔(chóu)而见怨。

思国家之离沮兮，躬获愆(qiān)而结难。

若青蝇之伪质兮，晋骊姬之反情。

恐登阶之逢殆兮，故退伏于末庭。

孽臣之号咷(táo)兮，本朝芜而不治⑤。

犯颜色而触谏兮，反蒙辜而被疑。

菀(yùn)蘼芜与菌若兮，渐藁(gǎo)本于洿(wū)渎(dú)⑥。

淹芳芷于腐井兮，弃鸡骇于筐簏⑦。

执棠谿以刜(fú)蓬兮，秉干将以割肉⑧。

筐泽泻以豹鞹(kuò)兮，破荆和以继筑[9]。

时溷浊犹未清兮，世殽乱犹未察。

欲容与以俟时兮，惧年岁之既晏。

顾屈节以从流兮，心巩巩而不夷。

宁浮沅而驰骋兮，下江湘以邅回。

叹曰：

山中槛槛，余伤怀兮。

征夫皇皇，其孰依兮。

经营原野，杳冥冥兮。

乘骐骋骥，舒吾情兮。

归骸旧邦，莫谁语兮。

长辞远逝，乘湘去兮。

注释

①**坎壈**：不平，指遭遇不顺利。②**冤鸰**：冤屈的雏鸟。③**高墉**：高高的城墙。④**玄蝯**：即玄猿，黑色的猿猴。⑤**号咷**：号啕。⑥**菀**：通“蕴”，郁结。**藁本**：香草名。**洿渎**：小水沟。⑦**鸡骇**：指一种犀牛角。**筐簏**：盛物的竹器。⑧**棠谿**：宝剑名。**刜**：砍。**蓬**：蓬草。⑨**泽泻**：多年生草本植物，利尿。**豹鞹**：豹皮制成的皮革。

译文

内心抑郁忧愁啊，遭遇不顺也不改变志向。

身体憔悴一直到天亮啊，白天到黑长久哀伤。

怜悯空房子里的孤儿啊，哀伤枯萎杨树上无辜的雏鸟。

失去幼鸟的母鸟在高墙上哀鸣啊，鸠鸟栖息在桑榆之上鸣叫。

黑猿消失在幽深的林中啊，我独自被弃逐流放远方。

远行之人疲惫于旅途啊，思妇在家里悲愤地久久盼望。

重申诚信而不敢违背啊，情感洁白胜过成束的布帛。

光彩明亮与日月争辉啊，文采闪耀与美玉相争夺。

伤于压抑而不能抒发啊，情思沉抑而难以发扬。

浓郁芬芳终究散败啊，声名消散而不显彰。

离开宫阙奔驰而去啊，是因为遭受打击自取其辱。

就像关龙逄因劝谏被斩首啊，王子比干因为劝谏而遭到杀戮。

担心国运遇到危机啊，却反而变成仇敌被人抱怨。

担心国家遭到破坏啊，我自身却获罪遭受灾难。

就像青蝇小人改变是非啊，晋国骊姬违反常情。

恐怕登上高位而遭遇灾祸啊，因此引退躲藏远离朝廷。

奸佞孽臣喧嚣不已啊，朝廷混乱得不到治理。

我触犯龙颜而勇敢进谏啊，反遭受罪责受到猜忌。

蘼芜菌若胡乱堆积啊，藁本浸泡在小水沟里。

芳香的芷草淹没在臭水井啊，把珍贵犀牛角丢进竹器。

用棠溪宝剑去砍蓬草啊，割肉的是宝剑干将。

用豹皮做的口袋装满恶草啊，敲破和氏璧来做捣土的杵棒。

时世混浊还没清澈啊，世道混乱还没明察。

想悠闲自得等待时机啊，担心日渐衰老的年华。

回首想改变节操顺从流俗啊，心中忧惧一点也不快意。

宁愿乘着沅水驰骋啊，下到长江、湘江徘徊游戏。

叹息云：

山中车声辚辚啊，我胸怀哀伤啊。

行人惶恐不安啊，能把谁指望啊。

周旋旷野之上啊，到处都苍茫啊。

骑上骏马奔驰啊，我情怀舒张啊。

死后遗骸归国啊，没人说此语啊。

从此永久离别啊，乘湘水远去啊。

远逝

题解

本篇叙述屈原虽有理想与才能，却不被信任，遭到远放。

原文

志隐隐而郁佛兮，愁独哀而冤结。

肠纷纭以缭转兮，涕渐渐其若屑。

情慨慨而长怀兮，信上皇而质正。

合五岳与八灵兮，讯九魌(qí)与六神[1]。

指列宿以白情兮，诉五帝以置辞。

北斗为我折中兮，太一为余听之。

云服阴阳之正道兮，御后土之中和。

佩苍龙之蚴虬兮，带隐虹之逶蛇[2]。

曳彗星之皓旰兮，抚朱爵(què)与鵕(jùn)鸃(yí)[3]。

游清灵之飒戾兮，服云衣之披披。

杖玉华与朱旗兮，垂明月之玄珠。

举霓旌之墆(dì)翳兮，建黄纁(xūn)之总旄[4]。

躬纯粹而罔愆(qiān)兮，承皇考之妙仪。

惜往事之不合兮，横汨罗而下沥。

乘隆波而南渡兮，逐江湘之顺流。

赴阳侯之潢洋兮，下石濑而登洲。

陵魁(kuí)堆以蔽视兮，云冥冥而暗前。

山峻高以无垠兮，遂曾闳而迫身。

雪雰(fēn)雰而薄木兮，云霏霏而陨集。

阜隘狭而幽险兮，石嵾嵯以翳日。

悲故乡而发忿兮，去余邦之弥久。

背龙门而入河兮，登大坟而望夏首。

横舟航而滥湘兮，耳聊啾而戃(tǎng)慌⑤。

波淫淫而周流兮，鸿溶溢而滔荡。

路曼曼其无端兮，周容容而无识。

引日月以指极兮，少须臾而释思。

水波远以冥冥兮，眇不睹其东西。

顺风波以南北兮，雾宵晦以纷纷。

日杳杳以西颓兮，路长远而窘迫。

欲酌醴以娱忧兮，蹇骚骚而不释。

叹曰：

飘风蓬龙，埃坲(fú)坲兮⑥。

屮(cǎo)木摇落，时槁悴兮⑦。

遭倾遇祸，不可救兮。

长吟永欷，涕究究兮。

舒情陈诗，冀以自免兮。

颓流下陨，身日远兮。

注　释

①**八灵**：八方之神。**九鬿**：北斗九星。**六神**：六宗之神。②**蚴虬**：形容蛟龙曲折行动的样子。③**朱爵**：即朱雀。**鵕䴊**：神俊之鸟。④**䗖翳**：隐蔽。**黄缥**：赤黄色。⑤**聊啾**：耳鸣。**恍慌**：忧愁失意。⑥**坲坲**：尘埃扬起的样子。⑦**屮**：即草。**槁悴**：枯槁憔悴。

译　文

心中满怀忧愁难以舒怀啊，独自哀伤忧思郁结。

肝肠错乱一日九转啊，眼泪流淌不止就像木屑。

情思慷慨长久遐想啊，确实只有上皇才能为我辨正。

请五岳八方之神会合啊，向北斗九星与六宗之神询问。

指着星宿表白我的衷情啊，向五帝来陈述。

北斗星为我调到正中啊，太一神为我辨别正误。

对我说让我复重阴阳的正道啊，运用大地的中和之理。

我佩带着曲折的苍龙啊，把逶迤的长虹当作衣带飘逸。

牵引天上明亮的彗星啊，抚摸朱雀和神俊之鸟。

遨游高远清凉的天庭啊，身穿五彩云衣随风飘飘。

手持玉鞭和红旗啊，垂挂着明月般的夜光珠。

举起云霓大旗遮天蔽日啊，竖起赤黄大旗当作总部。

我心神纯粹没有过错啊，承袭祖先美好的法度。

痛惜以前与君王不合啊，只好横渡汨罗江到处飘荡。

乘着滚滚波涛向南渡过啊，顺着长江湘江漂流徜徉。

奔向水深的波涛之乡啊，穿过石上浅水而登上洲渚。

高山巍峨遮蔽视野啊，乌云幽暗遮蔽前路。

山势高峻无边无际啊，便高大得仿佛迫近身旁。

大雪纷飞落在树上啊，乌云浓重翻滚着飞扬。

山中峡谷狭隘深幽危险啊，岩石参差不齐遮蔽太阳。

哀伤故乡抒发愤恨啊，离开我的国家已经很久。

背对郢都大门进入大河啊，登上高地远望夏首。
启动横船渡过湘江啊，耳鸣不已心中怅然若失。
波涛滚滚回旋远去啊，洪涛汹涌而浩荡奔腾没有休止。
道路漫长没有尽头啊，四周纷乱没法辨识。
依靠日月辨认方向啊，暂时消除心中的愁思。
流水广漠深远无边啊，浩渺辽阔分不清东西。
顺着风浪走南闯北啊，大雾弥漫纷纷不已。
太阳渐渐向西落下啊，路途长远处境艰难。
想斟酒来借酒消愁啊，愁绪满怀连绵不断。
叹息云：
旋风呼啸盘旋，尘埃漫天飞行啊。
草木随风飘落，此时枯槁凋零啊。
我遭遇大祸患，已经不能挽救啊。
长久哽咽吟唱，眼泪止不住流啊。
抒发情绪写诗，希望免除忧愁啊。
顺流遭到放逐，远去难以回头啊。

惜贤

题解

此篇是刘向读完《离骚》后激动不平所写，表达对屈原的敬仰和对现实的困惑。

原文

览屈氏之《离骚》兮，心哀哀而怫郁。
声嗷嗷以寂寥兮，顾仆夫之憔悴。

拨谄谀而匡邪兮，切淟(tiǎn)涊(niǎn)之流俗[1]。

荡渨(wěi)涹(wō)之奸咎兮，夷蠢蠢之溷浊[2]。

怀芬香而挟蕙兮，佩江蓠之萋萋。

握申椒与杜若兮，冠浮云之峨峨。

登长陵而四望兮，览芷圃之蠡(lǐ)蠡[3]。

游兰皋与蕙林兮，睨玉石之嵾嵯。

扬精华以眩燿兮，芳郁渥而纯美。

结桂树之旖旎兮，纫荃蕙与辛夷。

芳若兹而不御兮，捐林薄而菀死[4]。

驱子侨之犇走兮，申徒狄之赴渊。

若由夷之纯美兮，介子推之隐山。

晋申生之离殃兮，荆和氏之泣血。

吴申胥之抉眼兮，王子比干之横废[5]。

欲卑身而下体兮，心隐恻而不置。

方圜殊而不合兮，钩绳用而异态。

欲俟时于须臾兮，日阴曀(yì)其将暮。

时迟迟其日进兮，年忽忽而日度。

妄周容而入世兮，内距闭而不开。

俟时风之清激兮，愈氛雾其如塺(méi)[6]。

进雄鸠之耿耿兮，谗介介而蔽之。

默顺风以偃仰兮，尚由由而进之。

心㤮悢(kuǎngliàng)以冤结兮，情舛错以曼忧[⑦]。

搴薜荔于山野兮，采撚(yǎn)支于中洲[⑧]。

望高丘而叹涕兮，悲吸吸而长怀。

孰契契而委栋兮，日晻晻而下颓。

叹曰：

江湘油油，长流汩兮。

挑揄扬汰，荡迅疾兮。

忧心展转，愁怫郁兮。

冤结未舒，长隐忿兮。

丁时逢殃，可柰何兮。

劳心悁悁(yuān)，涕滂沲兮[⑨]。

注释

①**溷溷**：卑污。②**溷淆**：污浊。③**蠡蠡**：犹“历历”，行列分明。④**菀**：堆积。⑤**抉眼**：挖出眼珠。⑥**塺**：尘土。⑦**㤮悢**：失意惆怅。⑧**撚支**：香草名。⑨**悁悁**：忧闷。

译文

读屈原的《离骚》啊，我心哀痛郁结伤悲。

对着空旷荒野大声嗷叫啊，回头看见仆人也很憔悴。

要整顿谗言匡正邪恶啊，削平污浊的流俗之类。

荡涤卑污的奸恶之徒啊，消灭骚动不安的混乱行为。

怀抱芳香裹挟蕙草啊，佩带江蓠香气菲菲。

手握申椒和杜若啊，头戴浮云做的高大帽子。

登上山陵四处眺望啊，看见芷草园里行列分明。

游览兰草水滨与蕙草之林啊，回头看见美玉般的岩石百态千姿。
扬起精华光辉闪耀啊，芳香浓郁纯粹美好。
联结柔美的桂树枝条啊，连缀荃蕙、辛夷等多种香草。
芳香如此却不被任用啊，舍弃在丛林堆里沉积枯萎。
想像王子侨那样驱车奔走啊，像申徒狄那样投水。
像许由伯夷纯粹美好啊，像隐居山林的介子推。
可怜晋国申生无辜遭受灾殃啊，楚国和氏哭出血泪。
吴国伍子胥被挖去双眼啊，王子比干横遭不测而死。
想要放下身段弯曲膝盖啊，内心隐痛不想如此。
方圆不同难以相合啊，曲钩直绳用途也不相似。
想暂时等待时机啊，但天色阴暗马上就要入暮。
时光看似缓慢却一天天过去啊，岁月飘忽每天都消失迅速。
妄想阿谀苟合于世啊，内心却拒绝这个念头。
盼望世风重新清澈激荡啊，等来的却是尘雾越发浓厚。
想像雄鸠那样耿直啊，谗言阻挡遮蔽忠心。
想沉默不语与世俯仰啊，还在犹豫不能这样趁机前进。
心中失意惆怅冤屈郁结啊，情思错乱忧虑不止。
在荒山野岭采摘薜荔啊，在水中洲渚采摘撚支。
遥望高丘叹息流泪啊，呼吸急促长久伤悲。
谁像我一样忧国忧民自我牺牲啊，日光黯淡往西下坠。
叹息云：
长江湘江之水滚滚，快速流动不息啊。
水流激扬搅动波浪，向前流去迅疾啊。
忧心如焚辗转不眠，心中无比愁闷啊。
怨恨愁结没有舒展，心中常怀悲愤啊。
生逢乱世遭遇灾殃，怎能对抗命运啊。
劳心忧闷无比悲伤，洒落眼泪滚滚啊。

忧苦

题解

本篇抒写屈原放逐时的凄苦心情及不满。

原文

悲余心之悁悁兮，哀故邦之逢殃。
辞九年而不复兮，独茕茕而南行。
思余俗之流风兮，心纷错而不受。
遵壄莽以呼风兮，步从容于山廋(sōu)①。
巡陆夷之曲衍兮，幽空虚以寂寞。
倚石岩以流涕兮，忧憔悴而无乐。
登巑岏(cuánwán)以长企兮，望南郢而窥之②。
山修远其辽辽兮，涂漫漫其无时。
听玄鹤之晨鸣兮，于高冈之峨峨。
独愤积而哀娱兮，翔江洲而安歌。
三鸟飞以自南兮，览其志而欲北。
愿寄言于三鸟兮，去飘疾而不可得。
欲迁志而改操兮，心纷结其未离。
外彷徨而游览兮，内恻隐而含哀。
聊须臾以时忘兮，心渐渐其烦错。
愿假簧以舒忧兮，志纡郁其难释。

叹《离骚》以扬意兮，犹未殚于《九章》。

长嘘吸以于悒兮，涕横集而成行。

伤明珠之赴泥兮，鱼眼玑之坚藏。

同驽赢(luó)与椉驵兮，杂斑驳与阘茸(tà róng)③。

葛藟虆于桂树兮，鸱鸮集于木兰。

偓促谈于廊庙兮，律魁放乎山间。

恶虞氏之箫《韶》兮，好遗风之《激楚》。

潜周鼎于江淮兮，爨(cuàn)土鬵于中宇④。

且人心之持旧兮，而不可保长。

邅彼南道兮，征夫宵行。

思念郢路兮，还顾睠睠(juàn)⑤。

涕流交集兮，泣下涟涟。

叹曰：

登山长望，中心悲兮。

菀彼青青，泣如颓兮。

留思北顾，涕渐渐兮。

折锐摧矜(jīn)，凝泛滥兮⑥。

念我茕茕，魂谁求兮？

仆夫慌悴，散若流兮。

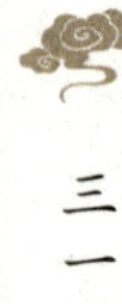

注释

①**廋**：山崖弯曲的地方。②**巑岏**：高峻的山峰。③**赢**：即骡子。**驵**：骏马。**阘茸**：庸碌低劣。④**爨**：烧火煮饭。**鬵**：釜类烹器。⑤**睠睠**：依恋不舍的样子。⑥**矜**：庄重。

译文

悲哀我心愁闷啊，哀伤故国遭逢灾殃。

离开多年也不被召回啊，独自茕茕赶往南方。

想到我国习俗中的混浊之风啊，内心纷乱难以承受。

沿着草莽原野听风呼号啊，在山崖弯曲之处悠闲地行走。

在高山平地的水泽间巡视啊，幽深空虚寂寞无声的四周。

靠着岩石落下眼泪啊，身形憔悴没有欢乐只有忧愁。

登上高峻山峰长久地站立啊，望着郢都方向不断窥视。

山峦长远辽阔无边啊，路尘遥远走完要到何时？

听玄鹤在清晨鸣叫啊，叫声回荡在那巍峨的山岗上。

我独自郁积忧愤苦中作乐啊，来到江边小洲安声歌唱。

有三只鸟从南边飞过来啊，看它们的志向是想飞往北边。

我想拜托三只鸟为我送信啊，它们飞得那么快我难以追赶。

我想要改变志向和节操啊，内心纷乱纠结难以情愿。

表面彷徨去游览自得啊，内心隐痛忧愁饱含。

姑且片刻忘记时事啊，心绪却逐渐变得复杂忧烦。

想通过箫管纾解忧愁啊，情志曲折郁积难以释然。

感叹《离骚》虽然发扬意气啊，到《九章》也没有把愁思发完。

长久抑郁地呜咽不止啊，泪水横流汇集成行。

哀伤夜明珠被投进泥中啊，鱼眼却被当作宝玉珍藏。

混同驽钝的骡子和驾车的骏马啊，把色彩斑斓的骏马与低劣之马混杂。

恶草葛藟攀缘桂树啊，猫头鹰栖息在木兰花枝。

贪愚小人在庙堂之上高谈阔论，高大的贤人却被流放在山野。

厌恶虞舜的《箫韶》之乐啊，却喜好楚国民间的《激楚》俗乐。

把周鼎沉到长江淮河之中啊，烧饭的土锅却供奉在堂中。

且人心虽有保持纯朴的习惯啊，但却不能长久保重。

把车马转向那往南的道路啊，远行之人夜里也要赶路。

我思念回郢都的道路啊，频频回头眺望着郢都。

眼泪纵横交错满脸都是啊，泪水滴落下来止都止不住。

叹息云：

登上高山远望，心中感到悲伤啊。
青青草木郁积，泪下如雨不息啊。
留恋地看北方，眼泪渐渐成行啊。
摧折心中意气，停止与世高低啊。
想到独自一人，魂魄把谁寻觅啊。
仆人愁苦憔悴，散若流水迅疾啊。

愍　命

题　解

本篇叙写屈原的不幸遭遇，表达对清明政治的向往和对现实的不满。

原　文

昔皇考之嘉志兮，喜登能而亮贤。
情纯洁而罔薉(huì)兮，姿盛质而无愆[1]**。**
放佞人与谄谀兮，斥谗夫与便嬖(bì)[2]**。**
亲忠正之悃(kǔn)诚兮，招贞良与明智[3]**。**
心溶溶其不可量兮，情澹澹其若渊。
回邪辟而不能入兮，诚愿藏而不可迁。
逐下袟(zhì)于后堂兮，迎宓妃于伊雒[4]**。**
刜谗贼于中廇(liù)兮，选吕管于榛薄[5]**。**

从林之下无怨士兮，江河之畔无隐夫。

三苗之徒以放逐兮，伊皋之伦以充庐。

今反表以为里兮，颠裳以为衣。

戚宋万于两楹兮，废周邵于遐夷。

却骐骥以转运兮，腾驴骡以驰逐。

蔡女黜而出帷兮，戎妇入而綵绣服。

庆忌囚于阱室兮，陈不占战而赴围。

破伯牙之号钟兮，挟人筝而弹纬。

藏瑉石于金匮兮，捐赤瑾(jǐn)于中庭[6]。

韩信蒙于介胄兮，行夫将而攻城。

莞芎(guānxiōng)弃于泽洲兮，瓟(páo)蠡(lì)蠹于筐簏(lù)[7]。

麒麟奔于九皋兮，熊罴群而逸囿。

折芳枝与琼华兮，树枳棘与薪柴。

掘荃蕙与射(yè)干(gān)兮，耘藜(lí)藿(huò)与蘘(ráng)荷[8]。

惜今世其何殊兮，远近思而不同。

或沉沦其无所达兮，或清激其无所通。

哀余生之不当兮，独蒙毒而逢尤。

虽謇謇以申志兮，君乖差而屏之。

诚惜芳之菲菲兮，反以兹为腐也。

怀椒聊之蔎(shè)蔎兮，乃逢纷以罹诟也[9]。

叹曰：

嘉皇既殁，终不返兮。

山中幽险，郢路远兮。

谗人戋(jiàn)戋，孰可愬(sù)兮⑩。

征夫罔极，谁可语兮？

行吟累欷，声喟(kuì)喟兮。

怀忧含戚，何侘(chà)傺(chì)兮⑪。

注　释

①**薉**：同“秽”。②**便嬖**：君主宠幸的小臣。③**悃诚**：诚恳。④**下袟**：等级不高的宫人。⑤**中廇**：室的中央。⑥**赤瑾**：赤色美玉。⑦**莞**：水葱。**芎**：芎䓖。**瓟蠡**：葫芦。⑧**射干**：多年生草本植物，叶似剑。**藜**：灰菜。**藿**：豆叶。**蘘荷**：蘘草。⑨**蔎蔎**：香气弥漫。⑩**戋戋**：花言巧语。⑪**侘傺**：惆怅失意。

译　文

从前先祖有美好志向啊，喜欢任用贤能者。

性情纯洁没有污秽啊，天生才能丰富没有罪责。

把奸佞和谄谀之人都放逐啊，把进谗言的人和近臣都排斥。

亲近那些忠贞诚恳的人啊，招纳的人才都贞美并且明智。

心胸宽广无法测量啊，性情恬静就像深渊。

不正邪祟都不能进入啊，珍藏真诚的理想不会改变。

于是把贱妾打进冷宫啊，去洛水边把宓妃迎接。

把谗言之徒驱除出朝廷啊，选用吕尚、管仲于山野。

山野间没有抱怨的贤士啊，江河岸边没有隐居的贤良。

三苗之类恶徒都被放逐啊，伊尹、皋陶之类贤人充满朝堂。

如今反把外表当作里子啊，把下裳当作上衣。

把逆臣宋万放在重要官位上啊，把周公、召公放逐到蛮荒之地。

压抑千里马让它们去运输啊，让驴子、骡子奔腾追逐。

蔡国贤女被贬斥出帷帐啊，宣进戎狄丑女穿上五彩绣服。

勇士庆忌被关进地牢啊，让没有勇略的陈不占领兵前去解围。

打破钟牙的名琴号钟啊，却带着普通的筝器奏吹。

把石头珍藏在金柜里啊，上等的赤色美玉却丢弃在庭中。

韩信披甲充当小卒啊，让普通的士兵带军把敌城进攻。

香草水葱和芎䓖丢弃在水泽啊，葫芦放在竹器中生蠹虫。

麒麟在曲折的沼泽地奔腾啊，熊罴成群在苑囿生活舒服。

折掉芳香的枝条和玉花啊，种植枳木、荆棘这类作柴火的恶木。

挖掉荃蕙和射干这类香草啊，播种藜藿和蘘荷。

痛惜当今世道何其不同啊，古今之人做出如此不同的选择。

有人沉沦没法显达啊，有人清廉奋发却不能亨通。

哀怜我生不逢时啊，独遭苦难遇到愁穷。

即使忠正敢言地表达我的志向啊，君王也抵触摒弃不用。

实在痛惜芳草菲菲的香气啊，却被君王反认为是腐败。

怀揣申椒香气弥漫啊，便遭遇纷乱被人陷害。

叹息云：

美好明君已经死去，再也无法重生啊。

深山之中幽暗危险，郢都遥远路程啊。

谄谀小人能言善辩，我能跟谁说清啊。

远行之人没有尽头，有谁能够交心啊。

不断唏嘘边走边吟，声声都是叹息啊。

满怀忧愁暗含悲戚，何其惆怅失意啊。

思古

题解

本篇主要写屈原放逐后孤苦无依、进退两难的悲苦情景。

原文

冥冥深林兮，树木郁郁。

山参差以崭岩兮，阜杳杳以蔽日。

悲余心之悁悁兮，目眇眇而遗泣。

风骚屑以摇木兮，云吸吸以湫(jiū)戾[①]。

悲余生之无欢兮，愁倥偬(kǒngzǒng)于山陆[②]。

旦徘徊于长阪兮，夕仿偟而独宿。

发披披以鬤(ráng)鬤兮，躬劬(qú)劳而瘏(tú)悴[③]。

魂俇(guàng)俇而南行兮，泣沾襟而濡袂[④]。

心婵媛而无告兮，口噤闭而不言。

违郢都之旧闾兮，回湘沅而远迁。

念余邦之横陷兮，宗鬼神之无次。

闵先嗣之中绝兮，心惶惑而自悲。

聊浮游于山陿兮，步周流于江畔。

临深水而长啸兮，且倘佯而泛观。

兴《离骚》之微文兮，冀灵修之壹悟。

还余车于南郢兮，复往轨于初古。

道修远其难迁兮，伤余心之不能已。

背三五之典刑兮，绝《洪范》之辟纪。

播规矩以背度兮，错权衡而任意。

操绳墨而放弃兮，倾容幸而侍侧。

甘棠枯于丰草兮，藜棘树于中庭。

西施斥于北宫兮，仳(pī)倠(huī)倚于弥楹⑤。

乌获戚而骖乘兮，燕公操于马圉(yǔ)⑥。

蒯(kuǎi)聩(guì)登于清府兮，咎繇弃而在壄。

盖见兹以永叹兮，欲登阶而狐疑。

椉白水而高骛兮，因徙弛而长词。

叹曰：

倘佯垆阪，沼水深兮⑦。

容与汉渚，涕淫淫兮。

锺牙已死，谁为声兮？

纤阿不御，焉舒情兮？

曾哀凄欷，心离离兮。

还顾高丘，泣如洒兮。

注释

①**湫戾**：卷曲。②**悾憁**：困苦窘迫。③**鬤鬤**：头发纷乱。**劬劳**：劳苦。**瘏悴**：疲劳憔悴。④**㣵㣵**：心神不安。⑤**仳倠**：丑女之名。⑥**马圉**：养马的地方。⑦**垆阪**：黑黄坚硬的土坡。

译文

阴暗幽深的树林啊，树木郁郁青青。

山峦高低起伏山势险峻啊，土堆幽暗遮蔽光明。

可怜我内心忧伤啊，纵目远望泣涕涟涟。

秋风呼呼摇落树叶啊，云朵飘移着不断舒卷。

悲哀我生来没有欢乐啊，在山间困苦窘迫难展愁颜。

早上在高坡上徘徊啊，晚上独自住宿辗转不眠。

头发散乱纷乱不已啊，身体疲劳憔悴不堪。

魂魄不安往南行走啊，泪水沾湿衣襟和衣袖。

内心情思牵萦却无处可说啊，闭上嘴巴一句话也不开口。

离开郢都的故里啊，渡过湘江沅江往远处谪迁。

想起我国横遭危险啊，宗族祖先的神灵失去无人祭奠。

哀怜先祖的功业就此中断啊，内心惶恐迷惑暗自悲伤。

姑且在峡谷间遨游啊，在江边四处游荡。

在深水边长声呼啸啊，姑且徘徊到处览望。

创作《离骚》中的微言大义的文句啊，希望楚王能够醒悟。

让我的车马返回郢都啊，恢复过去的法则直接初古。

道路长远难以回返啊，我悲伤的是我悲伤的心难以停息。

违背三皇五帝的法则啊，弃绝《洪范》中的法纪。

舍弃规矩背离法度啊，丢开权衡之物而任意估计。

操持法度的人被流放抛弃啊，不正小人逢迎却能亲近君王。

甘棠枯死、野草丰茂啊，蒺藜荆棘长满庭堂。

西施被贬斥到冷宫啊，丑女仳倠随从在楚王身旁。

力士乌获能与君王同车啊，贤臣召公却操劳在马房。

武夫蒯聩进用于宗庙啊，名臣皋陶却弃逐在原野。

也许见到这些都会长叹啊，我想要进宫劝谏又迟疑不决。

乘着白水高高驰骛啊，借此退却与浊世长别。

叹息云：

游荡在黑土坡上，水池中的水很深啊。

徘徊在汉水之滨，落泪一阵又一阵啊。

钟子期伯牙已死，没有知音怎么弹啊？

月亮不出现夜空，哪里能抒发情感啊？

哀伤凄凉长欷歔，内心恍如要离散啊。

回首遥望着故国，眼泪如雨洒成片啊。

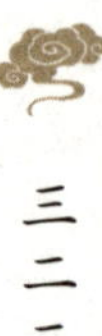

远　游

题　解

本篇展现屈原追求真理的执着精神。

原　文

悲余性之不可改兮，屡惩艾而不迻。

服觉晧以殊俗兮，貌揭揭以巍巍。

譬若王侨之乘云兮，载赤霄而凌太清。

欲与天地参寿兮，与日月而比荣。

登昆仑而北首兮，悉灵圉（yǔ）而来谒。

选鬼神于太阴兮，登阊阖于玄阙。

回朕车俾西引兮，褰虹旗于玉门。

驰六龙于三危兮，朝西灵于九滨。

结余轸（zhěn）于西山兮，横飞谷以南征。

绝都广以直指兮，历祝融于朱冥。

枉玉衡于炎火兮，委两馆于咸唐。

贯澒濛以东朅（qiè）兮，维六龙于扶桑[①]。

周流览于四海兮，志升降以高驰。

征九神于回极兮，建虹采以招指。

驾鸾凤以上游兮，从玄鹤与鹪明[②]。

孔鸟飞而送迎兮，腾群鹤于瑶光。

排帝宫与罗囿兮，升县圃以眩灭。

结琼枝以杂佩兮，立长庚以继日。

凌惊雷以轶骇电兮，缀鬼谷于北辰。

鞭风伯使先驱兮，囚灵玄于虞渊。

溯高风以低徊兮，览周流于朔方。

就颛顼而敶词兮，考玄冥于空桑[3]。

旋车逝于崇山兮，奏虞舜于苍梧。

澰杨舟于会稽兮，就申胥于五湖。

见南郢之流风兮，殒余躬于沅湘。

望旧邦之黯黮(àn dàn)兮，时溷浊其犹未央[4]。

怀兰茝之芬芳兮，妒被离而折之。

张绛帷以襜(chān)襜兮，风邑邑而蔽之。

日暾(tūn)暾其西舍兮，阳焱(yàn)焱而复顾[5]。

聊假日以须臾兮，何骚骚而自故？

叹曰：

譬彼蛟龙，乘云浮兮。

汎(hòng)淫澒溶，纷若雾兮[6]。

潺湲轇轕(jiāo gé)，雷动电发，馺(sà)高举兮[7]。

升虚凌冥，沛浊浮清，入帝宫兮。

摇翘奋羽，驰风骋雨，游无穷兮。

注 释

①**澒濛：** 混沌之气。**朅：** 离去。②**鶤明：** 神鸟，凤凰之类。③**敶词：** 即陈辞。④**黯黮：** 昏暗不明。⑤**暾暾：** 日光初升的样子。**焱焱：** 火光闪耀而灼热。⑥**澒溶：** 深广。⑦**轇轕：** 交错。**驺：** 马快跑，指迅疾。

译 文

悲叹我的本性无法更改啊，多次受到惩戒还不变易。

服装明亮与世不同啊，形象高大顶天立地。

像仙人王子侨乘着云朵啊，载着红云飞上太空。

想要跟天地一样长寿啊，跟日月一样光照无穷。

登上昆仑朝北望啊，众多仙人都来拜访。

从极阴之气中挑选鬼怪啊，和我登上天门进入天堂。

掉转车头让它向西行进啊，举起红旗去往玉门山。

奔驰着六龙到达三危山啊，在曲折的水边朝拜西方的神仙。

纠集我的车队汇集到西山啊，横渡飞泉谷一直向南。

穿越都广山径直前行啊，到达火神所在的南方。

在炎火山上回转玉车啊，两次放弃住宿在咸唐。

穿越混沌之气往东而去啊，把六条神龙拴在扶桑树上。

在四海上到处游玩啊，想上上下下到处飞翔。

征召九天诸神会聚于天轴啊，竖起彩虹大旗指挥方向。

驾着鸾鸟凤凰向上飞啊，在玄鹤和神骏之鸟后飞行。

孔雀飞舞迎来送往啊，仙鹤一起飞越北斗星。

推开天帝的宫殿和苑囿门啊，登上悬圃令人眼花缭乱。

编结玉树枝条来做佩饰啊，升起长庚星把太阳替换。

越过惊雷和闪电啊，把众多鬼怪在北极星上捆绑。

鞭策风伯在前面开路啊，把玄帝囚禁在日落的空桑。

面对着高处的大风徘徊啊，观览游遍北疆。

向颛顼帝陈述苦衷啊，在九嶷山向虞舜进言。

乘杨木做的船到达会稽山啊，到太湖跟伍子胥交谈。

看见郢都的流俗啊，在沅江和湘江陨落我的躯干。

望见故国昏暗不明啊，时俗混浊还没有完。

怀揣香草的芬芳啊，小人妒忌纷纷来折断。

张开红帷帐鲜艳明亮啊，微风轻轻将它遮挡。

太阳东升又到西边落下啊，返照的余光依然热烫。

姑且趁着时光片刻欢愉啊，何必忧愁不已跟以前一个样？

叹息云：

就像那些蛟龙，乘着云彩浮游啊。

随云浮沉不定，如雾变化不休啊。

流水般交错，雷鸣电闪，迅速飞到高空啊。

飞升到太空，去浊浮清，直到进入天宫啊。

摇尾张翅膀，风雨翺翔，尽情遨游无穷啊。

九　思

题　解

本诗亦为代屈原抒发忧愤之情，由九篇诗歌组成，作者是东汉王逸。王逸，字叔师，南郡宜城（今湖北襄阳）人，与屈原同乡，生卒年不详，东汉安帝时任校书郎，《后汉书·文苑传》有记载。王逸在刘向所编的十六卷《楚辞》基础上，附以自己此诗，并作注，成为现存最早的《楚辞》注本《楚辞章句》。王逸虽在楚辞学领域造诣深厚，但其所写之《九思》，艺术水平却并不太高，当然，也不乏优秀之句，如将近结尾处的“举天罼兮掩邪，彀天弧兮射奸”，想要扫除一切奸邪的豪迈之气，终于使整部《楚辞》中的压抑之情一扫而空，读起来可谓痛快。

九思

逢尤

题解

篇题意谓遭遇祸患。

原文

悲兮愁，哀兮忧。

天生我兮当暗时，被诼谮(zhuó zèn)兮虚获尤[1]。

心烦愦兮意无聊，严载驾兮出戏游。

周八极兮历九州，求轩辕兮索重华。

世既卓兮远眇眇，握佩玖兮中路躇(chú)[2]。

羡咎繇兮建典谟，懿风后兮受瑞图。

愍余命兮遭六极，委玉质兮于泥涂。

遽傽遑(zhānghuáng)兮驱林泽，步屏营兮行丘阿[3]。

车軏(yuè)折兮马虺(huī)颓，惷(chǔn)怅立兮涕滂沲[4]。

思丁文兮圣明哲，哀平差兮迷谬愚。

吕傅举兮殷周兴，忌嚭(pǐ)专兮郢吴虚[5]。

仰长叹兮气𩜍结，悒殟绝兮咶复苏。

虎兕争兮于廷中，豺狼斗兮我之隅。

云雾会兮日冥晦，飘风起兮扬尘埃。

走鬯(chàng)罔兮乍东西，欲窜伏兮其焉如[6]？

念灵闺兮隩(ào)重深，愿竭节兮隔无由[⑦]。

望旧邦兮路逶随，忧心悄兮志勤劬。

魂茕茕兮不遑寐，目眽(mò)眽兮寤终朝[⑧]。

注 释

①**诼谮**：造谣诬陷。②**踖**：彷徨。③**倬逴**：彷徨徘徊。④**轨**：车辕与横木相连接的关键。**尯颓**：疲病。**憃怅**：惆怅失意。⑤**忌**：楚大夫费无忌。**嚭**：吴国大夫宰嚭。⑥**瞢罔**：即怅惘。⑦**隩**：室内西南角，引申为房屋深处。⑧**眽眽**：眼睁睁地。

译 文

可悲啊可愁，哀痛啊烦忧。

老天让我出生啊遇到昏暗时世，被造谣诬陷啊无辜获得罪尤。

心烦意乱啊没有欢乐，整理车马出发啊去玩乐嬉游。

周游八方啊经过九州，追求轩辕帝啊寻找虞舜。

时代已隔得很久啊路途遥远，手握黑色美玉啊在路中逡巡。

羡慕皋陶啊建立大经大法，赞美风后啊秉受上天降下的祥瑞之图。

悲哀我的命运啊遭到六大恶事，抛弃美好的玉石啊埋进那泥土。

于是彷徨啊跑进林中沼泽，徘徊漫步啊在那山丘幽深处。

车辕折断啊马匹疲病，惆怅失意地站立啊泪水滂沱流出。

思慕殷高宗和周文王啊他们圣明智慧，哀叹楚平王和吴王夫差啊愚蠢迷误。

吕尚和傅说得到举荐啊商朝和周朝兴盛，费无忌和宰嚭专权啊楚国和吴国化为废墟。

仰头长叹啊呼吸郁结，忧愤而气昏过去啊喘息后才有复苏的心率。

奸臣如犀牛老虎相争啊在朝廷之中，小人如豺狼相斗啊就在我的身旁。

云雾相会啊阳光昏暗不明，旋风起来啊尘埃飞扬。

怅惘之中逃奔啊忽东忽西，想要逃避隐藏啊又能逃到何方？

想念君王啊与他相隔重重，想要竭尽忠节啊隔得太远没有途径。

回望故国啊路途曲折遥远，忧心忡忡啊心志勤苦艰辛。

魂魄孤独无依啊无法入眠，就这样眼睁睁啊直到天明。

怨 上

题 解

本篇意谓怨恨上天或君王不公。

原 文

令尹兮謷（áo）謷，群司兮譨（nóu）譨[1]。

哀哉兮淈（gǔ）淈，上下兮同流。

菽藟兮蔓衍，芳虈（xiāo）兮挫枯[2]。

朱紫兮杂乱，曾莫兮别诸。

倚此兮岩穴，永思兮窈悠。

嗟怀兮眩惑，用志兮不昭。

将丧兮玉斗，遗失兮钮枢。

我心兮煎熬，惟是兮用忧。

进恶兮九旬，复顾兮彭务。

拟斯兮二踪，未知兮所投。

谣吟兮中壄，上察兮璇玑。

大火兮西睨，摄提兮运低。

雷霆兮硠（láng）磕（kē），雹霰兮霏霏[3]。

奔电兮光晃，凉风兮怆凄。

鸟兽兮惊骇，相从兮宿栖。

鸳鸯兮噰噰（yōng），狐狸兮徾徾（méi）④。

哀吾兮介特，独处兮罔依。

蝼蛄兮鸣东，蟊蠽（máo jié）兮号西⑤。

蛓（cì）缘兮我裳，蠋（zhú）入兮我怀⑥。

虫豸（zhì）兮夹余，惆怅兮自悲⑦。

伫立兮忉怛（dāo dá），心结縎（gǔ）兮折摧⑧。

注释

①**謷謷：**傲慢而妄言。**诶诶：**多嘴多舌。②**芳藾：**即芳芷。③**硠磕：**石头相击的声音，引申为雷声。④**噰噰：**鸟和鸣。**徾徾：**相互跟随。⑤**蟊蠽：**一种青色的小蝉。⑥**蛓：**一种毛虫。**蠋：**一种昆虫的幼虫。⑦**虫豸：**昆虫。⑧**结縎：**思绪纷乱。

译文

楚国宰相啊傲慢妄言，下属百官啊多嘴多舌。

可悲啊朝政混乱不堪，上下官员啊都是一样作恶。

杂草啊到处蔓延，香草啊枯萎摧折。

紫色、朱色啊互相杂乱，竟没人啊能够分辨。

身体倚靠着啊山洞，长久思念啊绵绵不断。

可叹楚怀王啊被人迷惑，行为忠义啊难以凸显。

将要失去啊国家的准则，将要丢失啊国家政权。

我内心啊像在煎熬，想起这事啊就悲愤愁烦。

想起为主而死的啊仇牧和荀息，再看看清白正直的啊务光和彭咸。

效法模拟啊他们的踪迹，却不知道啊往哪里奔投。

在荒野之中啊歌唱吟咏，向上察看啊夜空中的北斗。

我看到荧惑星啊往西倾斜，摄提星啊越来越低。

雷霆大作啊如石头相击，冰雹雪珠啊纷纷洒落大地。
闪电奔驰啊光耀晃荡，寒冷凉风啊清怆悲凄。
飞鸟走兽啊惊吓恐慌，相互跟从啊蜷缩在一起。
鸳鸯鸟啊相互鸣叫，狐狸成群啊相互跟随。
悲叹我啊孤独无依，独自居住啊无人来陪。
蝼蛄啊在东边低鸣，青色小蝉啊在西边哀号。
毛虫蠕动啊钻进我的衣裳，蠋虫钻入啊我的怀抱。
昆虫啊将我包围，我惆怅啊为自己伤悲。
久久站立啊满心痛苦，内心错乱啊心折意摧。

疾　世

题　解

本篇意谓痛恨世道人情。

原　文

周徘徊兮汉渚，求水神兮灵女。
qū　lián lóu
嗟此国兮无良，媒女诎兮涟谈[1]。
qú　yù
鸡雀列兮讙讙，鸲鹆鸣兮聒余[2]。
抱昭华兮宝璋，欲衒鬻兮莫取。
言旋迈兮北徂，叫我友兮配耦。
qù xiāo tiǎo
日阴曀兮未光，阒睄窕兮靡睹[3]。
纷载驱兮高驰，将咨询兮皇羲。
遵河皋兮周流，路变易兮时乖。

沥沧海兮东游，沐盥浴兮天池。

访太昊兮道要，云靡贵兮仁义。

志欣乐兮反征，就周文兮邠岐。

秉玉英兮结誓，日欲暮兮心悲。

惟天禄兮不再，背我信兮自违。

窬(yú)陇堆兮渡漠，过桂车兮合黎。

赴崑山兮馽(zhí)騄(lù)，从邛(qióng)遨兮棲迟④。

吮玉液兮止渴，啮芝华兮疗饥。

居嵺廓兮尠(xiǎn)畴，远梁昌兮几迷⑤。

望江汉兮濩(huò)渃(ruò)，心紧絭(juàn)兮伤怀⑥。

时昢(pò)昢兮且旦，尘莫莫兮未晞⑦。

忧不暇兮寝食，吒增叹兮如雷。

注释

①**谜谈：** 絮语不清。②**鸲鹆：** 八哥。③**阒：** 寂静。**睄窕：** 昏暗幽深。④**馽：** 拴马的足。**騄：** 骏马。**邛：** 兽名，善于奔跑。⑤**尠畴：** 缺少同道中人。⑥**濩渃：** 水势浩大。**紧絭：** 萦绕。⑦**昢昢：** 日月初升，光线尚暗。

译文

徘徊走遍啊汉水之滨，寻求水神啊尤其是汉水女神。

嗟叹我国啊没有贤良，媒人笨拙啊言语含混迟钝。

小鸟环列啊到处吵闹，八哥鸣叫啊向我聒噪。

我抱着昭华美玉啊和半个圭的宝玉，想要叫卖啊却没有人想要。

只能远远离开啊往北边去，呼叫我的同伴啊和我的配偶。

太阳以南啊没有光亮，寂静幽深啊看不清四周。

车马众多啊向高处奔驰，将去询问啊伏羲上皇。

沿着河边高地啊到处寻找，道路变化啊时世反常。

渡过沧海啊向东遨游，在那太阳洗澡的天池啊洗遍全身。

拜访上皇伏羲啊询问天道的要领，他说没有比仁义啊更珍贵的根本。

我听后情志欢欣快乐啊往回走，投奔周文王啊在那郊岐之地。

拿着玉的花朵啊结下誓言，天色将晚啊我心泛起悲意。

想到天赐的寿命啊不会长久，君王违背约定啊就是违背他自己。

越过陇山啊渡过沙漠，经过桂车山啊跨越合黎。

奔到昆仑山啊拴住骏马，跟从邛兽遨游啊随之休息。

吮吸玉液啊来止渴，吃灵芝的花朵啊来填饱肚饥。

居住在空旷之地啊没有朋友，在远进退两难啊快要乱迷。

眺望江汉啊水势浩大，内心纠缠啊怀抱伤感。

太阳初升啊马上就要天亮，尘土飞扬啊没有消散。

忧愁没有停歇啊废寝忘食，愤怒增添长叹啊如雷震天。

悯上

题解

本篇有学者认为是“悯己”，对屈原所受不公正待遇表示怜悯。

原文

哀世兮睩(lù)睩，𫍲(jiàn)𫍲兮嗌(yì)喔(wō)①。

众多兮阿媚，骫(wěi)靡兮成俗②。

贪枉兮党比，贞良兮茕独。

鹄窜兮枳棘，鹈集兮帷幄。

jí rú
蘮蕠兮青葱，槁本兮萎落[3]。

睹斯兮伪惑，心为兮隔错。

逡巡兮圃薮，率彼兮畛陌。

川谷兮渊渊，山皀兮峉峉[4]。（峉：è）

从林兮崯崯，株榛兮岳岳。

cuī yí
霜雪兮漼溰，冰冻兮洛泽[5]。

东西兮南北，罔所兮归薄。

庇荫兮枯树，匍匐兮岩石。

蜷跼兮寒局数，独处兮志不申。

年齿尽兮命迫促，魁垒挤摧兮常困辱，含忧强老兮愁不乐。

níng cuì piǎo
须发苎顇兮颤鬓白，思灵泽兮一膏沐[6]。

怀兰英兮把琼若，待天明兮立踯躅。

云蒙蒙兮电倏烁，孤雌惊兮鸣呴呴。

思怫郁兮肝切剥，忿悁悒兮孰诉告？

注释

①**睩睩**：谨慎小心。**諓諓**：能言善辩。**嗌喔**：奉承取媚的声音。②**骫靡**：委屈取容。③**蘮蕠**：草名。④**峉峉**：山势高大。⑤**漼溰**：霜雪集聚的样子。⑥**苎**：散乱的。**顇**：斑白头发。

译文

悲哀世人啊小心谨慎，能言善辩啊取媚奉承。

众人大多啊阿谀谄媚，委屈取容啊风俗养成。

贪污枉法啊结成朋党，忠贞贤良啊茕茕独立。

鸿鹄逃窜啊到荆棘丛中，水鸟栖息啊在那帷帐里。

杂草丛生啊青青葱葱，香草疏离啊枯萎抛弃。

看到时事啊虚伪丑恶，我心不由啊受挫痛惜。

逡巡徘徊啊在园圃沼泽，沿着那些啊田间道路。

山川峡谷啊幽幽深深，山峦土堆啊高大挺出。

草丛森林啊繁盛绵延，成群的树木啊四周遍布。

冰霜雪雨啊集聚一起，水面处处啊都被冰块冻住。

从东往西啊从南往北，没有地方啊可作归宿。

在枯树下啊寻求庇荫，在岩石上啊隐藏匍匐。

身体蜷曲啊因寒冷而局促，独自居住啊志向得不到申述。

寿命将尽啊生命短促，心情郁闷、命运坎坷啊常常受到困辱，饱含忧愁使人早衰啊失去欢乐，哀愁没有限度。

胡须头发散乱憔悴啊两鬓头发花白，希望天降甘露啊让我可以洗干净舒舒服服。

怀抱兰花啊手里拿着珍贵的杜若，等待天亮啊站立着踌躇。

乌云密布啊闪电快速闪烁，孤独的雌鸟受惊啊鸣叫个不停。

我心愤懑不平啊肝肠寸断，怨愤忧郁啊能向谁诉说衷情？

遭厄

题解

本篇意谓遭遇祸端。

原文

悼屈子兮遭厄，沉玉躬兮湘汨。

何楚国兮难化，迄乎今兮不易。

士莫志兮羔裘，竞佞谀兮谗阋[①]。
指正义兮为曲，訿玉璧兮为石[②]。
殦鹛游兮华屋，鵔鸡栖兮柴蔟[③]。
起奋迅兮奔走，违群小兮謑诟[④]。
载青云兮上升，适昭明兮所处。
蹑天衢兮长驱，踵九阳兮戏荡。
越云汉兮南济，秣余马兮河鼓。
云霓纷兮晻翳，参辰回兮颠倒。
逢流星兮问路，顾我指兮从左。
侹娵觜兮直驰，御者迷兮失轨[⑤]。
遂踢达兮邪造，与日月兮殊道。
志阏绝兮安如，哀所求兮不耦[⑥]。
攀天阶兮下视，见鄢郢兮旧宇。
意逍遥兮欲归，众秽盛兮杳杳。
思哽饐兮诘诎，涕流澜兮如雨[⑦]。

注释

①**阋**：争吵，争斗。②**訿**：诋毁。③**殦鹛**：恶鸟猛禽。**鵔鸡**：神俊之鸟。④**謑诟**：辱骂。⑤**侹**：经过。**娵觜**：星次名，在二十八宿为室宿和壁宿。⑥**阏绝**：断绝。⑦**哽饐**：即“哽咽”。

译文

哀悼屈原啊遭受厄运，在那汨罗江啊自沉尊贵的躯体。

为何楚国啊如此难以感化，到今天啊也不容易。

士人没有立志啊要做舍命为国的君子，竟然奸佞谄谀啊相互进谗排挤。

指责正义啊说是邪曲，诋毁玉璧啊说是石块。

猫头鹰孟雕嬉游啊在那华美的殿堂，神俊之鸟栖息啊在那柴草上。

迅速起飞啊奔逃到其他地方，离开群小啊躲避他们的辱骂。

乘着青云啊向上飞升，去往光明处啊住在那里当作家。

踩着四通八达的天路啊长久奔腾，走到太阳出入的地方啊游戏玩耍。

超越银河啊往南渡水，在牵牛星北边的河鼓星上啊喂马。

云霓纷纷啊遮蔽昏暗，参星辰星回转啊相互颠倒。

遇到流星啊询问道路，回头为我指路啊从左边取道。

经过室宿和壁宿啊径直奔驰，驾驭的人迷路啊失去方向。

于是放荡佻达啊走上邪路，与太阳月亮啊轨道不一样。

情志阻断啊要去哪里，悲叹所追求的啊不是合适的伴侣。

登上天梯啊往下俯视，看见郢都啊故国旧宇。

心意动摇啊想要回去，众多小人啊阴险恶语。

想起就气息滞涩啊呼吸艰难，涕泪横流啊零落如雨。

悼乱

题解

本篇意谓哀悼世事混乱。

原文

嗟嗟兮悲夫，殽乱兮纷挐（ná）[①]。

茅丝兮同综，冠屦（jù）兮共絇（qú）[②]。

督万兮侍宴，周邵兮负刍。

白龙兮见鉠，灵龟兮执拘。

仲尼兮困厄，邹衍兮幽囚。

伊余兮念兹，奔遁兮隐居。

将升兮高山，上有兮猴猿。

欲入兮深谷，下有兮虺蛇。

左见兮鸣鵙，右睹兮呼枭[3]。

惶悸兮失气，踊跃兮距跳。

便旋兮中原，仰天兮增叹。

菅(jiān)蒯(kuǎi)兮壄莽，萑(huán)苇兮仟眠[4]。

鹿蹊兮躖(duàn)躖，貒(tuān)貉(hé)兮蟫(xún)蟫[5]。

鹯(zhān)鹞(yào)兮轩轩，鹑鹌兮甄甄[6]。

哀我兮寡独，靡有兮齐伦。

意欲兮沉吟，迫日兮黄昏。

玄鹤兮高飞，曾逝兮青冥。

鸧鹒(gēng)兮喈喈，山鹊兮嘤嘤。

鸿鸬兮振翅，归雁兮于征。

吾志兮觉悟，怀我兮圣京。

垂屣(xǐ)兮将起，跓俟兮硕明[7]。

注　释

①**纷挐**：混乱。②**屦**：鞋。**绚**：古时鞋头上的装饰。③**鵙**：伯劳。④**菅蒯**：茅草之类。**萑**：荻类植物。**仟眠**：草木茂盛。⑤**躖躖**：野兽行进的样子。**貒**：猪獾。**貉**：貉子，一种野兽。**蟫蟫**：相互跟随。⑥**鹯**：又名晨风，猛禽。**鹞**：鹞鹰。**甄甄**：鸟飞翔的样子。⑦**垂屣**：穿鞋。

译文

叹息啊悲哀，错杂啊混乱。

茅草与丝线啊一起交织，帽子和鞋子啊一样装扮。

弑君的华督和宋万啊侍候君王用餐，周公召公啊却去背负柴草。

白龙啊被射中，灵龟啊被囚禁在幽暗的地牢。

圣人孔子啊受困窘迫，贤人邹衍啊遭谗入狱。

我一旦啊想起这些，就想逃走啊躲藏隐居。

将要攀登啊巍巍高山，山上有啊猿猴哀号。

想要下降到啊幽深的峡谷，下面有啊毒蛇缠绕。

右边目睹啊呼叫的猫头鹰，左边看尽啊鸣叫的伯劳。

惊恐害怕啊不能呼吸，跳来跳去啊想要逃跑。

徘徊回旋啊来到原野之中，仰面朝天啊叹息不已。

茅草之类啊长满荒原，荻草芦苇啊长满大地。

鹿群在路上啊跳着行进，猪獾貉子啊相互跟随。

晨风鸟、鹞鹰啊翱翔飞舞，小鸟鹌鹑们啊也不停地飞。

悲哀只有我啊独自一人，没有这些啊志同道合者。

心里想要啊沉思吟唱，日薄西山啊黄昏降落。

玄鹤啊向上高飞，远远消逝啊在苍穹之中。

黄鹂和鸣啊此起彼伏，山鹊叫起来啊清脆畅通。

水鸟鸬鹚啊张开翅膀，南归大雁啊开始出发。

我的内心啊终于明白，怀念我的啊祖国妈妈。

穿好鞋子啊我将起身，驻足等待啊光明到来国家繁华。

伤时

题解

本篇意谓对岁月、时局感到忧伤。

原文

惟昊天兮昭灵，阳气发兮清明。

风习习兮龢煖，百草萌兮华荣。

堇(jǐn)荼(tú)茂兮扶疏，蘅芷凋兮莹嫇(míng)[1]。

愍贞良兮遇害，将夭折兮碎糜。

时混混兮浇饡(zàn)，哀当世兮莫知[2]。

览往昔兮俊彦，亦诎辱兮系累。

管束缚兮桎梏，百贸易兮傅卖。

遭桓缪兮识举，才德用兮列施。

且从容兮自慰，玩琴书兮游戏。

迫中国兮迮陿，吾欲之兮九夷。

超五岭兮嵯峨，观浮石兮崔嵬。

陟丹山兮炎野，屯余车兮黄支。

就祝融兮稽疑，嘉己行兮无为。

乃回朅兮北逝，遇神孈(xié)兮宴娭(xī)[3]。

欲静居兮自娱，心愁慼兮不能。

放余辔兮策驷，忽飙腾兮浮云。

蹠飞杭兮越海，从安期兮蓬莱。

缘天梯兮北上，登太一兮玉台。

使素女兮鼓簧，乘戈龢兮讴谣。

声噭(jiào)誂(tiào)兮清和，音晏衍兮要婬(yín)[4]。

咸欣欣兮酣乐，余眷眷兮独悲。

顾章华兮太息，志恋恋兮依依。

注释

①**堇**：一种蔬菜。**荼**：苦菜。**莹嫇**：枯萎凋落的样子。②**浇馈**：以羹浇饭。③**神嫣**：即嫣神，名叫嫣的神。**宴娭**：宴饮喜乐。④**嗷誂**：歌声清畅。**晏衍**：旋律悠长。**要婬**：舞容柔美。

译文

春天之神啊显示神通，天气变暖啊空气清明。

春风和煦啊温暖舒服，各种植物萌芽啊开花繁兴。

堇菜苦菜茂盛啊一片繁茂，杜衡白芷枯萎啊开始凋零。

哀叹忠贞贤良啊遭受灾害，将要死去啊腐烂成泥。

时世混浊啊就像用汤浇饭，哀伤现世啊没有知己。

察看过去啊那些俊彦人才，也遭受屈辱啊甚至被囚禁。

管仲被捆绑啊戴上枷锁，百里奚被交易啊转卖到秦。

遇到齐桓公、秦穆公啊赏识举荐，才能品德得到发挥啊一一施展。

姑且悠闲啊安慰自己，赏玩琴书啊娱乐心田。

在国内被逼迫啊感到狭窄，我想要去啊东方九夷之处。

越过五岭啊高山巍峨，观看浮石山啊崔嵬起伏。

登上丹山啊奔向炎野，停下我的车马啊在黄支古国。

靠近祝融啊向他请教我的疑惑，他夸奖我的行为啊顺应自然忘记自我。

于是回去啊朝北离开，遇到嫣神啊一起宴饮玩乐。

想要安静居住啊取悦自己，内心忧愁悲戚啊不能真正做到。

丢开马缰绳啊任马奔腾，忽然顺风奔腾啊直通云霄。

乘着飞船啊翻越大海，跟从安期生啊到达蓬莱仙岛。

沿着天梯啊往北而上，登上太一天神啊所居住的玉台。

让素女啊吹奏起簧管，仙人乘戈伴唱啊歌声自在。

声音清畅啊清美和谐，旋律悠长啊舞蹈优美。

都很欢乐啊痛快喝酒，我依依不舍啊独自伤悲。

回看楚王的章华台啊长久叹息，情意深深眷恋啊依依愿归。

哀岁

题解

本篇意谓哀叹岁月流逝、渐渐衰老。

原文

旻天兮清凉，玄气兮高朗。

北风兮潦洌，草木兮苍唐。

蛜(yī)蚗(jué)兮噍(jiào)噍，蝍(jí)蛆(jū)兮穰(rǎng)穰[1]。

岁忽忽兮惟暮，余感时兮凄怆。

伤俗兮泥浊，矇蔽兮不章。

宝彼兮沙砾，捐此兮夜光。

椒瑛兮涅污，葈(xǐ)耳兮充房[2]。

摄衣兮缓带，操我兮墨阳。

升车兮命仆，将驰兮四荒。

下堂兮见虿(chài)，出门兮触蜂[3]。

巷有兮蚰(yóu)蜒(yán)，邑多兮螳螂[4]。

睹斯兮嫉贼，心为兮切伤。

俛念兮子胥，仰怜兮比干。

投剑兮脱冕，龙屈兮蜿蟤（wānzhuān）[⑤]。

潜藏兮山泽，匍匐兮丛攒。

窥见兮溪涧，流水兮沄沄（yún）[⑥]。

鼋鼍（yuán tuó）兮欣欣，鳣鲇（shànnián）兮延延[⑦]。

群行兮上下，骈罗兮列陈。

自恨兮无友，特处兮茕茕。

冬夜兮陶陶，雨雪兮冥冥。

神光兮颎颎，鬼火兮荧荧[⑧]。

修德兮困控，愁不聊兮遑生。

忧纡兮郁郁，恶所兮写情。

注释

①**蛶蚗**：一种蝉。**嚖嚖**：鸟鸣声。**蝍蛆**：当指蜈蚣。**穰穰**：众多。②**葈耳**：苍耳，比喻小人。③**虿**：蝎子类的毒虫。④**蚰蜒**：生活在阴湿处的虫。⑤**蜿蟤**：屈曲而不伸展的样子。⑥**沄沄**：水流回旋汹涌。⑦**鼋**：鳖。**鼍**：鳄鱼的一种。**鳣**：鳇鱼之类的大鱼。**鲇**：鲇鱼。⑧**颎颎**：光明的样子。

译文

到了秋天啊秋高气爽，晴空万里啊高阔清朗。

北风萧瑟啊寒冷凛冽，草木万物啊开始枯黄。

蝉虫将死啊嚖嚖哀鸣，蜈蚣出现啊越来越多。

岁月匆匆啊转眼天黑，我感叹时光啊内心凄凉寂寞。

悲伤世俗啊污浊如泥，模糊蒙蔽啊光明不显露。

把那些沙石啊当作宝贝，扔掉这些啊明亮的夜光珠。

申椒美玉啊被玷污，刺人苍耳啊充满房屋。

整理衣服啊松开衣带，拿起我的宝剑啊名叫墨阳。
登上马车啊命令仆人，将要奔驰啊去往四荒。
走下堂阶啊遇见毒蝎，刚出堂门啊就碰到毒蜂。
巷中密布啊阴湿之虫，众多螳螂啊在城邑中。
看见这些啊痛恨奸佞小人，内心都因此啊伤痛不堪。
低头怀念啊贤明的伍子胥，抬头哀怜啊尽忠的比干。
丢下宝剑啊脱去帽子，暂且屈曲啊不再伸展。
潜伏隐藏啊在那山泽，匍匐安身啊在草木之间。
偷偷看见啊山涧溪水，那些流水啊汹涌回旋。
大鳖、鳄鱼啊怡然自乐，鳣鱼、鲇鱼啊众多布满。
成群结队啊上上下下，并列分布啊列队成阵。
只恨自己啊没有朋友，独自居处啊孑然一身。
漫长冬夜啊实在难熬，雨雪纷飞啊昏暗幽深。
神灵之光啊焕发光明，幽灵之火啊微光纷纷。
修养德行啊却受困无人引用，悲愁没有依靠啊又靠什么生存？
忧思郁结啊抑郁重重，无处可以啊写出情绪抒发愁闷。

守　志

题　解

本篇意谓坚守志向。

原　文

陟玉峦兮逍遥，览高冈兮峣（yáo）峣[1]。

桂树列兮纷敷，吐紫华兮布条。

实孔鸾兮所居，今其集兮惟鸮。

乌鹊惊兮哑哑，余顾瞻兮怊（chāo）怊[②]。

彼日月兮暗昧，障覆天兮祲（jìn）氛[③]。

伊我后兮不聪，焉陈诚兮效忠。

摅羽翮（hé）兮超俗，游陶遨兮养神。

乘六蛟兮蜿蝉（wānshàn），遂驰骋兮升云[④]。

扬彗光兮为旗，秉电策兮为鞭。

朝晨发兮鄢郢，食时至兮增泉。

绕曲阿兮北次，造我车兮南端。

谒玄黄兮纳贽（zhì），崇忠贞兮弥坚。

历九宫兮遍观，睹秘藏兮宝珍。

就傅说兮骑龙，与织女兮合婚。

举天罼（bì）兮掩邪，彀（gòu）天弧兮躲奸[⑤]。

随真人兮翱翔，食元气兮长存。

望太微兮穆穆，睨三阶兮炳分。

相辅政兮成化，建烈业兮垂勋。

目瞥瞥兮西没，道遐迥兮阻叹。

志稸（xù）积兮未通，怅敞罔兮自怜[⑥]。

注　释

①**峣峣**：山势高大。②**怊怊**：惆怅。③**祲氛**：不祥之气。④**蜿蝉**：盘曲貌。⑤**天罼**：天毕星，形似罗网而得名。**彀**：拉满弓弩。**天弧**：星名，像箭搭在弓上。⑥**稸积**：压抑，难以发挥。

译文

登上玉峰啊逍遥自在，看那高冈啊山势浩大。

桂树罗列啊纷纷交错，舒展枝条啊开着紫花。

确实是孔雀鸾鸟啊所居之地，如今栖息的啊只剩猫头鹰。

乌鸦喜鹊受惊啊哑哑乱叫，我回头瞻望啊升起惆怅之情。

那太阳月亮啊昏暗无光，不祥之气啊遮蔽光明。

我的君王啊没有智慧，又到哪里去陈述忠臣啊报效忠心。

张开翅膀啊超越俗世，无牵无挂地遨游啊养护精神。

乘着六条蛟龙啊盘旋飞舞，于是驰骋而上啊直到青云。

扬起彗星光芒啊来做旗子，拿着闪电啊当作马鞭。

早上出发啊自楚国都城，吃早饭时达到啊银河岸边。

绕着弯曲山脉啊在北边停宿，接着驾着我的车啊直到南端。

拜访天地之神啊馈赠礼物，他也推崇忠良啊使我更加坚贞。

游历天宫啊到处看遍，还看见秘藏的啊异宝奇珍。

见到傅说啊一起骑龙，与那织女啊匹配完婚。

举起天毕星啊一网打尽邪恶，拉满天弧星啊射杀一切奸臣。

随着真人啊翱翔飞动，饮食元气啊万古长存。

望着太微星啊肃穆庄严，看到三阶星啊光彩缤纷。

它们好像在辅佐君王啊成就教化，建立不朽的功业啊留下功勋。

放眼瞥去啊太阳将要西落，道路遥远啊叹息阻隔之深。

壮志满怀压抑啊没有实现，怅惘失意啊怜悯自身。

原文

乱曰：

天庭明兮云霓藏，三光朗兮镜万方[①]。

斥蜥蜴兮进龟龙，策谋从兮翼机衡[②]。

配稷契兮恢唐功，嗟英俊兮未为双[3]。

注　释

①**镜**：作动词，照耀。②**龟龙**：灵物，比喻贤人。③**恢**：宏大。

译　文

乱辞云：

天庭光明啊云霓躲藏，日月星光闪闪啊照耀万方。

斥退蜥蜴啊举荐龟龙，听从良策啊辅佐君王安邦。

能配稷契啊宏大唐尧，嗟叹这种英才啊举世无双。

主要参考文献

[汉]王逸：《楚辞章句》，黄灵庚点校，上海：上海古籍出版社，2017年。

[宋]朱熹：《楚辞集注》，上海：上海古籍出版社，1979年。

[宋]洪兴祖：《楚辞补注》，白化文等点校，北京：中华书局，2002年。

[清]林云铭：《楚辞灯》，上海：华东师范大学出版社，2012年。

[清]蒋骥：《山带阁注楚辞》，上海：上海古籍出版社，1958年。

闻一多：《楚辞校补》，李定凯编校，成都：巴蜀书社，2002年。

游国恩等著：《楚辞集释》，香港：香港文苑书屋，1962年。

黄灵庚：《楚辞集校》，上海：上海古籍出版社，2009年。

崔富章，李大明主编：《楚辞集校集释》，武汉：湖北教育出版社，2003年。

潘啸龙，毛庆主编：《楚辞著作提要》，武汉：湖北教育出版社，2003年。

崔富章：《楚辞书录解题》，北京：高等教育出版社，2010年。

林庚：《诗人屈原及其作品研究》，上海：古典文学出版社，1957年。

汤炳正：《屈赋新探》，济南：齐鲁书社，1984年。

姜亮夫：《重订屈原赋校注》，天津：天津古籍出版社，1987年。

王德华：《屈骚精神及其文化背景研究》，北京：中华书局，2004年。

周勋初：《九歌新考》，上海：上海古籍出版社，1986年。

吴孟复：《屈原九章新笺》，合肥：黄山书社，1986年。

林庚：《天问论笺》，北京：人民文学出版社，1983年。

林家骊：《楚辞》，北京：中华书局，2015年。

周建忠，贾捷：《楚辞》，南京：凤凰出版社，2009年。

汤漳平：《楚辞》，郑州：中州古籍出版社，2005年。

杨权喜：《楚文化》，北京：文物出版社，2000年。

黄灵庚：《楚辞与简帛文献》，北京：人民出版社，2011年。

尹锡康，周发祥主编：《楚辞资料海外编》，武汉：湖北人民出版社，1986年。

跋

此稿始于三月，成于九月，历时半载完成。其中主体部分写于暑假。

楚辞学著作可谓汗牛充栋，为何还要撰写本书？盖有以下特点：一是译文以白话诗体翻译，皆押韵成文，便于初学讽诵，且忠实原文，不做修饰。市面上不乏用白话诗体翻译者，但多对内容有所变动。笔者有时为找到合适韵脚废寝忘食，甘苦自知，诚非易事。二是提出一些新的学术观点，如《楚辞》中屈原的作品，笔者以刘向在《九叹·忧苦》中的话“叹《离骚》以扬意兮，犹未殚于《九章》”为线索，认为《离骚》《九歌》《天问》《九章》之外的作品，皆非屈原所作。此论有待进一步完善，但也可看出笔者在求得新知方面的勉力。三是赏析部分别出心裁，并非以固定框架硬套，而是从各自作品出发，时带情感，如笔者注释《哀郢》“哀州土之平乐兮，悲江介之遗风”，一边注释翻译，一边泪如泉涌，身心都被打动。这是古人阅读《楚辞》的常态，我们似乎较为缺乏，但此一感动，亦足以使笔者对《楚辞》之魅力有了不同体会，读者诸君可一试之。也正如此，《九章》以后之作品，盖非屈原所作，艺术魅力稍显逊色，故只予题解分析，不专设赏析专栏。

此稿能与读者诸君见面，需要感谢作家张红芝、编辑张洋洋的推荐与编选，感谢南京晓庄学院文学院提供的科研环境、中国古代文学教研室同仁提供的和谐氛围和诸位晓庄学子对选修课《楚辞研读》的较大兴趣，感谢黄睿的支持，感谢父亲的鼓励。

书稿中的错误，恳请读者诸君批评指正。

2018年9月12日初稿于南京晓庄学院文学院中国古代文学教研室